Agatha Christie
(1890-1976)

AGATHA CHRISTIE é a autora mais publicada de todos os tempos, superada apenas por Shakespeare e pela Bíblia. Em uma carreira que durou mais de cinquenta anos, escreveu 66 romances de mistério, 163 contos, dezenove peças, uma série de poemas, dois livros autobiográficos, além de seis romances sob o pseudônimo de Mary Westmacott. Dois dos personagens que criou, o engenhoso detetive belga Hercule Poirot e a irrepreensível e implacável Miss Jane Marple, tornaram-se mundialmente famosos. Os livros da autora venderam mais de dois bilhões de exemplares em inglês, e sua obra foi traduzida para mais de cinquenta línguas. Grande parte da sua produção literária foi adaptada com sucesso para o teatro, o cinema e a tevê. *A ratoeira*, de sua autoria, é a peça que mais tempo ficou em cartaz, desde sua estreia, em Londres, em 1952. A autora colecionou diversos prêmios ainda em vida, e sua obra conquistou uma imensa legião de fãs. Ela é a única escritora de mistério a alcançar também fama internacional como dramaturga e foi a primeira pessoa a ser homenageada com o Grandmaster Award, em 1954, concedido pela prestigiosa associação Mystery Writers of America. Em 1971, recebeu o título de Dama da Ordem do Império Britânico.

Agatha Mary Clarissa Miller nasceu em 15 de setembro de 1890 em Torquay, Inglaterra. Seu pai, Frederick, era um americano extrovertido que trabalhava como corretor da Bolsa, e sua mãe, Clara, era uma inglesa tímida. Agatha, a caçula de três irmãos, estudou basicamente em casa, com tutores. Também teve aulas de canto e piano, mas devido ao temperamento introvertido não seguiu carreira artística. O pai de Agatha morreu quando ela tinha onze anos, o que a aproximou da r
A paixão por conhecer
até o final da vida.

Em 1912, Agatha conheceu Archibald Christie, seu primeiro marido, um aviador. Eles se casaram na véspera do Natal de 1914 e tiveram uma única filha, Rosalind, em 1919. A carreira literária de Agatha – uma fã dos livros de suspense do escritor inglês Graham Greene – começou depois que sua irmã a desafiou a escrever um romance. Passaram-se alguns anos até que o primeiro livro da escritora fosse publicado. *O misterioso caso de Styles* (1920), escrito próximo ao fim da Primeira Guerra Mundial, teve uma boa acolhida da crítica. Nesse romance aconteceu a primeira aparição de Hercule Poirot, o detetive que estava destinado a se tornar o personagem mais popular da ficção policial desde Sherlock Holmes. Protagonista de 33 romances e mais de cinquenta contos da autora, o detetive belga foi o único personagem a ter o obituário publicado pelo *The New York Times*.

Em 1926, dois acontecimentos marcaram a vida de Agatha Christie: a sua mãe morreu, e Archie a deixou por outra mulher. É dessa época também um dos fatos mais nebulosos da biografia da autora: logo depois da separação, ela ficou desaparecida durante onze dias. Entre as hipóteses figuram um surto de amnésia, um choque nervoso e até uma grande jogada publicitária. Também em 1926, a autora escreveu sua obra-prima, *O assassinato de Roger Ackroyd*. Este foi seu primeiro livro a ser adaptado para o teatro – sob o nome *Álibi* – e a fazer um estrondoso sucesso nos palcos ingleses. Em 1927, Miss Marple estreou como personagem no conto "O Clube das Terças-Feiras".

Em uma de suas viagens ao Oriente Médio, Agatha conheceu o arqueólogo Max Mallowan, com quem se casou em 1930. A escritora passou a acompanhar o marido em expedições arqueológicas e nessas viagens colheu material para seus livros, muitas vezes ambientados em cenários exóticos. Após uma carreira de sucesso, Agatha Christie morreu em 12 de janeiro de 1976.

Agatha Christie

TESTEMUNHA DE ACUSAÇÃO
e outras peças

Tradução de BRUNO ALEXANDER

www.lpm.com.br
L&PM POCKET

Coleção **L&PM** POCKET, vol. 1269

Texto de acordo com a nova ortografia.
Título original: *Witness for the Prosecution and Selected Plays*

Primeira edição na Coleção **L&PM** POCKET: janeiro de 2018
Esta reimpressão: abril de 2023

Tradução: Bruno Alexander
Arte da capa: Birgit Amadori. *Montagem da capa*: Carla Born
Preparação: Patrícia Yurgel
Revisão: Simone Diefenbach

CIP-Brasil. Catalogação na publicação
Sindicato Nacional dos Editores de Livros, RJ.

C479a

Christie, Agatha, 1890-1976
    Testemunha de acusação e outras peças / Agatha Christie; tradução Bruno Alexander. – Porto Alegre [RS]: L&PM, 2023.
    432p. ; 18 cm.   (Coleção L&PM POCKET, v. 1269)

    Tradução de: *Witness for the Prosecution and Selected Plays*
    ISBN 978-85-254-3719-8

    1. Teatro inglês (Literatura). I. Alexander, Bruno. II. Título. III. Série.

17-43295   CDD: 823
                               CDU: 821.111-3

Witness for the Prosecution Copyright © 1953 Agatha Christie Limited
Towards Zero Copyright © 1956 Christopher Verner from the novel © 1944 Agatha Christie Limited
Go Back for Murder Copyright © 1960 Agatha Christie Limited
Verdict Copyright © 1958 Agatha Christie Limited
This collection © 1995 Agatha Christie Limited
Agatha Christie and the Agatha Christie Signature are registered trade marks of Agatha Christie Limited in the UK and elsewhere. All rights reserved.
www.agathachristie.com

Todos os direitos desta edição reservados a L&PM Editores
Rua Comendador Coruja, 314, loja 9 – Floresta – 90.220-180
Porto Alegre – RS – Brasil / Fone: 51.3225.5777

Pedidos & Depto. Comercial: vendas@lpm.com.br
Fale conosco: info@lpm.com.br
www.lpm.com.br

Impresso no Brasil
Outono de 2023

Sumário

Testemunha de acusação | 9
A hora H | 119
Veredicto | 219
De volta à cena do crime | 317

Nota à edição brasileira

Nos textos teatrais ingleses, as referências à direita e à esquerda são todas do ponto de vista do ator, não da plateia. Para indicar movimento ou posição, foram usados os termos comuns de teatro:
D = Direita
E = Esquerda
C = Centro
B = Baixo (frente do palco)
A = Alto (fundo do palco)
Acima = mais para o fundo do palco
Abaixo = mais para a frente do palco
Cruzar = andar em direção a

Testemunha de acusação

Montada por Peter Saunders no The Winter Garden Theatre, em Londres, no dia 28 de outubro de 1953, com o seguinte elenco:

(pela ordem em que os personagens aparecem em cena)

GRETA, datilógrafa de sir Wilfrid	Rosalie Westwater
CARTER, chefe do escritório de sir Wilfrid	Walter Horsbrugh
SR. MAYHEW, advogado	Milton Rosmer
LEONARD VOLE	Derek Bloomfeld
SIR WILFRID ROBARTS, QC	David Horne
INSPETOR HEARNE	David Raven
DETETIVE À PAISANA	Kenn Kennedy
ROMAINE	Patricia Jessel
ESCREVENTE DO TRIBUNAL	Philip Holles
JUIZ WAINWRIGHT	Percy Marmont
VEREADOR	Walter Horsbrugh
SR. MYERS, QC*	D.A. Clarke-Smith
MEIRINHO	Nicolas Tannar
TAQUÍGRAFO DO TRIBUNAL	John Bryning
GUARDA DO PRISIONEIRO	Denzil Ellis
ESCREVENTE DO JUIZ	Muir Little
1º ADVOGADO	George Dudley
2º ADVOGADO	Jack Bulloch
3º ADVOGADO	Lionel Gadsden
4º ADVOGADO	John Farries Moss
5º ADVOGADO	Richard Coke
6º ADVOGADO	Agnes Fraser
1º JURADO	Lauderdale Beckett
2º JURADO	Iris Fraser Foss

---

*Abreviação do título honorífico britânico *Queen's Counsel* (conselheiro da rainha), espécie de conselheiro jurídico de Sua Majestade. (N.T.)

3º JURADO	Kenn Kennedy
POLICIAL	David Homewood
DR. WYATT, médico-legista	Graham Stuart
JANET MACKENZIE	Jean Stuart
SR. CLEGG, assistente de laboratório	Peter Franklin
A OUTRA MULHER	Rosemary Wallace

A peça foi dirigida por Wallace Douglas
Cenografia de Michael Weight

Sugestões para reduzir o elenco para dez homens e cinco mulheres na página 14.

RESUMO DAS CENAS

1º Ato

Escritório de sir Wilfrid Robarts, QC. À tarde.

2º Ato

Tribunal Criminal Central de Londres, mais conhecido como Old Bailey. Seis semanas mais tarde. Manhã.

3º Ato

Cena I: Escritório de sir Wilfrid Robarts, QC.
Na mesma noite.
Cena II: Old Bailey. Na manhã seguinte.

Durante o 3º Ato, as luzes são diminuídas para indicar a passagem de uma hora.

Nota da autora

Confio imensamente na criatividade dos amadores e das companhias tradicionais para criar meios de reduzir o enorme elenco de *Testemunha de acusação* de forma a possibilitar sua produção. O meio por mim sugerido para reduzir o elenco será, provavelmente, um entre muitos.

Dada a grande quantidade de personagens sem falas, é bastante recomendável recorrer a amadores locais ou convidar pessoas da plateia para que subam ao palco. Acredito que isto seria bem mais vantajoso para a peça do que a perda, em termos de espetáculo, resultante de não se ter muita gente em cena.

Embora Greta jamais apareça simultaneamente à "Outra Mulher", isto é, a loura arruivada da cena final, esses papéis *não devem* ser duplicados, pois a plateia seria levada a pensar que se trata de parte da "trama", o que, claro, não é verdade.

Tive imenso prazer em escrever esta peça e espero que as companhias que venham a encená-la desfrutem o mesmo prazer. Boa sorte.

Agatha Christie

CARTER	Pode também ser o juiz
INSPETOR HEARNE	Pode também ser o policial no último ato
DETETIVE À PAISANA	Pode também ser o guarda do prisioneiro
ESCREVENTE DO TRIBUNAL	Este papel pode ser fundido com o de meirinho
VEREADOR	Pode ser dispensado
TAQUÍGRAFO DO TRIBUNAL	Pode ser dispensado
ESCREVENTE DO JUIZ	Pode ser dispensado
SEIS ADVOGADOS	Quatro podem ser dispensados
TRÊS JURADOS	Podem ser dispensados e a "prestação de juramento" e "anúncio do veredicto" podem ser feitos por uma voz vinda dos bastidores
SR. MYERS, QC	Pode também ser o detetive à paisana

PRIMEIRO ATO

Cenário: *O escritório de sir Wilfrid Robarts, QC.*

A cena se passa no gabinete privativo de sir Wilfrid. É um aposento estreito, com a porta à esquerda (E) e uma janela à direita (D). A janela ocupa uma profunda reentrância, permitindo que a parede abaixo dela forme um grande banco, e se abre para uma parede lisa de tijolos vermelhos aparentes. Há uma lareira ao centro (C) da parede do fundo, ladeada por estantes repletas de pesados volumes jurídicos. Há uma escrivaninha à D e ao C (DC), com uma cadeira giratória à sua D, e uma cadeira de couro, de espaldar alto e reto, à sua E. Uma segunda cadeira, igual, fica encostada à estante à E da lareira. No canto, à D e acima (DA), há uma espécie de suporte bem alto, próprio para leituras de pé, e no canto, à E e acima (EA), alguns ganchos para pendurar agasalhos, presos à parede. À noite, a sala é iluminada por luz elétrica, com lâmpadas em forma de vela em arandelas à D e à E da lareira e uma lâmpada sobre a escrivaninha, que ilumina apenas a área de trabalho. O interruptor fica ao lado da porta à E. Há um cordão para tocar a campainha à E da lareira e um telefone sobre a escrivaninha, tomada por papelada jurídica. Há as habituais caixas de documentos de clientes e uma pilha enorme de papéis sobre o banco na janela.

Quando o pano sobe, o sol da tarde brilha pela janela à D. O gabinete está vazio. Greta, a datilógrafa de Sir Wilfrid, entra imediatamente. Trata-se de uma moça meio fanhosa, bastante convencida de si mesma. Ela caminha em direção à (cruza) lareira, dando um passo de quadrilha no caminho, e retira um papel de uma caixa de documentos sobre o console da lareira. Carter, o chefe do escritório, entra, trazendo algumas cartas. Greta se vira, vê Carter, cruza e sai silenciosamente. Carter cruza até a escrivaninha e ali coloca as cartas. O telefone toca. Carter atende.

Carter: *(Ao telefone)* Escritório de sir Wilfrid Robarts... Oh, é você, Charles... Não, sir Wilfrid está no tribunal... Não volta tão cedo... Sim, o caso Shuttleworth... O quê? Com Myers na promotoria e Banter julgando?... Já faz quase duas horas que ele está formulando sua sentença... Não, impossível esta tarde. Estamos com os horários completamente tomados. Posso marcar um encontro para amanhã... Não, é impossível. Estou esperando Mayhew, de Mayhew e Brinskill, a qualquer momento... Bem, até logo. *(Ele desliga o telefone e organiza os documentos na escrivaninha.)*

Greta: *(Entra, pintando as unhas.)* Posso fazer o chá, sr. Carter?

Carter: *(Consultando seu relógio.)* Não está na hora ainda, Greta.

Greta: Pelo meu relógio, está, sim.

Carter: Então, seu relógio está errado.

Greta: *(Cruzando para o C.)* Acertei-o pelo rádio.

Carter: Então, o rádio deve estar errado.

Greta: *(Chocada)* Oh, o rádio não, sr. Carter. Ele *não pode* estar errado.

Carter: Este relógio foi de meu pai. Nunca adianta ou atrasa. Não se fabricam mais relógios como este hoje em dia. *(Ele balança a cabeça e, de repente, muda o tom e pega uma das folhas datilografadas.)* Realmente, a sua datilografia... Sempre com erros. *(Ele cruza para a D de Greta.)* Você omitiu uma palavra.

Greta: Oh, bem... é só uma palavra. Qualquer um faria isso.

Carter: A palavra que você omitiu é um *não*. Essa omissão altera completamente o sentido.

Greta: Oh, é mesmo? É bem engraçado, pensando bem. *(Ela dá um risinho.)*

Carter: Não tem a mínima graça. *(Ele rasga a folha ao meio e entrega a ela.)* Refaça-a. Você deve estar lembrada do que lhe contei na semana passada sobre o famoso caso Bryant e Horsfall. Sobre um testamento e um truste, que devido exclusivamente a um erro de cópia de um escriturário...

Greta: *(Interrompendo.)* Eu me lembro. A mulher errada ficou com o dinheiro todo.

Carter: Uma mulher de quem ele se divorciara quinze anos antes. Algo inteiramente contrário ao desejo do falecido, conforme reconhecido pelo próprio meritíssimo. Mas prevaleceu o que estava escrito. Nada havia a fazer. *(Ele cruza, por trás da mesa, para a D dela.)*

Greta: Acho *isso* bem engraçado também. *(Ela dá um risinho falso.)*

Carter: Escritório de advogado não é um lugar engraçado. A lei, Greta, é assunto sério e assim dever ser tratada.

Greta: O senhor não pensaria dessa forma... se ouvisse algumas das piadas que os juízes contam.

Carter: Esse tipo de pilhéria é prerrogativa do Judiciário.

Greta: E sempre leio nos jornais sobre "risos no tribunal".

Carter: Se eles não forem causados por algum comentário do juiz, verá que ele logo tratará de ameaçar com a evacuação da sala.

Greta: *(Cruzando para a porta.)* Velhote chato. *(Ela se vira e cruza para a E da escrivaninha.)* Sabe o que eu li outro dia, sr. Carter? *(Sendo categórica.)* "A lei é uma besta." Não estou sendo rude, apenas citando.

Carter: *(Friamente)* Uma citação de natureza lamentável. Não deve ser levada a sério. *(Ele consulta o relógio.)* Pode preparar o chá... *(Ele faz uma pausa, aguardando o momento exato.)* agora, Greta.

Greta: *(Alegremente)* Oh, obrigada, sr. Carter. *(Ela cruza rapidamente até a porta.)*

Carter: O sr. Mayhew, da Mayhew e Brinskill, logo estará aqui. Aguardo também um sr. Leonard Vole. Eles podem chegar juntos ou separados.

Greta: *(Entusiasmada)* Leonard Vole? *(Ela cruza até a escrivaninha.)* Ora, esse é o nome... estava no jornal...

Carter: *(De forma repressiva)* O chá, Greta.

Greta: Foi chamado pela polícia. Poderia ter informações valiosas a oferecer.

Carter: *(Elevando a voz.)* O chá!

Greta: *(Cruzando para a porta e virando-se.)* Foi apenas no último...

(Carter fulmina Greta com o olhar.)

O chá, sr. Carter. *(Greta sai, desconcertada e aborrecida.)*

Carter: *(Continua a arrumar a papelada, resmungando.)* Essas moças. Sensacionalistas... ineficientes... Não sei o que vai ser do Direito. *(Ele examina um documento datilografado, exclama algo em tom zangado, pega uma caneta e faz uma correção.)*

Greta: *(Entra, anunciando.)* O sr. Mayhew.

(O sr. Mayhew e Leonard Vole entram. Mayhew é um autêntico advogado de meia-idade, perspicaz, um tanto seco e objetivo no modo de ser. Leonard é um jovem afável, simpático, de uns 27 anos. Ele aparenta estar ligeiramente preocupado. Mayhew carrega uma pasta.)

Mayhew: *(Entregando o chapéu a Greta.)* Sente-se, sr. Vole. *(Ele cruza e fica de pé à frente da escrivaninha.)* Boa tarde, Carter. *(Ele coloca a pasta sobre a escrivaninha.)*

(Greta pega o chapéu de Leonard e pendura ambos nos cabides ao lado da porta. Em seguida, sai, fitando Leonard por sobre o ombro.)

Carter: Boa tarde, sr. Mayhew. O sr. Wilfrid não deve demorar, senhor, embora nunca se saiba quando se trata do juiz Banter. Vou agora mesmo ao vestiário tratar de avisar a ele que o senhor está aqui! *(Ele hesita.)* Com... *(Ele cruza até a frente da escrivaninha à D de Leonard.)*

Mayhew: Com o sr. Leonard Vole. Obrigado, Carter. Temo que este encontro tenha sido marcado muito em cima da hora. Entretanto, neste caso, era... bem urgente.

(CARTER *cruza para a porta.*)

Como está a dor nas costas?

CARTER: (*Virando-se.*) Só sinto quando o vento vem do leste. Obrigado por lembrar, sr. Mayhew. (CARTER *sai apressadamente.*)

(MAYHEW *senta-se à D da escrivaninha.* LEONARD *vagueia com visível desconforto.*)

MAYHEW: Sente-se, sr. Vole.

LEONARD: Obrigado... prefiro andar. Eu... esse tipo de coisa me deixa meio nervoso. (*Ele cruza para frente, à E.*)

MAYHEW: Sim, sim, com certeza...

GRETA: (*Entra. Ela se dirige a* MAYHEW, *mas fita* LEONARD *extasiada.*) Gostaria de uma xícara de chá, sr. Mayhew? Acabei de fazer.

LEONARD: (*Receptivo*) Obrigado, até que seria...

MAYHEW: (*Interrompendo, de forma decidida.*) Não, obrigado.

(GRETA *vira-se para sair.*)

LEONARD: (*Para* GRETA) Desculpe. (*Ele sorri para ela.*)

(GRETA *retribui-lhe o sorriso e sai. Há uma pausa.*)

(*Ele cruza para a D. De modo abrupto, com um ar um tanto atraente de perplexidade.*) O que eu quero dizer é que não consigo acreditar que isto está acontecendo *comigo*. Fico pensando... talvez seja apenas um sonho e que logo, logo vou acordar.

MAYHEW: Sim, sim, posso imaginar.

LEONARD: (*Dirigindo-se para a D da escrivaninha.*) O que quero dizer é... bem, parece algo tão tolo.

MAYHEW: (*Incisivamente*) Tolo, sr. Vole?

LEONARD: Sim, isso mesmo. Quero dizer, eu sempre fui um sujeito afável e tranquilo, que se dá bem com as pessoas e tudo o mais. Não sou do tipo que faz... bem, sei lá, coisas violentas. (*Ele faz uma pausa.*) Mas acho que vai acabar dando tudo certo, não? Quero dizer, neste país ninguém é condenado por algo que não fez, não é?

Mayhew: O sistema judiciário inglês é, na minha opinião, o melhor do mundo.

Leonard: *(Sentindo-se bem pouco à vontade. Cruzando por trás da escrivaninha para a D.)* Claro, houve o caso daquele... como é o nome dele?... Adolf Beck. Eu li a respeito ainda outro dia. Depois de ficar na cadeia por muitos anos, descobriram que tinha sido outro sujeito, chamado Smith. E aí lhe concederam um indulto. Isso é que me pareceu muito estranho: alguém ser "perdoado" por algo que não fez.

Mayhew: É o termo jurídico adequado.

Leonard: *(Trazendo a cadeira da E da lareira e colocando-a no C.)* Bem, não me parece correto.

Mayhew: O que importa é que Beck foi posto em liberdade.

Leonard: Sim, com ele correu tudo bem. Mas se fosse caso de assassinato... *(Senta-se escanchado na cadeira ao C.)* se tivesse sido assassinato, então teria sido tarde demais. Ele teria sido enforcado.

Mayhew: *(Seco, porém amável)* Sr. Vole, não há a menor necessidade de sermos mórbidos.

Leonard: *(Patético)* Perdoe-me, senhor. Mas como pode perceber, de certa forma, estou bastante agoniado.

Mayhew: Bem, tente manter a calma. Sir Wilfrid Robarts logo estará aqui e quero que conte a ele sua história exatamente como relatou a mim.

Leonard: Sim, senhor.

Mayhew: Mas, por ora, talvez pudéssemos obter um pouco mais de detalhes, de informações. Pelo que entendi, o senhor está desempregado.

Leonard: *(Embaraçado)* Sim, mas tenho algumas economias. Não é muita coisa, mas se puder dar um jeito...

Mayhew: *(Preocupado)* Oh, não estou pensando... em... honorários. Quero apenas chegar... bem... a um quadro geral mais claro. Sua situação de vida e... suas condições. Há quanto tempo está desempregado?

LEONARD: *(Responde a tudo prontamente, com uma amabilidade encantadora.)* Há alguns meses.

MAYHEW: O que fazia antes disso?

LEONARD: Eu trabalhava numa empresa de manutenção de motores... era um tipo de mecânico, era isso.

MAYHEW: Quanto tempo trabalhou lá?

LEONARD: Oh, cerca de três meses.

MAYHEW: *(Direto)* Foi despedido?

LEONARD: Não, eu pedi demissão. Tive uma discussão com o chefe da oficina. Um grande filho da p... *(Ele interrompe.)* Quer dizer, era um sujeito mesquinho, sempre implicando e reclamando.

MAYHEW: Hum... e antes disso?

LEONARD: Trabalhei num posto de gasolina, mas as coisas ficaram meio esquisitas e eu fui embora.

MAYHEW: Esquisitas? Como assim?

LEONARD: *(Embaraçado)* Bem... a filha do patrão... era só uma garota, mas ela... bem, ela foi com a minha cara... e nada houve de mau entre nós, mas o velho ficou meio contrariado e disse que era melhor eu ir embora. Ele foi bem simpático na minha saída, me deu uma carta de recomendação. *(Ele se levanta e ri, de repente.)* Antes *disso*, eu vendia batedeiras, ganhando comissão. *(Ele recoloca a cadeira à E da lareira.)*

MAYHEW: É mesmo?

LEONARD: *(Cruzando e colocando-se à frente da escrivaninha; bem jovialmente.)* Aliás, eram batedeiras horrorosas. Até eu teria inventado uma melhor. *(Percebendo o semblante de MAYHEW.)* O senhor deve estar pensando que eu não paro em lugar nenhum. De certo modo é verdade... mas eu não sou realmente assim. O serviço militar desorganizou minha vida um pouco, e ainda o fato de ter ido para o estrangeiro. Estive na Alemanha. Lá era ótimo. Foi lá que conheci minha mulher. Ela é atriz. Desde que voltei para a Inglaterra, por uma razão ou outra parece que não consigo me fixar em lugar nenhum. Na verdade eu não sei bem o que quero fazer. Gosto de trabalhar com carros e de inventar novos acessórios e dispositivos para eles. É muito interessante. E, sabe...

(SIR WILFRID ROBARTS *entra. Ele é seguido por* CARTER. SIR WILFRID *usa a veste e o peitilho de conselheiro jurídico de Sua Majestade e carrega a peruca e a toga.* CARTER *carrega o paletó e a gravata-borboleta de* SIR WILFRID.)

SIR WILFRID: Olá, John.

MAYHEW: (*Levantando-se.*) Ah, Wilfrid.

SIR WILFRID: (*Entregando a* CARTER *a peruca e a toga.*) Carter lhe disse que eu estava no tribunal? Banter realmente se superou. (*Ele olha para* LEONARD.) E este é o senhor... Vole? (*Cruza para a E de Leonard.*)

MAYHEW: Este é Leonard Vole.

LEONARD: Como vai, senhor?

(MAYHEW *dirige-se até a lareira.*)

SIR WILFRID: Como vai, Vole? Não quer se sentar?

(LEONARD *senta-se à E da escrivaninha.*)

Como vai a família, John? (*Cruza na direção de* CARTER.)

(CARTER *ajuda* SIR WILFRID *a trocar o paletó e retirar o peitilho.*)

MAYHEW: Molly pegou, de leve, essa gripe de 24 horas.

SIR WILFRID: Isso é péssimo!

MAYHEW: Sim, terrível. Ganhou a causa, Wilfrid?

SIR WILFRID: Sim, alegro-me em dizê-lo.

MAYHEW: Sempre lhe dá uma satisfação especial derrotar o Myers, não é mesmo?

SIR WILFRID: Tenho satisfação em derrotar qualquer um.

Mayhew: Mas especialmente o Myers.

Sir Wilfrid: *(Pegando a gravata-borboleta com Carter.)* Especialmente o Myers. *(Cruza até o espelho à D.)* É um cavalheiro... irritante. *(Ele coloca a gravata-borboleta.)* Sempre parece despertar o que há de pior em mim.

Mayhew: Isso parece ser recíproco. Você o irrita por dificilmente deixá-lo terminar uma frase.

(Carter sai, levando consigo a peruca, a toga, o paletó e o peitilho.)

Sir Wilfrid: Ele me irrita por causa daquele cacoete. *(Ele se vira e fica de pé, à D da escrivaninha.)* É isso... *(Pigarreia e ajeita uma peruca imaginária.)* que me perturba, e fica me chamando de Ro-barts... Ro-barts. Mas é um advogado muito hábil, e só precisava se lembrar de não fazer perguntas tendenciosas à testemunha, quando sabe perfeitamente que não deveria fazê-las. Mas vamos ao trabalho.

Mayhew: *(Colocando-se à frente da escrivaninha.)* Sim. Trouxe o Vole aqui porque estou ansioso para que você ouça a história dele exatamente como me relatou. *(Ele pega algumas folhas datilografadas dentro da pasta.)* O assunto me parece urgente. *(Entrega as folhas a Sir Wilfrid.)*

Sir Wilfrid: Ah, é?

Leonard: Minha mulher acha que eu vou ser preso. *(Ele parece embaraçado.)* Ela é bem mais inteligente do que eu... então, pode estar certa.

Sir Wilfrid: Preso por quê?

Leonard: *(Mais embaraçado ainda)* Bem... por assassinato.

(Sir Wilfrid se apoia no canto direito da escrivaninha.)

Mayhew: *(Cruzando até o C.)* É o caso da srta. Emily French. Provavelmente terá lido o noticiário nos jornais.

(Sir Wilfrid meneia a cabeça, concordando.)

Ela era uma senhora solteirona, que morava na companhia apenas de uma governanta idosa, numa casa em

Hampstead. Na noite de 14 de outubro, a governanta voltou às onze horas e constatou que a casa parecia ter sido arrombada e que a patroa tinha sido golpeada na parte detrás da cabeça e estava morta. *(Para Leonard)* É isso?

Leonard: Sim, está certo. É o tipo de coisa bastante comum de acontecer hoje em dia. E então, no dia seguinte, os jornais disseram que a polícia estava ansiosa por ouvir um sr. Leonard Vole, que visitara a srta. French mais cedo, na noite em questão, e que, segundo eles, poderia ter informações valiosas a oferecer. Então, naturalmente, fui até a delegacia e eles me fizeram uma porção de perguntas.

Sir Wilfrid: *(Incisivo)* Eles o preveniram devidamente?

Leonard: *(De forma vaga)* Não sei bem. Quer dizer, eles perguntaram se eu gostaria de prestar um depoimento que seria registrado por escrito e poderia ser usado no tribunal. Isso foi me prevenir?

(Sir Wilfrid troca olhares com Mayhew e dirige-se mais para ele do que para Leonard.)

Sir Wilfrid: *(Levantando-se.)* Bem, agora não tem mais jeito. *(Ele cruza para a E da escrivaninha.)*

Leonard: De qualquer forma, aquilo tudo me parecia uma grande bobagem. Contei-lhes tudo o que podia e foram muito gentis, parecendo bastante satisfeitos e tudo o mais. Quando cheguei em casa e contei a Romaine, minha mulher, o acontecido... bem, ela ficou exasperada. Parece-me que ela achava que eles... bem... tinham se apegado à ideia de que eu poderia ter feito aquilo.

(Sir Wilfrid retira a cadeira da E da lareira para o C para Mayhew, que se senta.)

Então pensei que talvez eu devesse arranjar um advogado... *(Para Mayhew)* daí tê-lo procurado. Pensei que o senhor pudesse me dizer o que eu deveria fazer. *(Ele olha, ansioso, de um para o outro.)*

Sir Wilfrid: *(Dirigindo-se para a frente à E.)* Conhecia bem a srta. French?

(Leonard se levanta, mas Sir Wilfrid indica-lhe para se sentar.)

Leonard: Oh, claro, ela era extremamente bondosa comigo. *(Ele volta a se sentar.)* Na verdade, às vezes chegava a ser meio maçante... ela me mimava demais, mas com boa intenção, e quando vi no jornal que tinha sido morta fiquei terrivelmente abalado porque, sabe, eu gostava muito dela.

Mayhew: Conte a sir Wilfrid, assim como me contou, como foi que conheceu a srta. French.

Leonard: *(Virando-se obedientemente para Sir Wilfrid)* Bem, foi certo dia na Oxford Street. Vi uma velhinha atravessando a rua, carregando uma porção de pacotes e, no meio da travessia, ela os deixou cair, tentou agarrá-los novamente e, ao levantar-se, viu que um ônibus estava quase em cima dela.

(Sir Wilfrid cruza lentamente por trás dos outros para a D da escrivaninha.)

Ela só tratou de chegar do outro lado em segurança. Bem, eu apanhei os embrulhos da rua, retirei um pouco da lama da melhor maneira possível, amarrei um deles novamente e tentei acalmar a pobre senhora. Sabe como são essas coisas.

Sir Wilfrid: Ela se sentiu agradecida?

Leonard: Oh, sim, ela pareceu muito grata. Agradeceu-me muito e tudo o mais. Qualquer um pensaria que eu tinha salvado sua vida e não os seus embrulhos.

Sir Wilfrid: Mas não houve, na realidade, algo assim como ter salvado a vida dela? *(Ele pega um maço de cigarros da gaveta da escrivaninha.)*

Leonard: Oh, não. Não foi nada de heroico. Jamais pensei que a encontraria de novo.

Sir Wilfrid: Um cigarro?

Leonard: Não, obrigado, senhor, não fumo. No entanto, por uma extraordinária coincidência, dois dias mais tarde aconteceu de eu me sentar atrás dela no teatro. Ela olhou em volta e me reconheceu e começamos a conversar, e, no final, ela me pediu que fosse visitá-la.

Sir Wilfrid: E o senhor foi?

Leonard: Sim. Ela insistiu para que eu escolhesse o dia e me pareceu bem mesquinho recusar. Então, eu disse que iria no sábado seguinte.

Sir Wilfrid: E o senhor foi até a casa dela em... *(Ele olha um dos papéis.)*

Mayhew: Hampstead.

Leonard: Sim.

Sir Wilfrid: O que sabia sobre ela quando esteve na casa pela primeira vez? *(Ele se apoia na extremidade D da escrivaninha.)*

Leonard: Bem, nada realmente, apenas o que ela me contara, que vivia sozinha e que não tinha muitos amigos. Algo assim.

Sir Wilfrid: Ela vivia apenas com uma governanta?

Leonard: Isso mesmo. Tinha, porém, oito gatos. Oito. A casa era muito bem mobiliada e tudo o mais, mas cheirava a gato.

Sir Wilfrid: *(Levantando-se e dirigindo-se para a frente da escrivaninha.)* Tinha razões para acreditar que ela era rica?

Leonard: Bem, ela falava como se fosse.

Sir Wilfrid: E o senhor? *(Cruza e fica de pé à E de Leonard)*

Leonard: *(Animadamente)* Oh, estou praticamente quebrado, e isso já faz algum tempo.

Sir Wilfrid: É lamentável.

Leonard: Sim, senhor, com certeza. Oh, o senhor quer dizer que as pessoas vão pensar que eu estava adulando a velha por causa do dinheiro dela?

Sir Wilfrid: *(Sem graça)* Eu não colocaria assim dessa maneira, mas, em essência, sim, possivelmente é o que as pessoas diriam.

Leonard: Isso não é verdade, sabe. De fato, eu sentia pena dela. Achava-a solitária. Fui criado por uma tia velha, minha tia Betsy, e gosto de mulheres idosas.

Sir Wilfrid: O senhor disse mulheres idosas. Sabe que idade tinha a srta. French?

Leonard: Bem, eu não sabia, mas li no jornal depois que ela foi assassinada. Ela tinha 56 anos.

Sir Wilfrid: Cinquenta e seis. Considera isso idoso, sr. Vole, mas tenho minhas dúvidas se a srta. Emily French se considerava idosa.

Leonard: Mas não se trata de nenhuma jovenzinha, certo?

Sir Wilfrid: *(Cruzando pela frente da escrivaninha e sentando-se à D dela.)* Bem, continuemos. Ia visitar a srta. French com assiduidade?

Leonard: Sim, eu diria uma ou duas vezes por semana, talvez.

Sir Wilfrid: Levava a sua mulher com o senhor?

Leonard: *(Ligeiramente embaraçado)* Não, não levava.

Sir Wilfrid: E por que não levava?

Leonard: Bem... bem, para ser franco, não acho que teria dado muito certo se a levasse.

Sir Wilfrid: O senhor quer dizer com sua mulher ou com a srta. French?

Leonard: Oh, com a srta. French. *(Ele hesita.)*

Mayhew: Prossiga, prossiga.

Leonard: Sabe, ela acabou gostando bastante de mim.

Sir Wilfrid: Quer dizer que ela se apaixonou pelo senhor?

Leonard: *(Horrorizado)* Oh, por Deus, não, nada do gênero. Só me mimava e papáricava, esse tipo de coisa.

Sir Wilfrid: *(Depois de uma pequena pausa)* Veja, sr. Vole, não tenho dúvidas de que parte do caso que a polícia tem contra o senhor... se é que *há* um caso contra o senhor, o que até agora não temos uma razão definida para supor... não seria porque o senhor, tão jovem, bem-apessoado, casado, devotava tanto tempo a uma senhora mais velha com quem dificilmente teria muito em comum?

Leonard: *(Consternado)* Sim, eu sei que vão dizer que eu estava atrás dela por causa do dinheiro. E de certa maneira talvez seja verdade. Mas apenas de certa forma.

Sir Wilfrid: *(Ligeiramente sem graça)* Bem, pelo menos, o senhor é franco, sr. Vole. Pode explicar isso com um pouco mais de clareza?

Leonard: *(Levantando-se e dirigindo-se para a lareira)* Bem, ela não fazia segredo de que nadava em dinheiro. Conforme lhe contei, Romaine e eu... ela é minha mulher... estamos bem apertados. *(Ele anda e para atrás de sua cadeira.)* Admito que eu esperava que caso ficasse com a corda no pescoço ela me emprestaria algum dinheiro. Estou sendo honesto quanto a isso.

Sir Wilfrid: Pediu-lhe um empréstimo?

Leonard: Não, não pedi. Quero dizer, não era caso de desespero. *(Repentinamente ele fica bem mais sério, como que tomando consciência da gravidade da situação.)* É claro que percebo que as coisas parecem bem ruins para mim. *(Ele volta à sua cadeira.)*

Sir Wilfrid: A srta. French sabia que o senhor era um homem casado?

Leonard: Oh, sim.

Sir Wilfrid: Mas ela não lhe sugeriu que trouxesse sua esposa para visitá-la?

Leonard: *(Ligeiramente embaraçado)* Não. Ela... bem, ela parecia tomar como certo que eu e minha mulher não nos dávamos bem.

Sir Wilfrid: O senhor, de forma deliberada, deu a ela essa impressão?

Leonard: Não, não dei. Claro que não dei. Mas ela parecia... bem, estar convencida e pensei que talvez se, eu ficasse insistindo em incluir Romaine, ela poderia muito bem perder o interesse por mim. Eu não queria exatamente mendigar o dinheiro dela, mas eu tinha inventado um acessório para automóveis... uma ideia boa mesmo... e se eu pudesse tê-la persuadido a financiá-la, bem, quero dizer que seria o dinheiro *dela*, e que poderia ter-lhe rendido bastante. Oh, é muito difícil explicar... mas eu não a estava explorando. Realmente não estava, sir Wilfrid.

Sir Wilfrid: E, nesse tempo todo, que quantia você obteve da srta. French?

Leonard: Nenhuma. Absolutamente nenhuma.

Sir Wilfrid: Fale-me um pouco sobre a governanta.

Leonard: Janet MacKenzie? Uma velha tirana, sabe, isso é o que ela era. Azucrinava a pobre srta. French. Cuidava muito bem dela e tudo o mais, mas a pobre coitada não tinha sossego com Janet por perto. *(Pensativo)* Janet não gostava de mim.

Sir Wilfrid: Por que ela não gostava do senhor?

Leonard: Ciúme, eu acho. Não acho que ela gostasse de me ver ajudando a srta. French com seus negócios.

Sir Wilfrid: Oh, então o senhor ajudava a srta. French nos negócios dela?

Leonard: Sim. Ela andava preocupada com alguns dos seus bens e investimentos e achava meio difícil preencher formulários e todo esse tipo de coisa. Sim, eu a ajudei com muitas coisas assim.

Sir Wilfrid: Agora, sr. Vole, vou lhe fazer uma pergunta muito séria. E é vital que eu tenha uma resposta absolutamente verdadeira para ela. O senhor estava mal financeiramente, lidava com os negócios dessa senhora. Em algum momento o senhor manipulou títulos ou valores em seu próprio benefício?

(LEONARD está prestes a repudiar a colocação veementemente.)

Agora, espere um minuto, sr. Vole, antes de responder. Porque, veja, há dois pontos de vista. Ou partimos do ponto de sua probidade e honestidade, ou, se o senhor de alguma forma enganou a mulher, então temos de argumentar que não tinha um motivo para assassiná-la, afinal ela já representava uma lucrativa fonte de renda para o senhor.

LEONARD: Posso lhe garantir, sir Wilfrid, que fui absolutamente correto e o senhor não encontrará nada que prove o contrário. Absolutamente correto.

SIR WILFRID: Obrigado, sr. Vole. O senhor me alivia bastante. Cumprimento-o, acreditando que o senhor é inteligente demais para mentir sobre um assunto tão vital. E agora passemos a outubro, dia... *(Ele hesita.)*

MAYHEW: Catorze.

SIR WILFRID: Catorze. *(Ele se levanta.)* A srta. French pediu-lhe que fosse vê-la naquela noite?

LEONARD: Para dizer a verdade, não, não pediu. Mas eu tinha encontrado um novo tipo de acessório e achei que ela gostaria. Então dei uma passada lá naquela noite, chegando lá por volta de quinze para as oito. Era a noite de folga de Janet MacKenzie e eu sabia que ela estaria sozinha, sentindo-se talvez um tanto solitária.

SIR WILFRID: Era noite de folga de Janet MacKenzie e o senhor sabia disso.

LEONARD: *(Alegremente)* Oh, sim, eu sabia que a Janet sempre saía às sextas.

SIR WILFRID: Isso não é tão bom.

LEONARD: Por que não? Parece-me muito natural eu escolher aquela noite para visitá-la.

SIR WILFRID: Por favor, prossiga, sr. Vole.

LEONARD: Bem, cheguei lá às quinze para as oito. Ela acabara de jantar, mas tomei uma xícara de café com ela e jogamos uma partida de paciência a dois. Depois, às nove horas despedi-me dela e fui para casa.

(S̲ɪʀ W̲ɪʟꜰʀɪᴅ *cruza por trás dos* O̲ᴜᴛʀᴏs *para a E.*)

Mayhew: O senhor me contou que a governanta disse ter chegado em casa mais cedo do que o costume, naquela noite.

Leonard: Sim, a polícia contou que ela voltara para pegar algo que esquecera e ouviu... ou ela diz que ouviu... alguém falando com a srta. French. Bem, quem quer que fosse, não era eu.

Sir Wilfrid: *(Cruzando para o C.)* O senhor mora em apartamento?

Leonard: Sim. Em um apartamento bem pequeno, por cima de uma loja, atrás da Euston Station.

Sir Wilfrid: *(Colocando-se de pé, à E de Leonard,)* Alguém o viu voltando ao apartamento?

Leonard: Creio que não. Por que deveria?

Sir Wilfrid: Poderia ser uma vantagem, se o tivessem visto.

Leonard: Mas certamente não está pensando... quero dizer, se ela foi de fato morta às nove e meia, o testemunho de minha mulher é tudo o que eu preciso, não?

(S̲ɪʀ W̲ɪʟꜰʀɪᴅ e M̲ᴀʏʜᴇᴡ se entreolham. S̲ɪʀ W̲ɪʟꜰʀɪᴅ cruza e fica de pé à E.)

Mayhew: E sua mulher afirmará categoricamente que o senhor estava em casa naquele horário?

Leonard: Claro que sim.

Mayhew: *(Levantando-se e indo até a lareira.)* O senhor ama muito a sua mulher e ela o ama muito também?

Leonard: *(Com o rosto mais relaxado)* Romaine é absolutamente dedicada. É a esposa mais devotada que qualquer homem poderia ter.

Mayhew: Percebo. Vocês são felizes no casamento.

Leonard: Não poderia ser mais feliz. Romaine é maravilhosa, absolutamente maravilhosa. Gostaria que a conhecesse, sr. Mayhew.

(Batem à porta.)

Sir Wilfrid: *(Chamando)* Entre.

Greta: *(Entra trazendo um jornal vespertino.)* O jornal da tarde, sir Wilfrid. *(Ela indica um parágrafo ao entregar-lhe o jornal.)*

Sir Wilfrid: Obrigado, Greta.

Greta: Aceitaria uma xícara de chá, senhor?

Sir Wilfrid: Não, obrigado. Gostaria de uma xícara, Vole?

Leonard: Não, obrigado, senhor.

Sir Wilfrid: Não, obrigado, Greta. *(Ele cruza por trás dos Outros para a D da escrivaninha.)*

(Greta sai.)

Mayhew: Seria aconselhável termos uma reunião com sua esposa.

Leonard: O senhor quer dizer uma conferência, uma mesa-redonda de verdade?

(Sir Wilfrid senta-se à D da escrivaninha.)

Mayhew: Será, sr. Vole, que o senhor está encarando este assunto com seriedade suficiente?

Leonard: *(Nervoso)* Eu estou, estou, sim, de verdade, mas isso parece... bem, quero dizer, isso parece muito mais um sonho ruim. Quero dizer, que esteja acontecendo comigo. Assassinato. É coisa que se lê em livros ou jornais, mas não dá para acreditar que seja algo que algum dia possa lhe acontecer. Acho que é por isso que fico tentando fazer piada, mas não é uma piada, mesmo.

Mayhew: Não, temo que não seja caso de piada.

Leonard: Mas, quero dizer, está tudo certo, não está? Porque, quero dizer, se eles pensam que a srta. French foi morta às nove e meia e eu estava em casa com Romaine...

Mayhew: Como o senhor voltou para casa? De ônibus, de metrô?

Leonard: Fui caminhando. Levei 25 minutos, mas era uma noite agradável, ventava um pouco.

Mayhew: Encontrou alguém conhecido pelo caminho?

Leonard: Não, mas isso importa? Quero dizer, Romaine...

Sir Wilfrid: O testemunho de uma esposa devotada sem o respaldo de qualquer outra prova pode não ser totalmente convincente, sr. Vole.

Leonard: O senhor quer dizer que eles pensariam que Romaine mentiria por mim?

Sir Wilfrid: Isso já aconteceu noutras ocasiões, sr. Vole.

Leonard: Oh, tenho certeza de que ela o faria, também. Neste caso, quero dizer, ela não estaria mentindo porque foi assim mesmo. O senhor acredita em mim, não acredita?

Sir Wilfrid: Sim, acredito no senhor, sr. Vole, mas não é a mim que tem de convencer. Está ciente, ou não, de que a srta. French fez um testamento deixando todo o dinheiro dela para o senhor?

Leonard: *(Absolutamente estupefato)* Deixou todo o dinheiro dela para mim? Está brincando!

(Mayhew volta à sua cadeira, no C.)

Sir Wilfrid: Não estou brincando. Está no jornal desta tarde. *(Ele entrega o jornal por cima da escrivaninha.)*

Leonard: *(Lê o parágrafo)* Bem, mal posso acreditar.

Sir Wilfrid: Não sabia de nada sobre o assunto?

Leonard: Absolutamente nada. Ela jamais disse uma palavra. *(Ele entrega o jornal a Mayhew.)*

Mayhew: Tem certeza disso, sr. Vole?

Leonard: Absoluta. Sou muito agradecido a ela, embora de certa forma preferisse que não tivesse feito isso. Quero dizer... é algo meio lamentável, do jeito que as coisas estão, não é, senhor?

Sir Wilfrid: Seria um motivo suficiente para o senhor. Isso se soubesse do fato, do qual afirma não ter conhecimento. A srta. French nunca lhe falou sobre fazer um testamento?

Leonard: Certa vez ela disse a Janet: "Você tem medo de que eu refaça meu testamento", mas isso não teve nada a ver comigo. Quero dizer, foi apenas uma briguinha entre elas. *(Ele muda de postura.)* Acha mesmo que eles vão me prender?

Sir Wilfrid: Creio que deve se preparar para essa eventualidade, sr. Vole.

Leonard: *(Levantando-se)* O senhor... o senhor fará o melhor possível por mim, não é?

Sir Wilfrid: *(Caloroso)* Pode ter certeza, meu caro sr. Vole, de que farei tudo o que eu puder para ajudá-lo. Não se preocupe. Deixe tudo em minhas mãos.

Leonard: O senhor vai cuidar de Romaine, não vai? Quero dizer, ela ficará arrasada. Será terrível para ela.

Sir Wilfrid: Não se preocupe, meu rapaz. Não se preocupe.

Leonard: *(Voltando ao seu lugar; para Mayhew.)* E há a questão do dinheiro, também. Isso me inquieta. Tenho algumas libras, mas é pouca coisa. Talvez não devesse ter pedido ao senhor para fazer algo por mim.

Mayhew: Acho que temos condições de elaborar uma defesa adequada. O tribunal dispõe de verba para casos como este, sabe.

Leonard: *(Levantando-se e dirigindo-se para a frente da escrivaninha.)* Não consigo acreditar. Não acredito que eu, Leonard Vole, vá estar diante de um júri afirmando "Inocente". Com as pessoas me olhando. *(Ele se sacode como se fosse um sonho ruim e, em seguida, vira-se para Mayhew.)* Não posso entender por que eles não admitem que possa ter sido um ladrão. Quero dizer, aparentemente a janela foi forçada e quebrada e havia muita coisa espalhada, segundo os jornais. *(Ele volta ao seu lugar.)* Quero dizer, parece muito mais provável.

Mayhew: A polícia deve ter alguma razão para pensar que não foi um arrombamento.

Leonard: Bem, me parece que...

(Carter entra)

Sir Wilfrid: Sim, Carter?

Carter: *(Cruzando até a frente da escrivaninha)* Perdão, senhor, há dois cavalheiros aqui solicitando para ver o sr. Vole.

Sir Wilfrid: A polícia?

Carter: Sim, senhor.

(Mayhew se levanta.)

Sir Wilfrid: *(Levantando-se e cruzando até a porta)* Tudo bem, John, vou falar com eles.

(Sir Wilfrid sai e Carter o acompanha.)

Leonard: Meu Deus! Será que é... agora? Será que... chegou a hora?

Mayhew: Temo que sim, meu rapaz. Agora, tenha calma. Não perca a coragem.

(Ele dá uns tapinhas no ombro de Leonard.) Não diga mais nada... deixe tudo por nossa conta. *(Ele recoloca a cadeira à E da lareira.)*

Leonard: Mas como souberam que eu estava aqui?

Mayhew: É provável que tenham colocado um dos homens para vigiá-lo.

Leonard: *(Ainda sem conseguir acreditar.)* Então eles realmente suspeitam de mim.

(Sir Wilfrid, Inspetor Detetive Hearne e um Detetive à paisana entram. O Inspetor é um homem alto, de boa aparência.)

Inspetor: *(Ao entrar; para Sir Wilfrid)* Desculpe incomodá-lo, senhor.

Sir Wilfrid: *(Pondo-se de pé, à E.)* Este é o sr. Vole.

(Leonard se levanta.)

Inspetor: *(Cruzando na direção de Leonard.)* Seu nome é Leonard Vole?

Leonard: Sim.

Inspetor: Sou o inspetor detetive Hearne. Tenho comigo uma ordem de prisão contra o senhor pelo assassinato de Emily French no dia 14 de outubro passado. Devo alertá-lo de que qualquer coisa que diga será registrada e usada como prova.

Leonard: OK. *(Nervoso, ele olha para Sir Wilfrid e, em seguida, cruza e pega o chapéu no cabideiro à E.)* Estou pronto.

Mayhew: *(Dirigindo-se para a E do Inspetor)* Boa tarde, inspetor Hearne. Meu nome é Mayhew e represento o sr. Vole.

Inspetor: Boa tarde, sr. Mayhew. Perfeitamente. Vamos levá-lo agora e formalizar a acusação.

(Leonard e o Detetive saem.)

(Ele cruza até Sir Wilfrid. Para Mayhew) O tempo anda bem agradável por agora. Uma geada leve ontem à noite. Esperamos vê-lo mais tarde, senhor. *(Ele cruza até a porta.)* Esperamos não tê-lo importunado, sir Wilfrid.

Sir Wilfrid: Nunca sou importunado.

(O Inspetor sorri de forma educada e sai.)

(Fechando a porta.) Devo dizer, John, que esse jovem está bem mais encrencado do que ele imagina.

Mayhew: Com certeza, está. O que achou dele?

Sir Wilfrid: *(Cruzando para a E de Mayhew)* Extraordinariamente ingênuo. No entanto, bastante esperto em certos aspectos. Inteligente, eu diria. Mas certamente não tem noção do perigo em que se encontra.

Mayhew: Acha que foi ele?

Sir Wilfrid: Não tenho a menor ideia. No geral, eu diria que *não*. *(Contundente)* Concorda?

Mayhew: *(Tirando o cachimbo do bolso)* Concordo.

(Sir Wilfrid pega o pote de fumo no console da lareira e entrega-o a Mayhew, que cruza, coloca-se diante da escrivaninha e enche o cachimbo.)

Sir Wilfrid: Oh, bem, parece que ele nos impressionou favoravelmente. Não entendo por quê. Jamais ouvi uma história mais fraca. Só Deus sabe o que vamos fazer com ela. A única evidência a seu favor parece ser a da esposa. E quem vai acreditar numa esposa?

Mayhew: *(Com humor ácido)* Isso já aconteceu noutras ocasiões.

Sir Wilfrid: Além disso, ela é estrangeira. Nove entre doze integrantes do júri acreditam que estrangeiros mentem. Ela ficará emocionada e perturbada e não vai compreender o que o promotor lhe disser. Mesmo assim, teremos de entrevistá-la. Vai ter um ataque histérico aqui dentro do meu escritório, você vai ver.

Mayhew: Talvez prefira não aceitar a causa.

Sir Wilfrid: Quem disse que não vou aceitar? Só porque comentei que a história contada pelo rapaz é absolutamente idiota?

Mayhew: *(Cruzando e entregando o pote de fumo a Sir Wilfrid)* Mas verdadeira.

Sir Wilfrid: *(Recolocando o pote sobre o console)* Tem de ser verdadeira. Não poderia ser tão idiota se não fosse verdadeira. Coloque todos os fatos, preto no branco, e a coisa toda é um desastre.

(Mayhew apalpa os bolsos, procurando fósforos.)

E ainda assim, quando se fala com o rapaz e ele vem com aquela enxurrada de fatos desfavoráveis, percebe-se que aquilo poderia ter acontecido exatamente conforme ele falou. Droga! Eu tive alguém como a tia Betsy também e eu a adorava.

Mayhew: Acho que ele tem um bom caráter. É afável.

Sir Wilfrid: *(Tirando uma caixa de fósforos de seu bolso e dando-a a Mayhew.)* Sim, isso deve causar boa impressão ao júri. Mas de nada adianta com o juiz. E ele é o tipo do sujeito simplório capaz de se atrapalhar facilmente ao depor.

(Mayhew vê que a caixa está vazia e a joga fora, na lata de lixo.)

Muita coisa depende dessa moça.

(Batem à porta.)

(Ele fala em voz alta.) Entre.

(Greta entra. Ela está agitada e um pouco amedrontada. Entra e fecha a porta.)

Sim, Greta, o que é?

Greta: *(Sussurrando)* A sra. Leonard Vole está aqui.

Mayhew: A sra. Vole.

Sir Wilfrid: Venha aqui. Viu aquele rapaz? Ele foi preso por assassinato.

Greta: *(Cruzando para a E de Sir Wilfrid.)* Eu sei. Não é empolgante?

Sir Wilfrid: Acha que foi ele?

Greta: Oh, não, senhor. Tenho certeza de que não.

Sir Wilfrid: Oh, por que não?

Greta: Ele é bonzinho demais.

Sir Wilfrid: *(Para Mayhew)* Então somos três. *(Para Greta)* Faça a sra. Vole entrar.

(Greta cruza e sai.)

E nós provavelmente somos três idiotas crédulos... *(Ele cruza em direção à cadeira à E da escrivaninha.)* iludidos pela personalidade agradável de um jovem. *(Ajeita a cadeira para a chegada de Romaine.)*

Carter: *(Entra e coloca-se de lado, anunciando.)* A sra. Vole.

(Romaine entra. Ela é uma mulher estrangeira de personalidade forte, mas demonstra muita calma. A voz dela tem um estranho tom irônico.)

Mayhew: *(Cruzando para a D de Romaine.)* Prezada sra. Vole. *(Dirige-se a ela, manifestando grande receptividade, mas é ligeiramente rechaçado por sua personalidade.)*

(CARTER *sai, fechando a porta.*)

ROMAINE: Ah! O senhor é o sr. Mayhew.

MAYHEW: Sim. Este é sir Wilfrid Robarts, que concordou em aceitar o caso de seu marido.

ROMAINE: *(Cruzando até o C.)* Como vai, sir Wilfrid?

SIR WILFRID: Como vai?

ROMAINE: Acabo de chegar do seu escritório, sr. Mayhew. Lá me disseram que o senhor estaria aqui com meu marido.

SIR WILFRID: Exato, exato.

ROMAINE: Assim que cheguei, pensei ter visto Leonard entrando num carro, acompanhado de dois homens.

SIR WILFRID: Agora, minha cara sra. Vole, não deve se sentir perturbada.

(ROMAINE não demonstra a mínima perturbação.)

(Ele está ligeiramente desconcertado.) Não quer se sentar?

ROMAINE: Obrigada. *(Ela se senta na cadeira à E da escrivaninha.)*

SIR WILFRID: *(Passando pela frente da escrivaninha para a D dela.)* Por enquanto não há razão para ficar alarmada e a senhora não deve se deixar abalar. *(Ele se dirige para trás da escrivaninha.)*

ROMAINE: *(Depois de uma pausa)* Oh, não, não vou me deixar abalar.

SIR WILFRID: Então, deixe-me dizer-lhe que, conforme já deve ter suspeitado, seu marido acabou de ser preso.

ROMAINE: Pelo assassinato da srta. Emily French?

SIR WILFRID: Sim, temo que sim. Mas, por favor, não se perturbe.

ROMAINE: O senhor fica dizendo a mesma coisa, sir Wilfrid, mas eu não estou perturbada.

SIR WILFRID: Não. Não. Percebo que é muito forte.

ROMAINE: Pode chamar do que quiser.

Sir Wilfrid: O que importa é manter a calma e tratar tudo isso com sensatez.

Romaine: O que muito me agrada. Mas o senhor não deve esconder nada de mim, sir Wilfrid. Não deve tentar me poupar. Quero saber de tudo. *(Com uma ligeira mudança no tom de voz)* Quero saber... do pior.

Sir Wilfrid: Esplêndido. Esplêndido. É a forma correta de se lidar com as coisas. *(Ele se dirige para a D da escrivaninha.)* Agora, cara senhora, não vamos nos alarmar ou desaminar, vamos encarar as coisas de forma sensata e objetiva. *(Senta-se à D da escrivaninha.)* Seu marido fez amizade com a srta. French há cerca de seis semanas. A senhora estava... ciente dessa amizade?

Romaine: Ele me contou que tinha resgatado uma senhora idosa com seus embrulhos no meio de uma rua movimentada. E disse que ela havia pedido a ele que fosse visitá-la.

Sir Wilfrid: Tudo muito natural, acho eu. E seu marido foi visitá-la.

Romaine: Sim.

Sir Wilfrid: E eles se tornaram grandes amigos.

Romaine: Evidentemente.

Sir Wilfrid: Não se cogitou de a senhora acompanhar seu marido em quaisquer dessas visitas?

Romaine: Leonard achou melhor eu não ir.

Sir Wilfrid: *(Desferindo um olhar penetrante para ela.)* Ele achou melhor a senhora não ir. Sim. Só aqui entre nós, por que ele pensava que era melhor?

Romaine: Ele achava que a srta. French preferiria dessa forma.

Sir Wilfrid: *(Um pouco nervoso e contornando o assunto.)* Sim, sim, ótimo. Bem, podemos abordar o assunto noutra ocasião. O seu marido, então, tornou-se amigo da srta. French, prestou-lhe diversos pequenos serviços, e, sendo ela uma velha solitária com tempo de sobra, achou agradável a companhia de seu marido.

Romaine: Leonard sabe ser encantador.

Sir Wilfrid: Sim, tenho certeza disso. Sem dúvida, ele sentia que era uma boa ação de sua parte ir distrair a velha senhora.

Romaine: É bem provável.

Sir Wilfrid: A senhora, pessoalmente, não fazia nenhuma objeção quanto à amizade de seu marido com a velha?

Romaine: Não acho que eu tivesse objeções, não.

Sir Wilfrid: A senhora, é claro, confia plenamente em seu marido, sra. Vole. Conhecendo-o bem como o conhece...

Romaine: Sim. Conheço Leonard muito bem.

Sir Wilfrid: Não tenho palavras para expressar como admiro sua calma e coragem, sra. Vole. Sabedor de como a senhora é devotada a ele...

Romaine: Então o senhor sabe como sou devotada a ele?

Sir Wilfrid: Claro.

Romaine: Mas, desculpe-me, sou estrangeira. Nem sempre conheço o significado dos termos ingleses. Mas não existe um ditado dizendo que só existe conhecimento quando é adquirido pessoalmente? O senhor não sabe que sou devotada a Leonard por conhecimento próprio, não é, sir Wilfrid? *(Ela sorri.)*

Sir Wilfrid: *(Ligeiramente desconcertado)* Não, não, claro que isso é verdade. Foi seu marido que me contou.

Romaine: Leonard disse ao senhor o quanto eu era devotada a ele?

Sir Wilfrid: De fato, ele se referiu ao seu devotamento com os termos mais comoventes.

Romaine: Costumo achar que os homens são muito tolos.

Sir Wilfrid: Perdão?

Romaine: Não importa. Por favor, continue.

Sir Wilfrid: *(Levantando-se e cruzando à frente da escrivaninha até o C.)* Esta srta. French era uma mulher consideravelmente rica. Não tinha parentes próximos. Assim como muitas velhas excêntricas, ela adorava fazer testamentos. Tinha feito vários ao longo da vida. Logo depois de conhecer seu marido, ela fez um novo. Tirando algumas pequenas doações, ela deixava toda a sua fortuna para ele.

Romaine: Sim.

Sir Wilfrid: Sabia disso?

Romaine: Li no jornal desta tarde.

Sir Wilfrid: Certo, certo. Antes de ler no jornal, não tinha ideia do fato? Seu marido não fazia ideia disso?

Romaine: *(Depois de uma pausa)* Isso é o que ele lhe contou?

Sir Wilfrid: Sim. A senhora teria algo diferente a sugerir?

Romaine: Não, oh, não. Eu não sugiro nada.

Sir Wilfrid: *(Cruzando pela frente da escrivaninha para a D dela e sentando-se.)* Parece não haver dúvida de que a srta. French considerava seu marido como um filho, ou talvez, um sobrinho.

Romaine: *(Com patente ironia)* O senhor acha que a srta. French via meu marido como se fosse um filho?

Sir Wilfrid: *(Sem graça)* Sim, penso que sim. Definitivamente acho que sim. Acho que poderia ser considerado bastante natural, bastante natural dentro das circunstâncias.

Romaine: Como são hipócritas neste país.

(Mayhew senta-se na cadeira à E da lareira.)

Sir Wilfrid: Minha cara sra. Vole!

Romaine: Eu o choquei. Sinto muito.

Sir Wilfrid: Claro, claro. A senhora tem um modo de olhar diferente do nosso para essas coisas. Mas eu lhe asseguro, cara sra. Vole, que esta *não* é a linha a ser tomada. Seria imprudente demais sugerir, de alguma forma, que a srta. French tivesse... hum... quaisquer... hum... sentimentos em relação a Leonard Vole a não ser os de mãe ou... digamos... de tia.

Romaine: Oh, então digamos que fosse como uma tia, se assim achar melhor.

Sir Wilfrid: É preciso pensar no efeito de todas essas coisas sobre o júri, sra. Vole.

Romaine: Sim. Também é meu desejo. Venho pensando um bocado sobre isso.

Sir Wilfrid: Muito bem. Precisamos trabalhar juntos. Agora chegamos à noite do dia 14 de outubro. Há cerca de uma semana, apenas. Lembra-se daquela noite?

Romaine: Lembro-me muito bem.

Sir Wilfrid: Leonard Vole visitava a srta. French naquela noite. A governanta, Janet MacKenzie, tinha saído. O sr. Vole jogou uma partida de paciência com a srta. French e finalmente despediu-se dela por volta das nove horas. Ele voltou para casa a pé, segundo me relatou, chegando aproximadamente às nove e vinte. *(Ele olha para ela, inquisitivo.)*

(Romaine se levanta e vai até a lareira. Sir Wilfrid e Mayhew se levantam.)

Romaine: *(Inexpressiva e pensativa)* Às nove e 25.

Sir Wilfrid: Às nove e meia a governanta voltou à casa para pegar algo que tinha esquecido. Ao passar pela sala de estar, ela ouviu a voz da srta. French, que conversava com um homem. Segundo ela, o homem que estava com a srta. French era Leonard Vole, e o inspetor Hearne afirma que foi essa declaração que levou à prisão de seu marido. O sr. Vole, entretanto, diz que tem um álibi perfeito para aquela ocasião, já que às nove e meia estaria em casa com a senhora.

(Há uma pausa. Romaine fica muda, embora Sir Wilfrid a observe.)

Foi o que aconteceu, não foi? Ele estava com a senhora às nove e meia?

(Sir Wilfrid e Mayhew olham para Romaine.)

Romaine: Isso é o que Leonard diz? Que estava comigo, em casa, às nove e meia?

Sir Wilfrid: *(Incisivo)* Não é verdade?

(Há um longo silêncio.)

Romaine: *(Dirigindo-se à cadeira à E da escrivaninha; logo em seguida.)* Mas é claro. *(Ela se senta.)*

Sir Wilfrid: *(Suspira aliviado e volta à sua cadeira à D da escrivaninha.)* É possível que a polícia já a tenha interrogado sobre esse ponto.

Romaine: Oh, sim, eles vieram falar comigo ontem à noite.

Sir Wilfrid: E a senhora disse...?

Romaine: *(Como se repetisse algo que tivesse decorado)* Eu disse que Leonard chegou às nove e 25 e não saiu novamente.

Mayhew: *(Pouco à vontade)* A senhora disse...? Oh! *(E senta-se na cadeira à E da lareira.)*

Romaine: Está certo, não está?

Sir Wilfrid: O que quer dizer com isso, sra. Vole?

Romaine: *(Docemente)* É o que Leonard quer que eu diga, não é?

Sir Wilfrid: É a verdade. A senhora acabou de afirmar.

Romaine: Preciso entender bem... para ter certeza. Se eu disser que sim, que Leonard estava comigo no apartamento às nove e meia... eles o absolverão?

(Sir Wilfrid e Mayhew ficam perplexos com a atitude de Romaine.)

Vão permitir que ele saia?

Mayhew: *(Levantando-se e cruzando até a E dela.)* Se os dois estiverem falando a verdade, então, eles terão... er... terão de absolvê-lo.

Romaine: Mas, quando eu disse... isso... para a polícia, não creio que eles tenham acreditado em mim. *(Ela não se mostra desolada; pelo contrário, aparenta ligeira satisfação.)*

Sir Wilfrid: O que a faz pensar que não acreditaram na senhora?

Romaine: *(Com malícia repentina.)* Talvez eu não tenha falado muito bem?

(Sir Wilfrid e Mayhew trocam olhares. Mayhew volta ao seu lugar. O olhar frio e atrevido de Romaine cruza com o de Sir Wilfrid. Há um antagonismo evidente entre os dois.)

Sir Wilfrid: *(Mudando o tom.)* Sabe, sra. Vole, não compreendo bem sua atitude nisso tudo.

Romaine: Então, não compreende? Bem, talvez seja difícil.

Sir Wilfrid: Talvez a situação de seu marido não esteja bastante clara para a senhora?

Romaine: Já disse que quero compreender inteiramente a gravidade da situação contra... meu marido. Eu declarei à polícia que Leonard estava em casa às nove e meia... e eles não acreditaram em mim. Mas será que ele não terá sido visto saindo da casa da srta. French ou na rua, no trajeto para casa? *(Ela olha diretamente e com certa malícia de um para o outro.)*

(Sir Wilfrid olha de forma indagadora para Mayhew.)

Mayhew: *(Levantando-se e dirigindo-se para o C, relutantemente)* Seu marido não consegue sugerir ou lembrar-se de algo desse tipo que possa ser útil.

Romaine: Então, será apenas a palavra dele... e a minha. *(Com intensidade)* E a minha. *(Ela se levanta de um jeito abrupto.)* Obrigada, isso era o que eu queria saber. *(Ela cruza para a E.)*

Mayhew: Mas, sra. Vole, por favor, não vá embora. Há muito mais a ser discutido.

Romaine: Não por mim.

Sir Wilfrid: Por que não, sra. Vole?

Romaine: Vou ter de jurar, não vou? Falar a verdade, toda a verdade e nada mais do que a verdade? *(Ela parece divertir-se.)*

Sir Wilfrid: Esse é o juramento a ser prestado.

Romaine: *(Cruzando e colocando-se de pé, em frente à cadeira à E da escrivaninha; agora ironizando abertamente.)* E suponha que então, quando o senhor me perguntar... *(Ela imita uma voz masculina.)* "A que horas Leonard Vole chegou naquela noite?", eu diga...

Sir Wilfrid: Sim?

Romaine: Há tantas coisas que eu poderia dizer.

Sir Wilfrid: Sra. Vole, a senhora ama o seu marido?

Romaine: *(Voltando o olhar irônico para Mayhew.)* Leonard diz que amo.

Mayhew: Leonard Vole acredita que sim.

Romaine: Mas Leonard não é muito inteligente.

Sir Wilfrid: Sra. Vole, a senhora tem ciência de que, por lei, não pode ser chamada a prestar testemunho que prejudique seu marido?

Romaine: Que coisa conveniente!

Sir Wilfrid: E seu marido pode...

Romaine: *(Interrompendo)* Ele não é meu marido.

Sir Wilfrid: O quê?

Romaine: Leonard Vole não é meu marido. Ele arranjou uma espécie de casamento comigo em Berlim. Ele me tirou da zona russa e me trouxe para este país. Eu não disse a ele, mas eu tinha marido vivo na época.

Sir Wilfrid: Ele a retirou do setor russo e trouxe-a, sã e salva, para este país? Deveria ser muito grata a ele. *(Incisivo)* A senhora é?

Romaine: Pode-se ficar cansada da gratidão.

Sir Wilfrid: Leonard Vole já a prejudicou de alguma forma?

Romaine: *(Ironicamente)* Leonard? Prejudicar-me? Ele adora o chão que eu piso.

Sir Wilfrid: E a senhora?

(Novamente um duelo de olhares entre eles, e então ela ri, vira-se e sai.)

Romaine: O senhor quer saber demais. *(Ela cruza em direção à porta.)*

Mayhew: Creio que devemos ser muito claros sobre este assunto. Suas declarações têm sido um tanto ambíguas. O que foi que aconteceu, exatamente, na noite de 14 de outubro?

Romaine: *(Com voz monótona.)* Leonard chegou às nove e 25 e não saiu novamente. Dei a ele um álibi, não dei?

Sir Wilfrid: *(Levantando-se.)* Deu, sim. *(Cruza na direção dela.)* Sra. Vole... *(Ele a fita nos olhos e faz uma pausa.)*

Romaine: Sim?

Sir Wilfrid: A senhora é uma mulher notável, sra. Vole.

Romaine: E o senhor está satisfeito, eu espero. (*Romaine sai.*)

Sir Wilfrid: Quero me danar se eu estiver satisfeito.

Mayhew: E eu também.

Sir Wilfrid: Essa mulher está maquinando alguma coisa... mas o quê? Não estou gostando disso, John.

Mayhew: Certamente ela não teve nenhum ataque histérico aqui.

Sir Wilfrid: Fria como uma pedra.

Mayhew: *(Sentando-se na cadeira à E da escrivaninha)* O que acontecerá se a chamarmos para depor?

Sir Wilfrid: *(Cruzando para o C)* Sabe Deus!

Mayhew: A promotoria a derrubaria rapidamente, especialmente se for o Myers.

Sir Wilfrid: Se não for o promotor-geral, provavelmente será ele.

Mayhew: Então, qual estratégia você sugere?

Sir Wilfrid: A de sempre. Ficar interrompendo... com o maior número possível de objeções.

Mayhew: O que me intriga é que o jovem Vole está convicto do devotamento dela.

Sir Wilfrid: Não se fie muito nisso. Qualquer mulher pode enganar um homem se quiser e se ele estiver apaixonado por ela.

Mayhew: Ele está apaixonado por ela, sem dúvida. E acredita nela cegamente.

Sir Wilfrid: É um tolo. Nunca confie numa mulher.

(CAI O PANO)

SEGUNDO ATO

C<small>ENÁRIO</small>: *Tribunal Criminal Central de Londres, mais conhecido como Old Bailey. Seis semanas mais tarde. Manhã.*

A parte que se vê da sala do tribunal tem uma bancada alta, a mesa do tribunal, que se estende da D para o C. Nela estão as cadeiras de braços e mesas para o juiz, seu escrevente e o vereador. O acesso a essa bancada dá-se por uma porta no canto superior à D e por degraus, à D, partindo do chão do tribunal. Abaixo da bancada há mesinhas e cadeiras para o escrevente do tribunal e para o taquígrafo do tribunal. Há uma banqueta à D das escrivaninhas para o meirinho. O banco das testemunhas fica logo abaixo da extremidade da bancada no CA. Ao CA, uma porta leva ao vestiário dos advogados e, à EA, uma porta de duas folhas, envidraçada, leva a um corredor e outras partes do edifício. Ao CE, entre as portas, há dois bancos, em degraus, para os advogados, e, abaixo destes, uma mesa, com três cadeiras e um banco. O banco dos réus fica à E e chega-se a ele por uma porta na parede à E e uma cancela na balaustrada ao alto. Há cadeiras no banco dos réus para o réu e para um guarda. O recinto do júri fica abaixo à D, sendo que apenas as costas de três assentos são visíveis pela plateia.

Quando o pano sobe, o tribunal está em sessão. O juiz, o M<small>ERITÍSSIMO</small> W<small>AINWRIGHT</small>, *está sentado à D, o E*<small>SCREVENTE</small>, *à sua E. O E*<small>SCREVENTE DO</small> T<small>RIBUNAL</small> *e o T*<small>AQUÍGRAFO</small> *estão em seus lugares, abaixo da bancada. O Sr. M*<small>YERS</small>, *QC, pela Promotoria, está sentado à D da fila da frente de advogados, com seu A*<small>SSISTENTE</small> *à sua E. S*<small>IR</small> W<small>ILFRID</small>, *pela defesa, está sentado à E da fila da frente, com seu A*<small>SSISTENTE</small> *à sua E. Quatro* <small>ADVOGADOS</small>, *sendo um deles uma mulher, estão sentados na segunda fila dos assentos para advogados. L*<small>EONARD</small> *está de pé, no banco dos réus, com o guarda ao lado. O D*<small>R</small>. W<small>YATT</small> *está sentado na banqueta à D da mesa. O I*<small>NSPETOR</small> *está sentado na cadeira acima da extremidade D da mesa.* Mayhew *está sentado à E da mesa. Um* Policial *está de pé junto à porta de duas folhas. Três* Jurados *estão à vista: o primeiro será o 1º* Jurado *(que falará por todos), o segundo é uma* Mulher *e o terceiro, um* Homem*. O* Meirinho *está tomando o juramento da* Jurada*, que está de pé.*

Jurada: *(Segurando a Bíblia e o cartão com o juramento.)*... senhora a rainha e o réu neste julgamento que está sob minha custódia e darei um veredicto fiel segundo as provas. *(Entrega a Bíblia e o cartão ao* Meirinho *e se senta.)*

(O Meirinho *entrega a Bíblia e o cartão ao 1º* Jurado*.)*

1º Jurado: *(Levantando-se.)* Juro, por Deus Todo-Poderoso, que eu julgarei bem e verdadeiramente e trarei acerto entre nossa soberana senhora a rainha e o réu neste julgamento que está sob minha custódia e darei um veredicto fiel segundo as provas. *(Entrega a Bíblia e o cartão ao* Meirinho *e se senta.)*

(O Meirinho *coloca a Bíblia e o cartão sobre o parapeito do recinto do júri e, em seguida, vai sentar-se em sua banqueta abaixo e à D.)*

Escrevente: *(Levantando-se.)* Leonard Vole é indiciado sob a acusação de assassinato de Emily Jane French, no dia 14 de outubro, no condado de Londres. Leonard Vole, considera-se culpado ou inocente?

Leonard: Inocente.

Escrevente: Senhores jurados, o réu foi indiciado como autor do assassinato de Emily Jane French, no dia 14 de outubro. Diante de tal acusação, ele se declarou inocente, e é tarefa dos senhores dizer, depois de ouvidos os depoimentos, se ele é ou não culpado.

(Com um gesto, manda Leonard *sentar-se, depois também se senta.* Myers *levanta-se.)*

Juiz: Um momento, sr. Myers.

(Myers curva-se ante o Juiz e torna a sentar-se.)

(Para o júri) Senhores jurados, o momento propício para dirigir-me aos senhores, resumir as evidências e instruir-lhes quanto à lei é depois de os senhores terem ouvido todos os depoimentos. Entretanto, como tem havido considerável publicidade acerca deste caso na imprensa, gostaria apenas de dizer-lhes o seguinte agora: segundo o juramento prestado há pouco pelos senhores, cada um, individualmente, assumiu o compromisso de julgar este caso segundo as evidências. Isso significa os depoimentos e as provas que os senhores irão ver e ouvir. Significa que não devem levar em consideração qualquer coisa que tenham visto ou ouvido antes de prestarem juramento. Devem excluir do pensamento tudo, exceto o que acontecerá neste tribunal. Não devem permitir que qualquer outra coisa influencie suas mentes a favor ou contra o réu. Estou certo de que cumprirão conscienciosamente seu dever, da forma que acabo de sugerir. Pois não, sr. Myers.

(Myers se levanta, pigarreia e ajeita a peruca da forma aludida por Sir Wilfrid no 1º Ato.)

Myers: Pois não, meritíssimo. Senhores jurados, represento neste caso, junto ao nobre colega sr. Barton, a Promotoria, enquanto os nobres colegas sir Wilfrid Robarts e sr. Brogan-Moore, a defesa. Trata-se de um caso de assassinato. Os fatos são simples e, até certo ponto, não estão sob questionamento. Será aqui informado, como o réu, um homem jovem e, o que poderão constatar, não desprovido de atrativos, travou conhecimento com a srta. Emily French, uma mulher de 56 anos. Como ele foi tratado por ela com bondade e, até mesmo, afeição. Quanto à natureza dessa afeição, os senhores terão de tirar suas próprias conclusões. O dr. Wyatt informará que, em sua opinião, a morte ocorreu em algum momento entre nove e meia e dez horas da noite do dia 14 de outubro último. Ouvirão o depoimento de Janet MacKenzie, a fiel e devotada governanta da srta. French. O dia 14 de outubro, uma sexta-feira, era noite de folga de Janet MacKenzie, mas, nessa ocasião, aconteceu de ela voltar à casa por alguns minutos, às nove horas e 25 minutos. Ela entrou com a própria chave e, ao subir as escadas, passou pela porta da sala de estar. Ela lhes dirá que, na sala de estar, ouviu as vozes da srta. French e do réu, Leonard Vole.

Leonard: *(Levantando-se.)* Não é verdade. Não era eu.

(O Guarda segura Leonard e o faz sentar-se novamente.)

Myers: Janet MacKenzie ficou surpresa, já que, pelo que sabia, a srta. French não aguardava a visita de Leonard Vole naquela noite. Entretanto, ela saiu novamente e, quando voltou afinal, às onze horas, encontrou a srta. Emily French morta, a sala revirada, a janela quebrada e as cortinas esvoaçando vigorosamente. Tomada de horror, Janet MacKenzie ligou de imediato para a polícia. Devo informá-los de que o réu foi preso no dia 20 de outubro. Segundo a Promotoria, a srta. Emily Jane French foi assassinada entre nove e meia e dez horas da noite de 14 de outubro, por um golpe na parte posterior da cabeça, e que esse golpe foi desferido pelo réu. Convoco agora o inspetor Hearne.

(O Inspetor se levanta. Ele segura uma pasta de arquivo, cheia de papéis, que consultará com frequência durante a cena. Ele entrega uma folha datilografada ao Escrevente e outra ao Taquígrafo. Depois, dirige-se ao banco das testemunhas. O Meirinho se levanta, cruza e fica de pé, ao lado do banco das testemunhas. O Inspetor pega o cartão com o juramento sobre o parapeito do recinto destinado às testemunhas.)

Inspetor: Juro por Deus Todo-Poderoso que o testemunho que darei será a verdade, toda a verdade e nada mais que a verdade. Robert Hearne, inspetor detetive, Departamento de Investigações Criminais, Nova Scotland Yard. *(Ele coloca a Bíblia e o cartão com o juramento sobre o parapeito.)*

(O Meirinho cruza e senta-se na sua banqueta.)

Myers: Inspetor Hearne, na noite de 14 de outubro último, o senhor estava de serviço quando recebeu o chamado de emergência?

Inspetor: Sim, senhor.

Myers: O que o senhor fez?

Inspetor: Acompanhado do sargento Randell, fui até Ashburn Grove, número 23. Fui recebido na casa e verifiquei que a ocupante, posteriormente identificada como a srta. Emily French, estava morta. Ela estava deitada de bruços e tinha ferimentos graves na parte posterior da cabeça. Houve tentativa de forçar uma das janelas com um instrumento que pode ter sido um formão. A janela foi quebrada perto do ferrolho. Havia cacos de vidro espalhados pelo chão e posteriormente encontrei também fragmentos de vidro no chão do lado de fora da janela.

Myers: Existe algum significado especial em ter encontrado vidro quebrado tanto do lado de dentro quanto de fora da janela?

Inspetor: O vidro da parte externa não é compatível com a hipótese de a janela ter sido forçada pelo lado de fora.

Myers: O senhor quer dizer que, caso ela tivesse sido forçada por dentro, teria havido uma tentativa de fazer com que parecesse ter sido forçada pelo lado de fora?

Sir Wilfrid: *(Levantando-se.)* Protesto. O nobre colega está colocando palavras na boca da testemunha. Ele deve realmente observar as regras de depoimento. *(Volta a sentar-se.)*

Myers: *(Para o Inspetor)* O senhor já trabalhou em diversos casos de roubo e arrombamento?

Inspetor: Sim, senhor.

Myers: E, segundo sua experiência, quando a janela é forçada pelo lado de fora, onde o vidro quebrado é encontrado?

Inspetor: Do lado de dentro.

Myers: Em algum outro caso em que as janelas foram forçadas pelo lado de fora, o senhor encontrou vidro do lado de fora da janela, a alguma distância dela, no chão?

Inspetor: Não.

Myers: Não. Prossiga, por favor.

Inspetor: Foi feita uma busca, fotografias foram tiradas e foram recolhidas as impressões digitais de todo o local.

Myers: Que impressões digitais o senhor encontrou?

Inspetor: As da própria srta. Emily French, as de Janet MacKenzie e outras, mais tarde verificadas como pertencentes ao réu, Leonard Vole.

Myers: Nenhuma outra?

Inspetor: Nenhuma outra.

Myers: Posteriormente o senhor teve uma entrevista com o sr. Leonard Vole?

Inspetor: Sim, senhor. Janet MacKenzie não soube me informar o endereço dele, mas, como resultado do apelo pelo rádio e pelos jornais, o sr. Leonard Vole veio me procurar.

Myers: E no dia 20 de outubro, ao ser-lhe dada ordem de prisão, o que disse o réu?

Inspetor: Ele respondeu "OK, estou pronto".

Myers: Agora, inspetor, o senhor afirma que a sala parecia um local onde teria ocorrido um roubo?

Sir Wilfrid: *(Levantando-se.)* Isso é exatamente o que o inspetor não disse. *(Para o Juiz)* Se o meritíssimo se recorda, essa foi uma sugestão feita pelo nobre colega – por sinal, muito indevidamente –, à qual fiz objeção.

Juiz: O senhor está absolutamente certo, sir Wilfrid.

(Myers senta-se.)

Ao mesmo tempo, não estou seguro de que o inspetor não tenha o direito de testemunhar quanto a fatos que possam levar a provar que a desordem na sala não foi resultado de uma tentativa de arrombamento com intuito de roubo.

Sir Wilfrid: Meritíssimo, concordo respeitosamente com o que diz V. Exª. Fatos, sim. Mas não a mera expressão de opinião, desprovida até mesmo de fatos que a corroborem. *(Ele se senta.)*

Myers: *(Levantando-se.)* Talvez, meritíssimo, se eu colocar a pergunta desta forma, o nobre colega fique satisfeito. Inspetor, o senhor poderia dizer, de acordo com aquilo que viu, se houve ou não houve um autêntico arrombamento na casa, de fora para dentro?

Sir Wilfrid: *(Levantando-se.)* Meritíssimo, realmente preciso manter o meu protesto. O nobre colega está novamente procurando obter uma opinião da testemunha. *(Ele se senta.)*

Juiz: Correto. Sr. Myers, suponho que o senhor terá de reelaborar a pergunta.

Myers: Inspetor, o senhor encontrou alguma coisa incompatível com um arrombamento feito de fora para dentro?

Inspetor: Apenas o vidro, senhor.

Myers: Nada mais?

Inspetor: Não, senhor, não houve nada mais.

Juiz: Quanto a isso, sr. Myers, parece não estarmos chegando a lugar algum.

Myers: A srta. French usava joias de valor?

Inspetor: Ela usava um broche e dois anéis de brilhantes, valendo cerca de novecentas libras.

Myers: E estas permaneceram intocadas?

Inspetor: De acordo com Janet MacKenzie, não havia nada faltando.

Myers: Pela sua experiência, quando alguém arromba uma casa, vai embora sem nada levar?

Inspetor: Não, a não ser que seja interrompido, senhor.

Myers: Mas, neste caso, não parece que o ladrão *tenha sido* interrompido.

Inspetor: Não, senhor.

Myers: O senhor tem um paletó para apresentar, inspetor?

Inspetor: Sim, senhor.

(O Meirinho se levanta, cruza em direção à mesa, pega o paletó e o entrega ao Inspetor.)

Myers: É este?

Inspetor: Sim, senhor. *(Ele devolve o paletó ao Meirinho.)*

(O Meirinho coloca o paletó sobre a mesa.)

Myers: Onde o encontrou?

Inspetor: Encontrei-o no apartamento do réu, algum tempo depois que ele foi preso, e mais tarde entreguei-o para o sr. Clegg, do laboratório, para que ele verificasse a presença de possíveis manchas de sangue.

Myers: Por último, inspetor, o senhor tem o testamento da srta. French para apresentar?

(O Meirinho pega o testamento na mesa e o entrega ao Inspetor.)

Inspetor: Sim, tenho, senhor.

Myers: Datado de 8 de outubro?

Inspetor: Sim, senhor. *(Ele devolve o testamento ao Meirinho.)*

(O Meirinho recoloca o testamento sobre a mesa, cruza e volta ao seu lugar.)

Myers: Depois de estabelecer certas doações, o remanescente foi deixado para o réu?

Inspetor: Está correto, senhor.

Myers: E qual o valor líquido desse montante?

Inspetor: Pelo que foi possível apurar até o momento, deve ser em torno de 85 mil libras.

(Myers volta ao seu lugar. Sir Wilfrid se levanta.)

Sir Wilfrid: O senhor afirma que as únicas impressões digitais encontradas na sala foram as da própria srta. French, do réu Leonard Vole e de Janet MacKenzie. De acordo com sua experiência, ao arrombar uma casa, um ladrão normalmente deixa impressões digitais ou usa luvas?

Inspetor: Ele usa luvas.

Sir Wilfrid: Invariavelmente?

Inspetor: Quase que invariavelmente.

Sir Wilfrid: Então, num caso de roubo, a ausência de impressões digitais dificilmente o surpreenderia?

Inspetor: Não, senhor.

Sir Wilfrid: Agora, quanto às marcas de formão na janela. Foram registradas dentro ou fora dos batentes?

Inspetor: Do lado de fora, senhor.

Sir Wilfrid: Não seria isso condizente... e apenas condizente... com um arrombamento de fora para dentro?

Inspetor: Ele poderia ter saído da casa depois para fazer as marcas, senhor, ou então fazê-las pelo lado de dentro.

Sir Wilfrid: Pelo lado de dentro, inspetor? De que maneira ele poderia ter conseguido isso?

Inspetor: Há duas janelas juntas ali. Ambas são de batente, com os trincos lado a lado. Teria sido fácil para qualquer um que estivesse na sala abrir a janela, debruçar-se para fora e forçar o trinco da outra.

Sir Wilfrid: Diga-me, inspetor, o senhor encontrou algum formão perto do local do crime ou no apartamento do réu?

Inspetor: Sim, senhor. No apartamento do réu.

Sir Wilfrid: Oh, sim?

Inspetor: Mas não era compatível com as marcas deixadas na janela.

Sir Wilfrid: A noite de 14 de outubro foi de muito vento, não foi?

Inspetor: Não me recordo direito, senhor. *(Ele consulta suas anotações.)*

Sir Wilfrid: De acordo com meu nobre colega, Janet MacKenzie disse que as cortinas estavam esvoaçando. Talvez o senhor tenha constatado pessoalmente esse fato.

Inspetor: Bem, senhor, sim, de fato elas estavam esvoaçando.

Sir Wilfrid: Indicando que se tratava de uma noite de muito vento. Consideremos que se um ladrão tivesse forçado a janela pelo lado de fora e, depois, aberto a mesma, um pouco do vidro estilhaçado poderia facilmente ter caído *do lado de fora* da janela, desde que esta batesse com o impacto violento causado pelo vento. Isso é possível, não é?

Inspetor: Sim, senhor.

Sir Wilfrid: Conforme todos nós temos lamentavelmente constatado, os crimes de violência têm aumentado muito nos últimos tempos. O senhor concordaria com isso, não?

Inspetor: Eles têm ocorrido mais do que o normal, senhor.

Sir Wilfrid: Suponhamos que alguns jovens marginais tivessem arrombado a residência da srta. French na intenção de atacá-la e praticar um roubo; é possível que um deles a tenha golpeado e, percebendo-a morta, eles tenham sido tomados pelo pânico e saído sem levar nada? Ou até mesmo que estivessem à procura de dinheiro e temessem tocar em joias ou qualquer coisa do tipo?

Myers: *(Levantando-se.)* Sustento que é impossível para o inspetor Hearne adivinhar o que se passa pela cabeça de jovens criminosos *inteiramente* hipotéticos que podem nem mesmo existir. *(Volta a sentar-se.)*

Sir Wilfrid: O réu apresentou-se voluntariamente e prestou depoimento por livre e espontânea vontade?

Inspetor: Perfeitamente.

Sir Wilfrid: É o caso de afirmar que em todas as ocasiões o réu reivindicou sua inocência?

Inspetor: Sim, senhor.

Sir Wilfrid: *(Indicando a faca sobre a mesa.)* Inspetor Hearne, pode examinar esta faca com cuidado?

(O Meirinho se levanta, cruza, pega a faca e a entrega ao Inspetor.)

Viu esta faca antes?

Inspetor: É possível que sim.

Sir Wilfrid: Esta é a faca retirada da mesa de cozinha do apartamento de Leonard Vole e para a qual a esposa do réu chamou sua atenção por ocasião da primeira vez em que a interrogou.

Myers: *(Levantando-se.)* Meritíssimo, para poupar o tempo do tribunal, permita-me dizer que aceitamos que esta seja a faca em posse de Leonard Vole e mostrada ao inspetor pela sra. Vole. *(Senta-se.)*

Sir Wilfrid: Está correto, inspetor?

Inspetor: Sim, senhor.

Sir Wilfrid: E ela é, acredito, o que se conhece como uma faca para cortar legumes, na cozinha francesa?

Inspetor: Creio que sim, senhor.

Sir Wilfrid: Com muito cuidado, apenas teste o fio da faca com o dedo.

(O Inspetor testa o fio da faca.)

Concorda que o fio e a ponta estão afiados como navalha?

Inspetor: Sim, senhor.

Sir Wilfrid: E, se estivesse cortando, por exemplo... digamos, presunto... fatiando-o, e sua mão escorregasse com a faca, esta seria capaz de causar um corte feio e um sangramento considerável?

Myers: *(Levantando-se.)* Protesto. Trata-se de uma questão de opinião, até mesmo de uma opinião médica. *(Senta-se.)*

(O Meirinho pega a faca com o Inspetor, coloca-a sobre a mesa, cruza e volta ao seu lugar.)

Sir Wilfrid: Retiro a pergunta. Pergunto-lhe, então, inspetor, se o réu, quando interrogado sobre as manchas de sangue em seu paletó, chamou a atenção do senhor para uma cicatriz recente no pulso e declarou que ela tinha sido causada por um ferimento provocado por uma faca de cozinha enquanto fatiava presunto?

Inspetor: Foi o que ele disse.

Sir Wilfrid: E o mesmo foi relatado pela esposa do réu?

Inspetor: Da primeira vez. Mais tarde...

Sir Wilfrid: *(Incisivo)* Simplesmente sim ou não, por favor. A esposa do réu mostrou-lhe esta faca e contou-lhe que o marido tinha cortado o pulso ao fatiar o presunto?

Inspetor: Sim, foi o que ela disse.

(Sir Wilfrid volta ao seu lugar.)

Myers: *(Levantando-se.)* O que em primeiro lugar chamou sua atenção para esse paletó, inspetor?

Inspetor: A manga parecia ter sido lavada recentemente.

Myers: E lhe contaram essa história a respeito do acidente com a faca de cozinha?

Inspetor: Sim, senhor.

Myers: E sua atenção foi chamada para a cicatriz no pulso do réu?

Inspetor: Sim, senhor.

Myers: Considerando-se que a cicatriz foi causada por um corte com essa faca em particular, não havia nada que indicasse ter sido o corte acidental ou intencional?

Sir Wilfrid: *(Levantando-se.)* Realmente, meritíssimo, se o nobre colega vai responder às próprias perguntas, a presença da testemunha parece ser supérflua. *(Senta-se.)*

Myers: Retiro a pergunta. Obrigado, inspetor.

(O Inspetor desce do banco, cruza e se retira pela E. O Policial fecha a porta.)

Doutor Wyatt.

(O Doutor Wyatt se levanta e entra no recinto destinado às testemunhas. Traz consigo algumas anotações. O Meirinho se levanta, cruza, entrega-lhe a Bíblia e segura o cartão com o juramento.)

Wyatt: Juro por Deus Todo-Poderoso que o testemunho que darei será a verdade, toda a verdade e nada mais que a verdade.

(O Meirinho coloca a Bíblia e o cartão com o juramento no parapeito do recinto das testemunhas, cruza e volta ao seu lugar.)

Myers: O senhor é o doutor Wyatt?

Wyatt: Sim.

Myers: O senhor é médico-legista da polícia, servindo na Divisão de Hampstead?

Wyatt: Sim.

Myers: Dr. Wyatt, por gentileza, poderia relatar ao júri o que sabe a respeito da morte da srta. Emily French?

Wyatt: *(Lendo suas anotações.)* Às onze horas da noite do dia 14 de outubro, examinei o corpo da mulher posteriormente identificada como Emily French. Pelo exame do corpo, concluí que a morte resultara de um golpe na cabeça causado por um instrumento, um tipo de porrete. A morte teria sido praticamente instantânea. Pela temperatura do corpo e outros fatores, situei a hora da morte entre não menos do que uma hora antes, ou, digamos, uma hora e meia antes. Isto é, entre nove e meia e dez horas daquela noite.

Myers: A srta. French lutou de alguma forma com o agressor?

Wyatt: Não há evidências de que o tenha feito. Eu diria que, ao contrário, ela foi pega quase que inteiramente de surpresa.

(Myers volta ao seu lugar.)

Sɪʀ Wɪʟғʀɪᴅ: *(Levantando-se.)* Doutor, onde exatamente na cabeça o golpe foi desferido? Foi apenas um golpe, não foi?

Wʏᴀᴛᴛ: Apenas um. No lado esquerdo, no astério.

Sɪʀ Wɪʟғʀɪᴅ: Perdão? Onde?

Wʏᴀᴛᴛ: Na têmpora esquerda. A junção dos ossos parietal, occipital e temporal.

Sɪʀ Wɪʟғʀɪᴅ: Oh, sim. E no linguajar leigo, onde fica?

Wʏᴀᴛᴛ: Por trás da orelha esquerda.

Sɪʀ Wɪʟғʀɪᴅ: Isso indicaria que o golpe foi desferido por uma pessoa canhota?

Wʏᴀᴛᴛ: É difícil de afirmar. O golpe parece ter sido aplicado diretamente por trás, dado que o ferimento corre perpendicularmente. Eu diria que é de fato impossível dizer se ela foi golpeada por um homem destro ou canhoto.

Sɪʀ Wɪʟғʀɪᴅ: Não sabemos ainda se foi um *homem*, doutor. Mas o senhor concorda que, pela posição do golpe, são maiores as probabilidades no sentido de que tenha sido aplicado por uma pessoa canhota?

Wʏᴀᴛᴛ: É possível que sim. Mas eu preferiria dizer que é incerto.

Sɪʀ Wɪʟғʀɪᴅ: No momento em que o golpe foi dado, é provável que o sangue atingisse a mão ou o braço do agressor?

Wʏᴀᴛᴛ: Sim, certamente.

Sɪʀ Wɪʟғʀɪᴅ: E apenas aquela mão ou o braço?

Wʏᴀᴛᴛ: Provavelmente, apenas essa mão e esse braço, mas é difícil ser dogmático quanto a isso.

Sɪʀ Wɪʟғʀɪᴅ: Muito bem, Dr. Wyatt. Teria sido necessária muita força para desferir esse golpe?

Wʏᴀᴛᴛ: Não. Dada a posição do ferimento, não teria sido necessária muita força.

Sɪʀ Wɪʟғʀɪᴅ: Não seria necessariamente um homem a desferir o golpe. Uma mulher poderia tê-lo aplicado da mesma forma?

Wyatt: Certamente.

Sir Wilfrid: Obrigado. *(Senta-se.)*

Myers: *(Levantando-se.)* Obrigado, doutor. *(Para o Meirinho)* Chame Janet MacKenzie.

(Wyatt desce do banco, cruza e se retira pela E. O Policial abre a porta. O Meirinho se levanta e cruza até o C.)

Meirinho: Janet MacKenzie.

Policial: *(Chamando)* Janet MacKenzie.

(Janet MacKenzie entra pela E. É uma escocesa alta, de semblante amargo. Seu rosto é uma máscara sombria. Sempre que olha para Leonard expressa intensa aversão. O Policial fecha a porta e Janet cruza para o recinto das testemunhas. O Meirinho aproxima-se, ela segura a Bíblia com a mão esquerda.)

Meirinho: Com a outra mão, por favor. *(Ele segura o cartão com o juramento.)*

Janet: *(Passa a Bíblia para a mão direita.)* Juro por Deus Todo-Poderoso que o testemunho que darei será a verdade, toda a verdade e nada mais que a verdade. *(Entrega a Bíblia ao Meirinho.)*

(O Meirinho repõe a Bíblia e o cartão sobre o parapeito e volta ao seu lugar.)

Myers: Seu nome é Janet MacKenzie?

Janet: É... é o meu nome.

Myers: A senhora era acompanhante e governanta da falecida srta. Emily French?

Janet: Eu era sua governanta. Não tenho nada a ver com acompanhantes, essas criaturas indolentes, que têm medo de fazer o menor trabalho doméstico honesto.

Myers: Claro, claro. Eu quis dizer apenas que a senhora gozava da estima e afeição da srta. French e vivia em companhia dela em termos amistosos. Não como patroa e empregada.

Janet: (*Para o Juiz*) Por vinte anos fiquei com ela e tomei conta dela. Ela me conhecia e confiava em mim, e por muitas vezes impedi que ela fizesse bobagens!

Juiz: Srta. MacKenzie, por gentileza, queira dirigir suas observações aos jurados.

Myers: Que tipo de pessoa era a srta. French?

Janet: Ela era uma pessoa calorosa... às vezes calorosa demais, no meu entender. E um tanto impulsiva, também. Às vezes não tinha juízo algum. Era fácil de ser bajulada, sabe.

Myers: Quando viu o réu, Leonard Vole, pela primeira vez?

Janet: Pelo que me lembro, ele esteve lá em casa no final de agosto.

Myers: Com que frequência ele ia lá?

Janet: No início, era uma vez por semana, mas depois foi mais frequente. Ele vinha de duas a três vezes na semana. Ficava ali sentado, bajulando-a, dizendo como parecia mais jovem e reparando em roupas novas que ela usava.

Myers: (*Apressadamente*) Certo, certo. Agora, srta. MacKenzie, queira, por favor, relatar aos jurados, com suas próprias palavras, os acontecimentos do dia 14 de outubro.

Janet: Era uma sexta-feira e minha noite de folga. Fui visitar uns amigos meus em Glenister Road, que não fica a mais do que três minutos a pé. Saí de casa às sete e meia. Tinha prometido levar para minha amiga a receita de um casaco de tricô de que ela gostava muito. Ao chegar lá, percebi que tinha esquecido a receita, então depois do jantar disse que daria uma passada em casa, chegando lá às nove e 25. Entrei com minha chave e subi para meu quarto no andar de cima. Ao passar pela sala de estar, ouvi o réu conversando ali com a srta. French.

Myers: Tem certeza de que foi o réu que a senhorita ouviu?

Janet: É, conheço a voz dele muito bem, depois de visitas tão frequentes. Era uma voz agradável, não vou negar. Falavam e riam. Mas, como não era da minha conta, subi e apanhei a receita, desci e saí, voltando para a casa de minha amiga.

Myers: Agora, quero seja bem precisa quanto a esses horários. A senhorita diz que voltou à casa às nove e 25.

Janet: É. Foi logo depois de nove e 25 que saí de Glenister Road.

Myers: Como sabe disso, srta. MacKenzie?

Janet: Pelo relógio sobre o console da lareira da minha amiga. Comparei-o com o meu relógio e a hora era a mesma.

Myers: A senhorita diz que leva apenas três ou quatro minutos para fazer este trajeto, de modo que entrou na casa às nove horas e 25 minutos e lá ficou...

Janet: Um pouco menos do que dez minutos. Levei algum tempo procurando a receita, sem saber ao certo onde a deixara.

Myers: O que fez em seguida?

Janet: Voltei à casa de minha amiga, em Glenister Road. Ela ficou encantada com a receita, simplesmente encantada. Fiquei por lá até vinte para as onze, despedi-me deles e voltei para casa. Fui até a sala de estar para ver se a patroa precisava de alguma coisa antes de se deitar.

Myers: E o que viu?

Janet: Ela estava ali, caída no chão, coitada, golpeada na cabeça. E todas as gavetas da escrivaninha estavam no chão, tudo revirado, o vaso quebrado no chão e as cortinas esvoaçando.

Myers: O que a senhorita fez?

Janet: Liguei para a polícia.

Myers: Pensou realmente que tinha acontecido um roubo?

Sir Wilfrid: *(Dando um salto.)* Realmente, meritíssimo, tenho de protestar. *(Senta-se.)*

Juiz: Não permitirei que esta pergunta seja respondida, sr. Myers. Ela não deveria ter sido feita à testemunha.

Myers: Então, srta. MacKenzie, deixe-me perguntar-lhe o seguinte: o que fez depois de telefonar para a polícia?

JANET: Revistei a casa.

MYERS: Para quê?

JANET: Para ver se havia algum intruso.

MYERS: E encontrou algum?

JANET: Não, nem qualquer outro sinal de perturbação a não ser na sala de estar.

MYERS: O que a senhorita sabia a respeito do réu, Leonard Vole?

JANET: Sabia que ele precisava de dinheiro.

MYERS: Ele pediu dinheiro à srta. French?

JANET: Ele era esperto demais para isso.

MYERS: Ele ajudava a srta. French com seus negócios... com a papelada da declaração do imposto de renda, por exemplo?

JANET: É... não que houvesse necessidade disso.

MYERS: O que quer dizer com "não haver necessidade disso"?

JANET: A srta. French tinha uma cabeça boa para os negócios.

MYERS: A senhorita tinha conhecimento das providências tomadas pela srta. French em relação à destinação de seu dinheiro na eventualidade de sua morte?

JANET: Ela fazia testamentos ao seu bel-prazer. Era uma mulher rica, tinha muito dinheiro para deixar e não tinha parentes próximos. "É preciso que o dinheiro vá para onde trouxer os maiores benefícios", dizia ela. Às vezes deixava para os órfãos, noutras para asilos de velhos, outra ainda para hospitais de cachorros e gatos, mas sempre acabava da mesma forma. Brigava com a gente daqueles lugares, chegava em casa, rasgava o testamento e fazia um novo.

MYERS: Sabe quando ela fez o último testamento?

JANET: Foi no dia 8 de outubro. Eu a ouvi falando com o sr. Stokes, o advogado. Dizendo que ele viesse no dia seguinte, que ela ia fazer um novo testamento. Ele estava lá, na hora... quero dizer, o réu... meio protestando, dizendo: "Não, não".

(LEONARD *faz rapidamente uma anotação.*)

E a patroa disse: "Mas eu quero assim, meu querido rapaz. Eu quero. Lembre-se daquele dia em que quase fui atropelada por um ônibus. Pode acontecer a qualquer momento".

(Leonard *inclina-se e entrega a anotação a* Mayhew, *e este a* Sir Wilfrid.)

Myers: Sabe quando sua patroa havia feito o último testamento anterior a esse?

Janet: Foi na primavera.

Myers: A senhorita tinha conhecimento, srta. MacKenzie, de que Leonard Vole era um homem casado?

Janet: Não, claro que não. Nem a patroa, tampouco.

Sir Wilfrid: (*Levantando-se.*) Protesto. O que a srta. French sabia ou não sabia é pura conjectura de parte de Janet MacKenzie. (*Senta-se.*)

Myers: Vamos colocar da seguinte forma: a senhorita formou a opinião de que a srta. French julgava que o sr. Vole fosse solteiro? Há fatos que comprovem essa sua opinião?

Janet: Havia os livros que ela solicitava na biblioteca, como *A vida da baronesa Burdett Coutts* e um sobre Disraeli e sua mulher. Ambos sobre mulheres que tinham se casado com homens mais jovens do que elas. Eu sabia no que ela estava pensando.

Juiz: Temo que não possamos admitir isso.

Janet: Por que não?

Juiz: Senhores jurados, é possível que uma mulher leia a vida de Disraeli sem considerar casar-se com um homem mais moço do que ela.

Myers: Alguma vez o sr. Vole mencionou a esposa?

Janet: Nunca.

Myers: Obrigado. (*Senta-se.*)

Sir Wilfrid: (*Levanta-se. Muito gentil e cordialmente.*) Creio que todos nós avaliamos o quanto a senhorita era devotada à sua patroa.

Janet: É... eu era.

Sir Wilfrid: Era grande a influência que a senhorita exercia sobre ela?

Janet: É... pode ser.

Sir Wilfrid: No último testamento feito pela srta. French... quer dizer, o que ela fez na primavera passada... a srta. French deixava quase toda a sua fortuna para a senhorita. Tinha conhecimento desse fato?

Janet: Ela me contou. "Essas instituições de caridade, um bando de escroques", ela disse. "Despesas aqui, mais despesas acolá e o dinheiro é desviado do objetivo da doação. Deixei-o para você, Janet, e poderá fazer com ele o que achar bom e correto."

Sir Wilfrid: Foi uma expressão de grande confiança por parte dela. Entendo que em seu atual testamento ela lhe deixou apenas uma anuidade. O principal beneficiário é o réu, Leonard Vole.

Janet: Será uma maldita injustiça se ele algum dia vier a tocar num centavo desse dinheiro.

Sir Wilfrid: Conforme afirma, a srta. French não tinha muitos amigos e conhecidos. Por que motivo?

Janet: Ela não saía muito.

Sir Wilfrid: Quando a srta. French começou essa amizade com Leonard Vole, a senhorita ficou muito desgostosa e zangada, não foi?

Janet: Não me agradava ver abusarem da minha patroa querida.

Sir Wilfrid: Entretanto, a senhorita admitiu que o sr. Vole não abusava dela. Talvez queira dizer que não lhe agradava ver alguém superá-la em termos da influência exercida sobre a srta. French?

Janet: Ela se apoiava muito nele. Mais do que seria seguro, eu acho.

Sir Wilfrid: Bem mais do que a senhorita pessoalmente gostaria?

Janet: Claro. Eu afirmei isso. Mas foi pensando no próprio bem dela.

Sir Wilfrid: Então o réu exercia grande influência sobre a srta. French e ela sentia grande afeto por ele?

Janet: Foi esse o resultado.

Sir Wilfrid: Portanto, se o réu algum dia pedisse dinheiro a ela, quase que com certeza ela teria lhe dado algum, não teria?

Janet: Eu não disse isso.

Sir Wilfrid: Mas ele nunca recebeu quantia alguma dela?

Janet: Pode não ter acontecido por falta de tentativa.

Sir Wilfrid: Voltando à noite de 14 de outubro, a senhorita diz ter ouvido o réu e a srta. French juntos, conversando. O que o ouviu dizer?

Janet: Não escutei o que eles de fato falavam.

Sir Wilfrid: A senhorita quer dizer que apenas ouviu vozes... o murmurar das vozes?

Janet: Eles estavam rindo.

Sir Wilfrid: Ouviu a voz de um homem e de uma mulher e eles estavam rindo. Está correto?

Janet: É isso.

Sir Wilfrid: Sugiro, então, que foi exatamente o que a senhorita ouviu. A voz de um homem e a voz de uma mulher rindo. Não ouviu o que foi dito. O que a faz afirmar que a voz de homem era de Leonard Vole?

Janet: Conheço a voz dele muito bem.

Sir Wilfrid: A porta estava fechada, não estava?

Janet: É. Estava fechada.

Sir Wilfrid: A senhorita ouviu um murmúrio de vozes através de uma porta fechada e jura que uma das vozes era de Leonard Vole. Acredito que isso seja tendencioso de sua parte.

Janet: Era Leonard Vole.

Sir Wilfrid: Se bem entendi, a senhorita passou duas vezes pela porta, uma ao ir para o seu quarto e outra quando saiu dele?

Janet: É isso mesmo.

Sir Wilfrid: Sem dúvida, estava apressada para pegar a receita e voltar à casa de sua amiga?

Janet: Eu não estava com tanta pressa. Tinha a noite toda.

Sir Wilfrid: O que estou sugerindo é que em ambas as ocasiões a senhorita passou rapidamente pela porta.

Janet: Fiquei ali o tempo suficiente para ouvir o que eu ouvi.

Sir Wilfrid: Convenhamos, srta. MacKenzie, estou certo de que não deseja sugerir aos jurados que estivesse escutando atrás da porta.

Janet: Não estava fazendo nada disso. Tenho coisas melhores para fazer com o meu tempo.

Sir Wilfrid: Exatamente. A senhorita está inscrita, é claro, no Plano Nacional de Seguro de Saúde.

Janet: Estou, sim. Quatro xelins e seis *pence* por semana é o que tenho de pagar. Uma quantia enorme para uma mulher que trabalha como eu.

Sir Wilfrid: Sim, sim, muitos sentem dessa forma. Creio, srta. MacKenzie, que solicitou recentemente um aparelho auditivo?

Janet: Entrei com o pedido há seis meses e até agora não recebi.

Sir Wilfrid: Então, sua audição não é muito boa, não é? *(Ele abaixa o tom da voz.)* Quando lhe digo, srta. MacKenzie, que não teria como reconhecer uma voz através de uma porta fechada, o que me responde? *(Pausa)* Pode repetir o que acabei de dizer?

Janet: Não posso ouvir quem resmunga.

Sir Wilfrid: Na verdade, a senhorita não ouviu o que eu disse, embora eu esteja a poucos passos de distância apenas, num tribunal aberto. Ainda assim, a senhorita diz que, por trás de uma porta fechada com duas pessoas falando em tom normal de conversa, ouviu, sem dúvida, a voz de Leonard Vole ao passar rapidamente pela porta em duas ocasiões.

JANET: Era ele, estou lhe dizendo que era ele.

SIR WILFRID: O que quer dizer é que deseja que tenha sido ele. É uma noção preconcebida.

JANET: Quem mais poderia ter sido?

SIR WILFRID: Exatamente. Quem mais poderia ter sido? Esta foi a forma como a sua mente funcionou. Agora, diga-me, srta. MacKenzie, a srta. French sentia-se por vezes solitária, ao ficar sozinha à noite?

JANET: Não, ela não era solitária. Ela pegava livros na biblioteca.

SIR WILFRID: Ela escutava rádio, talvez?

JANET: É, ela escutava rádio.

SIR WILFRID: Ela gostava de ouvir palestras, talvez, ou uma boa peça?

JANET: Sim, ela apreciava uma boa peça.

SIR WILFRID: Não seria possível que naquela noite, ao voltar para casa e passar pela porta, o que realmente ouviu tenha sido o rádio ligado, a voz de um homem e de uma mulher e eles talvez estivessem rindo? Uma peça intitulada "A corrida do amor" foi transmitida naquela noite.

JANET: Não era o rádio.

SIR WILFRID: E por que não?

JANET: Naquela semana, o rádio tinha sido levado para o conserto.

SIR WILFRID: *(Ligeiramente surpreendido)* Deve ter ficado bastante perturbada, srta. MacKenzie, se realmente pensou que a srta. French pretendia casar-se com o réu.

JANET: É claro que isso me perturbou. Seria *maluquice*.

SIR WILFRID: Para começo de conversa, se a srta. French tivesse se casado com o réu, é bem possível que ele viesse a persuadi-la a despedir a senhorita, não é mesmo?

Janet: Ela jamais faria isso, depois de todos estes anos.

Sir Wilfrid: Mas nunca se sabe o que as pessoas podem fazer, não é? Não se forem fortemente influenciadas por alguém.

Janet: Ele teria usado de sua influência, oh, sim, teria feito o melhor possível para fazê-la se livrar de mim.

Sir Wilfrid: Compreendo. A senhorita sentia que o réu era uma ameaça concreta ao seu modo de vida na ocasião.

Janet: Ele teria modificado tudo.

Sir Wilfrid: Sim, é muito perturbador. Não é de se estranhar que se ressinta tão amargamente do réu. *(Senta-se.)*

Myers: *(Levantando-se.)* O nobre colega teve bastante trabalho para extrair da senhorita a admissão de sentimentos de vingança em relação ao réu...

Sir Wilfrid: *(Sem se levantar, e num tom que os jurados pudessem escutar.)* Uma extração indolor... absolutamente indolor.

Myers: *(Ignorando-o.)* A senhorita acreditava mesmo que sua patroa viesse a se casar com o réu?

Janet: Claro que sim. Acabei de dizer isso.

Myers: Sim, sem dúvida, disse. Em sua opinião, o réu exercia tamanha influência sobre a srta. French que poderia tê-la persuadido a dispensar a senhorita?

Janet: Gostaria de tê-lo visto tentar. Não teria conseguido.

Myers: Alguma vez o réu demonstrou não gostar da senhorita, de alguma forma?

Janet: Não, ele tinha bons modos.

Myers: Só mais uma pergunta. A senhorita afirma ter reconhecido a voz de Leonard Vole através daquela porta fechada. Poderia dizer aos jurados como sabia que era a voz dele?

Janet: É possível reconhecer a voz de uma pessoa sem escutar exatamente o que ela está dizendo.

Myers: Obrigada, srta. MacKenzie.

Janet: *(Para o Juiz)* Bom dia. *(Ela desce do banco e cruza até a porta acima, à E.)*

Myers: Chame Thomas Clegg.

(O Policial abre a porta.)

Meirinho: *(Levantando-se e cruzando até o C.)* Thomas Clegg.
Policial: *(Chamando)* Thomas Clegg.

(Janet sai. Thomas Clegg entra pela E, acima. Ele carrega um caderno de anotações. O Policial fecha a porta. O Meirinho dirige-se ao banco das testemunhas, pega a Bíblia e o cartão com o juramento. Clegg cruza e entra no recinto das testemunhas e recebe a Bíblia do Meirinho.)

Clegg: *(Recitando de cor o juramento.)* Juro por Deus Todo-Poderoso que o testemunho que darei será a verdade, toda a verdade e nada mais que a verdade. *(Ele coloca a Bíblia sobre o parapeito do recinto das testemunhas.)*

(O Meirinho coloca o cartão sobre o parapeito do recinto das testemunhas, cruza e volta ao seu lugar.)

Myers: O senhor é Thomas Clegg?
Clegg: Sim, senhor.
Myers: O senhor é assistente no laboratório de medicina legal da Nova Scotland Yard?
Clegg: Sou, sim.
Myers: *(Indicando o paletó sobre a mesa.)* O senhor reconhece este paletó?

(O Meirinho se levanta, cruza até a mesa e pega o paletó.)

Clegg: Sim. Foi entregue a mim pelo inspetor Hearne e examinei-o para identificar vestígios de sangue.

(O Meirinho entrega o paletó a Clegg, que o põe de lado. O Meirinho recoloca o paletó sobre a mesa, cruza e volta ao seu lugar.)

Myers: Pode, por favor, informar suas conclusões?
Clegg: As mangas do casaco foram lavadas, embora não tenham sido devidamente passadas posteriormente, mas

de acordo com certos testes posso afirmar que há vestígios de sangue nos punhos.

MYERS: E este sangue é de um grupo ou tipo especial?

CLEGG: Sim. *(Consultando o caderno de anotações.)* É do tipo O.

MYERS: O senhor também recebeu uma amostra de sangue para examinar?

CLEGG: Recebi uma amostra rotulada "Sangue da srta. Emily French". O grupo sanguíneo era o mesmo, O.

(MYERS volta ao seu lugar.)

SIR WILFRID: *(Levantando-se.)* O senhor afirma que havia vestígios de sangue em ambos os punhos?

CLEGG: Correto.

SIR WILFRID: Eu sugiro que havia vestígios de sangue em apenas um dos punhos... o da manga esquerda.

CLEGG: *(Consultando o caderno de anotações.)* Sim. Desculpe, cometi um erro. Foi apenas no punho esquerdo.

SIR WILFRID: E apenas a manga esquerda foi lavada?

CLEGG: Sim, isso mesmo.

SIR WILFRID: E o senhor está ciente de que o réu tinha relatado à polícia que cortara o pulso e que havia sangue no punho do seu casaco?

CLEGG: Assim entendi.

(SIR WILFRID pega uma certidão com o seu ASSISTENTE.)

SIR WILFRID: Tenho aqui uma certidão declarando que Leonard Vole é doador de sangue no Hospital do Norte de Londres e que seu sangue é do tipo O. É o mesmo tipo, não é?

CLEGG: Sim.

SIR WILFRID: Então, o sangue poderia igualmente ser de um corte no pulso do réu?

CLEGG: Isso mesmo.

(SIR WILFRID volta ao seu lugar.)

Myers: *(Levantando-se.)* O tipo sanguíneo O é muito comum, não é?

Clegg: O? Sim, é. Pelo menos 42% das pessoas são do tipo O.

Myers: Chame Romaine Heilger.

(Clegg desce do banco e cruza até a porta à E, acima.)

Meirinho: *(Levantando-se e cruzando até o C.)* Romaine Heilger.

Policial: *(Abre a porta, chamando.)* Romaine Heilger.

(Clegg sai. Romaine entra pela E, acima. Há um burburinho geral de conversa no tribunal enquanto ela cruza até o banco das testemunhas. O Policial fecha a porta. O Meirinho pega a Bíblia e o cartão com o juramento.)

Meirinho: Silêncio! *(Ele entrega a Bíblia a Romaine e segura o cartão com o juramento.)*

Romaine: Juro por Deus Todo-Poderoso que o testemunho que darei será a verdade, toda a verdade e nada mais que a verdade.

(O Meirinho coloca a Bíblia e o cartão sobre o parapeito do recinto das testemunhas, cruza e volta ao seu lugar.)

Myers: Seu nome é Romaine Heilger?

Romaine: Sim.

Myers: Tem vivido como esposa do réu, Leonard Vole?

Romaine: Sim.

Myers: É de fato sua esposa?

Romaine: Fizemos uma espécie de casamento em Berlim. Meu ex-marido ainda está vivo, portanto o casamento não é... *(Ela interrompe.)*

Myers: Não é válido.

Sir Wilfrid: *(Levantando-se.)* Meritíssimo, tenho as mais graves objeções a se permitir que esta testemunha deponha de alguma forma. Nós temos o fato inegável do casamento entre esta testemunha e o réu, e nenhuma prova da existência desse dito casamento anterior.

Myers: Se o colega não tivesse abandonado sua costumeira paciência, e esperado por uma pergunta a mais, o meritíssimo teria sido poupado de mais esta interrupção.

(Sir Wilfrid volta ao seu lugar.)

(Ele pega um documento.) Sra. Heilger, esta é a certidão de casamento entre a senhora e Otto Gerthe Heilger, datada de 18 de abril de 1946, em Leipzig?

(O Meirinho se levanta, pega a certidão com Myers e a leva a Romaine.)

Romaine: Sim, é.

Juiz: Eu gostaria de ver a certidão.

(O Meirinho entrega a certidão ao Escrevente, que a entrega ao Juiz.)

Esta será a prova nº 4, creio eu.

Myers: Creio que sim, meritíssimo.

Juiz: *(Depois de examinar o documento.)* Creio, sir Wilfrid, que a testemunha tem total competência para depor. *(Ele entrega a certidão ao Escrevente.)*

(O Escrevente entrega a certidão ao Meirinho, e este, a Mayhew. O Meirinho, então, volta ao seu lugar. Mayhew mostra a certidão a Sir Wilfrid.)

Myers: De qualquer forma, sra. Heilger, a senhora está disposta a depor contra o homem que vem chamando de marido?

Romaine: Totalmente disposta.

(Leonard se levanta, assim como o Guarda.)

Leonard: Romaine! O que você está fazendo aqui?... O que está dizendo?

Juiz: É preciso haver silêncio. Conforme seu advogado irá instruí-lo, Vole, muito em breve terá oportunidade de se pronunciar em sua própria defesa.

(Leonard e o Guarda voltam aos seus lugares.)

Myers: *(Para Romaine)* Pode me relatar, com suas próprias palavras, o que aconteceu na noite de 14 de outubro?

Romaine: Fiquei em casa a noite toda.

Myers: E Leonard Vole?

Romaine: Leonard saiu às sete e dez.

Myers: Quando ele voltou?

Romaine: Às dez e dez.

(Leonard se levanta, assim como o Guarda.)

Leonard: Isso não é verdade. Você sabe que não é verdade. Eram cerca de nove e 25 quando voltei para casa.

(Mayhew se levanta, vira-se para Leonard e cochicha, dizendo-lhe para ficar quieto.)

Quem está obrigando você a dizer isso? Não compreendo. *(Ele se encolhe para trás, colocando o rosto entre as mãos. Quase sussurrando.)* Eu... eu não compreendo. *(Ele volta a sentar-se.)*

(Mayhew e o Guarda sentam-se.)

Myers: Leonard Vole voltou, conforme afirma, às dez e dez? E o que aconteceu em seguida?

Romaine: Ele estava com a respiração acelerada, muito alterado. Ele tirou o casaco e examinou as mangas. Depois, disse-me que eu lavasse os punhos. Havia sangue neles.

Myers: Ele falou sobre o sangue?

Romaine: Ele disse: "Droga, estão sujos de sangue".

Myers: E o que a senhora disse?

Romaine: Eu disse: "O que foi que você fez?".

Myers: O que o réu respondeu?

Romaine: Ele disse: "Eu a matei".

Leonard: *(Levantando-se, irascível.)* Não é verdade, estou dizendo que não é verdade.

(O Guarda se levanta e segura Leonard.)

Juiz: Controle-se, por favor.

Leonard: Nenhuma dessas palavras é verdadeira. *(Ele volta ao seu lugar.)*

(O Guarda permanece de pé.)

Juiz: *(Para Romaine)* Sabe o que está dizendo, sra. Heilger?

Romaine: Devo dizer a verdade, não é?

Myers: O réu disse: "Eu a matei". Sabia a quem ele estava se referindo?

Romaine: Sim, sabia. Era àquela velha que ele visitava com tanta frequência.

Myers: O que aconteceu depois?

Romaine: Ele me recomendou que afirmasse que ele tinha passado aquela noite toda comigo em casa e, particularmente, eu devia dizer que ele estava em casa às nove e meia. Eu disse a ele: "A polícia sabe que você a matou?", e ele respondeu: "Não, eles pensam que foi um roubo. Mas, de qualquer forma, lembre-se que eu estava em casa com você às nove e meia".

Myers: E posteriormente a senhora foi interrogada pela polícia?

Romaine: Sim.

Myers: E eles lhe perguntaram se Leonard Vole estava com a senhora às nove e meia da noite?

Romaine: Perguntaram.

Myers: E qual foi a sua resposta?

Romaine: Eu disse que sim.

Myers: Mas, agora, a senhora alterou seu depoimento. Por quê?

Romaine: *(Num gesto inflamado repentino)* Porque se trata de um assassinato. Não posso continuar mentindo para salvá-lo. Sim, sou grata a ele. Casou-se comigo e me trouxe para este país. Sempre fiz o que ele me pedia porque me sentia grata.

Myers: Porque o amava?

Romaine: Não, nunca o amei.

Leonard: Romaine!

Romaine: Nunca o amei.

Myers: A senhora era agradecida ao réu. Ele a trouxe para este país. Pediu que lhe fornecesse um álibi e, a princípio, a senhora concordou, porém mais tarde julgou que seria errado fazer aquilo que ele lhe pedira?

Romaine: Sim, é exatamente isso.

Myers: Por que sentiu que era errado?

Romaine: Porque se trata de um assassinato. Não posso vir ao tribunal e mentir, afirmando que ele estava lá comigo na hora em que o crime foi cometido. Não posso fazer isso. Não posso *fazer isso*.

Myers: Então o que fez?

Romaine: Eu não sabia o que fazer. Não conheço o seu país e tenho medo da polícia. Então, escrevi uma carta ao meu embaixador, dizendo que eu não queria contar mais mentiras. Quero dizer a verdade.

Myers: Esta *é* a verdade... que Leonard Vole voltou naquela noite às dez e dez. Que havia sangue nas mangas de seu casaco, que ele lhe disse: "Eu a matei". Esta é a verdade perante Deus?

Romaine: Esta é a verdade.

(Myers volta ao seu lugar.)

Sir Wilfrid: *(Levantando-se.)* Quando o réu realizou esta espécie de casamento com a senhora, ele tinha conhecimento de que seu primeiro marido ainda estava vivo?

Romaine: Não.

Sir Wilfrid: Ele agiu de boa-fé?

Romaine: Sim.

Sir Wilfrid: E ficou muito grata a ele?

Romaine: Sim, fiquei agradecida a ele.

Sir Wilfrid: A senhora demonstrou sua gratidão ao vir aqui e testemunhar contra ele.

Romaine: Tenho de dizer a verdade.

Sir Wilfrid: *(Enraivecido)* Esta é a verdade?

Romaine: Sim.

Sir Wilfrid: Levanto a hipótese de que, na noite de 14 de outubro, Leonard Vole estava com a senhora, em casa, às nove e meia, a hora em que o assassinato foi cometido. Suponho que toda essa sua história foi vilmente montada, e que, por alguma razão, a senhora guarda algum ressentimento em relação ao réu, e que esta é a sua forma de expressá-lo.

Romaine: Não.

Sir Wilfrid: Tem consciência de que está sob juramento?

Romaine: Sim.

Sir Wilfrid: Eu a estou avisando, sra. Heilger, de que, se não se importa com o réu, que se importe consigo. As penas por perjúrio são bastante pesadas.

Myers: *(Levantando-se e fazendo uma intervenção.)* Realmente, meritíssimo. Não sei se essas explosões teatrais são direcionadas aos jurados, mas devo protestar respeitosamente, já que não há nada indicando que esta testemunha tenha dito algo que não seja a expressão da verdade.

Juiz: Sr. Myers, esta é uma pena capital, e dentro dos limites razoáveis eu gostaria que a defesa tivesse completa liberdade de expressão. Sim, sir Wilfrid.

(Myers volta ao seu lugar.)

Sir Wilfrid: Vejamos, então. A senhora disse... que havia sangue em ambos os punhos?

Romaine: Sim.

Sir Wilfrid: Nos *dois* punhos?

Romaine: Eu afirmei que foi isso o que Leonard disse.

Sir Wilfrid: Não, sra. Heilger, a senhora disse: "Disse-me que lavasse os punhos. Havia sangue neles".

Juiz: Essa é exatamente a minha anotação, sir Wilfrid.

Sir Wilfrid: Obrigado, meritíssimo. *(Para Romaine)* O que a senhora estava dizendo é que tinha lavado ambos os punhos.

Myers: *(Levantando-se.)* Agora é a vez do meu colega de ser impreciso. Em momento algum a testemunha disse que lavou ambos os punhos, ou que sequer tenha lavado um, apenas. *(Senta-se.)*

Sir Wilfrid: O colega está certo. Muito bem, sra. Heilger, a senhora lavou as mangas?

Romaine: Agora eu me lembro. Lavei apenas uma das mangas.

Sir Wilfrid: Obrigado. Talvez sua memória não seja tão confiável também em relação a outros pontos do seu relato. Creio que sua versão inicial, dada à polícia, foi a de que o sangue no paletó era de um ferimento causado ao cortar um presunto.

Romaine: Eu disse isso, sim. Mas não era verdade.

Sir Wilfrid: Por que mentiu?

Romaine: Falei o que Leonard recomendou-me que dissesse.

Sir Wilfrid: Chegando até a apresentar a própria faca com a qual ele estava cortando o presunto?

Romaine: Quando Leonard descobriu que havia sangue nele, cortou-se de propósito para fazer parecer que era seu próprio sangue.

Leonard: *(Levantando-se.)* Nunca fiz isso.

Sir Wilfrid: *(Silenciando Leonard.)* Por favor, por favor.

(Leonard volta ao seu lugar.)

(Para Romaine) Então admite que seu primeiro depoimento para a polícia era mentira pura? A senhora parece ser uma excelente mentirosa.

Romaine: Leonard me orientou sobre o que eu deveria dizer.

Sir Wilfrid: O problema é sabermos se estava mentindo naquele momento ou se está mentindo *agora*. Caso estivesse realmente tão horrorizada ante a ideia de um assassinato, poderia ter dito a verdade à polícia, ao ser interrogada pela primeira vez.

Romaine: Eu tinha medo de Leonard.

Sir Wilfrid: *(Gesticulando na direção da figura deprimente de Leonard.)* A senhora estava com medo de Leonard... com medo do homem cujo coração e brio a senhora acaba de destruir. Creio que o júri saberá em quem deverá acreditar. *(Senta-se.)*

Myers: *(Levantando-se.)* Romaine Heilger, pergunto-lhe mais uma vez: o depoimento que acaba de apresentar é a verdade, toda a verdade e nada mais do que a verdade?

Romaine: É, sim.

Myers: Meritíssimo, está apresentado o caso pela Promotoria. *(Senta-se.)*

(Romaine desce do banco e cruza até a porta à E, acima. O Policial abre a porta.)

Leonard: *(Quando Romaine passa por ele.)* Romaine!

Meirinho: *(Levantando-se.)* Silêncio!

(Romaine sai pela E, acima. O Policial fecha a porta. O Meirinho volta ao seu lugar.)

Juiz: Sir Wilfrid.

Sir Wilfrid: *(Levantando-se.)* Meritíssimo, senhores jurados, não lhes direi aqui, como poderia, que não há caso, que não há acusação a ser respondida pelo réu. *Existe* um caso. Um caso de relevantes provas circunstanciais. Os senhores ouviram a polícia e outras testemunhas técnicas. Eles testemunharam justa e imparcialmente, como é o seu dever. Contra eles não tenho nada a dizer. Por outro lado, ouviram Janet MacKenzie e a mulher que diz se chamar Romaine Vole. Podem acreditar que seus testemunhos não são distorcidos? Janet MacKenzie... excluída do testamento de sua patroa rica porque sua posição foi inadvertidamente usurpada por este infeliz rapaz. *(Pausa)* Romaine Vole... Heilger... ou seja lá como ela se denomine, que armou uma reles farsa para casar-se com ele, escondendo dele que já era casada. Aquela mulher deve a ele mais do que jamais lhe poderá pagar. Ela o usou para que a salvasse de perseguições políticas. Mas confessa que não o ama. Ele já serviu aos seus objetivos. Peço-lhes muita cautela com o modo pelo qual acreditarão em seu testemunho, o testemunho de uma mulher que, pelo que sabemos, foi educada para acreditar na doutrina perniciosa de que a mentira é uma arma para ser usada a serviço de fins pessoais. Senhores membros do júri, convoco o réu, Leonard Vole.

(O Meirinho se levanta e cruza até o banco das testemunhas. Leonard se levanta, cruza e entra no recinto das testemunhas. O Guarda segue Leonard e coloca-se por trás dele. O Meirinho pega a Bíblia, entrega-a a Leonard e segura o cartão com o juramento.)

Leonard: Juro por Deus Todo-Poderoso que o testemunho que darei será a verdade, toda a verdade e nada mais que a verdade. *(Ele coloca a Bíblia sobre o parapeito do recinto das testemunhas.)*

(O Meirinho recoloca o cartão com o juramento sobre o parapeito do recinto das testemunhas e senta-se à D da mesa.)

Sir Wilfrid: Muito bem, sr. Vole, já tomamos conhecimento de sua amizade com a srta. Emily French. Agora, desejo que nos diga quantas vezes costumava visitá-la.

Leonard: Frequentemente.

Sir Wilfrid: E por quê?

Leonard: Bem, ela era extremamente bondosa comigo e eu me afeiçoei a ela. Parecia com minha tia Betsy.

Sir Wilfrid: Essa foi a tia que o criou?

Leonard: Sim. Ela era muito querida. A srta. French fazia com que me lembrasse dela.

Sir Wilfrid: O senhor ouviu Janet MacKenzie dizer que a srta. French pensava que o senhor era um homem solteiro, e que havia possibilidade de ela vir a casar-se com o senhor. Há alguma verdade nisso?

Leonard: Claro que não. É uma ideia absurda.

Sir Wilfrid: A srta. French sabia que o senhor era casado?

Leonard: Sim.

Sir Wilfrid: Quer dizer que não havia qualquer ideia de casamento entre os dois?

Leonard: Claro que não. Já lhe disse, ela me tratava como se fosse uma tia complacente. Quase que como uma mãe.

Sir Wilfrid: E, em troca, o senhor fazia tudo o que podia por ela.

Leonard: (*Modestamente*) Eu a adorava.

Sir Wilfrid: Poderia relatar aos jurados, com suas próprias palavras, exatamente o que aconteceu na noite de 14 de outubro?

Leonard: Bem, eu tinha descoberto um tipo novo de escova felina... algo inteiramente novo, no gênero... e achei que ela poderia gostar. Então a levei comigo naquela noite. Nada mais tinha para fazer.

Sir Wilfrid: A que horas foi isso?

Leonard: Cheguei lá um pouco antes das oito. Dei-lhe a escova felina e ela ficou satisfeita. Experimentamos a escova num dos gatos e foi um sucesso. Em seguida, jogamos uma partida de paciência... a srta. French gostava muito de paciência... e depois disso fui embora.

Leonard: Sim, mas o senhor não...

Juiz: Sir Wilfrid, não entendi nada desse trecho do depoimento. O que é uma escova felina?

Leonard: É uma escova para escovar gatos.

Juiz: Oh!

Leonard: Uma espécie de escova combinada com pente. A senhorita tinha gatos... tinha oito, e a casa cheirava um pouco...

Sir Wilfrid: Sim, sim.

Leonard: Pensei que a escova pudesse ser-lhe útil.

Sir Wilfrid: O senhor viu Janet MacKenzie?

Leonard: Não. Foi a própria srta. French que me fez entrar.

Sir Wilfrid: O senhor sabia que Janet MacKenzie estava fora?

Leonard: Bem, não tinha pensado nisso.

Sir Wilfrid: A que horas o senhor foi embora?

Leonard: Logo antes das nove. Fui a pé.

Sir Wilfrid: Quanto tempo levou?

Leonard: Oh, eu diria que de vinte a trinta minutos.

Sir Wilfrid: Então, o senhor chegou em casa...?

Leonard: Cheguei em casa às nove e 25.

Sir Wilfrid: E a sua esposa – vou chamá-la de sua esposa – estava em casa nesse horário?

Leonard: Sim, claro que estava. Eu... eu acho que ela enlouqueceu. Eu...

Sir Wilfrid: Isso não importa agora. Apenas continue a sua história. O senhor lavou o casaco ao chegar?

Leonard: Não, claro que não.

Sir Wilfrid: Quem lavou o casaco?

Leonard: Foi Romaine, na manhã seguinte. Ela disse que havia sangue nele, do corte no meu pulso.

Sir Wilfrid: Um corte no seu pulso?

Leonard: Sim. Aqui. *(Ele estica o braço e mostra o pulso.)* Ainda pode ver a marca.

Sir Wilfrid: Quando foi que o senhor soube do assassinato pela primeira vez?

Leonard: Li sobre ele no jornal vespertino do dia seguinte.

Sir Wilfrid: E o que sentiu?

Leonard: Fiquei estupefato. Mal podia acreditar. E fiquei muito perturbado também. Os jornais diziam que tinha sido roubo. Nunca pensei que pudesse ser algo diferente.

Sir Wilfrid: E o que aconteceu depois?

Leonard: Soube que a polícia estava ansiosa por me encontrar; portanto, naturalmente, fui até a delegacia.

Sir Wilfrid: O senhor se dirigiu à delegacia e prestou um depoimento?

Leonard: Sim.

Sir Wilfrid: Não se sentiu nervoso? Relutante?

Leonard: Não, claro que não. Eu queria ajudar de qualquer jeito.

Sir Wilfrid: Algum dia o senhor recebeu dinheiro da srta. French?

Leonard: Não.

Sir Wilfrid: Estava ciente de que ela tinha feito um testamento em seu favor?

Leonard: Ela disse que ia ligar para seus advogados e fazer um novo testamento. Perguntei a ela se costumava refazer testamentos e ela disse: "De tempos em tempos".

Sir Wilfrid: O senhor tinha conhecimento dos termos desse novo testamento?

Leonard: Juro que não.

Sir Wilfrid: Alguma vez ela mencionou que lhe deixaria alguma coisa em seu testamento?

Leonard: Não.

Sir Wilfrid: O senhor ouviu o depoimento que sua esposa – ou a mulher que considerava ser sua esposa – prestou no tribunal.

Leonard: Sim... ouvi. Não posso entender... Eu...

Sir Wilfrid: *(Contendo-o.)* Compreendo, sr. Vole, que o senhor está muito perturbado, mas quero lhe pedir para colocar de lado toda e qualquer emoção e que responda à pergunta de forma simples e clara. O que esta testemunha disse é verdade ou não?

Leonard: Não, claro que não é verdade.

Sir Wilfrid: Naquela noite, o senhor chegou em casa às nove e 25 e jantou com sua esposa

Leonard: Sim.

Sir Wilfrid: Tornou a sair?

Leonard: Não.

Sir Wilfrid: O senhor é destro ou canhoto?

Leonard: Destro.

Sir Wilfrid: Vou lhe fazer apenas mais uma pergunta, sr. Vole. O senhor *matou* Emily French?

Leonard: Não, não matei.

(Sir Wilfrid senta-se.)

Myers: *(Levantando-se.)* Alguma vez o senhor tentou conseguir dinheiro de alguém?

Leonard: Não.

Myers: Desde quando, no relacionamento com a srta. French, o senhor soube que ela era uma mulher muito rica?

Leonard: Bem, eu não sabia que ela *era* rica quando a visitei pela primeira vez.

Myers: Mas, tendo se inteirado disso, o senhor decidiu cultivar a amizade com ela com mais assiduidade?

Leonard: Suponho que seja o que parece. Mas eu gostava dela de verdade, sabe. Não tinha nada a ver com dinheiro.

Myers: O senhor teria continuado a visitá-la, mesmo que fosse muito pobre?

Leonard: Sim, teria.

Myers: E o senhor vive na pobreza?

Leonard: O senhor sabe que sim.

Myers: Responda simplesmente à pergunta, sim ou não.

Juiz: O senhor deve responder sim ou não à pergunta.

Leonard: Sim.

Myers: Qual o seu salário?

Leonard: Bem, para falar a verdade não estou empregado no momento. Isso já faz algum tempo.

Myers: O senhor foi recentemente despedido do emprego?

Leonard: Não, não fui... eu pedi demissão.

Myers: No momento de sua prisão, que quantia possuía no banco?

Leonard: Bem, na verdade, apenas algumas libras. Eu esperava receber algum dinheiro em uma ou duas semanas.

Myers: Quanto?

Leonard: Não muito.

Myers: Eu lhe pergunto: não estaria bastante desesperado por dinheiro?

Leonard: Desesperado, não. Eu... bem, me sentia um pouco preocupado.

Myers: O senhor estava preocupado com dinheiro, encontrou uma mulher rica e cultivou esse relacionamento com assiduidade.

Leonard: O senhor distorce tudo. Digo-lhe que eu gostava dela.

Myers: Ouvimos aqui que a srta. French costumava consultar o senhor a respeito de suas declarações de imposto de renda.

Leonard: Sim. O senhor sabe como são esses formulários. Ninguém consegue entendê-los... ou ela não conseguia.

Myers: Janet MacKenzie relatou aqui que a srta. French era uma mulher de negócios muito capaz, em total condição de cuidar de seus próprios interesses.

Leonard: Bem, não foi o que ela me disse. Ela dizia que aqueles formulários a preocupavam muito.

Myers: Ao preencher os formulários do imposto de renda para ela, o senhor, sem dúvida, ficou a par da quantia exata de sua renda.

Leonard: Não.

Myers: Não?

Leonard: Bem... quero dizer, naturalmente que sim.

Myers: Sim, muito conveniente. Por que razão, sr. Vole, o senhor nunca levou sua esposa para visitar a srta. French?

Leonard: Não sei. Parece que isso simplesmente não me ocorreu.

Myers: O senhor afirma que a srta. French sabia que era casado?

Leonard: Sim.

Myers: Ainda assim, ela nunca lhe pediu que levasse sua esposa com você nas visitas à casa dela?

Leonard: Não.

Myers: Por que não?

Leonard: Oh, eu não sei. Acho que ela não gostava de mulheres, não sei bem.

Myers: Digamos que ela preferisse homens jovens bem--apessoados? E o senhor não insistiu em levar sua esposa?

Leonard: Não, claro que não. Ela sabia que minha mulher era estrangeira e ela... oh, não sei, ela parecia pensar que não vivíamos bem.

Myers: Esta foi a impressão que deu a ela?

Leonard: Não, não fiz isso. Ela... bem, acho que era o que ela desejava que fosse.

Myers: Quer dizer que ela estava apaixonada pelo senhor?

Leonard: Não, ela não estava apaixonada, mas ela... oh, é como as mães se comportam às vezes com um filho.

Myers: Como?

Leonard: Elas não querem que ele goste de nenhuma moça ou fiquem noivos ou coisas do gênero.

Myers: O senhor esperava, não é mesmo, obter alguma vantagem financeira de sua amizade com a srta. French?

Leonard: Não da forma que está querendo dizer.

Myers: Não da forma que estou querendo dizer? O senhor parece saber o que eu quero dizer melhor do que eu mesmo. De que forma, então, o senhor esperava obter vantagem financeira? *(Pausa)* Eu repito: de que forma o senhor esperava obter alguma vantagem financeira?

Leonard: O senhor sabe, eu tinha uma invenção. Uma espécie de limpador de para-brisa que funcionava na neve. Eu estava procurando por alguém que o financiasse e pensei que talvez a srta. French se interessasse. Mas não era só por essa razão que eu a visitava. Já afirmei que gostava dela.

Myers: Sim, sim, já ouvimos isso muitas vezes... o quanto o senhor gostava dela.

Leonard: *(Contrariado)* Bem, é verdade.

Myers: Acredito, sr. Vole, que uma semana antes da morte da srta. French o senhor andou sondando uma agência de viagens quanto a detalhes sobre cruzeiros para o exterior.

Leonard: Supondo que sim... isso é algum crime?

Myers: De jeito nenhum. Muita gente viaja em cruzeiros *quando pode pagar por eles*. Mas o senhor não podia pagar por um desses, podia, sr. Vole?

Leonard: Eu estava sem dinheiro. Disse isso ao senhor.

Myers: E ainda assim o senhor foi até essa determinada agência de viagens... com uma loura... uma loura arruivada... que eu saiba... e...

Juiz: Uma loura arruivada, sr. Myers?

Myers: É o termo para uma mulher com cabelos em tom ruivo claro dourado.

Juiz: Pensei que soubesse tudo sobre louras, mas uma loura arruivada... Prossiga, sr. Myers.

Myers: *(Para Leonard)* E então?

Leonard: Minha mulher não é loura e foi apenas por diversão, de qualquer maneira.

Myers: O senhor admite ter pedido detalhes, não a respeito de passeios baratos, mas sobre cruzeiros caros e luxuosos? Como esperava pagar esse tipo de coisa?

Leonard: Eu não esperava.

Myers: Sugiro que o senhor sabia que no prazo de uma semana estaria herdando uma grande quantia em dinheiro de uma senhora idosa e crédula.

Leonard: Eu não tinha noção de nada disso. Estava apenas farto de tudo... e havia uns cartazes na vitrine... palmeiras, coqueiros e mares azuis, e aí entrei e perguntei. O funcionário me olhou meio atravessado... minhas roupas *estavam* um tanto surradas... e eu fiquei irritado. Então resolvi representar um pouco... *(Ele ri de repente, como se a recordação da cena o divertisse.)* e comecei a perguntar pelos cruzeiros mais sofisticados... tudo *de luxo* e só com cabine externa.

Myers: O senhor espera realmente que os jurados acreditem nisso?

Leonard: Não espero que ninguém acredite em nada. Mas foi assim que aconteceu. Foi um faz de conta infantil, se preferir – mas foi engraçado e eu me diverti. *(Repentinamente patético)* Não estava pensando em matar ninguém ou em herdar dinheiro.

Myers: Então é só uma coincidência notável que, apenas alguns dias mais tarde, a srta. French fosse assassinada, deixando-o como seu herdeiro.

Leonard: Já lhe disse... eu não a matei.

Myers: A sua história é que na noite do dia 14 o senhor saiu da casa da srta. French faltando quatro minutos para as nove, foi a pé para casa, chegou lá às nove horas e 25 minutos e ficou em casa o resto da noite.

Leonard: Sim.

Myers: O senhor ouviu Romaine Heilger negar essa história no tribunal. Ouviu-a dizer que o senhor não chegou às *nove horas e 25*, mas às *dez horas e dez minutos*.

Leonard: Não é verdade.

Myers: Que suas roupas estavam manchadas de sangue, que o senhor admitiu definitivamente para ela que matou a srta. French.

Leonard: Já disse que não é verdade. Nenhuma dessas palavras é verdadeira.

Myers: E o senhor poderia sugerir alguma razão pela qual essa jovem, que vem se passando por sua esposa, haveria de prestar deliberadamente o depoimento se ele não fosse verdadeiro?

Leonard: Não, não posso. Isso é o mais terrível. Não há qualquer razão. Acho que ela enlouqueceu.

Myers: Acha que ela enlouqueceu? Ela pareceu extremamente controlada e em seu juízo perfeito. Mas insanidade é a única razão que o senhor consegue sugerir.

Leonard: Não compreendo. Ah, meu Deus, o que aconteceu... o que a terá feito mudar?

Myers: Muito impressionante, com certeza. Mas neste tribunal nós lidamos com fatos. E o fato é, sr. Vole, que temos apenas a sua palavra de que deixou a casa de Emily French na hora em que disse tê-la deixado, que chegou em casa às nove e 25 e que não tornou a sair.

Leonard: *(Descontrolado)* Alguém deve ter me visto... na rua... ou entrando em casa.

Myers: É como alguém certamente pensaria... porém a única pessoa que o viu entrar em casa diz que foi às dez horas e dez minutos. E essa pessoa diz que o senhor tinha sangue na roupa.

Leonard: Eu cortei o pulso.

Myers: Algo muito fácil de fazer para o caso de eventuais perguntas.

Leonard: *(Abatido)* O senhor distorce tudo. Distorce tudo o que eu digo. Faz com que eu pareça uma pessoa diferente da que sou.

Myers: O senhor cortou o pulso deliberadamente.

Leonard: Não, não cortei. Não fiz nada disso, mas o senhor faz com que pareça que eu fiz. Posso ouvi-lo muito bem.

Myers: O senhor chegou em casa às dez horas e dez minutos.

Leonard: Não cheguei. O senhor *tem* de acreditar em mim. O senhor tem de *acreditar* em mim.

Myers: O senhor matou Emily French.

Leonard: Não, eu não a matei.

(As luzes se apagam rapidamente, deixando dois refletores sobre Leonard e Myers. Logo que este último acaba de falar, os dois refletores também se apagam e o pano cai.)

Eu não a matei. Nunca matei ninguém. Oh, meu Deus! É um pesadelo. Um sonho mau, um sonho de terror.

(CAI O PANO)

TERCEIRO ATO

Cena I

Cenário: *O escritório de sir Wilfrid Robarts, QC. Na mesma noite.*

Quando o pano sobe, o palco está vazio e escuro. As cortinas da janela estão abertas. Greta entra imediatamente e segura a porta aberta. Mayhew e Sir Wilfrid entram. Mayhew carrega a pasta dele.

Greta: Boa noite, sir Wilfrid. A noite está horrível, senhor. *(Greta sai, fechando a porta.)*

Sir Wilfrid: Maldito nevoeiro! *(Acende as arandelas no interruptor ao lado da porta e cruza até a janela.)*

Mayhew: Uma noite horrorosa. *(Retirando o chapéu e o sobretudo, e pendurando-os nos ganchos à E e acima.)*

Sir Wilfrid: *(Fechando as cortinas da janela.)* Será que não existe justiça? Saímos de um tribunal sufocante, loucos por um pouco de ar fresco, e o que encontramos? *(Ele acende a luz da lâmpada da mesa.)* Um nevoeiro!

Mayhew: Não é tão denso quanto o nevoeiro que enfrentamos com a farsa da sra. Heilger.

Sir Wilfrid: Mulher desgraçada. Desde o primeiro momento em que pus os olhos nela pressenti confusão. Eu sabia que ela estava tramando alguma coisa. Criaturinha incrivelmente vingativa e muito sonsa para aquele rapaz simplório no banco dos réus. Mas qual será a jogada *dela*, John? O que será que está tramando? Diga-me. *(Ele cruza pela frente da escrivaninha para a E.)*

Mayhew: Presumivelmente, ao que parece, conseguir que o jovem Leonard Vole seja condenado por assassinato.

Sir Wilfrid: Mas por quê? Pense em tudo o que ele fez por ela.

Mayhew: Provavelmente fez demais.

Sir Wilfrid: *(Passando para a D da escrivaninha.)* E ela o despreza por isso. É bem provável. Mulheres, esses bichos ingratos. Mas por que ser vingativa? Afinal, se estava entediada com ele, bastava ir embora. *(Ele cruza por trás da escrivaninha para a E.)* Não parece haver nela um interesse financeiro em ficar com ele.

Greta: *(Entra e cruza até a escrivaninha. Ela carrega uma bandeja com duas xícaras de chá.)* Trouxe seu chá, sir Wilfrid, e uma xícara para o sr. Mayhew também. *(Ela coloca uma xícara em cada lado da escrivaninha.)*

Sir Wilfrid: *(Sentando-se à E da lareira.)* Chá? Precisamos é de algo mais forte para beber.

Greta: Oh, o senhor sabe que aprecia mesmo o seu chá, senhor. Como correram as coisas hoje?

Sir Wilfrid: Mal.

(Mayhew senta-se à E da escrivaninha.)

Greta: *(Cruzando até Sir Wilfrid.)* Oh, não, senhor. Oh, espero mesmo que não. Porque não foi ele. Tenho certeza de que não foi ele. *(Ela cruza até a porta.)*

Sir Wilfrid: Você ainda está segura de que não foi ele. *(Ele olha pensativamente para ela.)* Agora, como assim?

Greta: *(Em tom confidencial)* Porque ele não faz o gênero. Ele *é bonzinho,* se entende o que quero dizer... muito bonzinho. Jamais seria capaz de bater na cabeça de uma senhora idosa. Mas o senhor vai tirá-lo dessa, não vai, senhor?

Sir Wilfrid: Vou... tirá-lo... dessa.

(Greta sai.)

(Ele se levanta. Quase pensando alto.) Deus sabe como. E apenas uma mulher no júri... uma pena... é evidente que as mulheres gostam dele... não sei por quê... ele não é particularmente...*(Ele cruza para a D da escrivaninha.)* atraente. É possível que tenha algo que desperte o instinto maternal. As mulheres querem tomar conta dele.

Mayhew: Enquanto a sra. Heilger... *não* faz o tipo maternal.

Sir Wilfrid: *(Pegando sua xícara de chá e cruzando para a E.)* Não, ela é do tipo passional. Sangue quente por trás da frieza daquele autocontrole. Do tipo capaz de enfiar a faca num homem se ele a enganar. Deus, como eu gostaria de acabar com ela. Trazer à tona as suas mentiras. Mostrar quem *ela é* realmente.

Mayhew: *(Levantando-se e tirando o cachimbo do bolso.)* Desculpe, Wilfrid, mas será que não está deixando que esse caso se transforme num duelo entre você e ela? *(Ele se dirige para a lareira, pega um limpador de cachimbos do recipiente sobre o console da lareira e limpa o cachimbo.)*

Sir Wilfrid: Será? Talvez esteja. Mas ela é uma mulher má, John. Estou convencido disso. E a vida de um jovem depende do resultado desse duelo.

Mayhew: *(Pensativo)* Não creio que os jurados tenham gostado dela.

Sir Wilfrid: Não, você está certo quanto a isso, John. Eles não gostaram, eu acho. Para começar, ela é estrangeira, e eles não confiam em estrangeiros. Além disso, ela não é casada com o sujeito... ela está mais ou menos admitindo a bigamia.

(MAYHEW *atira o limpador de cachimbo na lareira e cruza para a E da escrivaninha.*)

Nada disso impressiona bem. E, além de tudo, ela não está sendo leal ao seu homem na hora da dificuldade. Não gostamos disso neste país.

MAYHEW: São todos pontos a favor.

SIR WILFRID: (*Cruzando por trás da escrivaninha para a D dela.*) Sim, mas não são suficientes. Não há nada que corrobore as declarações dele. (*Ele coloca a xícara de chá sobre a mesa.*)

(MAYHEW *cruza para a E.*)

Ele admite que esteve com a srta. French naquela noite, há impressões digitais dele por toda parte, não conseguimos encontrar ninguém que o tenha visto no trajeto para casa e ainda há a maldita questão do testamento. (*Ele fica de pé, por trás da escrivaninha.*) A história da agência de viagens não ajuda. A mulher faz um testamento que o beneficia e imediatamente ele sai indagando a respeito de cruzeiros de luxo. Não poderia ser pior.

MAYHEW: (*Dirigindo-se até a lareira.*) Concordo. E a explicação dele não foi nada convincente.

SIR WILFRID: (*Mudando repentinamente o jeito e tornando-se muito humano.*) E, no entanto, sabe, John, minha mulher faz esse tipo de coisa.

MAYHEW: Faz o quê?

SIR WILFRID: (*Sorri benevolente.*) Pedir a agências de viagens que elaborem itinerários para viagens longas ao exterior. Para nós dois. (*Ele pega o pote de fumo em cima da lareira e o coloca sobre a escrivaninha.*)

MAYHEW: Obrigada, Wilfrid. (*Senta-se à E da escrivaninha e enche o cachimbo.*)

SIR WILFRID: Ela investiga os mínimos detalhes e lamenta, por exemplo, que o navio não faça determinada conexão nas Bermudas. Explica-me que poderíamos poupar tempo indo de avião, mas que de avião não se conhece nada do país e pergunta o que eu acho. E eu respondo: "Para mim tanto faz, querida. Faça como preferir". Ambos sabemos que aquilo não passa de uma brincadeira e que vamos acabar fazendo o de sempre... ficando em casa.

MAYHEW: Ah, agora, com a *minha* mulher, são as casas.

SIR WILFRID: Casas?

MAYHEW: Agendamentos para visitas. Às vezes acho que dificilmente haverá uma única casa em toda a Inglaterra que tenha sido anunciada para vender e que minha mulher não tenha visitado. Ela planeja como vai distribuir o espaço e até calcula o que terá de ser gasto com as reformas. Ela chega a escolher as cortinas, o forro dos estofados e a determinar o esquema geral de cores. *(Guarda o pote de fumo na lareira e procura por fósforos nos bolsos.)*

(SIR WILFRID e MAYHEW se entreolham e sorriem, compreendendo-se mutuamente.)

SIR WILFRID: Hum... bem... *(Retomando a postura de advogado.)* o azar é que os sonhos de nossas esposas não estão em julgamento. Mas pelo menos nos ajudam a compreender por que o jovem Vole foi perguntar por folhetos de viagens.

MAYHEW: Sonhando acordado.

SIR WILFRID: *(Oferecendo-lhe uma caixa de fósforos.)* Tome aí, John. *(Ele coloca a caixa sobre a escrivaninha.)*

MAYHEW: *(Cruzando para a E da escrivaninha e pegando a caixa de fósforos.)* Obrigado, Wilfrid.

SIR WILFRID: Creio que tivemos certa sorte com Janet MacKenzie.

MAYHEW: Com a parcialidade dela, você quer dizer?

SIR WILFRID: Exatamente. Ela exagerou nas ideias preconcebidas.

MAYHEW: *(Sentando-se à E da escrivaninha.)* Você acertou em cheio naquele lance da surdez.

Sir Wilfrid: Sim, sim, foi ponto nosso ali. Mas ela o tomou de volta com o rádio no conserto.

(Mayhew *verifica que a caixa de fósforos está vazia e a atira na lata de lixo e guarda o cachimbo no bolso.*)

Não vai fumar, John?

Mayhew: Não, agora não.

Sir Wilfrid: John, o que de fato aconteceu naquela noite? Será que foi mesmo latrocínio? A polícia tem de admitir que poderia ter sido.

Mayhew: Mas acham que não foi e eles raramente se enganam. Aquele inspetor está inteiramente convencido de que *foi* obra de alguém da casa... que aquela janela foi arrombada pelo lado de dentro.

Sir Wilfrid: (*Levantando-se e cruzando pela frente da escrivaninha para a E.*) Bem, ele pode estar enganado.

Mayhew: Será?

Sir Wilfrid: Mas, nesse caso, quem era o homem com quem Janet MacKenzie ouviu a srta. French conversar às nove e meia? Parece-me que há duas respostas para isso.

Mayhew: Que são...?

Sir Wilfrid: Primeiro, que ela inventou a coisa toda, quando viu que a polícia não tinha ficado satisfeita com a hipótese de roubo.

Mayhew: (*Chocado*) Certamente ela não faria uma coisa dessas.

Sir Wilfrid: (*Cruzando para o C.*) Bem, então o que foi que ela ouviu? Não me diga que foi um ladrão conversando amistosamente com a srta. French... antes de golpeá-la na cabeça. (*Bate na cabeça de* Mayhew *com seu lenço.*)

Mayhew: Isso parece bem improvável.

Sir Wilfrid: Não creio que aquela velha amargurada hesitasse em inventar uma coisa assim. E não creio que ela hesite diante de nada, sabe? Não... (*Enfaticamente*) não creio que... hesite... diante... de... *qualquer coisa.*

Mayhew: *(Horrorizado)* Meu Deus! Você quer dizer...?

Carter: *(Entra e fecha a porta.)* Perdão, sir Wilfrid. Há uma moça querendo falar com o senhor. Diz ela que é a respeito do caso de Leonard Vole.

Sir Wilfrid: *(Sem se admirar)* Uma desequilibrada?

Carter: Oh, não, sir Wilfrid. Sempre reconheço esses tipos.

Sir Wilfrid: *(Passando por trás da escrivaninha e recolhendo as xícaras de chá.)* Que espécie de moça? *(Cruza para o C.)*

Carter: *(Pegando as xícaras com Sir Wilfrid.)* Um tanto vulgar, senhor, com um palavreado meio grosseiro.

Sir Wilfrid: E o que ela quer?

Carter: *(Citando, com certa repugnância.)* Diz ela que "sabe de umas coisas que podem livrar um pouco a barra do réu".

Sir Wilfrid: *(Com um suspiro)* Muito improvável. Faça-a entrar.

(Carter sai, levando consigo as xícaras.)

O que acha disso, John?

Mayhew: Bem, eu acho é que não estamos em condições de descartar nada.

(Carter entra escoltando uma mulher. Ela aparenta cerca de 35 anos e suas roupas são espalhafatosas e baratas. O cabelo louro cai sobre um lado do rosto. A maquiagem é exagerada e grosseira. Carrega uma bolsa surrada. Mayhew levanta-se.)

Carter: A jovem, senhor. *(Carter sai.)*

Mulher: *(Olhando de forma penetrante para Sir Wilfrid e para Mayhew.)* Ei, que história é essa? Dois? Com dois eu não falo. *(Vira-se para ir embora.)*

Sir Wilfrid: Este é o sr. Mayhew. Ele é o advogado do sr. Vole. Eu sou sir Wilfrid Robarts, encarregado da defesa.

Mulher: *(Olhando fixo para Sir Wilfrid.)* É você, querido. Não te reconheci sem a peruca. É bem legal ver todos lá de peruca.

(Mayhew dá uma cotovelada em Sir Wilfrid e fica de pé à frente da escrivaninha.)

Estão aí de fuxico, não é? Bem, quem sabe eu posso ajudar se vocês fizerem valer a pena.

Sir Wilfrid: Sabe, srta... er...

Mulher: *(Cruzando e sentando-se à E da escrivaninha.)* Não precisa de nome. Se eu dissesse um nome, podia ser um nome falso, não podia?

Sir Wilfrid: *(De pé, no C)* Como preferir. Que esteja consciente de que tem a obrigação de depor a respeito de qualquer prova que seja de seu conhecimento.

Mulher: Ora, sai dessa! Eu não disse que sabia de nada, disse? Eu *tenho* uma coisa. O que é bem mais importante.

Sir Wilfrid: E o que tem aí, senhora?

Mulher: Pois é, senhor! Eu estava no julgamento, hoje. E vi a... aquela vagabunda testemunhando. Muito metida a besta. Ela é má de verdade. Uma megera, isso é o que ela é.

Sir Wilfrid: Muito bem. Mas com relação a essa informação especial que diz ter...

Mulher: *(De forma astuta)* Ah, mas o que é que eu levo nisso? O que eu tenho vale muito dinheiro. Cem libras, é quanto eu quero.

Mayhew: Temo que não teríamos sequer como pensar em nada desse gênero; mas, se nos pudesse dizer um pouquinho mais a respeito do que tem a oferecer...

Mulher: Só compram se puderem dar uma conferida, não é?

Sir Wilfrid: Uma conferida?

Mulher: É... uma olhada na mercadoria.

Sir Wilfrid: Oh, sim... sim.

Mulher: O que é dela está guardado, direitinho. *(Abre a bolsa.)* São cartas. O que eu tenho são cartas. Dela.

Sir Wilfrid: São cartas escritas por Romaine Heilger ao réu?

Mulher: *(Gargalhando)* Ao réu? Não me faça rir. Pobre do bobalhão do réu, ela passou ele para trás direitinho. *(Pisca.)* Eu tenho algo aqui para *vender*, querido. Não se esqueça disso.

Mayhew: *(Calmamente)* Se nos deixar ver as cartas, poderemos informá-la se elas são ou não importantes.

Mulher: Falando na sua língua, não é? Bem, como eu disse, não espero que comprem sem ver. Mas trato é trato. Se as cartas resolverem a parada, se elas salvarem o cara e mandarem aquela vagabunda estrangeira para onde já devia estar, então as cem libras são minhas. Correto?

Mayhew: *(Pegando a carteira do bolso e dela retirando dez libras.)* Se essas cartas contiverem informações úteis à defesa... para ajudá-la a cobrir suas despesas por vir até aqui... estou pronto a lhe oferecer dez libras.

Mulher: *(Quase gritando.)* Uma mixaria de dez libras? Melhor pensar de novo.

Sir Wilfrid: *(Cruzando até Mayhew e tirando-lhe a carteira.)* Se a senhora tiver aí alguma carta que possa ajudar a provar a inocência do meu cliente, creio que vinte libras não seriam uma quantia injusta para cobrir suas despesas. *(Tira mais dez libras da carteira de Mayhew e pega a nota da mão deste.)*

Mulher: Cinquenta libras, é pegar ou largar. Quero dizer, se gostarem das cartas.

Sir Wilfrid: Vinte libras. *(Coloca as notas sobre a mesa.)*

(A Mulher observa-o e molha os lábios. É muito dinheiro para ela.)

Mulher: Está bem, você venceu. Pronto, aqui. Pode pegar. Um monte de cartas. *(Tira as cartas da bolsa.)* A que está por cima é a que resolve o problema. *(Coloca as cartas na escrivaninha e vai pegar o dinheiro.)*

(Sir Wilfrid é mais rápido do que ela e pega-o antes. Ela, mais do que depressa, recolhe as cartas.)

Sir Wilfrid: Só um instante. Suponho que esta letra seja dela.

Mulher: É a letra dela, mesmo. Foi ela que escreveu. Sem tirar nem pôr.

Sir Wilfrid: Quanto a isso, temos apenas a sua palavra.

Mayhew: Um minuto. Eu tenho uma carta da sra. Vole... não aqui, mas no meu escritório.

Sir Wilfrid: Bem, minha senhora, parece que vai ter de ser em confiança... *(Ele entrega as notas a ela.)* por enquanto. *(Ele pega as cartas com ela, desdobra-as e começa a ler.)*

(A Mulher conta lentamente as notas, observando os Outros nesse meio-tempo. Mayhew aproxima-se de Sir Wilfrid e espia as cartas. A Mulher se levanta e cruza em direção à porta.)

(Para Mayhew) É inacreditável. Realmente inacreditável.

Mayhew: *(Lendo por sobre o ombro dele.)* Sangue-frio vingativo.

Sir Wilfrid: *(Dirigindo-se à Mulher.)* Como as conseguiu?

Mulher: Não sou dedo-duro?

Sir Wilfrid: O que tem contra Romaine Vole?

(A Mulher cruza até a escrivaninha, vira a cabeça de forma repentina e dramática, inclina a lâmpada para que ilumine seu rosto do lado que até então estivera fora da visão da plateia e empurra o cabelo para trás, deixando à mostra a face retalhada, deformada por cicatrizes. Sir Wilfrid recua com uma exclamação.)

Mulher: Está vendo isso?

Sir Wilfrid: Foi *ela* quem fez isso?

Mulher: *(Cruzando para o C.)* Ela, não. O sujeito com quem eu andava. Era coisa séria, mesmo. Ele era um pouco mais moço do que eu, mas me adorava e eu amava o cara. Aí ela apareceu. Cismou com ele e tirou ele de mim. Começou a se encontrar com ele escondido e um dia ele sumiu. Eu sabia para onde ele tinha ido. Fui atrás dele e peguei os dois juntos. *(Senta-se à E da escrivaninha.)* Eu disse o que pensava dela e ele partiu pra cima de mim. Era de uma gangue que usava navalha. Me cortou legal. E falou: "Então, agora nenhum homem mais vai te olhar".

Sir Wilfrid: Foi à polícia por conta disso?

Mulher: Eu? Nem pensar. E nem foi culpa dele. Não, mesmo. Foi dela, tudo culpa dela. Tirou ele de mim e virou ele contra mim. Mas fiquei na minha. Sempre na cola dela, de butuca. Eu sabia de umas coisas em que ela tinha andado metida. Sei onde mora o cara que ela encontra escondido, de vez em quando. E foi assim que botei a mão nas cartas. Agora, doutor, já sabe da minha história toda. *(Levanta-se, espicha o rosto para a frente, afastando o cabelo.)* Vai um beijo?

(Sir Wilfrid recua com um arrepio.)

Não te culpo. *(Ela cruza para a E.)*

Sir Wilfrid: Sinto muito, muito mesmo. Tem cinco aí, John?

(Mayhew mostra-lhe a carteira vazia.)

(Ele tira sua carteira do bolso e tira uma nota de cinco libras.)

Tome aqui mais cinco libras.

Mulher: *(Agarrando a nota.)* Escondendo o jogo, hein? Ainda podia me dar mais cinco. *(Avança para Sir Wilfrid.)*

(Sir Wilfrid recua na direção de Mayhew.)

E eu sabia que estava sendo boazinha demais com vocês. As cartas são o máximo, não são?

Sir Wilfrid: Acho que elas serão de muita utilidade. *(Apresenta uma carta a Mayhew.)* Aqui, John, dê uma conferida nesta aqui.

(A Mulher escapole rapidamente pela porta.)

Mayhew: Vamos ter de fazer um exame grafológico, como medida de segurança; o tal homem poderá testemunhar, se for necessário.

Sir Wilfrid: Precisamos do sobrenome e do endereço desse homem.

Mayhew: *(Olhando em volta.)* Ora, aonde é que ela foi? Não pode ir embora sem nos dar maiores detalhes. *(Ele cruza para o C.)*

Sir Wilfrid: *(Sai porta afora, chamando.)* Carter! Carter!

Carter: *(De fora)* O que foi, sir Wilfrid?

Sir Wilfrid: *(Fora)* Onde é que foi aquela mulher?

Carter: *(Fora)* Saiu logo, senhor.

Sir Wilfrid: *(Fora)* Bem, não devia tê-la deixado sair. Mande Greta atrás dela.

Carter: *(Fora)* Muito bem, sir Wilfrid.

(Sir Wilfrid entra e cruza até a E de Mayhew)

Mayhew: Ela foi embora?

Sir Wilfrid: Sim, mandei Greta atrás dela, mas sem grandes esperanças, com esse nevoeiro todo. Droga! Temos de conseguir o sobrenome e o endereço desse homem.

Mayhew: Não vamos conseguir. Ela pensou em tudo com muito cuidado. Não nos disse seu nome e escapuliu como um peixe enquanto estávamos ocupados com as cartas. Ela não quis se arriscar a ter de aparecer no banco das testemunhas. Veja o que o sujeito fez com ela da última vez.

Sir Wilfrid: *(Sem convicção)* Ela contaria com proteção.

Mayhew: Será mesmo? Por quanto tempo? No final, ele ou um de seus comparsas a pegariam. Ela não quer expor o sujeito. Está atrás de Romaine Heilger.

Sir Wilfrid: E que beldade é essa tal Romaine! Mas finalmente temos algo em que nos agarrar. Agora, quanto aos procedimentos...

(CAI O PANO)

Cena II

CENÁRIO: Old Bailey. Na manhã seguinte.

Quando o pano sobe, o tribunal aguarda a entrada do JUIZ. LEONARD e o GUARDA estão sentados no recinto dos réus. Dois ADVOGADOS estão sentados na ponta E da fila detrás dos bancos dos ADVOGADOS. SIR WILFRID e seu ASSISTENTE estão em seus lugares. MAYHEW, de pé à E da mesa, conversa com SIR WILFRID. O ESCREVENTE DO TRIBUNAL, o ESCREVENTE DO JUIZ e o TAQUÍ-GRAFO estão em seus lugares. Os três JURADOS (visíveis pela plateia) estão sentados. O POLICIAL está junto à porta acima e à E, e o MEIRINHO, no alto dos degraus ao CD. MYERS, seu ASSISTENTE e dois ADVOGADOS entram ao C e acima. MYERS vai até SIR WILFRID e começa a falar, muito zangado. O ASSISTENTE e os dois ADVOGADOS tomam seus lugares. Há três batidas na porta do JUIZ. O MEIRINHO desce os degraus até o CD.

MEIRINHO: Todos de pé.

(TODOS se levantam. O JUIZ e o VEREADOR entram pela porta do JUIZ e tomam seus lugares.)

Todos aqueles que tiverem algo mais a tratar diante dos juízes de audiência e julgamentos criminais de nossa senhora a rainha, na jurisdição do Tribunal Criminal Central, aproximem-se e declarem sua presença. Deus salve a rainha.

(O JUIZ curva-se ante o tribunal e TODOS se sentam. O MEIRINHO senta-se na banqueta à D mais para baixo.)

SIR WILFRID: Meritíssimo, desde que a sessão foi suspensa, chegaram-me às mãos certas provas de natureza surpreendente. As provas são de tal ordem que tomei a resolução de pedir permissão ao meritíssimo para voltar a chamar a última testemunha de acusação, Romaine Heilger.

(O ESCREVENTE se levanta e sussurra algo ao JUIZ.)

JUIZ: Quando foi exatamente, sir Wilfrid, que tomou conhecimento dessas provas?

(O Escrevente senta-se.)

Sir Wilfrid: Foram trazidas a mim depois que a sessão foi suspensa, ontem à noite.

Myers: *(Levantando-se.)* Meritíssimo, protesto contra o pedido do nobre colega. O caso já foi encerrado pela promotoria e...

(Sir Wilfrid senta-se.)

Juiz: Sr. Myers, não era minha intenção tomar uma decisão a respeito deste ponto sem observar a formalidade rotineira de convidá-lo a apresentar seus comentários sobre ele. Pois não, sir Wilfrid?

(Myers senta-se.)

Sir Wilfrid: *(Levantando-se.)* Meritíssimo, num caso em que provas vitais para o réu chegam às mãos de seus conselheiros legais a qualquer momento antes de o júri apresentar seu veredicto, minha posição é a de que tais provas são não apenas admissíveis como também desejáveis. Felizmente existe jurisprudência clara para respaldar meu ponto de vista, encontrada no caso do rei contra Stillman, relatada à página 463 do volume sobre Recursos de 1926. *(Abre um volume de obra jurídica que está à sua frente.)*

Juiz: Não precisa citar a jurisprudência, sir Wilfrid; conheço-a muito bem. Eu gostaria de ouvir a promotoria, sr. Myers.

(Sir Wilfrid senta-se.)

Myers: *(Levantando-se.)* Respeitosamente, meritíssimo, o caminho ora proposto por meu nobre colega, a não ser em circunstâncias excepcionais, não tem precedentes. E em que consistem, se me permite perguntar, essas novas provas surpreendentes citadas por sir Wilfrid?

Sir Wilfrid: *(Levantando-se.)* São cartas, meritíssimo. Cartas de Romaine Heilger.

Juiz: Eu gostaria de ver as cartas a que se refere, sir Wilfrid.

(Sir Wilfrid e Myers sentam-se. O Meirinho se levanta, cruza até Sir Wilfrid, recolhe as cartas, passa-as ao Escrevente, que as entrega ao Juiz. O Juiz examina as cartas. O Meirinho volta ao seu lugar.)

Myers: *(Levantando-se.)* O nobre colega teve a bondade de informar-me, apenas no momento em que entrávamos no tribunal, que pretendia fazer este pedido, de modo que não tive oportunidade de consultar a jurisprudência. No entanto, acho que me recordo de um caso, acredito que de 1930, o rei contra Porter, eu creio...

Juiz: Não, sr. Myers, o rei contra Potter foi em 1931. Eu representava a Promotoria.

Myers: E, se não me falha a memória, o protesto então levantado pelo meritíssimo foi sustentado.

Juiz: Desta vez sua memória falhou mesmo, sr. Myers. Meu protesto, naquela ocasião, foi rejeitado pelo juiz Swidon... assim como o seu é rejeitado por mim, agora.

(Myers senta-se.)

Sir Wilfrid: *(Levantando-se.)* Chame Romaine Heilger.

Meirinho: *(Levanta-se e dirige-se para a frente até C.)* Romaine Heilger.

Policial: *(Abre a porta, chamando.)* Romaine Heilger.

Juiz: Se estas cartas forem autênticas, questões muito graves serão trazidas à baila. *(Entrega as cartas ao Escrevente.)*

(O Escrevente entrega as cartas ao Meirinho, que as devolve a Sir Wilfrid. Durante a ligeira espera que se segue, Leonard parece muito agitado. Ele fala com o Guarda, depois cobre o rosto com as mãos. O Meirinho senta-se em sua banqueta. Mayhew levanta-se, fala com Leonard e o acalma. Leonard sacode a cabeça e parece perturbado e preocupado. Romaine entra à EA, cruza e se dirige ao banco das testemunhas. O Policial fecha a porta.)

Sir Wilfrid: Sra. Heilger, a senhora compreende que ainda está sob juramento?

Romaine: Sim.

Juiz: Romaine Heilger, foi chamada de volta ao banco das testemunhas para que sir Wilfrid pudesse fazer-lhe mais algumas perguntas.

Sir Wilfrid: Sra. Heilger, conhece certo homem cujo nome de batismo é Max?

Romaine: *(Reage violentamente quando o nome é mencionado.)* Não sei do que o senhor está falando.

Sir Wilfrid: *(Com satisfação)* E, no entanto, é uma pergunta muito simples. A senhora conhece ou não conhece um homem chamado Max?

Romaine: Claro que não.

Sir Wilfrid: Tem certeza absoluta disso?

Romaine: Nunca conheci ninguém chamado Max. Nunca.

Sir Wilfrid: E, ainda assim, creio ser um nome... ou abreviatura de um nome... bastante comum em seu país. Está querendo dizer que nunca conheceu alguém com esse nome?

Romaine: *(Hesitante)* Oh, na Alemanha... sim... talvez, não me lembro. Já faz muito tempo.

Sir Wilfrid: Não vou pedir que volte na lembrança para época tão remota. Algumas semanas bastam. Digamos... *(Ele abre uma das cartas, com gesto teatral.)* o dia 17 de outubro último.

Romaine: *(Estupefata)* O que tem aí?

Sir Wilfrid: Uma carta.

Romaine: Não sei do que está falando.

Sir Wilfrid: Estou falando de uma carta. Uma carta escrita no dia 17 de outubro. A senhora deve se lembrar desta data, talvez.

Romaine: Não me recordo particularmente, por quê?

Sir Wilfrid: Sugiro que, nesta data, a senhora escreveu certa carta... uma carta endereçada a um homem chamado Max.

Romaine: Não fiz nada disso. O que o senhor está dizendo são mentiras. Não sei o que está querendo dizer.

Sir Wilfrid: Esta carta faz parte de uma série, escrita ao mesmo homem, por um considerável período de tempo.

Romaine: *(Agitada)* Mentira... tudo mentira!

Sir Wilfrid: Parece que a senhora estava envolvida... *(Enfaticamente)* em termos muito *íntimos* com esse homem.

Leonard: *(Levantando-se.)* Como ousa dizer uma coisa dessas?

(O Guarda se levanta e tenta conter Leonard.)

(Ele afasta o Guarda para o lado.) Não é verdade!

Juiz: O réu, em seu próprio benefício, deve permanecer em silêncio.

(Leonard e o Guarda voltam aos seus lugares.)

Sir Wilfrid: Não estou preocupado com o teor geral dessa correspondência. Estou interessado em apenas uma delas em particular. *(Ele lê.)* "Meu adorado Max. Aconteceu uma coisa extraordinária. Acredito que todas as nossas dificuldades vão ter um fim..."

Romaine: *(Interrompendo enfurecida.)* É uma mentira... Nunca escrevi isso. Como conseguiu essa carta? Quem a deu ao senhor?

Sir Wilfrid: Como a carta veio parar em minhas mãos é irrelevante.

Romaine: O senhor a roubou. É tão ladrão quanto mentiroso. Ou foi alguma mulher que as deu ao senhor? É isso, estou certa, não estou?

Juiz: Por gentileza, queira ater-se a responder às perguntas do advogado.

Romaine: Mas não vou ouvir.

Juiz: Prossiga, sir Wilfrid.

Sir Wilfrid: Até agora, a senhora só ouviu as primeiras frases da carta. Devo entender que a senhora nega definitivamente tê-la escrito?

Romaine: Claro que eu nunca a escrevi. É uma fraude. É ultrajante que eu seja forçada a escutar um monte de mentiras – mentiras inventadas por uma mulher enciumada.

Sir Wilfrid: Minha sugestão é a de que a *senhora* é que esteve mentindo. A senhora mentiu flagrante e persistentemente neste tribunal, estando sob juramento. E a razão *pela qual* mentiu se torna clara por meio... *(Ele bate na carta.)* desta carta, que aqui está, escrita pela senhora, preto no branco.

Romaine: O senhor está louco. Por que haveria eu de escrever um monte de besteiras?

Sir Wilfrid: Porque diante da senhora abriu-se um caminho para a liberdade... e, ao planejar seguir por esse caminho, o fato de um homem inocente ser condenado à morte não significou nada para a senhora. Chegou a incluir um toque final mórbido ao ferir Leonard Vole, pessoalmente, com a faca.

Romaine: *(Tomada de fúria)* Nunca escrevi isso. Escrevi que ele tinha se cortado ao fatiar o presunto... *(A voz vai lentamente desaparecendo.)*

(Todos os olhos do tribunal se voltam para ela.)

Sir Wilfrid: *(Triunfante)* Então a senhora sabe o que está escrito na carta... antes que eu a tenha lido.

Romaine: *(Baixando completamente a guarda.)* Desgraçado! Desgraçado! Desgraçado!

Leonard: *(Gritando)* Deixe-a em paz! Não a atormente!

Romaine: *(Olhando em volta enlouquecida.)* Deixem-me sair daqui! Deixem-me ir embora! *(Ela sai do banco das testemunhas.)*

(O Meirinho se levanta e contém Romaine.)

Juiz: Meirinho, dê uma cadeira à testemunha.

(ROMAINE *afunda no pequeno banco à D da mesa, soluça histericamente e esconde o rosto nas mãos. O* MEIRINHO *cruza e senta-se no banco à D.*)

Sir Wilfrid, queira agora ler a carta em voz alta para que o júri possa ouvir.

SIR WILFRID: *(Lendo)* "Meu adorado Max. Aconteceu uma coisa extraordinária. Acredito que todas as nossas dificuldades vão ter um fim. Poderei encontrá-lo sem pôr em risco o precioso trabalho que está realizando neste país. A velha de que lhe falei foi assassinada e creio que suspeitam de Leonard. Ele tinha ido lá, mais cedo, na mesma noite, e tem impressões digitais dele pela casa toda. Parece ter sido às nove e meia. Leonard, a essa hora, já estava em casa, mas o álibi dele depende de mim... de *mim*. Suponhamos que eu diga que ele chegou em casa muito mais tarde e que havia sangue na roupa... havia mesmo sangue na manga, porque ele cortou o pulso na hora do jantar, de modo que tudo se encaixa perfeitamente. Posso até dizer que ele me confessou que a matou. Oh, Max, meu amado! Diga que posso levar isso avante... seria tão maravilhoso ficar livre de ter de interpretar o papel de esposa grata e amorosa. Eu sei que a Causa e o Partido vêm em primeiro lugar, mas, se Leonard fosse condenado por assassinato, eu poderia estar com você com toda a segurança e ficaríamos juntos para sempre. Sua adorada, Romaine."

JUIZ: Romaine Heilger, queira voltar ao banco das testemunhas.

*(*ROMAINE *se levanta e volta ao banco das testemunhas.)*

A senhora ouviu a leitura da carta. O que tem a dizer?

ROMAINE: *(Paralisada ante a derrota.)* Nada.

LEONARD: Romaine, diga-lhe que você não escreveu isso. Eu sei que você não escreveu.

ROMAINE: *(Voltando-se e quase cuspindo as palavras.)* Claro que escrevi.

Sir Wilfrid: Meritíssimo, fica assim concluído o caso para a defesa.

Juiz: Sir Wilfrid, tem algum indício quanto ao destinatário dessas cartas?

Sir Wilfrid: Meritíssimo, elas chegaram às minhas mãos anonimamente e ainda não houve tempo para verificar quaisquer outros fatos. A impressão que dá é a de que ele tenha entrado ilegalmente no país e esteja engajado em atividades subversivas por aqui...

Romaine: Jamais descobrirão quem é ele... nunca. Não me importa o que vão fazer comigo. Vocês nunca saberão.

Juiz: Gostaria de reinquiri-la, sr. Myers?

(Sir Wilfrid senta-se.)

Myers: *(Levantando-se entristecido.)* Na verdade, meritíssimo, considero que seria bastante difícil, tendo em vista esses desdobramentos surpreendentes. *(Para Romaine)* Sra. Heilger, a meu ver a senhora tem um temperamento extremamente nervoso. Como estrangeira, pode ser que não compreenda totalmente as responsabilidades que lhe cabem ao prestar um juramento diante de um tribunal inglês. Se tiver sido intimidada a ponto de confessar algo que não fez, se escreveu uma carta sob forte tensão ou dentro de alguma ideia fantasiosa, não hesite em dizê-lo agora.

Romaine: Tem de continuar me torturando? Eu escrevi a carta. Agora, deixe-me ir embora.

Myers: Meritíssimo, sugiro que a testemunha está em tal estado de perturbação que dificilmente saberá o que está dizendo ou confessando.

Juiz: Deve lembrar-se, sr. Myers, que sir Wilfrid advertiu a testemunha antes do primeiro depoimento e chamou-lhe a atenção para a natureza sagrada do juramento que prestara.

(Myers senta-se.)

Sra. Heilger, desejo alertá-la de que este não será o fim da questão. Neste país não se pode cometer perjúrio sem responder por ele e posso afirmar-lhe que, sem sombra de dúvida, dentro em breve as medidas cabíveis em caso de perjúrio serão tomadas contra a senhora. A pena por perjúrio pode ser bem pesada. Pode se retirar.

(Romaine deixa o banco. O Policial abre a porta e ela sai. O Policial fecha a porta.)

Sir Wilfrid, queira dirigir-se aos jurados em nome da defesa.

Sir Wilfrid: *(Levantando-se.)* Senhores jurados, quando a verdade é clara e evidente, ela fala por si. Estou certo de que não há palavras minhas capazes de acrescentar algo à impressão causada pelo depoimento simples e direto prestado pelo réu e pela maldosa tentativa para incriminá-lo, segundo o testemunho que acabaram de ouvir...

(Enquanto Sir Wilfrid fala, as luzes baixam até apagarem-se completamente. Após alguns segundos, as luzes se acendem. Os Jurados, que haviam saído, estão retomando seus lugares.)

Escrevente: *(Levantando-se.)* Vole, levante-se.

(Leonard levanta-se.)

Senhores jurados, estão todos de acordo quanto ao veredicto?

1º Jurado: *(Levantando-se.)* Estamos.

Escrivão: E consideram o réu, Leonard Vole, culpado ou inocente?

1º Jurado: Inocente, meritíssimo.

(Há um burburinho de aprovação no tribunal.)

Meirinho: *(Levantando-se e dirigindo-se ao C.)* Silêncio!

Juiz: Leonard Vole, o senhor foi considerado inocente quanto ao assassinato de Emily French ocorrido a 14 de outubro último. Fica, portanto, dispensado e está livre para deixar o tribunal. *(Levanta-se.)*

(Todos ficam de pé. O Juiz curva-se para o tribunal e sai à DA, seguido do Vereador e do Escrevente do Juiz.)

Meirinho: Todos aqueles que tiverem algo mais a tratar diante dos juízes de audiência e julgamentos criminais de nossa senhora a rainha, na jurisdição do Tribunal Criminal Central, podem retirar-se e apresentar-se novamente amanhã às dez horas e trinta minutos. Deus salve a rainha.

(O Meirinho, os Jurados e o Taquígrafo saem pela D abaixo. Os Advogados, Assistentes e o Escrevente do Tribunal saem ao C acima. O Guarda e o Policial saem pela E acima. Leonard sai do banco dos réus e cruza até Mayhew.)

Mayhew: Parabéns, meu jovem!

Leonard: Não tenho como agradecer.

Mayhew: *(Indicando Sir Wilfrid com certo tato.)* Este é o homem a quem deve agradecer.

(Leonard cruza até Sir Wilfrid, porém dá de cara com Myers, que lhe lança um olhar enfurecido e sai ao C acima. Sir Wilfrid cruza até a D de Leonard.)

Leonard: *(Virando-se para Sir Wilfrid)* Obrigado, senhor. *(Seu tom agora é menos espontâneo do que ao falar com Mayhew. Ele parece não gostar de Sir Wilfrid.)* O senhor... o senhor me tirou de uma terrível encrenca.

Sir Wilfrid: Terrível encrenca! Ouviu isso, John? Agora seus problemas terminaram, meu rapaz.

Mayhew: *(Dirigindo-se até a E de Leonard.)* Mas foi por um triz, sabe disso.

Leonard: *(Meio contrariado)* É, suponho que sim.

Sir Wilfrid: Se não tivéssemos conseguido destruir aquela mulher...

Leonard: Precisava o senhor atacá-la daquela forma? Foi horrível vê-la ali, aos pedaços. Eu não consigo acreditar...

Sir Wilfrid: *(Com toda a força de sua personalidade)* Escute aqui, Vole. Você não é o primeiro rapaz que conheço louco por uma mulher a ponto de ficar cego quanto à sua verdadeira personalidade. Aquela mulher fez tudo o que pôde para amarrar uma corda no seu pescoço.

Mayhew: Não se esqueça disso.

Leonard: Sim, mas por quê? Não consigo entender. Ela sempre pareceu tão devotada a mim. Eu podia jurar que ela me amava... e, no entanto, todo esse tempo ela andava se encontrando com esse outro sujeito. *(Ele balança a cabeça.)* É inacreditável... há qualquer coisa na história toda que eu não compreendo.

Guarda: *(Entra pela E acima e dirige-se para a E da mesa.)* Apenas mais dois ou três minutos, senhor. Nós o faremos sair e pegar um carro pela porta lateral.

Leonard: Ainda tem uma multidão lá fora?

(Romaine, escoltada pelo Policial, entra pela E acima.)

Policial: *(Na porta de entrada)* É melhor esperar aqui dentro, senhora. A multidão está inflamada e perigosa. É melhor que ela se disperse antes de a senhora tentar sair.

Romaine: *(Dirigindo-se para a E da mesa.)* Obrigada.

(O Guarda e o Policial saem à E acima. Romaine cruza na direção de Leonard.)

Sir Wilfrid: *(Interceptando Romaine.)* Não, não se atreva.

Romaine: *(Em tom jocoso.)* Está querendo proteger Leonard de mim? Não há qualquer necessidade.

Sir Wilfrid: A senhora já causou mal suficiente.

Romaine: Será que nem mesmo posso cumprimentar Leonard por estar livre?

Sir Wilfrid: Não graças à senhora.

Romaine: E rico.

Leonard: *(Hesitante)* Rico?

Mayhew: Sim, sr. Vole, acho que o senhor certamente herdará uma grande fortuna.

Leonard: *(Com jeito de garoto)* Dinheiro não parece significar muita coisa, depois de tudo o que passei. Romaine, não consigo entender...

Romaine: *(Tranquilamente)* Leonard, eu posso explicar...

Sir Wilfrid: Não!

(Ele e Romaine se entreolham como dois adversários.)

Romaine: Diga-me, aquelas palavras que o juiz disse significam que eu... vou parar na cadeia?

Sir Wilfrid: É quase certo que venha a ser acusada de perjúrio e julgada por isso. Provavelmente irá para a prisão.

Leonard: *(Desconcertado)* Tenho certeza de que... que tudo terminará bem. Romaine, não se preocupe.

Mayhew: Será que nunca vai criar juízo, Vole? Agora temos de pensar em coisas mais práticas... como a legitimação do testamento.

(Mayhew desce com Leonard para a D abaixo, onde falam juntos quase murmurando. Sir Wilfrid e Romaine permanecem medindo-se mutuamente.)

Sir Wilfrid: Talvez lhe interesse saber que vi quem era desde o nosso primeiro encontro. Naquele instante, decidi que haveria de vencê-la naquele seu joguinho e, por Deus, consegui. Consegui libertá-lo... apesar da senhora.

Romaine: *Apesar*... de mim.

Sir Wilfrid: Não vai negar, vai, que fez o melhor que podia para enforcá-lo?

Romaine: Será que teriam acreditado em mim se eu tivesse dito que ele estava em casa comigo naquela noite e que não saiu mais? Será que acreditariam?

Sir Wilfrid: *(Ligeiramente constrangido)* Por que não?

Romaine: Porque teriam matutado... esta mulher ama este homem... por ele, ela diria ou faria qualquer coisa. Teriam sentido pena de mim, com certeza. Mas não *acreditariam* em mim.

Sir Wilfrid: Se estivesse dizendo a verdade, acreditariam.

Romaine: Será? *(Pausa.)* Eu não queria que sentissem pena... queria que não gostassem de mim, que desconfiassem de mim, que se convencessem de que eu era uma mentirosa. E então, quando minhas mentiras fossem desmascaradas... então eles acreditariam... *(Com o tom vulgar da Mulher que estivera no escritório de Sir Wilfrid.)* Agora, doutor, já sabe da minha história toda... vai um beijo?

Sir Wilfrid: *(Estupefato)* Meu Deus!

Romaine: *(Como ela mesma)* Sim, a mulher das cartas. Eu escrevi aquelas cartas. Eu as levei para o senhor. Eu era aquela mulher. Não foi o senhor quem conseguiu a liberdade de Leonard. Fui *eu*. E por isso deverei ser presa. *(Ela fecha os olhos.)* Mas, quando tudo isso acabar, Leonard e eu estaremos juntos novamente. Felizes... amando um ao outro.

Sir Wilfrid: *(Comovido)* Minha querida... Mas será que não podia confiar em mim? Sabe, acreditamos que o sistema jurídico inglês defende a verdade. Nós o teríamos libertado.

Romaine: Eu não poderia arriscar. *(Lentamente)* E o senhor *pensava* que ele era inocente...

Sir Wilfrid: *(Rapidamente percebendo.)* E a senhora *sabia* que ele era inocente. Eu compreendo.

Romaine: Mas não entendeu nada. *Eu* sabia que ele era *culpado*.

Sir Wilfrid: *(Estarrecido)* E não sente medo?

Romaine: Medo?

Sir Wilfrid: De ligar sua vida à de um assassino.

Romaine: O senhor não compreende... nós nos amamos.

Sir Wilfrid: Na primeira vez em que nos encontramos, eu disse que a senhora era uma mulher notável... não vejo motivos para mudar minha opinião. *(Cruza e sai ao C acima.)*

Guarda: *(Fora, à E e acima.)* Não adianta entrar, moça. Já está tudo terminado.

(Há certo movimento do lado de fora, à E acima, em seguida uma Moça *entra, de lá, correndo. É uma loura arruivada muito jovem, de gestos grosseiros e chamativos. Corre em direção a* Leonard *por entre os bancos dos advogados e encontra-o ao C abaixo à D.)*

Moça: Len, meu amor, você está livre. *(Ela o abraça.)* Não é maravilhoso? Eles queriam me segurar lá fora. Querido, tem sido terrível. Eu estava quase enlouquecendo.

Romaine: Leonard... quem... é... essa... moça?!

Moça: *(Para* Romaine, *com despeito)* Sou a garota de Len. Eu sei tudo a seu respeito. Você não é mulher dele. Nunca foi. Você é muito mais velha do que ele, mas conseguiu agarrá-lo e fez tudo o que podia para ele ser enforcado. Mas agora tudo isso acabou. *(Vira-se para* Leonard.*)* Nós vamos para o estrangeiro, como você disse, num daqueles cruzeiros... para todos aqueles lugares magníficos. Vamos nos divertir à vontade.

Romaine: Isto... é... verdade? Ela é sua garota, Leonard?

Leonard: *(Ele hesita, mas decide que a situação tem de ser aceita.)* É, é, sim.

(A Moça *cruza pela frente de* Leonard *até a D dele.)*

Romaine: Depois de tudo o que fiz por você... O que *ela* pode fazer por você que se compare com isso?

Leonard: *(Deixando de lado todos os disfarces de sua personalidade e demonstrando uma grosseria brutal.)* Ela tem quinze anos a menos do que você. *(Ele ri.)*

*(*Romaine *se encolhe como se tivesse sido golpeada.)*

(Ele cruza para a D de Romaine. *Em tom ameaçador.)* Consegui o dinheiro. Fui absolvido e não posso ser julgado de novo, e é melhor calar essa boca ou acabará *você* sendo enforcada por cumplicidade. *(Vira-se para a* Moça *e a abraça.)*

Romaine: *(Pega a faca na mesa. Joga a cabeça para trás, num gesto de repentina dignidade.)* Não, isso não vai acontecer.

Não serei julgada por cumplicidade. Nem serei julgada por perjúrio. Serei julgada por assassinato... *(Ela apunhala Leonard pelas costas)* o assassinato do único homem a quem amei.

(Leonard cai. A Moça grita. Mayhew inclina-se sobre Leonard, toma-lhe o pulso e sacode a cabeça.)

(Romaine ergue o olhar para a cadeira do Juiz.) Culpada, meritíssimo.

(CAI O PANO)

A HORA H*

---

* A peça foi adaptada do romance *Hora zero*, de Agatha Christie, por Agatha Christie e Gerald Verner. (N.E.)

Montada por Peter Saunders no St. James's Theatre, em Londres, no dia 4 de setembro de 1956, com o seguinte elenco: (pela ordem em que os personagens aparecem em cena)

THOMAS ROYDE	Ciryl Raymond
KAY STRANGE	Mary Law
MARY ALDIN	Gillian Lind
MATHEW TREVES	Frederick Leister
NEVILE STRANGE	George Baker
LADY TRESSILIAN	Janet Barrow
AUDREY STRANGE	Gwen Cherrell
TED LATIMER	Michael Scott
SUPERINTENDENTE BATTLE, Scotland Yard	William Kendall
INSPETOR LEACH	Max Brimmell
POLICIAL BENSON	Michael Nightingale

A peça foi dirigida por Murray MacDonald
Cenografia de Michael Weight

RESUMO DAS CENAS

A ação da peça transcorre na sala de estar de Gull's Point, a casa de lady Tressilian em Saltcreek, na Cornualha.

1º ATO

Cena I: Certa manhã de setembro
Cena II: Após o jantar, quatro dias mais tarde

2º ATO

Cena I: Cedo, na manhã seguinte
Cena II: Duas horas mais tarde

3º ATO

Cena I: Na manhã seguinte
Cena II: Na mesma noite

Tempo: No presente

PRIMEIRO ATO

Cena I

CENÁRIO: *Sala de estar de Gull's Point, a casa de* LADY TRESSILIAN *em Saltcreek, na Cornualha. Certa manhã de setembro. É uma sala ampla, bonita, obviamente pertencente a alguém de gosto refinado. Mobiliada para aliar elegância a conforto. No canto, numa alcova profunda e abobadada à DA (à direita e acima), há uma porta dupla envidraçada abrindo-se para um terraço, que dá vista para um jardim e uma quadra de tênis. Uma grande* bay window *em curva à EA (à esquerda e acima), cuja base forma um banco, descortina uma vista para Easterhead Bay do outro lado do rio, com um grande hotel sobre o penhasco do lado oposto. Essa janela acha-se ligeiramente mais alta do que o resto do palco, num tablado que forma um degrau. Uma porta à EB (à esquerda para baixo) dá acesso às outras partes da casa. Há um divã no CD (centro à direita); espreguiçadeiras abaixo e à D e abaixo e à E. Há cadeiras de braço à D e no CE (centro esquerdo). À D, na alcova, há uma escrivaninha com estante com uma cadeira de braço, uma mesinha e uma cadeira de espaldar alto. A lixeira fica à E da escrivaninha. Abaixo e à D, há uma pequena mesa e, sobre ela, uma foto emoldurada de* AUDREY. *Uma caixa de costura de pé fica à D da cadeira de braço no CE. No tablado da* bay window *há um carrinho com uma variedade de bebidas e copos. No C, uma grande mesa redonda de café. Uma estante baixa, com uma lâmpada de mesa sobre ela, fica à E da janela, e há uma mesa de canto à D da janela. Sobre a extremidade E do banco da janela, há um toca-discos portátil com alguns discos espalhados. À noite a sala é iluminada por arandelas elétricas à E abaixo e à D da alcova, acima e abaixo. Os interruptores ficam ao lado da porta mais abaixo à E.*

Quando o pano sobe, a sala está vazia. Um aspirador de pó acha-se ali, indevidamente deixado junto à espreguiçadeira abaixo e à E. THOMAS ROYDE entra imediatamente pela porta dupla. Ele é um homem bronzeado, de meia-idade, bem-apessoado, de ar esportivo. Carrega uma valise e uma bolsa de tacos de golfe. Quando ele chega à extremidade do divã voltado para o fundo do palco, a porta à E abaixo é batida como se alguém tivesse saído às pressas da sala. ROYDE dá de ombros e dirige-se à projeção da janela, coloca a valise e os tacos de golfe na extremidade E dela, abre a folha central da janela e em seguida tira o cachimbo e a bolsa de fumo do bolso e fica admirando o exterior e enchendo o cachimbo. KAY STRANGE entra correndo pela D. Ela veste roupa de tênis e traz uma toalha. Claramente aborrecida com alguma coisa, ela não vê ROYDE, atira a toalha sobre o divã, vai até a mesa abaixo e à D e pega um cigarro da caixa que está ali. Ao fazê-lo, ela vê a foto de AUDREY, deixa o cigarro cair, pega a foto, retira-a da moldura, rasga-a ao meio e atira-a com raiva na lixeira. ROYDE vira-se bruscamente. KAY para por um momento, em seguida olha em volta e vê ROYDE. Ela assume, de imediato, a aparência de criança culpada por algum malfeito e fica, por instantes, assustada demais para dizer alguma coisa.

KAY: Oh! Quem é você?

ROYDE: *(Dirigindo-se até a D do tablado.)* Acabei de vir do ponto de ônibus. Sou...

KAY: *(Interrompendo.)* Eu sei quem é você. Você é o homem da Malásia.

ROYDE: *(Em tom grave)* Sim, sou o homem da Malásia.

KAY: *(Dirigindo-se à mesa de café ao C.)* Eu só... entrei para pegar um cigarro. *(Ela tira um cigarro da caixa sobre a mesa de café, cruza até a porta dupla e vira-se.)* Ora, diabos, para que explicar? O que me importa o que *você* pensa, de qualquer jeito? *(KAY sai depressa pela D. ROYDE fica olhando pensativamente para ela. MARY ALDIN entra pela E. É uma mulher de cabelos escuros, de seus 36 anos, agradável, de modos reservados* *e inteiramente competente. Entretanto, há algo de intrigante quanto à sua reserva. ROYDE vira-se para MARY.)*

MARY: *(Dirigindo-se para o CE.)* Sr. Royde? *(ROYDE dirige-se para a D de MARY e eles apertam as mãos.)* Lady Tressilian ainda não desceu. Sou Mary Aldin... burro de carga de lady Tressilian.

ROYDE: Burro de carga?

MARY: O termo oficial é secretária... mas, como não sei taquigrafia e os meus talentos são puramente domésticos, burro de carga é uma palavra bem melhor.

ROYDE: Sei tudo a seu respeito. Em sua carta de Natal, lady Tressilian me contou sobre a maravilhosa diferença que faz para ela.

MARY: Eu me afeiçoei muito a ela. É mulher de muita personalidade.

ROYDE: *(Dirigindo-se para a E do divã.)* É um eufemismo e tanto. *(Ele se vira para MARY.)* E a artrite dela, como está?

MARY: Isso a deixa bem enfraquecida, pobre coitada.

ROYDE: Sinto muito.

MARY: *(Dirigindo-se para o tablado.)* Aceita uma bebida?

ROYDE: Não, obrigado. *(Ele se dirige para a extremidade D do tablado e olha para fora.)* O que é aquela construção monstruosa lá do outro lado?

MARY: É o novo Easterhead Bay Hotel. Só foi concluído no ano passado... não é um horror? *(Ela fecha a janela.)* Lady Tressilian não gosta que esta janela fique aberta; tem sempre medo que alguém caia. Easterhead Bay é um balneário magnífico, sabe, nos dias de hoje. *(Ela cruza até o divã, pega a toalha de KAY e ajeita as almofadas.)* Suponho que, quando vinha aqui ainda menino, não houvesse nada lá do outro lado a não ser algumas cabanas de pescadores. *(Ela faz uma pausa.)* Vinha aqui durante as férias escolares, não vinha? *(Ela coloca a toalha dobrada na ponta do divã.)*

ROYDE: Sim, o velho sir Mortimer costumava me levar para velejar... ele adorava velejar.

Mary: Eu sei. Ele se afogou ali.

Royde: Lady Tressilian viu quando aconteceu. Imagino como consegue continuar vivendo aqui.

Mary: Acho que ela preferiu ficar com suas lembranças. Mas não mantém mais nenhum barco aqui... Chegou a mandar demolir a garagem dos barcos.

Royde: Então se eu quiser velejar ou sair para remar, terei de tomar a barca.

Mary: *(Cruzando até o carrinho.)* Ou ir de carro até Easterhead. É onde ficam todos os barcos hoje em dia.

Royde: *(Dirigindo-se para trás do divã.)* Eu odeio mudanças. Sempre odiei. *(Bastante encabulado)* Posso saber quem mais vai estar hospedado aqui?

Mary: O velho sr. Treves... conhece-o? *(Royde balança a cabeça, concordando.)* E os Stranges.

Royde: *(Dirigindo-se para a D dela.)* Os Stranges? Você quer dizer... Audrey Strange, a primeira mulher de Nevile?

Mary: Audrey, sim. Mas Nevile Strange e sua... nova mulher estão aqui também.

Royde: Isso não é um pouco estranho?

Mary: Lady Tressilian acha isso muito estranho, com certeza.

Royde: Meio desconcertante... não? *(Mathew Treves entra pela porta dupla à D, abanando-se com um chapéu-panamá antiquado. É um advogado renomado já idoso, conhecido por sua vasta experiência e grande perspicácia. Ele se aposentou de seu escritório em Londres há alguns anos e hoje é um observador arguto da natureza humana. Tem uma voz seca e firme.)*

Treves: *(Ao entrar)* Hoje o mormaço está muito forte no terraço... *(Ele vê Royde.)* Ah, Thomas. Que bom ver você depois de todos esses anos. *(Este fica de pé à E do divã.)*

Royde: *(Dirigindo-se a Treves.)* Estou muito contente por estar aqui. *(Ele aperta a mão de Treves.)*

Mary: *(Indo na direção da valise de Royde.)* Posso levar suas coisas para o quarto, lá em cima?

Royde: *(Cruzando rapidamente até Mary.)* Não, não posso deixá-la fazer isso. *(Ele pega a valise e a bolsa de tacos. Mary o conduz até a porta à E, vê o aspirador e o recolhe.)*

Mary: *(Exclama constrangida.)* Realmente! A sra. Barrett... essas faxineiras são impossíveis. Lady Tressilian fica muito zangada quando as coisas são deixadas assim, espalhadas por toda parte.

Royde: *(Seguindo Mary até a porta à E.)* Acho que minha chegada repentina no terraço deve ter assustado a pobre mulher. *(Ele olha para Treves e este sorri.)*

Mary: Oh, entendo. *(Mary e Royde saem pela E. Treves volta-se para a escrivaninha, vê a foto rasgada na lixeira, abaixa-se com certa dificuldade e pega os pedaços. Ergue as sobrancelhas e faz um sonzinho do tipo "tsc, tsc, tsc".)*

Kay: *(De fora, à E; bradando.)* Aonde você vai, Nevile?

Nevile: *(De fora, à E)* Só vou entrar um instante. *(Treves joga os pedaços da foto na lixeira. Nevile Strange entra pela porta dupla à E. Ele veste uniforme de tênis e traz um copo com resto de limonada. Cruza até a mesa de café e coloca ali o copo.)* Audrey não está aqui?

Treves: Não.

Nevile: Onde ela está? Você sabe?

Kay: *(De fora, bradando.)* Nevile... Nevile! *(Treves dirige-se para a D do divã.)*

Nevile: *(Fechando a cara.)* Oh, droga!

Kay: *(De fora, mais perto)* Nevile.

Nevile: *(Cruzando até a porta dupla e bradando.)* Estou indo... estou indo!

(Royde entra pela E.)

Royde: *(Dirigindo-se para a E da mesa de café.)* Nevile.

Nevile: *(Dirigindo-se para a D da mesa do café.)* Olá, Thomas. *(Eles apertam as mãos por sobre a mesa de café.)* Quando chegou aqui?

Royde: Agora mesmo.

Nevile: Deve fazer muito tempo desde que o vi pela última vez. Quando foi que esteve aqui, faz uns três anos?

Royde: Sete.

Nevile: Meu Deus, é mesmo? Como o tempo voa.

Kay: *(De fora)* Nevile!

Nevile: *(Indo para trás do divã.)* Tudo bem, Kay. *(Kay entra pela porta dupla à D.)*

Kay: *(Dirigindo-se para a D de Nevile.)* Por que você não vem? Ted e eu estamos esperando.

Nevile: Só vim para ver se Audrey...

Kay: *(Virando-se de costas.)* Oh, deixa a Audrey para lá... podemos continuar muito bem sem ela. *(Kay e Nevile saem pela porta dupla à D. As vozes dos dois vão diminuindo.)*

Royde: E quem é Kay?

Treves: *(Dirigindo-se pela frente do divã até a D da mesa de café.)* A atual sra. Nevile Strange. *(Lady Tressilian entra pela E. Mary a ampara. Lady Tressilian usa uma bengala. Ela tem cabelos brancos, é uma mulher de porte aristocrático, um pouco mais nova do que Treves. Mary traz consigo a costura de Lady Tressilian.)* Bom dia, Camilla.

Lady Tressilian: Bom dia, Mathew. *(Ela cumprimenta Royde afetuosamente.)* Bem, Thomas, então você chegou. Fico muito contente em vê-lo.

Royde: *(Bem timidamente)* E eu, muito alegre por estar aqui. *(Mary coloca a costura na caixa de costura e ajeita a almofada da cadeira de braço no CE.)*

Lady Tressilian: *(Examinando-o.)* Parece exatamente o mesmo quando tinha catorze anos. O mesmo jeitão encorujado. E tão calado agora quanto era antes. *(Treves dirige-se ao C. Mary vai até a mesa lateral de apoio.)*

Royde: Nunca tive o dom da tagarelice.

Lady Tressilian: Então está na hora de aprender. Querem xerez? Mathew? Thomas?

Royde: Obrigado. *(Mary serve dois cálices de xerez.)*

Lady Tressilian: *(Mostrando o divã.)* Então vá e sente-se. Alguém tem de me distrair contando-me todas os rumores e escândalos. *(Senta-se na cadeira de braço no CE.)* Por que você não pode ser um pouco mais como Adrian? Queria que tivesse conhecido o irmão dele, Mary, um jovem realmente brilhante, inteligente, divertido... *(Royde senta-se no divã.)* tudo o que Thomas não é. E não fique aí, forçando o riso para mim, Thomas Royde, como se eu o estivesse elogiando. Estou repreendendo você.

Royde: Adrian era certamente o artista da nossa família.

Mary: *(Entregando um cálice de xerez para Treves.)* Ele foi... ele... morreu na guerra?

Royde: Não, ele morreu num acidente de carro faz dois anos.

Mary: Que coisa terrível! *(Ela passa um cálice de xerez para Royde.)*

Treves: O jeito insuportável como esses jovens dirigem hoje em dia... *(Lady Tressilian pega sua costura.)*

Royde: No caso dele, foi um problema na direção. *(Ele pega o cachimbo no bolso e olha para Lady Tressilian.)* Sinto muito, posso? *(Mary serve mais um cálice de xerez.)*

Lady Tressilian: Eu não o reconheceria sem o cachimbo. Mas não pense que pode apenas se sentar aí e baforar calmamente enquanto está aqui. Você tem de se esforçar e *ajudar*.

Royde: *(Surpreso)* Ajudar? *(Treves encarapita-se na extremidade superior do divã.)*

Lady Tressilian: Temos uma situação difícil em nossas mãos. Disseram-lhe quem está aqui? *(Mary leva o cálice de xerez para Lady Tressilian. Para Mary)* Não, não, cedo demais, pode colocar de volta na garrafa. *(Mary resignadamente entorna o cálice de xerez na garrafa.)*

Royde: Sim, acabei de saber.

Lady Tressilian: Bem, não acha que é deplorável?

Royde: Bem...

Treves: Você vai ter de ser um pouco mais explícita, Camilla.

Lady Tressilian: Pretendo ser. Quando eu era menina, essas coisas não aconteciam. Os homens tinham seus casos, naturalmente, mas não permitiam que interferissem no seu casamento.

Treves: Entretanto, por mais lamentável que a visão moderna seja, é preciso aceitá-la, Camilla. *(Mary vai até a espreguiçadeira à E e senta-se num dos braços dela.)*

Lady Tressilian: Não é essa a questão. Ficamos todos maravilhados quando Nevile casou-se com Audrey. Uma jovem tão doce e afável. *(Para Royde)* Vocês estavam todos apaixonados por ela... você, Adrian e Nevile. Nevile ganhou.

Royde: Claro. Ele sempre ganha.

Lady Tressilian: De todos os derrotistas...

Royde: Eu não a culpo, Nevile tinha tudo... bonitão, grande atleta... chegou a disputar uma travessia do Canal da Mancha.

Treves: E todos os louros por aquela primeira tentativa de escalar o Everest... nunca demonstrou arrogância por aquilo.

Royde: *Mens sana in corpore sano.*

Lady Tressilian: Às vezes acho que esse é o único pedacinho de latim que vocês homens conseguem aprender em sua dispendiosa educação.

Treves: Camilla querida, você tem de levar em conta que ele é sempre citado pelo dono da casa toda vez que ele se sente ligeiramente envergonhado.

Lady Tressilian: Mary, gostaria que você não se sentasse nos braços das cadeiras... você sabe o quanto isso me desagrada.

Mary: *(Levantando-se.)* Desculpe, Camilla. *(E senta-se na espreguiçadeira da E. Treves levanta-se rapidamente, sentindo-se culpado, e, em seguida, senta-se por trás de Royde no divã.)*

Lady Tressilian: Agora, onde é que eu estava mesmo?

Mary: Estava dizendo que Audrey casou-se com Nevile.

Lady Tressilian: Oh, sim. Bem, Audrey casou-se com Nevile e ficamos todos encantados. Mortimer ficou particularmente satisfeito, não foi, Mathew?

Treves: Sim, ficou.

Lady Tressilian: E estavam muito felizes juntos até que apareceu essa criatura, Kay; simplesmente não consigo imaginar como Nevile pôde deixar Audrey por uma moça como Kay.

Treves: Eu consigo... já vi isso acontecer tantas vezes.

Lady Tressilian: Kay é uma mulher completamente inadequada para Nevile. Não tem berço.

Treves: Mas é uma jovem singularmente atraente.

Lady Tressilian: Filha de peixe... a mãe dela era conhecidíssima por toda a Riviera.

Royde: Por que razão?

Lady Tressilian: Não importa. Que criação para uma moça. Kay deu em cima de Nevile desde que o conheceu e nunca sossegou até conseguir que ele deixasse Audrey e ficasse com ela. Eu culpo Kay inteiramente por tudo isso.

Treves: *(Levantando-se e passando por trás da mesa de café; bem sorridente.)* Tenho certeza de que sim. Você tem imensa afeição por Nevile.

Lady Tressilian: Nevile é um tolo. Acabar com o casamento por causa de uma paixão imbecil. Aquilo quase partiu o coração da pobre Audrey. *(Para Royde)* Ela foi ficar com a sua mãe na casa da paróquia e praticamente teve um esgotamento nervoso.

Royde: É... sim... eu sei.

Treves: Quando o divórcio saiu, Nevile casou-se com Kay.

Lady Tressilian: Se eu fosse fiel aos meus princípios, deveria ter me recusado a recebê-los aqui.

Treves: Se alguém for rígido demais com seus princípios, dificilmente lidará com outras pessoas.

Lady Tressilian: Você é muito cínico, Mathew... mas é bem assim. Eu aceitei Kay como esposa de Nevile... embora saiba que jamais gostarei realmente dela. Mas preciso dizer que fiquei pasma e muito aborrecida, não fiquei, Mary?

MARY: Ficou, sim, Camilla.

LADY TRESSILIAN: Quando Nevile escreveu perguntando se podia vir para casa com Kay, sob o pretexto, digamos assim, de que seria bom se Audrey e Kay pudessem ser amigas... *(Debochando.)* amigas... eu disse que não podia considerar uma sugestão dessas nem por um minuto e que seria muito penoso para Audrey.

TREVES: *(Colocando o cálice sobre a mesa de café.)* E o que ele lhe disse?

LADY TRESSILIAN: Respondeu que já havia consultado Audrey e que ela tinha achado uma boa ideia.

TREVES: E Audrey achou mesmo uma boa ideia?

LADY TRESSILIAN: Aparentemente, sim. *(Ela joga um novelo de linha de bordado para MARY.)* Desembarace isso.

MARY: Bem, ela disse que sim, muito firmemente.

LADY TRESSILIAN: Mas Audrey está obviamente constrangida e infeliz. Se me perguntar, acho Nevile parecido com Henrique VIII.

ROYDE: *(Confuso)* Henrique VIII?

LADY TRESSILIAN: Problema de consciência. Nevile sente-se culpado em relação a Audrey e está tentando se justificar. *(MARY se levanta, passa por trás da cadeira de braço ao CE e coloca a linha de bordar na caixa de costura.)* Oh! Eu não entendo *nada* desses absurdos modernos. *(Para MARY)* Você compreende? *(ROYDE coloca seu cálice sobre a mesa de café.)*

MARY: De certa forma.

LADY TRESSILIAN: E você, Thomas?

ROYDE: Eu compreendo Audrey... mas não compreendo Nevile. Isso não combina com ele.

TREVES: Concordo. Não combina com ele, mesmo, isso de procurar confusão. *(MARY transfere os cálices de ROYDE e TREVES para o carrinho.)*

Mary: Talvez tenha sido sugestão de Audrey.

Lady Tressilian: Oh, não. Nevile diz que a ideia foi totalmente sua.

Mary: Talvez ele pense que tenha sido. *(Treves olha intensamente para Mary.)*

Lady Tressilian: Que idiota esse menino, juntando duas mulheres, ambas apaixonadas por ele. *(Royde olha intensamente para Lady Tressilian.)* Até agora Audrey comportou-se de modo perfeito, mas Nevile tem dado atenção demais a ela, e como resultado Kay ficou enciumada. E por ela não ter qualquer tipo de autocontrole, é sempre embaraçoso demais... *(Para Treves)* Não é? *(Treves está olhando pela porta dupla, sem nada ouvir.)* Mathew?

Treves: É inegável que existe certa tensão...

Lady Tressilian: Fico contente que você admita. *(Alguém bate à porta à E.)* Quem é?

Mary: *(Dirigindo-se à porta à E.)* A sra. Barrett, espero, querendo saber alguma coisa.

Lady Tressilian: *(Irritada)* Gostaria que você ensinasse a essas mulheres que elas só devem bater na porta dos *quartos*. *(Mary sai pela E.)* O último suposto mordomo que tivemos assobiava os últimos sucessos do rádio ao servir a mesa. *(Mary entra pela E.)*

Mary: É apenas algo em relação ao almoço, Camilla. Vou cuidar disso. *(Mary sai pela E.)*

Lady Tressilian: Não sei o que faria sem Mary. Ela é de tal forma apagada que às vezes me pergunto se ela *tem* mesmo uma personalidade.

Treves: Eu sei. Ela está com você há quase dois anos já, mas de onde ela surgiu?

Lady Tressilian: O pai era professor de alguma coisa, creio eu. Ele era inválido e ela lhe serviu de enfermeira por anos. Pobre Mary, nunca teve uma vida própria. E, agora, talvez seja tarde demais. *(Levanta-se e coloca a costura dentro da caixa.)*

Treves: Será mesmo? *(Caminha até a porta dupla a passos largos.)* Eles ainda estão jogando tênis. *(Royde se levanta, dirige-se até Treves, colocando-se por trás dele e observando o exterior pela D.)*

Lady Tressilian: Nevile e Kay?

Treves: Não, Kay e aquele amigo dela, do Easterhead Bay Hotel... o jovem Latimer.

Lady Tressilian: Aquele jovem de aparência teatral. *(Ela se dirige para a E da mesa de café.)* É um amigo bem adequado para ela.

Treves: Fico imaginando o que ele faz para viver.

Lady Tressilian: Provavelmente um golpe aqui, outro ali.

Treves: *(Dirigindo-se lentamente para a D à frente.)* Ou usa sua aparência. Um rapaz decorativo. *(Com ar imaginativo)* Uma cabeça de formato interessante. O último homem que vi com uma cabeça de feitio semelhante foi no Tribunal Criminal Central... um caso brutal de ataque a um velho joalheiro.

Lady Tressilian: Mathew! Você está querendo me dizer que...?

Treves: *(Perturbado)* Não, não, não, você me compreendeu mal. Não estou sugerindo nada. Estava apenas comentando uma questão de estrutura anatômica.

Lady Tressilian: Oh, pensei...

Treves: O que me lembrou esse acontecimento foi que eu encontrei um velho amigo meu esta manhã, o superintendente Battle da Scotland Yard. Ele veio para cá para passar férias com o sobrinho, que trabalha na polícia local.

Lady Tressilian: Você com seu interesse por criminologia. A verdade é que estou profundamente sobressaltada... sinto o tempo todo como se algo estivesse para acontecer. *(Ela se dirige para o tablado.)*

Treves: *(Cruzando e colocando-se de pé, do lado D de Lady Tressilian.)* Sim, há um cheirinho de pólvora no ar. Uma pequena fagulha causaria uma explosão.

Lady Tressilian: Precisa falar como se fosse um Guy Fawkes?* Diga algo animador.

Treves: *(Virando-se e rindo para ela.)* O que eu posso lhe dizer? "Os homens têm morrido de tempos em tempos, e os vermes os têm devorado... mas não por amor."

Lady Tressilian: E você chama isso de animador. Vou até o terraço um pouco. *(Treves cruza até a porta dupla e olha para fora. Ela vai até a E. do divã. Para Royde, em tom confidencial.)* Não seja imbecil pela segunda vez.

Royde: O que quer dizer?

Lady Tressilian: Você sabe muito bem o que quero dizer. Da última vez, você deixou Nevile levar Audrey embora debaixo do seu nariz.

Royde: *(Colocando-se atrás do divã.)* Seria possível que ela tivesse me preferido a Nevile?

Lady Tressilian: *(Colocando-se atrás do divã.)* Talvez preferisse... se a tivesse pedido. *(Royde vai até a E de Lady Tressilian.)* Vai pedi-la desta vez?

Royde: *(Com vigor repentino)* Pode apostar sua vida que sim. *(Audrey entra pela porta dupla. Ela é muito loira e tem uma aparência feérica. Há algo de estranho no seu ar de emoção reprimida. Com Royde, ela se mostra natural e feliz.)*

Lady Tressilian: *(Quando Audrey entra.)* Graças a Deus! *(Audrey, com as mãos estendidas, cruza pela frente de Treves e Lady Tressilian até a D de Royde.)*

Audrey: Thomas... querido Thomas. *(Royde pega as mãos de Audrey. Lady Tressilian olha por um momento para Royde e Audrey.)*

Lady Tressilian: Mathew, seu braço. *(Treves ampara Lady Tressilian e sai com ela pela porta dupla.)*

---

* Personagem da História inglesa, especialista em explosivos, Guy Fawkes era o responsável por guardar os barris de pólvora que seriam utilizados para explodir o Parlamento durante a sessão. (N.T.)

Audrey: *(Após uma pausa)* É adorável vê-lo aqui.

Royde: *(Timidamente)* Que bom ver você.

Audrey: *(Cruzando por trás de Royde para a E.)* Faz anos que não vem aqui. Eles não lhe dão nenhuma folga nas plantações de borracha?

Royde: Eu *vinha*, há dois anos... *(Ele interrompe a fala estranhamente.)*

Audrey: Há dois anos! E aí, você não apareceu.

Royde: Minha querida, você sabe... havia razões.

Audrey: *(Sentando-se na cadeira de braço no CE, em tom afetuoso.)* Oh, Thomas... você parece o mesmo desde a última vez que nos vimos... com cachimbo e tudo.

Royde: Acha mesmo?

Audrey: Oh, Thomas... estou tão contente que você tenha voltado. Afinal, agora posso falar com alguém. Thomas... há algo de errado.

Royde: Errado?

Audrey: Algo mudou neste lugar. Desde que cheguei, senti que havia algo não muito certo. Não sente que há algo de diferente aqui? Não... como poderia, você acabou de chegar. A única pessoa que parece não sentir isso é Nevile.

Royde: Maldito Nevile!

Audrey: Você não gosta dele?

Royde: *(Enfático)* Eu o odeio profundamente... sempre odiei. *(Ele rapidamente se recompõe.)* Desculpe-me.

Audrey: Eu... não sabia...

Royde: Muitas coisas... não sabemos... sobre as pessoas.

Audrey: *(Pensativa)* Sim... muitas coisas.

Royde: Uma reunião que é uma saia justa. O que fez você vir aqui ao mesmo tempo em que Nevile e a nova esposa? Você tinha de concordar?

Audrey: *(Levantando-se e ficando de pé à E da cadeira de braço no CE.)* Sim... oh, eu sei que você não pode entender...

Royde: *(Dirigindo-se para a D da cadeira de braço no CE.)* Mas eu compreendo de verdade. Sei tudo a respeito. *(Audrey olha, com expressão de dúvida, para Royde.)* Sei exatamente o que você passou... *(Com ênfase)* Mas é tudo *passado*, Audrey, já *acabou*. Você precisa esquecer o passado e pensar no futuro. *(Nevile entra pela porta dupla e dirige-se até a D do divã.)*

Nevile: Olá, Audrey, por onde esteve durante toda a manhã? *(Audrey vai até a D da espreguiçadeira à E mais à frente. Royde passa por trás da mesa de café.)*

Audrey: Em nenhum lugar especial.

Nevile: Não achei você em lugar nenhum. Que tal vir até a praia e nadar um pouco antes do almoço?

Audrey: *(Cruzando até a mesa de café.)* Não, acho que não. *(Ela passa os olhos nas revistas sobre a mesa. Royde prossegue até o tablado.)* Viu a edição da *London Illustrated News* desta semana?

Nevile: *(Dirigindo-se para a D de Audrey.)* Não. Vamos lá... a água deve estar bem agradável hoje.

Audrey: Na verdade, eu disse a Mary que iria a Saltington com ela fazer compras.

Nevile: Mary não vai se importar. *(Audrey pega uma revista. Ele pega na mão dela.)* Vamos lá, Audrey.

Audrey: Não, realmente... *(Kay entra pela porta dupla.)*

Nevile: *(Ao ver Kay.)* Estou tentando convencer Audrey a ir à praia.

Kay: *(Dirigindo-se para a D do divã.)* Ah, é? E o que Audrey disse?

Audrey: Audrey disse "não". *(Audrey retira a mão da de Nevile e sai pela E.)*

Royde: Se me dão licença, vou subir e desfazer a mala. *(Royde dá uma parada perto da estante de livros à E, escolhe um livro e sai pela E.)*

Kay: Então é isso. Vamos, Nevile?

Nevile: Bem, não sei bem se quero. *(Ele pega uma revista na mesa de café, senta-se no divã, reclina-se e coloca os pés para cima.)*

Kay: *(Impaciente)* Bem, decida-se.

Nevile: Não sei ao certo se não seria o caso de tomar uma chuveirada e ficar descansando no jardim.

Kay: O dia está perfeito para um banho de mar. Vamos lá.

Nevile: O que fez do seu amiguinho?

Kay: O Ted? Deixei-o lá na praia e vim atrás de você. Dá para você descansar na praia. *(Ela toca nos cabelos dele.)*

Nevile: *(Retirando a mão dela do seu cabelo.)* Com Latimer, suponho? *(Ele balança a cabeça negativamente.)* Não me atrai muito.

Kay: Você não gosta do Ted, não é?

Nevile: Não sou louco por ele. Mas se lhe agrada ficar por aí fazendo dele uma marionete...

Kay: *(Tentando beliscar a orelha dele.)* Acho que você está com ciúmes.

Nevile: *(Afastando a mão dela de sua orelha.)* De Latimer? Que absurdo, Kay.

Kay: Ted é muito atraente.

Nevile: Tenho certeza de que é. Ele tem aquele charme descontraído dos sul-americanos.

Kay: Não precisa zombar. Ele é muito popular entre as mulheres.

Nevile: Especialmente entre as de mais de cinquenta.

Kay: *(Satisfeita)* Você está com ciúmes.

Nevile: Minha querida... não ligo a mínima... ele simplesmente não existe para mim.

Kay: Acho que você é muito rude em relação aos meus amigos. Eu tenho de suportar os seus.

Nevile: O que quer dizer com isso?

Kay: *(Passando por trás do divã até a D da mesa de café.)* A velha e detestável lady Tressilian, o velho e enfadonho sr. Treves e todos os demais. *(Senta-se à mesa de café, encarando Nevile.)* Acha que eu os considero divertidos? *(Repentinamente)* Nevile, *temos* de continuar por aqui? Não podemos ir embora... amanhã? É tão entediante...

Nevile: Nós acabamos de chegar.

Kay: Estamos aqui há quatro dias... por quatro e inteiros longos dias. Vamos *embora*, Nevile, por favor.

Nevile: Por quê?

Kay: Eu quero ir. Podemos facilmente arranjar uma desculpa. Por favor, querido.

Nevile: Querida, isso nem se discute. Viemos para ficar quinze dias e vamos ficar quinze dias. Você parece não entender. Sir Mortimer Tressilian foi meu tutor. Quando menino, eu vinha para cá durante as férias. Gull's Point era praticamente a minha casa. Camilla ficaria terrivelmente magoada. *(Ele sorri.)*

Kay: *(Levantando-se e dirigindo-se até a janela à E, impacientemente.)* Ah, tudo bem, tudo bem. Suponho que temos de ficar bajulando a velha Camilla, porque vamos ficar com todo aquele dinheiro quando ela morrer.

Nevile: *(Levantando-se e dirigindo-se até o tablado; com raiva.)* Não é questão de bajular. Gostaria que você não visse dessa forma. Ela não tem controle sobre o dinheiro. O velho Mortimer deixou-o num truste para que fosse legado a mim e minha esposa após a morte de lady Tressilian. Não entende que é uma questão de *afeição*?

Kay: Não em relação a mim. Ela me odeia.

Nevile: Não seja boba.

Kay: *(Dirigindo-se para a D da cadeira de braço no CE.)* Sim, ela me odeia. Ela me olha com aquele nariz ossudo dela, e Mary Aldin fala comigo como se fosse alguém que ela acabou de conhecer no trem. Minha presença aqui é aceita com relutância. Você não parece ter noção do que se passa.

Nevile: Elas sempre me parecem ser muito simpáticas com você. *(Ele se dirige à mesa de café e joga a revista sobre ela.)* Você imagina coisas.

Kay: Sem dúvida, elas têm boas maneiras. Mas sabem direitinho como me atingir. Eu sou uma intrometida. É assim que elas sentem.

Nevile: Bem... suponho que seja apenas natural...

Kay: Oh, sim, tenho quase certeza de que é bastante natural. Elas adoram a Audrey, não é? *(Ela se volta e olha na direção da porta à E.)* Simpática, bem-educada, serena, inexpressiva Audrey. Camilla nunca me perdoou por ter tomado o lugar de Audrey. *(Ela se vira, fica por trás da cadeira de braço ao CE e se inclina sobre o encosto dela.)* Vou lhe dizer uma coisa... Audrey me dá calafrios. Nunca se sabe o que ela está pensando.

Nevile: *(Sentando-se no divã.)* Oh, que disparate, Kay, não seja ridícula.

Kay: Audrey jamais perdoou você por ter se casado comigo. Por uma ou duas vezes, eu a peguei olhando para você... e o jeito do olhar dela para você me amedrontou.

Nevile: Você está com preconceito, Kay. Audrey tem sido encantadora. Ninguém poderia ser mais afável.

Kay: É o que parece, mas não é a realidade. Há algo por trás disso tudo. *(Ela corre por trás do divã e se ajoelha à D de Nevile.)* Vamos embora... imediatamente... antes que seja tarde demais.

Nevile: Não seja melodramática. Não vou aborrecer a coitada da Camilla só porque você está se sentindo incomodada com uma coisa de nada.

Kay: Não é uma coisa de nada. Não acho que você não sabe nada sobre sua preciosa Audrey. *(Lady Tressilian e Treves entram pela porta dupla.)*

Nevile: *(Furioso)* Ela não é minha... preciosa Audrey. *(Lady Tressilian passa por trás do divã.)*

Kay: Não é? Qualquer um pensaria que sim, pelo jeito que você a segue por aí. *(Ela vê Lady Tressilian.)*

Lady Tressilian: Você vai até a praia, Kay?

Kay: *(Levantando-se; nervosa.)* Sim... sim, eu ia.

Lady Tressilian: É quase maré cheia. Deve estar bem agradável. *(Ela bate a bengala na perna do divã.)* E você, Nevile?

Nevile: *(De mau humor)* Não quero ir à praia.

Lady Tressilian: *(Para Kay)* Acho que o seu amigo está lá esperando por você. *(Kay hesita por um momento, e em seguida cruza e sai pela porta dupla. Treves se dirige para a D.)* Nevile, você está se comportando muito mal. Você tem de ficar de pé quando eu entro na sala. O que há com você... esquecendo os bons modos?

Nevile: *(Levantando-se rapidamente.)* Desculpe-me.

Lady Tressilian: *(Cruzando em direção à cadeira de braço no CE.)* Você está nos fazendo sentir muito pouco à vontade. Não é de admirar que sua mulher esteja aborrecida.

Nevile: Minha mulher? Audrey?

Lady Tressilian: Kay é a sua mulher, agora.

Nevile: Com seus elevados princípios religiosos, tenho minhas dúvidas se você admite o fato.

Lady Tressilian: *(Sentando-se na cadeira de braço no CE.)* Nevile, você está sendo excessivamente rude. *(Nevile cruza até a D de Lady Tressilian, pega sua mão e beija-a no rosto.)*

Nevile: *(Com um charme repentino e afável)* Sinto muito mesmo, Camilla. Por favor, queira perdoar-me. Estou tão perturbado que não sei o que estou dizendo. *(Treves senta-se na espreguiçadeira à D mais à frente.)*

Lady Tressilian: *(Afetuosamente)* Meu menino querido, o que você poderia esperar dessa ideia tola de todos serem amigos?

Nevile: *(Filosoficamente)* Ainda me parece a forma sensata de olhar as coisas.

Lady Tressilian: Não com duas mulheres como Audrey e Kay.

Nevile: Audrey não parece se importar.

Treves: Como foi que o assunto surgiu pela primeira vez, Nevile? *(Nevile solta a mão de Lady Tressilian e dirige-se para a E do divã.)*

Nevile: *(Resoluto)* Bem, aconteceu de eu encontrar Audrey em Londres, por acaso. Ela foi extremamente simpática na ocasião... não me pareceu estar rancorosa ou qualquer coisa do tipo. Enquanto conversava com ela, me ocorreu como seria sensato se... se ela e Kay pudessem ser amigas... se pudéssemos todos ser amigos. E me pareceu que este seria o lugar onde tudo poderia acontecer de forma natural.

Treves: Você pensou nisso... sozinho?

Nevile: Oh, sim. Foi tudo ideia minha. E Audrey me pareceu bem satisfeita e disposta a tentar.

Treves: Kay ficou igualmente satisfeita?

Nevile: Bem... não... eu tive um desentendimento com Kay. Não posso entender por quê. Quero dizer, se havia alguém que deveria se opor, esse alguém seria Audrey.

Lady Tressilian: *(Levantando-se.)* Bem, eu sou uma mulher velha. *(Treves se levanta.)* Nada do que as pessoas fazem hoje em dia parece-me fazer algum sentido. *(Ela se dirige para a porta à E.)*

Treves: *(Cruzando até a porta à E.)* É preciso acompanhar os tempos, Camilla. *(Abre a porta.)*

Lady Tressilian: Sinto-me muito cansada. Preciso descansar antes do almoço. *(Vira-se para Nevile.)* Mas você precisa se comportar, Nevile. Com ou sem razão, Kay está enciumada. *(Ela enfatiza a fala seguinte batendo com a bengala no tapete.)* Não vou admitir essas cenas de discórdia na minha casa. *(Ela sai falando pela E.)* Ah, Mary... vou me recostar no sofá da biblioteca. *(Lady Tressilian sai pela E. Treves fecha a porta.)*

Nevile: *(Sentando-se no divã.)* Ela fala comigo como se eu tivesse seis anos de idade.

Treves: *(Dirigindo-se para o CD e ficando de costas para a plateia.)* Na idade dela, sem dúvida ela sente que você *tem* seis anos.

Nevile: *(Esforçando-se para recuperar o humor.)* Sim, suponho que sim. Ser velho deve ser apavorante.

Treves: *(Após uma breve pausa, virando-se.)* Tem as suas compensações, eu lhe garanto. *(Secamente)* Não há mais problemas com envolvimentos emocionais.

Nevile: *(Com um riso forçado)* Certamente isso é ótimo. *(Levanta-se, passa por trás do divã e vai até a porta dupla.)* Acho que é melhor eu ir tentar fazer as pazes com Kay. Mas não consigo entender por que ela precisa perder as estribeiras assim. Audrey poderia muito bem sentir ciúmes *dela*, mas não entendo por que ela teria ciúmes de Audrey. Você entende? *(Nevile ri meio forçado e sai pela porta dupla. Treves coça o queixo pensativamente por uns segundos e, em seguida, vai até a lixeira, pega os pedaços rasgados da foto e vira-se para a escrivaninha para colocá-los num dos escaninhos dela. Audrey entra pela E, procurando em volta por Nevile, com bastante cautela. Ela traz consigo uma revista.)*

Audrey: *(Cruzando para a mesa do café; surpresa.)* O que está fazendo com minha fotografia? *(Ela coloca a revista sobre a mesa.)*

Treves: *(Virando-se e mostrando os pedaços da foto.)* Parece que foi rasgada.

Audrey: Quem a rasgou?

Treves: A sra. Barrett, eu creio... *é* esse o nome da mulher que limpa esta sala? Pensei em colocá-la aqui até poder ser colada. *(O olhar de Treves cruza com o de Audrey por um momento e, em seguida, ele coloca os pedaços da foto na escrivaninha.)*

Audrey: Não foi a sra. Barrett, foi?

TREVES: Não tenho informações... mas provavelmente eu diria que não.

AUDREY: Foi a Kay?

TREVES: Já lhe disse... não tenho informações. *(Faz-se uma pausa durante a qual AUDREY cruza até a D da cadeira de braço à D.)*

AUDREY: Oh, céus, isso tudo é tão constrangedor.

TREVES: Por que veio para cá, minha querida?

AUDREY: Acho que porque sempre venho nesta época do ano. *(Ela cruza e fica de pé à frente da cadeira de braço no CE.)*

TREVES: Mas, com Nevile aqui, não teria sido melhor ter adiado um pouco a sua visita?

AUDREY: Não teria como fazê-lo. Eu tenho um emprego, como sabe. Preciso me sustentar. E disponho de duas semanas de férias que, uma vez marcadas, não tenho como alterar.

TREVES: É um trabalho interessante?

AUDREY: Não é particularmente interessante, mas o salário é bastante bom.

TREVES: *(Dirigindo-se para a D da mesa de café.)* Mas, minha querida Audrey, Nevile é um homem de posses. Pelos termos do seu divórcio, ele tem de lhe dar uma pensão razoável.

AUDREY: Jamais fiquei com um centavo de Nevile. E jamais ficarei.

TREVES: Entendo, entendo. Muitas de minhas clientes adotaram esse ponto de vista. Foi meu dever dissuadi-las. No final, sabe, é preciso nos guiarmos pelo bom senso. Sei que você, pessoalmente, tem pouco dinheiro. É justo e correto que receba uma pensão de Nevile, que pode muito bem arcar com ela. Quem foram seus advogados, porque eu poderia...

AUDREY: *(Sentando-se na cadeira de braço no CE.)* Não tem nada a ver com advogados. Não ficarei com nada de Nevile... absolutamente nada.

TREVES: *(Fitando-a pensativo.)* Entendo... você tem opinião forte... muito forte, mesmo...

Audrey: Se prefere colocar dessa forma, sim.

Treves: Foi realmente de Nevile a ideia de virem todos juntos para cá?

Audrey: *(Taxativa)* Claro que foi.

Treves: Mas você concordou?

Audrey: Concordei. Por que não?

Treves: Não deu muito certo, deu?

Audrey: Não foi culpa minha.

Treves: Não, não foi culpa sua... aparentemente.

Audrey: *(Erguendo-se.)* O que quer dizer?

Treves: Eu estava imaginando...

Audrey: Sabe, sr. Treves, às vezes acho que o senhor me amedronta um pouco.

Treves: Mas por que isso?

Audrey: Não sei. O senhor é um observador muito sagaz. Às vezes... *(Mary entra pela E.)*

Mary: Audrey, pode dar uma palavrinha com lady Tressilian? Ela está na biblioteca.

Audrey: Sim. *(Audrey cruza e sai pela E. Treves senta-se no divã. Mary vai até o carrinho e recolhe os cálices sujos.)*

Treves: Srta. Aldin, quem está por trás deste plano de encontro aqui?

Mary: *(Passando para a D do carrinho.)* Audrey.

Treves: Mas por quê?

Mary: *(Dirigindo-se para a E de Treves.)* Suponho que... ela ainda gosta dele.

Treves: Acha que é isso?

Mary: O que mais poderia ser? Ele não está realmente apaixonado por Kay, sabe.

Treves: *(Com precisão)* Essas paixões repentinas muitas vezes não duram muito tempo.

Mary: Era de se esperar que Audrey tivesse mais orgulho.

TREVES: Na minha experiência, orgulho é palavra frequente nos lábios das mulheres, mas é algo que pouco elas manifestam quando se trata de assuntos amorosos.

MARY: *(Com amargura)* Talvez. Eu não saberia dizer. *(Ela olha para a porta dupla.)* Com licença. *(MARY sai pela E. ROYDE entra pela porta dupla. Traz um livro.)*

TREVES: Ah, Thomas, esteve lá embaixo na barca?

ROYDE: *(Cruzando até o C.)* Não, estava lendo uma história policial. Não era muito boa. *(Ele olha para o livro.)* Sempre me parece que essas historietas começam na parte errada. Começam pelo assassinato. Mas o assassinato não é de fato o começo.

TREVES: Mesmo? Onde você começaria?

ROYDE: No meu entendimento, o assassinato é o final da história. *(Senta-se na cadeira de braço no CE.)* Quero dizer, a verdadeira história começa muito antes... anos antes, às vezes. Tem de ser. Todas as causas e os acontecimentos levam as pessoas envolvidas a determinado lugar, num certo dia, num certo momento. E então chega a hora... a hora H.

TREVES: *(Levantando-se.)* É um ponto de vista interessante.

ROYDE: *(Tentando se desculpar.)* Temo que eu não seja muito bom nas minhas explicações.

TREVES: *(Dirigindo-se até a frente da mesa de café.)* Eu acho que você foi muito claro, Thomas. *(Ele usa a mesa de café como um globo.)* Todo tipo de gente convergindo para um determinado local e horário... todos rumo à hora H. *(Pausa)* Rumo à hora H. *(TREVES olha para ROYDE, e as LUZES vão diminuindo até a escuridão total... com o cair do pano.)*

(CAI O PANO)

Cena II

CENÁRIO: *O mesmo. Após o jantar, quatro dias mais tarde. Quando o pano sobe, as* LUZES *estão acesas. As cortinas da* bay window *estão semicerradas. A porta dupla está aberta; as cortinas, também. A noite está muito quente, sufocante e nublada.* KAY *está sentada no divã, fumando um cigarro. Ela está de vestido longo e parece bastante irritada e entediada.* TED LATIMER *está de pé no tablado, olhando para fora pela janela. É um homem bem moreno, bem-apessoado, de uns 26 anos. O smoking que ele veste parece um pouco justo.*

KAY: *(Depois de uma pausa)* Isto é o que eu chamo de uma noite estupidamente divertida, Ted.

LATIMER: *(Virando-se.)* Você deveria ter vindo para o hotel conforme sugeri. *(Ele desce do tablado.)* Tinha um baile lá. O conjunto musical não é dos melhores, mas é divertido.

KAY: Eu queria ir, mas Nevile não estava a fim.

LATIMER: Então você se comportou como a esposa obediente.

KAY: Sim... e fui premiada ficando morta de tédio.

LATIMER: O destino da maioria das esposas obedientes. *(Ele se dirige ao toca-discos sobre o banco da janela.)* Será que não tem um disco para dançar? Ao menos poderíamos trocar uns passos.

KAY: Não há nada do gênero por *aqui*. Apenas Mozart e Bach... só clássicos.

LATIMER: *(Dirigindo-se à mesa de café.)* Oh, bem... pelo menos fomos poupados da velha megera esta noite. *(Ele pega um cigarro da caixa.)* Ela nunca aparece para jantar ou só evitou este porque eu estava aqui? *(Ele acende o cigarro.)*

KAY: Camilla sempre vai dormir às sete. Ela tem o coração fraco ou algo assim. O jantar é levado para ela numa bandeja.

LATIMER: Não é o que poderíamos chamar de vida alegre.

Kay: *(Erguendo-se abruptamente.)* Odeio este lugar. *(Ela vai até a frente do divã e depois para a DA dele.)* Por Deus, gostaria que nunca tivéssemos vindo.

Latimer: *(Indo até a E dela.)* Calma, doçura. Qual é o problema?

Kay: Não sei. *(Ela cruza e fica de pé à frente da cadeira de braço ao CE.)* Só que... às vezes eu fico... *apavorada*.

Latimer: *(Dirigindo-se para a D da mesa de café.)* Isso não combina com você, Kay.

Kay: *(Recuperando-se.)* Não mesmo, não é? Mas há algo estranho se passando. Não sei o que é, mas eu juro que Audrey está por trás de tudo.

Latimer: Foi uma ideia imbecil do Nevile... vir aqui com você e a ex-mulher ao mesmo tempo.

Kay: *(Sentando-se na cadeira de braço no CE.)* Não creio que *tenha sido* ideia dele. Estou convencida de que foi *ela* quem botou isso na cabeça dele.

Latimer: Por quê?

Kay: Não sei... provavelmente para criar confusão.

Latimer: *(Dirigindo-se para Kay e tocando no braço dela.)* Você precisa é de um drinque, minha menina.

Kay: *(Tirando a mão dele do braço dela; irritada.)* Não quero drinque nenhum e não sou sua menina.

Latimer: Teria sido se Nevile não tivesse aparecido. *(Ele vai até o carrinho e serve dois copos com uísque e soda.)* Onde está Nevile, aliás?

Kay: Não faço ideia.

Latimer: Não é um pessoal muito sociável, não é? Audrey está no terraço conversando com o velho Treves, e aquele sujeito, Royde, perambulando pelo jardim sozinho, baforando aquele seu eterno cachimbo. Turma simpática e animada, essa.

Kay: *(Contrariada)* Não ligaria a mínima se estivessem todos bem no fundo do mar... menos Nevile.

Latimer: Eu teria ficado bem mais feliz, querida, se você tivesse incluído Nevile. *(Ele pega os drinques e leva um para Kay.)* Beba isso, doçura. Vai se sentir muito melhor. *(Kay pega o copo e toma um golinho.)*

Kay: Nossa, está bem forte.

Latimer: Mais soda?

Kay: Não, obrigada. Gostaria que não fosse tão claro assim sobre não gostar de Nevile.

Latimer: Por que deveria gostar dele? Ele não é da minha espécie. *(Amargamente)* O inglês ideal... bom nos esportes, modesto, bonito, sempre o pequeno gentleman perfeito. Sempre conseguindo o que quer... até mesmo fisgar a minha garota.

Kay: Eu não era sua garota.

Latimer: *(Indo até a frente da mesa de café.)* Sim, era, sim. Se eu fosse rico como Nevile...

Kay: Não casei com Nevile por dinheiro.

Latimer: Oh, eu sei, compreendo... noites mediterrâneas e um romance puro e inocente.

Kay: Casei-me com Nevile porque caí de amores por ele.

Latimer: Não estou dizendo que não, queridinha, mas o dinheiro dele deu um empurrãozinho.

Kay: Você *realmente* pensa assim?

Latimer: *(Indo até o C.)* Eu tento... isso ajuda a aplacar minha vaidade ferida.

Kay: *(Erguendo-se e indo até a D dele.)* Você é muito querido, Ted... às vezes, não sei o que faria sem você.

Latimer: Por que tentar? Estou sempre por perto. Você já devia saber disso a esta altura. O amigo dedicado ou o amante safado? Provavelmente vai depender de quem for o caso... da esposa ou do marido. *(Ele beija o ombro de Kay. Mary entra pela esquerda. Ela usa um vestido longo simples. Kay se dirige rapidamente para o tablado à E, mais à frente.)*

Mary: *(Enfaticamente)* Algum de vocês viu o sr. Treves? Lady Tressilian quer vê-lo.

Latimer: Ele está lá fora, no terraço, srta. Aldin.

Mary: Obrigada, sr. Latimer. *(Ela fecha a porta.)* Não está abafado? Tenho certeza de que vai haver uma tempestade. *(Ela cruza até a porta dupla.)*

Latimer: Espero que ela não caia até eu chegar de volta ao hotel. *(Ele vai até a E de Mary e olha para fora.)* Não trouxe meu casaco. Se chover, vou ficar completamente ensopado na barca.

Mary: Suponho que encontraremos um guarda-chuva se for necessário, ou Nevile poderia emprestar-lhe sua capa de chuva. *(Mary sai pela porta dupla.)*

Latimer: *(Indo até o C.)* Mulher interessante, essa... tipo caixinha de surpresas.

Kay: Sinto muita pena dela. *(Ela vai até a cadeira de braço no CE, senta-se e beberica o drinque.)* Escravizada por essa velha antipática... e nem vai receber nada por isso. Todo o dinheiro será de Nevile e meu.

Latimer: *(Dirigindo-se até a D de Kay.)* Talvez ela não saiba disso.

Kay: Isso seria muito engraçado. *(Eles riem. Audrey e Treves entram pela porta dupla. Treves usa um smoking antiquado. Audrey, um vestido longo. Ela percebe Latimer e Kay juntos e, em seguida, vai até a frente do divã. Treves para na soleira da porta e fala por cima do ombro.)*

Treves: Vou me *deleitar* fofocando um pouquinho com lady Tressilian, srta. Aldin. Talvez relembrando alguns velhos escândalos. Um toque de malícia, sabe, acrescenta um sabor especial à conversa. *(Ele cruza até a porta à E.)* Não é, Audrey?

Audrey: Ela escolhe a pessoa que deseja e a convoca como se fosse uma convocação real.

Treves: Muito bem colocado, Audrey. Sempre me sensibiliza o toque de realeza nos modos de lady Tressilian.

Audrey: *(Com indiferença)* Está terrivelmente quente, não está? *(Senta-se no divã.)*

Latimer: *(Dando um passo na direção do carrinho.)* Gostaria de... um drinque?

Audrey: *(Balançando a cabeça.)* Não, obrigada. Acho que vou para a cama bem cedo. *(Há um breve silêncio. Nevile entra pela E. Está de smoking e traz uma revista consigo.)*

Kay: O que esteve fazendo todo esse tempo, Nevile?

Nevile: Eu tinha umas duas ou três cartas para escrever... pensei que poderia muito bem resolver logo o assunto.

Kay: *(Erguendo-se.)* Poderia ter escolhido outro momento. *(Ela vai até a mesa lateral de apoio e ali coloca o copo.)*

Nevile: *(Cruzando e ficando de pé, à frente da mesa de café.)* Em se tratando de boas ações, quanto antes, melhor. Por sinal, aqui está a Illustrated News. Alguém estava querendo.

Kay: *(Esticando a mão)* Obrigada, Nevile.

Audrey: *(Quase ao mesmo tempo)* Oh! Obrigada, Nevile. *(Ela estica a mão. Nevile hesita entre as duas, rindo.)*

Kay: *(Com leve traço de histeria)* Eu quero a revista. Dê-me aqui.

Audrey: *(Recolhendo a mão; ligeiramente confusa)* Oh, perdão. Pensei que estivesse falando comigo, Nevile. *(Nevile hesita por um momento e, em seguida, estende a revista para Audrey.)*

Nevile: *(Baixinho)* Tome aqui, Audrey...

Audrey: Oh, mas eu...

Kay: *(Com ira reprimida e quase chorando.)* Está sufocante aqui. *(Ela vai rapidamente até a mesa de café, pega a bolsa de noite e passa às pressas pela frente do divã em direção à porta dupla.)* Vamos tomar um ar lá fora, Ted. Não consigo ficar engaiolada neste buraco nojento. *(Kay quase tropeça ao sair pela porta dupla. Latimer, com um olhar zangado para Nevile, segue Kay porta afora. Nevile atira a revista sobre a mesa de café.)*

Audrey: *(Levantando-se; em tom de censura.)* Não devia ter feito isso, Nevile.

Nevile: Por que não?

Audrey: *(Cruzando pela frente da mesa de café e ficando de pé à EA.)* Foi uma imbecilidade. É melhor você ir atrás de Kay e pedir desculpas.

Nevile: Não vejo por que tenho de me desculpar.

Audrey: Acho que é melhor para você. Foi muito rude com sua esposa. *(Mary entra pela porta dupla e fica por trás do divã.)*

Nevile: *(Em voz baixa)* Você é a minha esposa, Audrey. Sempre será. *(Ele vê Mary.)* Ah... srta. Aldin... vai subir até o quarto de lady Tressilian? *(Audrey dirige-se para a extremidade E do tablado.)*

Mary: *(Cruzando até o CE.)* Sim... quando o sr. Treves descer. *(Royde entra pela porta dupla e fica em pé à D do divã. Nevile encara Royde por um momento e, em seguida, sai pela porta dupla, exausta.)* Oh, céus! Acho que nunca me senti tão cansada em toda a minha vida. Se a campainha de lady Tressilian tocar esta noite, tenho quase certeza de que não vou escutá-la. *(Senta-se na cadeira de braço no CE.)*

Audrey: *(Virando-se e dirigindo-se à beirada inferior do tablado.)* Que campainha?

Mary: Ela toca no meu quarto... em caso de lady Tressilian precisar de alguma coisa durante a noite. É uma dessas campainhas antiquadas... que funciona com uma mola e é acionada por um cabo. Faz um som estridente medonho, mas lady Tressilian insiste em dizer que é mais confiável do que a eletricidade. *(Ela boceja.)* Desculpe-me... acho que é este tempo abafado horroroso.

Audrey: Precisa ir se deitar, Mary. Você parece extenuada.

Mary: Eu vou... assim que o sr. Treves acabar a conversa com lady Tressilian. Em seguida, vou acomodá-la no leito para dormir e vou para minha cama. Oh, céus. Foi um dia muito puxado. *(Latimer entra pela porta dupla e se dirige para a DB.)*

Royde: Com certeza foi.

Audrey: *(Depois de olhar para Latimer)* Thomas! Vamos até o terraço. *(Ela cruza até a porta dupla.)*

Royde: *(Dirigindo-se para Audrey.)* Sim... quero lhe contar sobre uma história policial que eu estava lendo... *(Audrey e Royde saem pela porta dupla. Há uma pausa, enquanto Latimer acompanha Royde e Audrey com o olhar, por um momento.)*

Latimer: A senhorita e eu, srta. Aldin, parecemos ser os destoantes. Precisamos nos consolar um ao outro. *(Ele vai até a mesa lateral de apoio.)* Posso lhe oferecer uma bebida?

Mary: Não, obrigada.

Latimer: *(Servindo-se de uma bebida.)* Uma reconciliação conjugal no jardim das rosas, e um tímido apaixonado reunindo forças para falar. Onde nos encaixamos? Em lugar algum. Somos os excluídos. *(Ele vai até a beirada inferior do tablado e eleva seu copo.)* Aos excluídos... e, para o inferno, todos os incluídos, rodeados por uma cerca. *(Ele bebe.)*

Mary: Como o senhor é amargo!

Latimer: A senhorita também.

Mary: *(Depois de uma pausa)* Na verdade, não.

Latimer: *(Passando pela frente da mesa de café para a D dela.)* O que dizer de buscar e trazer coisas, correndo pelas escadas, para cima e para baixo, o dia inteiro em função de uma velha?

Mary: Há coisas piores.

Latimer: Posso imaginar. *(Ele se vira e olha na direção do terraço.)*

Mary: *(Depois de uma pausa.)* O senhor está muito infeliz.

Latimer: Quem não está?

Mary: Sempre foi... *(Ela faz uma pausa.)* apaixonado por Kay?

Latimer: Mais ou menos.

Mary: E ela?

Latimer: *(Indo até o CD.)* Eu achava que sim... até que Nevile apareceu. Nevile com seu dinheiro e seus recordes esportivos. *(Dirigindo-se para a E do divã.)* Eu poderia escalar o Himalaia se algum dia tivesse dinheiro para isso.

Mary: Não desejaria.

Latimer: Talvez não. *(Intensamente)* O que a senhorita deseja da vida?

Mary: *(Erguendo-se; depois de uma pausa.)* É quase tarde demais.

Latimer: Mas não tanto assim.

Mary: Não... não tanto. *(Ela vai até o tablado.)* Tudo o que eu quero é um pouco de dinheiro... não muito... apenas o suficiente.

Latimer: Suficiente para quê?

Mary: Suficiente para ter vida própria antes que seja tarde demais. Nunca tive nada.

Latimer: *(Indo até a D de Mary.)* Odeia-os também, aqueles que estão dentro da cerca?

Mary: *(Violentamente)* Odiá-los... eu... *(Ela boceja.)* Não... não... estou cansada demais para odiar alguém. *(Treves entra pela E.)*

Treves: Ah, srta. Aldin, lady Tressilian gostaria que tivesse a gentileza de ir ter com ela agora. Creio que ela está se sentindo sonolenta.

Mary: Isso é uma bênção. Obrigado, sr. Treves. Vou subir agora mesmo. *(Ela cruza para a porta à E.)* Não devo voltar a descer, portanto desejo-lhes boa noite agora. Boa noite, sr. Latimer. Boa noite, sr. Treves.

Latimer: Boa noite. *(Mary sai pela E. Treves se encaminha para a extremidade E do tablado.)* Eu preciso me apressar. Com sorte, devo chegar à barca e ao hotel antes que a tempestade desabe. *(Ele passa por trás do divã. Royde entra pela porta dupla.)*

Royde: Está indo, Latimer? Quer uma capa de chuva?

Latimer: Não, obrigado, vou arriscar.

Royde: *(Indo até o tablado.)* Está vindo um temporal daqueles.

Treves: Audrey está no terraço?

Royde: Não tenho a mínima ideia. *(Ele cruza para a porta à E.)* Vou para a cama. Boa noite. *(Royde sai pela E. Há o clarão de um Relâmpago, e ouve-se ao longe o ribombar abafado de um Trovão.)*

Latimer: *(Maliciosamente)* Tenho a impressão de que o fluxo do verdadeiro amor não correu com tranquilidade. Isso foi um trovão? Está um pouco longe ainda... *(Ele vai até porta dupla.)* acho que vou conseguir.

Treves: Vou acompanhá-lo e passar o ferrolho no portão do jardim. *(Ele cruza para a porta dupla. Latimer e Treves saem por ela.)*

Audrey: *(De fora; para Latimer)* Boa noite. *(Audrey entra bem depressa pela porta dupla. Há um clarão de Relâmpago e o ribombar de um Trovão. Audrey fica por um momento de pé olhando em volta da sala, e, em seguida, segue lentamente até o tablado, senta-se no banco da janela e olha para a noite, lá fora. Nevile entra pela porta dupla e vai para trás do divã.)*

Nevile: Audrey.

Audrey: *(Levantando-se rapidamente e indo para a extremidade E do tablado.)* Vou dormir, Nevile. Boa noite.

Nevile: *(Indo na direção do tablado.)* Não vá ainda. Quero falar com você.

Audrey: *(Nervosa)* Acho melhor não.

Nevile: *(Colocando-se à D dela.)* Eu preciso. Eu tenho de fazê-lo. Por favor, ouça-me, Audrey.

Audrey: *(Encostando-se na parede à E da* bay window.*)* Preferia que você não o fizesse.

Nevile: Isso quer dizer que você sabe o que eu tenho para dizer. *(Audrey não responde.)* Audrey, será que não podemos voltar para onde estávamos? Esquecer tudo o que aconteceu?

Audrey: *(Virando-se um pouco.)* Inclusive... Kay?

Nevile: Kay terá bom senso.

Audrey: O que quer dizer com... bom senso?

Nevile: *(Vigorosamente)* Vou dizer a verdade a ela... que você é a única mulher que eu amei um dia. Essa *é* a verdade, Audrey. Você tem de acreditar.

Audrey: *(Desesperadamente)* Você amava Kay quando se casou com ela.

Nevile: Meu casamento com Kay foi o pior erro que eu já cometi. Só agora me dou conta do maldito idiota que eu fui. Eu... *(Kay entra pela porta dupla.)*

Kay: *(Indo até o CD.)* Desculpem-me interromper esta cena comovente, mas acho que era hora de eu fazer isso.

Nevile: *(Dirigindo-se ao C do tablado.)* Kay, escute...

Kay: *(Furiosa)* Escutem! Eu ouvi tudo o que eu queria ouvir... até demais.

Audrey: *(Com alívio)* Vou me deitar. *(Ela vai em direção à porta à E.)* Boa noite.

Kay: *(Cruzando até a D de Audrey.)* Está certo. Vá se deitar! Você já fez toda a maldade que queria, não fez? Mas não vai sair dessa tão facilmente assim. Vou cuidar de você depois que tiver me acertado com Nevile.

Audrey: *(Friamente)* Não tenho nada a ver com isso. Boa noite. *(Audrey sai pela E. Há o lampejo de um Relâmpago e o estrondo de um Trovão lá fora.)*

Kay: *(Olhando para Audrey se retirando.)* Fria e calculista...

Nevile: *(Indo até a D da mesa de café.)* Olhe aqui, Kay, Audrey não tem absolutamente nada a ver com isso. Não é culpa dela. Culpe a mim, se quiser...

Kay: *(Inflamando-se.)* E eu quero. Que tipo de homem você pensa que é? *(Ela se vira para Nevile. O tom da voz se eleva.)* Você deixa sua mulher, vem atrás de mim enlouquecido, consegue se divorciar dela. Doido por mim num minuto, cansado de mim no seguinte. Agora, suponho que queira voltar para aquela... *(Ela olha em direção à porta à E.)* gata desbotada, manhosa...

Nevile: *(Zangado)* Pare com isso, Kay.

Kay: *(Dirigindo-se para o tablado.)* É o que ela é. Uma sonsa, manhosa, fingida...

Nevile: *(Dirigindo-se até Kay e agarrando-a pelos braços.)* Pare!

Kay: *(Desvencilhando-se dele.)* Me deixe sozinha! *(Ela segue lentamente para a E do divã.)* Que diabos você *quer*?

Nevile: *(Virando-se e encarando o fundo do palco.)* Não posso continuar. Pode me chamar do pior dos vermes. Mas não é o caso, Kay. Não posso continuar. *(Kay senta-se no divã. Ele se vira.)* Acho que... na verdade... devo ter amado Audrey todo esse tempo. Acabo de me dar conta disso. Meu amor por você foi... um tipo de loucura. Mas não é o caso... você e eu *não combinamos*. Vamos acertar as contas. *(Ele passa por trás do divã até a D dela.)*

Kay: *(Com voz baixa, enganosamente calma)* O que exatamente está sugerindo, Nevile?

Nevile: Podemos nos divorciar. Você pode me acusar de abandono.

Kay: Você teria de esperar três anos.

Nevile: Vou esperar.

Kay: E, depois, suponho, vai pedir que a doce, querida e adorada Audrey se case com você de novo? É *essa* a ideia?

Nevile: Se ela me quiser.

Kay: Ela vai querer você na certa. E como é que eu fico nisso?

Nevile: Naturalmente, vou providenciar uma boa pensão para você.

Kay: *(Perdendo o controle.)* Sem suborno. *(Ela se levanta e aproxima-se de Nevile.)* Ouça-me, Nevile. *Não* vou me divorciar de você. *(Ela bate no peito dele, com as mãos.)* Você se apaixonou por mim e se casou comigo e não vou deixar você voltar para aquela cadela sebosa que já enfiou as garras em você de novo.

Nevile: *(Jogando Kay no divã.)* Cale a boca, Kay. Pelo amor de Deus. Não pode fazer esse tipo de cena aqui.

Kay: Ela queria que isso acontecesse. Estava trabalhando para isso. Provavelmente agora deve estar se vangloriando do seu sucesso. Mas ela não vai chegar lá. Você vai ver do que sou capaz. *(Ela se joga no divã soluçando, num ataque histérico repentino. Nevile gesticula, em desespero. Treves entra pela porta dupla e fica de pé, assistindo. Ao mesmo tempo, há o clarão brilhante de um RELÂMPAGO, o estrondo de um TROVÃO, e a tempestade se precipita enquanto... o pano cai.)*

(CAI O PANO)

SEGUNDO ATO

Cena I

Cenário: *O mesmo. Cedo, na manhã seguinte.*

Quando o pano sobe, é uma linda manhã, com os raios de sol entrando pela bay window. *A porta dupla está aberta. O carrinho foi retirado. A sala está vazia. Royde entra pela porta dupla. Ele está tentando fumar o cachimbo, que parece entupido. Ele olha em volta, procurando por um cinzeiro, vê um sobre a mesa de café, vai até ele e bate o cachimbo para retirar as cinzas. Verificando que o cachimbo ainda está entupido, tira um canivete do bolso e delicadamente cutuca o seu interior. Treves entra pela E.*

Treves: Bom dia, Thomas.

Royde: *(Passando para a frente da mesa de café.)* Bom dia. Pelo jeito, vai ser outro dia adorável.

Treves: Sim. *(Ele se dirige para a extremidade E do tablado e olha o exterior pela janela.)* Pensei que o temporal pudesse quebrar o encantamento do tempo magnífico, mas acabou aliviando aquele calor abafado... o que é ótimo. *(Ele vai até a extremidade D do tablado.)* Suponho que você já deva estar de pé há horas, como de hábito.

Royde: Logo depois das seis. Fui dar uma caminhada pelos penhascos. Na verdade, acabei de chegar.

Treves: Ninguém mais parece estar por aqui ainda. Nem mesmo a srta. Aldin.

Royde: Hum...

Treves: É possível que ela esteja totalmente ocupada atendendo lady Tressilian. Imagino que ela deva estar bastante aborrecida depois do incidente desagradável da noite de ontem. *(Ele vai para a E do divã.)*

Royde: *(Desentope o cachimbo.)* Uma briguinha e tanto, hein?

Treves: *(Indo para a D à frente.)* Você tem um talento especial para atenuar as coisas, Thomas. Aquela cena desagradável entre Nevile e Kay...

Royde: *(Surpreso)* Nevile e *Kay*? A briga que *eu* ouvi foi entre Nevile e lady Tressilian.

Treves: *(Indo para a D do divã.)* Quando foi isso?

Royde: Deve ter sido por volta das dez e vinte. Eles estavam discutindo pra valer. Não pude deixar de ouvir. Meu quarto é praticamente em frente ao dela, sabe.

Treves: *(Indo para trás do divã; perturbado.)* Ora, ora, isso é novidade para mim.

Royde: Pensei que fosse sobre isso que estivesse falando.

Treves: *(Colocando-se à D de Royde.)* Não, não, estava me referindo a uma cena mais desgastante que acontecera aqui mais cedo, e que testemunhei em parte, a contragosto. Aquela jovem infeliz... er... Kay teve um ataque histérico violento.

Royde: E sobre o que era a discussão?

Treves: Temo que tenha sido por culpa de Nevile.

Royde: Não é surpresa para mim. Ele tem se comportado como um imbecil. *(Ele se dirige para o tablado.)*

Treves: Concordo inteiramente. A conduta dele tem sido das mais repreensíveis. *(Ele suspira e senta-se no divã.)*

Royde: Audrey... estava metida na confusão?

Treves: Foi a causa dela. *(Kay entra rapidamente pela E. Ela parece cansada e abatida. Traz a bolsa na mão.)*

Kay: Oh! Bom... bom dia.

Treves: *(Levantando-se.)* Bom dia, Kay.

Royde: Bom dia.

Kay: *(Dirigindo-se ao CE; nervosa e desconfortável.)* Somos... somos os únicos por aqui, não somos?

Treves: Acho que sim. Não vi mais ninguém. Tomei café... er... sozinho.

Royde: Ainda não tomei o meu. Acho que vou tentar comer alguma coisa. *(Para Kay)* Já tomou café?

Kay: Não. Acabei de descer. Eu... eu não quero café. Estou péssima.

Royde: Hum... eu comeria uma casa sozinho. *(Ele cruza pela frente de Kay para a porta à E.)* Até mais tarde. *(Royde sai pela E.)*

Kay: *(Dando um ou dois passos na direção de Treves, após uma breve pausa.)* Sr. Treves... eu... eu temo ter me comportado... bastante mal na noite passada.

Treves: Era muito natural que ficasse transtornada.

Kay: Eu me descontrolei e disse uma porção de... coisas idiotas.

Treves: Todos nós estamos sujeitos a isso de vez em quando. Você sofreu muita provocação. Nevile teve, em minha opinião, grande parcela de culpa.

Kay: Ele foi levado àquilo. Audrey estava determinada a causar confusão entre mim e Nevile desde que chegamos aqui.

Treves: *(Indo para a frente da mesa de café.)* Não creio que esteja sendo justa com ela.

Kay: Ela planejou isso, posso lhe afirmar. Ela sabe que Nevile sempre... sempre se sentiu culpado pela forma como a tratou.

Treves: *(Indo para a D de Kay.)* Não, não. Tenho certeza de que está errada.

Kay: Não, não estou errada. Veja, sr. Treves, eu repassei tudo durante a noite, e Audrey pensou que se conseguisse reunir todos aqui e... *(Ela cruza para a D da mesa de café.)* e fingir ser amável e complacente, ela poderia tê-lo de volta. Ela mexeu com a consciência dele. Pálida e distante... flutuando por aí como um... como um fantasma. Ela sabia o efeito que *isso* teria sobre Nevile. Ele sempre se recriminou, pensando que a tratara mal. *(Senta-se no divã.)* Desde o início... ou praticamente do início... a sombra de Audrey esteve entre nós. Nevile não tinha como esquecê-la... estava sempre ali, no fundo de seus pensamentos.

Treves: É difícil culpá-la por isso.

Kay: Oh, será que não consegue *enxergar*? Ela *sabia* como Nevile se sentia. Ela *sabia* qual seria o resultado se fossem colocados juntos novamente.

Treves: Acho que está dando a ela um crédito por uma astúcia bem maior do que a que realmente tem.

Kay: Vocês estão todos do lado dela... todos vocês.

Treves: Minha querida Kay!

Kay: *(Erguendo-se.)* Vocês gostariam de ver Nevile voltar para Audrey. Eu sou a intrusa... eu não *pertenço* ao grupo... Nevile disse isso ontem à noite e ele estava certo. Camilla jamais gostou de mim... suportou-me por causa de Nevile. Espera-se que eu considere o ponto de vista de todos menos o meu. O que eu sinto e penso pouco importa. Se *minha* vida está em frangalhos, isso é muito ruim, mas não importa. Só quem importa é *Audrey*.

Treves: Não, não, não.

Kay: *(Aumentando o tom da voz.)* Bem, ela não vai destruir a minha vida. Não me interessa o que vou fazer para parar com isso, mas eu o farei. Vou tornar impossível que Nevile volte para ela. *(Nevile entra pela E.)*

Nevile: *(Inteirando-se da situação.)* Qual o problema *agora*? Mais encrenca?

Kay: O que esperava depois do jeito como você se comportou ontem à noite? *(Senta-se no divã e tira um lenço de dentro da bolsa. Treves vai para a extremidade D do tablado.)*

Nevile: *(Cruzando lentamente e ficando de pé à E de Kay.)* Foi você quem fez toda a confusão, Kay. Eu estava preparado para conversar sobre o assunto calmamente.

Kay: Calmamente! Você pensou que eu ia aceitar sua sugestão de me divorciar de você e deixar o caminho livre para Audrey, como se... como se você estivesse me convidando para... para ir a um baile? *(Treves cruza para a E do tablado.)*

Nevile: Não, mas pelo menos você não precisava se comportar daquela forma histérica quando está hospedada na casa dos outros. Pelo amor de Deus, controle-se e tente se comportar adequadamente.

Kay: Assim como faz *Audrey*, eu suponho?

Nevile: Pelo menos, Audrey não fica se exibindo.

Kay: Ela está virando você contra mim... exatamente como pretendia.

Nevile: Olhe aqui, Kay, isto não é culpa de Audrey. Eu lhe disse isso ontem à noite. Expliquei a situação. Fui bastante franco e honesto sobre ela.

Kay: *(Debochando.)* Franco e honesto!

Nevile: Sim. Não consigo evitar sentir o que sinto.

Kay: Como acha que eu me sinto? Você não se importa com isso, não é?

Treves: *(Dirigindo-se ao C e interferindo.)* O que eu acho mesmo, Nevile, é que você deveria considerar muito seriamente a sua atitude nesta... er... questão. Kay é sua esposa. Ela tem certos direitos dos quais você não pode privá-la desse... desse jeito indiferente.

Nevile: Eu admito, mas... estou querendo fazer a... a coisa certa.

Kay: A coisa *certa*!

Treves: Além do mais, não é um procedimento... er... nada apropriado discutir assim sob o teto de lady Tressilian. Decerto ela vai se aborrecer muito seriamente. *(Ele cruza pela frente de Nevile até a E de Kay.)* Estou inteiramente solidário com Kay, mas acho que *ambos* devem respeito à sua anfitriã e aos amigos hóspedes. Sugiro que adiem outras discussões sobre o assunto para depois desta visita.

Nevile: *(Meio envergonhado)* Suponho que esteja certo, sr. Treves... sim, claro, o senhor está certo. Vou fazer isso. O que acha, Kay?

Kay: Contanto que Audrey não tente...

Nevile: *(Incisivo)* Audrey não tentou nada.

Treves: *(Para Kay)* Shh! Eu acho, minha querida, que seria aconselhável você concordar com a minha sugestão. É apenas questão de uns poucos dias.

Kay: *(Erguendo-se; sem graça.)* Oh, muito bem, então. *(Dirige-se até a porta dupla.)*

Nevile: *(Aliviado)* Bem, é isso. Vou tomar meu café da manhã. *(Dirige-se até a porta à E.)* Mais tarde devemos todos ir velejar. *(Ele vai até a extremidade E do tablado e fita o exterior pela janela.)* Está soprando uma brisa boa. *(Olha para Treves.)* Gostaria de vir?

Treves: Temo já ser meio velho para esse tipo de coisa. *(Ele cruza em direção à porta à E.)*

Nevile: E você, Kay?

Kay: *(Indo até o CD.)* E quanto ao Ted? Prometemos a ele que iríamos lá esta manhã.

Nevile: Não há razão para ele não vir também. Vou ver com Royde e Audrey o que eles acham da ideia. Deve estar muito agradável lá no meio da baía. *(Audrey entra pela E. Parece perturbada.)*

Audrey: *(Ansiosamente)* Sr. Treves... o que acha que devemos fazer? Não estamos conseguindo acordar a Mary. *(Kay vai até a D do divã.)*

Nevile: Não conseguem *acordá-la*? *(Ele sai do tablado e vai até o C.)* O que quer dizer?

Audrey: Isso mesmo. Quando a sra. Barrett chegou, ela levou o chá matinal de Mary, como de costume. *(Ela vai lentamente até o CE.)* Mary dormia profundamente. A sra. Barrett abriu as cortinas e a chamou, mas Mary não despertou, então ela deixou o chá na mesa de cabeceira. E nem se importou muito quando Mary não desceu, mas, quando ela não veio aqui embaixo buscar o chá de Camilla, a sra. Barrett subiu novamente. O chá de Mary estava gelado e ela ainda dormia.

Treves: *(Dirigindo-se para a E da cadeira de braço no CE.)* Ela estava muito cansada ontem à noite, Audrey.

Audrey: Mas este sono não é *natural*, sr. Treves. Não pode ser. A sra. Barrett a sacudiu... com força... e ela não acordou. Fui até o quarto dela e tentei acordá-la também. Definitivamente há algo de errado com ela.

Nevile: Está querendo dizer que ela está inconsciente?

Audrey: Não sei. Ela parece muito pálida, jogada ali... feito uma pedra.

Kay: Talvez ela tenha tomado algum remédio para dormir.

Audrey: *(Indo até o C.)* Foi o que pensei, mas parece algo tão improvável no caso dela. *(Vira-se para Treves.)* O que devemos fazer?

Treves: Acho que você deveria chamar um médico. Ela pode estar doente.

Nevile: *(Cruzando até a porta à E.)* Vou telefonar para Lazenby e pedir que venha imediatamente. *(Nevile sai rapidamente pela E.)*

Treves: *(Dirigindo-se para o CE.)* Contou o que aconteceu a lady Tressilian, Audrey?

Audrey: *(Indo até o CD; sacudindo a cabeça.)* Não, ainda não. Não quis perturbá-la. Estão preparando outro chá para ela na cozinha. Vou levá-lo lá em cima e contarei a ela.

Treves: Sinceramente espero que não seja nada grave.

Kay: É provável que ela tenha tomado uma dose maior do remédio para dormir. *(Senta-se na cadeira de braço à DA.)*

Treves: Isso *seria* extremamente grave.

Audrey: Não consigo imaginar Mary fazendo uma coisa dessas. *(Royde entra pela E.)*

Royde: *(Colocando-se entre Treves e Audrey.)* Ouvi Strange ligando para o dr. Lazenby. Qual é o problema?

Audrey: É Mary. Ela ainda está dormindo e não estamos conseguindo acordá-la. Kay acha que ela pode ter tomado uma dose excessiva de algum remédio.

Kay: Alguma coisa desse tipo deve ter acontecido. Do contrário, teriam conseguido acordá-la.

Royde: Remédio para dormir, está querendo dizer? Não acho que ela precisasse de nada desse tipo na noite passada. Estava exausta.

Treves: Tenho certeza de que ela não tomaria nenhum remédio desse tipo, sabe... para o caso de a campainha tocar.

Kay: Campainha?

Royde: Tem uma campainha no quarto dela. Lady Tressilian sempre toca quando precisa de alguma coisa durante a noite. *(Para Audrey)* Lembra-se que ela estava falando sobre isso conosco, ontem à noite?

Audrey: Mary não tomaria nada que a impedisse de escutar a campainha, no caso de alguma urgência. *(Nevile entra rapidamente pela E.)*

Nevile: Lazenby está vindo agora mesmo.

Audrey: *(Cruzando até a porta à E.)* Bem, antes que ele chegue, é melhor eu ir ver o chá de Camilla. Ela dever estar querendo saber o que terá acontecido.

Nevile: Quer ajuda?

Audrey: Não, obrigada. Posso cuidar disso. *(Audrey sai pela E. Kay se levanta e vai até a D do divã.)*

Royde: *(Indo até o divã.)* Fico pensando se não pode ter sido um tipo de ataque cardíaco. *(Senta-se no divã. Treves senta-se na cadeira de braço no CE.)*

Nevile: *(Cruzando e ficando de pé sobre a extremidade D do tablado.)* Não adianta muito ficar conjecturando, adianta? Lazenby terá condições de dizer. Coitada da Mary. Não sei o que vai acontecer se ela estiver realmente doente.

Treves: Seria um desastre. Lady Tressilian conta com Mary para tudo.

Kay: *(Dirigindo-se para a D de Nevile; esperançosa.)* Suponho que deveríamos todos arrumar as malas e ir embora.

Nevile: *(Sorrindo para Kay.)* Pode ser que não seja nada sério. *(Kay vai mais à frente, à D.)*

Royde: Deve ser algo bem grave, se ninguém consegue acordá-la.

Treves: O dr. Lazenby não deve demorar muito para chegar, e então saberemos. Ele mora muito perto daqui.

Nevile: Estimo que ele chegue dentro de uns dez minutos.

Treves: Possivelmente ele terá condições de nos tranquilizar. Confio nisso.

Nevile: *(Com ar determinadamente alegre)* De qualquer maneira, não é bom olharmos as coisas pelo seu lado negro.

Kay: *(Indo para a D do divã.)* Sempre o perfeito otimista, não, Nevile?

Nevile: Bem, as coisas costumam acabar bem.

Royde: Certamente acontece assim com você.

Nevile: *(Dirigindo-se para a E de Royde.)* Não entendo bem o que você está querendo dizer, Thomas.

Royde: *(Erguendo-se.)* Pensei que fosse óbvio.

Nevile: O que está insinuando?

Royde: Não estou insinuando nada. Estou falando de fatos.

TREVES: *(Erguendo-se.)* Shh! *(Ele vai até o C e rapidamente muda de assunto.)* Acham... er... que deveríamos considerar se há algo que possamos fazer... er... para ajudar? Lady Tressilian poderia querer... (ROYDE *cruza pela frente dos demais e fica de pé na extremidade E do tablado.*)

NEVILE: Se Camilla desejar que façamos alguma coisa, ela vai logo dizer. Se eu fosse vocês, não interferiria. *(Ouve-se* AUDREY *gritar de fora, à E.* ROYDE *sai apressadamente. Há uma pausa curta.* AUDREY, *apoiada por* ROYDE, *entra pela E. Ela parece estupefata.)*

AUDREY: Camilla... Camilla...

TREVES: *(Preocupado)* Minha querida! Qual é o problema?

AUDREY: *(Num murmúrio rouco)* É... Camilla.

NEVILE: *(Surpreso)* Camilla? O que há de errado com ela?

AUDREY: Ela está... está morta.

KAY: *(Sentando-se no divã.)* Oh, não, não.

NEVILE: Deve ter sido o coração.

AUDREY: Não... não foi o coração. *(Ela cobre os olhos com as mãos. Todos a olham fixamente. Ela grita.)* Tem sangue... a cabeça dela está toda coberta de sangue. *(De repente ela dá um grito histérico.)* Ela foi assassinada! Vocês não entendem? Ela foi assassinada. (AUDREY *afunda na espreguiçadeira à E e as* LUZES *vão diminuindo até a total escuridão, enquanto... o pano cai.)*

(CAI O PANO)

Cena II

CENÁRIO: *O mesmo. Duas horas mais tarde. A disposição da mobília foi alterada para tornar o ambiente mais adequado para o interrogatório policial. A mesa do café foi colocada na alcova à D e o divã, no tablado. Uma mesa de jogo foi colocada no CD, com a cadeira de espaldar alto da alcova à E dela. A cadeira de braço do CE agora está à frente da mesa de jogo e a espreguiçadeira à E está agora no CE. Sobre a mesa de jogo, há uma pequena bandeja com uma jarra d'água e dois copos. Ainda sobre a mesa de jogo, há uma caixa de cigarros, um cinzeiro e uma caixa de fósforos. Há um exemplar do jornal* The Times *semiaberto sobre o banco da janela.)*

Quando o pano sobe, Treves *está de pé à E da mesa de jogo, olhando em volta da sala. O* Superintendente Battle *entra pela E. É um homem grande, de uns cinquenta anos, e está discretamente trajado. Tem uma fisionomia pesada, porém inteligente.*

Treves: Ah. Battle.

Battle: Tudo arranjado, senhor.

Treves: Correu tudo bem, não, Battle?

Battle: *(Cruzando para o C.)* Sim, senhor. O chefe Constable resolveu com a Yard. Como aconteceu de eu estar por perto, eles concordaram em me deixar cuidar do caso. *(Dirige-se à DA, vira-se e olha em volta da sala.)*

Treves: *(Avançando para o C.)* Isso me agrada muito. Vai facilitar as coisas ter o senhor aqui em vez de alguém estranho. Só é uma pena estragar suas férias.

Battle: Oh, não se preocupe, senhor. Vou poder ajudar meu sobrinho. É o primeiro caso de assassinato dele, sabe.

Treves: *(Dirigindo-se à cadeira da escrivaninha.)* Sim, sim... não tenho dúvida de que sua experiência será de grande ajuda para ele. *(Ele coloca a cadeira à D da mesa de jogo.)*

Battle: *(Cruzando para o CD.)* É algo brutal.

Treves: Chocante. Muito chocante. *(Ele cruza e fica de pé à frente da espreguiçadeira no CE.)*

Battle: Estive com o médico. Foram desferidos dois golpes. O primeiro já foi suficiente para causar a morte. O assassino a golpeou novamente para se assegurar ou por um acesso de fúria.

TREVES: Uma coisa horrível. *(Senta-se na espreguiçadeira no CE.)* Não posso acreditar que tenha sido alguém da casa.

BATTLE: Temo que tenha sido, senhor. Já examinamos tudo. Nenhuma entrada foi forçada. *(Ele se dirige para a porta dupla.)* Todas as portas e janelas estavam trancadas esta manhã, como de costume. E há a srta. Aldin, que foi drogada... isso deve ter sido feito por gente daqui mesmo.

TREVES: Como ela está?

BATTLE: Dorme, ainda sob o efeito. Deram a ela uma dose cavalar. Parece que houve um planejamento meticuloso por parte de alguém. *(Ele cruza até o C.)* Lady Tressilian poderia ter acionado a campainha que toca no quarto da srta. Aldin, caso se alarmasse. Era preciso evitar... assim, a srta. Aldin foi dopada.

TREVES: *(Perturbado)* Ainda me parece inacreditável.

BATTLE: No final, senhor, chegaremos ao fundo da questão. *(Ele vai para a E da mesa de jogo.)* De acordo com o médico, a morte ocorreu entre dez e meia e meia-noite. Não antes de dez e meia, nem depois de meia-noite. Isso deve ajudar. *(Senta-se na cadeira à E da mesa de jogo.)*

TREVES: Sim, sim, e a arma usada foi um taco de golfe?

BATTLE: Sim, senhor. Jogado no chão ao lado da cama, manchado de sangue e com fios de cabelo branco grudados nele. *(TREVES faz um gesto de repulsa.)* Eu não teria deduzido que foi um taco pela aparência do ferimento, mas aparentemente não foi a parte chanfrada dele que atingiu a cabeça. O médico afirma que foi a parte redonda do taco que a atingiu.

TREVES: O... er... assassino foi incrivelmente imbecil, não acha, ao deixar a arma para trás?

BATTLE: Provavelmente perdeu a cabeça. Isso acontece.

TREVES: É possível... sim, é possível. Suponho que não tenham sido encontradas impressões digitais.

BATTLE: *(Erguendo-se e indo para o CD.)* O sargento Pengelly está cuidando disso agora. Duvido que seja tão simples assim. *(INSPETOR LEACH entra à E. É um homem jovial, entre 38 e quarenta anos, magro e moreno. Fala com um ligeiro sotaque da Cornualha. Vem trazendo um taco de golfe de ferro.)*

LEACH: *(Cruzando pela frente da espreguiçadeira ao CE para a E de BATTLE.)* Veja aqui, tio. Pengelly conseguiu identificar um belo conjunto de impressões digitais... não podiam ser mais claras.

BATTLE: *(Alertando)* Cuidado com o jeito como segura isso, rapaz.

LEACH: Está tudo bem, já fotografamos. Recolhemos ainda amostras do sangue e do cabelo. *(Ele mostra o taco a BATTLE.)* O que acha dessas impressões? Claríssimas, não são? *(BATTLE examina as impressões digitais na haste do taco e em seguida cruza para a D de TREVES.)*

BATTLE: Claras o suficiente. Que idiota! *(Ele mostra o taco a TREVES.)*

LEACH: Com certeza é mesmo.

BATTLE: Tudo o que temos a fazer agora, meu rapaz, é perguntar simpática e educadamente a cada um se podemos colher suas impressões digitais... sem constrangimentos, é claro. Todos vão dizer "sim"... e uma de duas coisas vai acontecer: ou nenhuma das impressões vai coincidir, ou...

LEACH: Está no papo, não é? *(Ele cruza para a porta à E. BATTLE meneia a cabeça confirmando.)*

TREVES: Não lhe ocorre como extremamente estranho, Battle, que... er... o assassino tenha sido tão imbecil a ponto de deixar uma maldita prova como essa para trás... na verdade, na cena do crime?

BATTLE: Já os vi fazerem coisas igualmente imbecis, senhor. *(Ele coloca o taco sobre o divã.)* Bem, vamos prosseguir com isso. Onde estão todos?

LEACH: *(Indo para a E.)* Na biblioteca. Pollock está examinando todos os quartos, menos o da srta. Aldin, claro. Ela ainda está dormindo sob o efeito da droga.

Battle: Vamos chamá-los aqui, um de cada vez. *(Para Treves)* Qual das senhoras Strange descobriu o assassinato?

Treves: Sra. Audrey Strange.

Battle: Oh, sim. É difícil quando são duas senhoras Strange. A sra. Audrey Strange é a esposa que se divorciou, não é?

Treves: Sim. Expliquei a você a... er... a situação.

Battle: Sim, senhor. Engraçada essa ideia do sr. Strange. Eu pensava que a maioria dos homens... *(Kay entra apressada pela E. Está perturbada e ligeiramente histérica.)*

Kay: *(Cruzando na direção da porta dupla; para Battle.)* Não vou ficar mais sufocada naquela maldita biblioteca. Preciso tomar um ar e vou lá fora. O senhor pode fazer o que bem entender. *(Leach dirige-se para a EB.)*

Battle: Só um minuto, sra. Strange. *(Kay para e vira-se perto da porta dupla.)* Não há razão para a senhora não sair caso deseje, mas terá de fazê-lo mais tarde.

Kay: Quero sair *agora*.

Battle: Infelizmente não será possível.

Kay: *(Indo lentamente para a D.)* Não tem o direito de me manter aqui. Não fiz nada.

Battle: *(Acalmando-a.)* Não, não, claro que não fez. Mas, veja, há uma ou duas perguntas que preciso lhe fazer.

Kay: Que tipo de pergunta? Não posso ajudá-lo. Não sei de nada.

Battle: *(Indo para o C; para Leach.)* Chame o Benson, por favor, Jim? *(Leach confirma com a cabeça e sai pela E.)* Agora, apenas sente-se aqui, sra. Strange... *(Ele aponta a cadeira à E da mesa de jogo.)* e relaxe.

Kay: *(Indo sentar-se à E da mesa de jogo.)* Já lhe disse que não sei de nada. Por que tenho de responder a uma porção de perguntas quando não sei de nada?

Battle: *(Passando por trás da mesa de jogo e ficando de pé, à D dela.)* Temos de interrogar todo mundo, sabe. Faz parte da rotina, apenas. Não é muito agradável para a senhora, ou para nós, mas tem de ser assim.

Kay: Oh, bem... está certo. *(O Policial Benson entra pela E. Leach o segue. Benson é um homem jovial, aloirado e muito reservado. Dirige-se para a E do divã e traz um caderno e um lápis.)*

Battle: *(Senta-se à D da mesa de jogo.)* Agora, fale-nos sobre a noite passada, sra. Strange.

Kay: O que quer saber sobre a noite de ontem?

Battle: O que a senhora fez... digamos, depois de terminado o jantar?

Kay: Tive uma dor de cabeça. Eu... eu fui dormir bem cedo.

Battle: Cedo a que horas?

Kay: Não sei exatamente. Eram quinze para as dez, mais ou menos, eu acho.

Treves: *(Interferindo com calma.)* Dez minutos para as dez.

Kay: Era isso? Eu não saberia dizer com exatidão.

Battle: Vamos dizer que eram dez para as dez. *(Ele faz um sinal para Benson, que faz uma anotação no caderno.)* Seu marido a acompanhou?

Kay: Não.

Battle: *(Após uma pausa)* A que horas *ele* foi se deitar?

Kay: Não faço ideia. Seria melhor o senhor perguntar a *ele*.

Leach: *(Cruzando para a E de Kay.)* A porta entre o seu quarto e o de seu marido está trancada. Estava trancada quando foi dormir?

Kay: Sim.

Leach: Quem a trancou?

Kay: Eu tranquei.

Battle: Tem por hábito trancá-la?

Kay: Não.

Battle: *(Erguendo-se.)* Por que fez isso na noite passada, sra. Strange? *(Kay não responde. Leach vai até o CD.)*

Treves: *(Após uma pausa)* Eu devo dizer isso a eles, Kay.

Kay: Suponho que, se eu não disser, o senhor o fará. Oh, bem, então. Vamos lá. Nevile e eu tivemos uma briga... uma briga inflamada. *(Leach olha para Benson, que faz um registro.)* Eu estava furiosa com ele. Fui para a cama e tranquei a porta porque ainda estava espumando de raiva dele.

Battle: Entendo... qual era o problema?

Kay: Isso importa? Não vejo qual a relação...

Battle: Não é obrigada a responder, se assim preferir.

Kay: Oh, eu não ligo. Meu marido vem se comportando como um perfeito imbecil. Mas é tudo por culpa daquela mulher.

Battle: Que mulher?

Kay: Audrey... a primeira mulher dele. Foi ela que fez com que ele viesse aqui, em primeiro lugar.

Battle: Entendi que tinha sido ideia do *sr.* Strange.

Kay: Bem, não foi. Foi dela.

Battle: Mas por que a sra. Audrey Strange sugeriria isso? *(Durante a fala que se segue, Leach cruza lentamente até a porta à E.)*

Kay: Para criar confusão, suponho. Nevile acha que foi ideia dele... pobre ingênuo. Nunca tinha pensado naquilo até, um dia, encontrá-la no parque em Londres, e ela botou a ideia na cabeça dele e o convenceu de que fora dele o pensamento. Eu vi a artimanha dela por trás disso desde o início. Ela nunca *me* enganou.

Battle: Por que haveria ela de estar tão ansiosa por reunir todos vocês aqui?

Kay: *(Rapidamente e quase sem fôlego)* Porque ela queria agarrar Nevile de novo. Taí por quê. Ela nunca o perdoou por ter ido embora comigo. Esta é a vingança dela. Ela conseguiu convencê-lo a arranjar tudo de forma que estivéssemos juntos aqui e, então, ela poderia entrar em ação sobre ele. É o que Audrey tem feito desde que chegamos. *(Battle cruza pela frente da mesa de jogo até o C.)* Ela é esperta, esperta como o diabo. Sabe muito bem como parecer patética e fugaz. Pobre gatinha, tão meiga e machucada... com as imensas garras de fora.

TREVES: Kay... Kay...

BATTLE: Percebo. Com certeza, se sentia assim com tanta força, poderia ter rejeitado essa combinação de vir para cá?

KAY: Pensa que eu não tentei? Nevile se fixou na ideia. Ele insistiu.

BATTLE: Mas tem certeza de que não foi ideia dele?

KAY: Se tenho. Aquela gata desbotada planejou tudo.

TREVES: Você não tem provas reais em que basear uma afirmativa dessas, Kay.

KAY: *(Erguendo-se e cruzando para a D de TREVES.)* Eu sei, eu afirmo e o senhor sabe disso também, embora não vá admitir. A Audrey tem sido...

BATTLE: Venha e sente-se, sra. Strange. *(KAY cruza relutante até a E da mesa de jogo e senta-se.)* Lady Tressilian aprovou essa combinação?

KAY: Ela não aprovava nada que fosse ligado a mim. Audrey era a queridinha dela. Não gostava de mim por eu ter tirado o lugar de Audrey ao lado de Nevile.

BATTLE: A senhora... discutiu com lady Tressilian?

KAY: Não.

BATTLE: Depois de ter ido deitar-se, sra. Strange, ouviu alguma coisa? Algum barulho diferente na casa?

KAY: Não escutei nada. Estava tão perturbada que tomei um negócio para dormir. Peguei no sono quase em seguida.

BATTLE: *(Cruzando até a D da mesa de jogo.)* Que tipo de negócio para dormir?

KAY: São umas cápsulas azuis. Não sei o que tem nelas. *(BATTLE olha para BENSON, que faz uma anotação.)*

BATTLE: A senhora não viu seu marido depois que subiu para se deitar?

KAY: Não, não, não. Já lhe disse que tranquei a porta.

BATTLE: *(Pegando o taco e levando-o até a E de KAY.)* Já viu isto antes, sra. Strange?

KAY: *(Afastando-se encolhida.)* Que... que horror. É isso que... que foi usado?

BATTLE: Acreditamos que sim. Tem alguma ideia de quem seja o dono?

KAY: *(Balançando a cabeça.)* Há várias bolsas de golfe pela casa. A do sr. Royde... a de Nevile... a minha...

BATTLE: Este é um taco masculino. Não seria um dos seus.

KAY: Então deve ser... eu não sei.

BATTLE: Entendo. *(Ele vai até o divã e deixa o taco novamente ali.)* Obrigada, sra. Strange, é tudo pelo momento. *(KAY levanta-se e segue pela D.)*

LEACH: Há apenas mais uma coisa. *(KAY vira-se. Ele cruza para a D dela.)* Teria alguma objeção a deixar que o sargento Pengelly colha suas impressões digitais?

KAY: Minhas... impressões digitais?

BATTLE: *(Brandamente)* Faz parte da rotina, sra. Strange. Vamos pedir a todos.

KAY: Não ligo para nada... contanto que eu não tenha de voltar para aquele zoológico lá na biblioteca.

LEACH: Vou providenciar para que o sargento Pengelly recolha suas digitais na sala do café da manhã. *(KAY cruza por trás de LEACH para o CE, olha fixamente para TREVES por um instante e, em seguida, sai pela E. LEACH cruza e sai pela E. BENSON fecha o caderno e aguarda impassível.)*

BATTLE: Benson, vá perguntar ao Pollock se ele viu pequenas cápsulas azuis no quarto da sr. Strange... da sra. *Kay* Strange. Quero amostras delas.

BENSON: Sim, senhor. *(Ele vai em direção à porta à E.)*

BATTLE: *(Indo até o C.)* Volte aqui depois de fazer isso.

BENSON: Sim, senhor. *(BENSON sai pela E.)*

TREVES: *(Erguendo-se.)* Acha que a mesma droga foi usada para... er... dopar a srta. Aldin?

Battle: *(Dirigindo-se à extremidade D do tablado.)* Vale a pena averiguar. Poderia me dizer, senhor, quem lucraria com a morte de lady Tressilian?

Treves: Lady Tressilian tinha pouco dinheiro em seu nome. O patrimônio do falecido sir Mortimer Tressilian foi deixado em um truste para ela enquanto vivesse. Após sua morte, ele seria dividido entre Nevile e sua esposa.

Battle: Qual delas?

Treves: A primeira esposa.

Battle: *Audrey* Strange?

Treves: Sim. O legado está claramente disposto: "Nevile Henry Strange e sua esposa, Audrey Elizabeth Strange, nascida Standish". O divórcio subsequente não altera em nada o que foi estabelecido em testamento.

Battle: *(Dirigindo-se para a D.)* É claro que a sra. Audrey Strange está inteiramente a par disso?

Treves: Certamente.

Battle: E a atual sra. Strange... ela sabe que não vai receber nada?

Treves: Na verdade, não posso afirmar. *(A voz dele é hesitante.)* É de se presumir que o marido tenha deixado isso claro para ela. *(Ele vai para a E da mesa de jogo.)*

Battle: Se ele não o tiver feito, ela poderá estar com a impressão de que seria beneficiada?

Treves: É possível... sim. *(Senta-se à E da mesa de jogo.)*

Battle: A quantia envolvida é muito grande, senhor?

Treves: Bastante considerável. Em torno de cem mil libras.

Battle: Uau! Isso é um bocado, mesmo nos dias de hoje. *(Leach entra pela E. Traz um paletó de smoking todo amarrotado.)*

Leach: *(Indo até o CE.)* Dê uma olhada nisso. Pollock acabou de encontrá-lo todo embolado no fundo do guarda-roupa de Nevile Strange. *(Battle vai até a D de Leach. Ele aponta para a manga.)* Veja estas manchas. Isto é sangue ou sou Marilyn Monroe.

Battle: *(Tomando o paletó de Leach.)* Certamente você não é Marilyn Monroe, Jim. Está espalhado por toda a manga também. Tem outros ternos no quarto?

Leach: Tem um risca de giz cinza-escuro pendurado numa cadeira. E tem um bocado de água no chão em volta da pia... quase uma poça. É como se tivesse transbordado da pia.

Battle: Como se ele tivesse lavado o sangue das mãos com toda a pressa, hein?

Leach: Sim. *(Ele pega no bolso uma pequena pinça e retira alguns fios de cabelo da parte de dentro da gola.)*

Battle: Cabelos! Cabelos louros de mulher na parte de dentro da gola.

Leach: Alguns na manga, também.

Battle: Ruivos, estes aqui. Parece que o sr. Strange tinha o braço em torno de uma mulher e a cabeça da outra encostada no ombro.

Leach: Quase um mórmon. Isso é ruim para ele, não é?

Battle: Vamos ter de testar esse sangue mais tarde para ver se é do mesmo tipo do de lady Tressilian.

Leach: Vou cuidar disso, tio.

Treves: *(Levantando-se e indo para a D; muito perturbado.)* Não posso *acreditar*, realmente não posso acreditar que Nevile, que conheço por toda uma vida, seja capaz de um ato terrível desses. *Deve* haver algo de errado.

Battle: *(Dirige-se até o divã e coloca o paletó sobre ele.)* Espero que sim, tenho certeza, senhor. *(Para Leach)* O sr. Royde é o próximo. *(Leach concorda com a cabeça e sai pela E.)*

Treves: Estou convicto de que deva existir alguma explicação inocente, Battle, para aquele paletó manchado. Além da falta de motivo, Nevile é...

Battle: Cinquenta mil libras é um motivo bastante bom, senhor, a meu ver.

Treves: Mas Nevile é rico. Não está precisando de dinheiro.

Battle: Deve haver algo que ignoramos completamente, senhor.

(Benson entra pela E e cruza até a E de BATTLE. Ele traz uma caixinha redonda.)

BENSON: Pollock encontrou as pílulas, senhor. *(Ele entrega a caixinha a BATTLE.)* Estão aqui.

BATTLE: *(Olhando dentro da caixa.)* Estas são as cápsulas. Vou solicitar ao médico que nos diga se elas contêm a mesma droga que foi dada à srta. Aldin. *(Sobe pela D. ROYDE entra pela E.)*

ROYDE: *(Indo para o CE.)* O senhor queria me ver?

BATTLE: *(Descendo e indo para o CD.)* Sim, sr. ROYDE. *(Ele aponta a cadeira à D da mesa de jogo.)* Queira sentar-se, senhor.

ROYDE: Prefiro ficar de pé.

BATTLE: Como preferir. *(BENSON pega o lápis e o caderno. TREVES senta-se na espreguiçadeira à D mais à frente.)* Gostaria que me respondesse a uma ou duas perguntas, se não tiver objeção.

ROYDE: Nenhuma objeção. Nada a esconder.

BATTLE: *(Indo para a frente da mesa de jogo.)* Entendo que o senhor acaba de voltar da Malásia, sr. Royde.

ROYDE: É isso mesmo. É a primeira vez que volto ao país em sete anos.

BATTLE: Conhece lady Tressilian há muito tempo?

ROYDE: Desde que eu era menino.

BATTLE: Poderia sugerir uma razão para que alguém quisesse matá-la?

ROYDE: Não.

BATTLE: *(Voltando para a D da mesa de jogo.)* Há quanto tempo conhece o sr. Nevile Strange?

ROYDE: Praticamente a vida inteira.

BATTLE: *(Voltando para o CD.)* Conhece-o suficientemente bem a ponto de saber se ele andava preocupado com dinheiro?

Royde: Não, mas não diria isso. Sempre pareceu ter bastante.

Battle: Se ele passasse por um problema desses, não seria provável que ele o confidenciasse ao senhor?

Royde: Muito pouco provável.

Battle: *(Indo para a E da mesa de jogo.)* A que horas foi se deitar ontem à noite, sr. Royde?

Royde: Por volta das nove e meia, eu diria.

Battle: Isso me parece muito cedo.

Royde: Sempre fui para a cama cedo. Gosto de me levantar cedo.

Battle: Entendo. Seu quarto é praticamente em frente ao de lady Tressilian, não é?

Royde: Praticamente.

Battle: O senhor adormeceu assim que se deitou?

Royde: Não. Terminei de ler uma história policial que estava lendo. Não era muito boa... me parece que eles sempre...

Battle: Sim, sim. O senhor ainda estava acordado às dez e dez?

Royde: Sim.

Battle: *(Sentando-se à E da mesa de jogo.)* O senhor... isto é muito importante, sr. Royde... ouviu algum ruído diferente por volta dessa hora? *(Royde não responde.)* Vou repetir a pergunta. O senhor...?

Royde: Não há necessidade. Eu escutei.

Battle: *(Depois de uma pausa)* E então, sr. Royde?

Royde: Ouvi um ruído no sótão por cima da minha cabeça, ratos, eu acho. De qualquer forma, isso foi mais tarde.

Battle: Não é a isso que me refiro.

Royde: *(Olhando para Treves; relutantemente.)* Teve um bocado de barulho.

Battle: Que tipo de barulho?

Royde: Bem... uma discussão.

Battle: Uma discussão? Entre quem?

Royde: Lady Tressilian e o sr. Strange.

Battle: Lady Tressilian e o sr. Strange estavam brigando?

Royde: Bem, sim. Suponho que o senhor assim diria.

Battle: *(Levantando-se e dirigindo-se para a D de Royde.)* Não se trata de como eu diria, sr. Royde. O senhor chamaria assim?

Royde: Sim.

Battle: Obrigado. Sobre o que era essa briga?

Royde: Não ouvi. Não era da minha conta.

Battle: Mas o senhor está bem seguro de que eles *estavam* brigando?

Royde: Soava como tal. As vozes estavam elevadíssimas.

Battle: Pode precisar a hora?

Royde: Cerca de dez e vinte, eu imagino.

Battle: Dez e vinte. Não escutou nada mais?

Royde: Strange bateu a porta quando saiu.

Battle: Não ouviu mais nada depois disso?

Royde: *(Cruzando por trás de Battle na direção da mesa de jogo.)* Apenas os ratos. *(Ele bate o cachimbo no cinzeiro.)*

Battle: *(Dirigindo-se para o divã.)* Os ratos não têm importância. *(Ele pega o taco de golfe. Royde enche e acende o cachimbo. Ele vai para a E de Royde.)* Isto pertence ao senhor, sr. Royde? *(Royde, entretido com o cachimbo, não responde.)* Sr. Royde!

Royde: *(Olhando para o taco.)* Não. Todos os meus tacos têm as iniciais T.R. gravadas no cabo.

Battle: Sabe a quem pertence este aqui?

Royde: Nenhuma ideia. *(Ele vai para trás pela D.)*

Battle: *(Voltando a colocar o taco sobre o divã.)* Gostaríamos de tirar suas impressões digitais, sr. Royde. Tem alguma objeção?

Royde: Adianta fazer alguma? Seu encarregado já cuidou disso. *(Benson ri baixinho.)*

Battle: Obrigado, então, sr. Royde. É tudo, por agora.

Royde: Importa-se se eu sair por uns momentos? Preciso tomar um pouco de ar fresco. Apenas ali no terraço, se me permitir.

Battle: Tudo bem, senhor.

Royde: Grato. *(Royde sai pela porta dupla. Benson senta no banco da janela.)*

Battle: *(Dirigindo-se até o C.)* As evidências parecem estar se acumulando novamente, senhor.

Treves: *(Levantando-se e indo até a D da mesa de jogo.)* É incrível, incrível. *(Leach entra pela E e cruza até o CE.)*

Leach: *(Triunfante)* As impressões digitais conferem com as de Nevile Strange, senhor.

Battle: Isso parece ser conclusivo, Jim. Ele deixa a arma, deixa as impressões digitais. Fico imaginando se não terá deixado o cartão de visita.

Leach: Foi fácil, não?

Treves: Não pode ter sido Nevile. Deve haver algum erro. *(Ele se serve de um copo d'água.)*

Battle: É um somatório de coisas. De qualquer forma, vamos ver o que o sr. Strange tem a dizer. Traga-o aqui, Jim. *(Leach sai pela E.)*

Treves: Eu não compreendo. Tenho certeza de que há alguma coisa errada. *(Battle vai em frente até o CE.)* Nevile não é um completo e absoluto idiota. Mesmo se fosse capaz de cometer um ato brutal desse... coisa que me recuso a aceitar... será que teria deixado todas essas malditas provas espalhadas de forma tão displicente? *(Ele se dirige para a D.)*

Battle: Bem, senhor, aparentemente ele assim agiu. *(Ele vai para a D da espreguiçadeira ao CE.)* Não se pode fugir aos fatos. *(Nevile parece preocupado e um pouco nervoso. Ele para por um momento na soleira da porta. Battle aponta a cadeira, à E da mesa de jogo.)* Entre e sente-se, sr. Strange.

Nevile: *(Cruzando até a cadeira à E da mesa de jogo.)* Obrigado. *(Senta-se. Treves cruza lentamente pela frente dos outros e fica de pé à EB.)*

Battle: Gostaríamos que respondesse a umas perguntas, mas é meu dever alertá-lo de que não é obrigado a respondê-las a menos que queira.

Nevile: Vá em frente. Pergunte-me o que quiser.

Battle: *(Indo até o C)* Está ciente de que tudo o que disser será registrado por escrito e pode vir a ser usado como depoimento num tribunal de justiça?

Nevile: O senhor está me ameaçando?

Battle: Não, não, sr. Strange. Alertando.

Treves: *(Passando por trás da espreguiçadeira no CE.)* O superintendente Battle é obrigado a seguir os regulamentos, Nevile. Você não precisa dizer nada a não ser que queira.

Nevile: Por que haveria de não querer?

Treves: Poderia ser mais sensato.

Nevile: Absurdo! Vá em frente, superintendente. Pergunte-me o que quiser. *(Treves gesticula manifestando desespero e senta-se na espreguiçadeira ao CE. Benson levanta-se.)*

Battle: *(Cruzando pela frente de Nevile e ficando de pé à DB.)* Está preparado para prestar depoimento?

Nevile: Se assim o chama. Temo, porém, não poder ajudá-lo muito.

Battle: Poderia começar contando-nos exatamente o que fez na noite passada? Do jantar em diante? *(Senta-se à D da mesa de jogo.)*

Nevile: Deixe-me ver. Imediatamente depois do jantar, subi até o meu quarto e escrevi algumas cartas... eu vinha adiando isso há muito tempo e pensei que deveria escrevê-las de uma vez. Quando acabei, desci para cá.

Battle: Que horas seriam?

Nevile: Suponho que seriam cerca de nove e quinze. Praticamente com precisão, de qualquer forma. *(Battle pega um cigarro.)*

BATTLE: *(Oferecendo um cigarro a NEVILE.)* Desculpe-me.

NEVILE: Não, obrigado.

BATTLE: O que o senhor fez depois disso? *(Ele acende o cigarro.)*

NEVILE: Conversei com... com Kay, minha mulher e Ted Latimer.

BATTLE: Latimer... quem é ele?

NEVILE: É um amigo nosso, que está hospedado no Easterhead Bay Hotel. Ele tinha vindo para o jantar. Foi embora logo depois disso e todos foram se deitar.

BATTLE: Incluindo sua esposa?

NEVILE: Sim, ela estava se sentindo meio indisposta.

BATTLE: *(Erguendo-se.)* Fiquei sabendo que houve um tipo de... episódio desagradável.

NEVILE: Oh... *(Ele olha para TREVES.)* O senhor soube, não é? Foi uma discussão inteiramente doméstica, de casal. Não pode ter nada a ver com esse acontecimento horrível.

BATTLE: Entendo. *(Ele cruza pela frente da mesa e segue em frente até o C. Após uma pausa.)* Depois que todos se recolheram, o que fez em seguida?

NEVILE: Eu estava um pouco entediado. Era bem cedo ainda e resolvi ir até o Easterhead Bay Hotel.

BATTLE: No meio da tempestade? Já havia começado a essa hora, certo?

NEVILE: Sim, havia. Mas aquilo não me preocupou. Subi para trocar de roupa...

BATTLE: *(Dirigindo-se rapidamente até NEVILE, interrompendo-o às pressas.)* Trocando pelo que, sr. Strange?

NEVILE: Eu estava de smoking. Como estava pensando em tomar a barca para atravessar o rio e chovia torrencialmente, troquei de roupa. Vesti um terno risca de giz cinza... *(Ele faz uma pausa.)* se isso lhe interessa.

BATTLE: *(Depois de uma pausa)* Prossiga, sr. Strange.

Nevile: *(Demonstrando sinais de nervosismo crescente.)* Subi para trocar de roupa, conforme eu disse. Ao passar pela porta do quarto de lady Tressilian, que estava entreaberta, ela me chamou, "É você, Nevile?", e pediu que eu entrasse. Entrei e... e nós conversamos um pouco.

Battle: Por quanto tempo ficou com ela?

Nevile: Cerca de vinte minutos, suponho. Depois de deixá-la, fui até o meu quarto, troquei de roupa e saí apressado. Levei comigo a chave da porta principal porque esperava voltar tarde.

Battle: Que horas eram então?

Nevile: *(Pensativo)* Por volta de dez e meia, eu diria, logo peguei a barca das dez e 35 e atravessei para Easterhead, na outra margem do rio. Tomei um ou dois drinques com Latimer no hotel e fiquei olhando o baile um pouco. Em seguida, jogamos sinuca. No final, descobri que tinha perdido a última barca, que sai à uma e meia. Muito gentilmente, Latimer pegou o carro dele e trouxe-me até em casa. São cerca de 24 quilômetros pela estrada, sabe. *(Faz uma pausa.)* Saímos do hotel às duas e chegamos aqui meia hora depois. Latimer não quis entrar para tomar algo, então entrei e fui direto para a cama.

Battle: *(Cruzando pela frente de Nevile para a D da mesa de jogo.)* Durante sua conversa com lady Tressilian... ela pareceu normal? *(Ele apaga o cigarro no cinzeiro sobre a mesa de jogo.)*

Nevile: Oh, sim, bastante.

Battle: *(Passando por trás da mesa de jogo.)* Sobre o que conversaram?

Nevile: Sobre uma coisa ou outra.

Battle: *(Passando por trás de Nevile.)* Amistosamente?

Nevile: Claro.

Battle: *(Indo à frente para o CE; suavemente.)* Vocês não tiveram uma discussão violenta?

Nevile: *(Erguendo-se; enraivecido.)* Que diabos o senhor está querendo dizer?

Battle: É melhor dizer a verdade, sr. Strange. Vou alertá-lo... o senhor foi ouvido.

Nevile: *(Cruzando lentamente pela frente da mesa de jogo para a D dela.)* Bem, nós tivemos, sim, uma diferença de opinião. Ela... condenava meu comportamento em relação a... a Kay e... e minha primeira mulher. Eu posso ter me alterado um pouco, mas nós nos separamos em termos perfeitamente amigáveis. *(Ele soca a mesa com o punho, numa explosão de temperamento repentina.)* Eu não arrebentei a cabeça dela por ter me descontrolado... se é isso o que pensa. *(Battle vai até o divã, pega o taco e, em seguida, dirige-se para a E da mesa de jogo.)*

Battle: Isto pertence ao senhor, sr. Strange?

Nevile: *(Olhando para o taco.)* Sim. É um modelo especial de Walter Hudson.

Battle: Esta é a arma que achamos ter sido usada para matar lady Tressilian. Tem alguma explicação para as impressões digitais estarem no cabo?

Nevile: Mas... claro que estariam ali... o taco é meu. Peguei nele várias vezes.

Battle: Há alguma explicação, quero dizer, para o fato de que suas impressões digitais demonstram terem sido as da *última* pessoa que o manuseou?

Nevile: Não é verdade. *Não pode* ser. Alguém pode ter pegado nele depois de mim... alguém usando luvas.

Battle: Ninguém poderia ter empunhado o taco do jeito que o senhor sugere... isto é, erguendo-o para golpear... sem borrar suas próprias digitais.

Nevile: *(Olhando para o taco, dando-se conta de repente.)* Não pode ser! *(Ele senta-se à D da mesa de jogo e cobre o rosto com as mãos.)* Oh, meu Deus! *(Depois de uma pausa, ele descobre o rosto e olha para cima.)* Não é isso! Simplesmente não é verdade! O senhor acha que a matei, mas não fui eu. Juro que não fui eu. Há um terrível engano. *(BATTLE volta a colocar o taco no divã.)*

TREVES: *(Erguendo-se e cruzando para a E da mesa de jogo.)* Não consegue pensar em uma explicação que justifique essas impressões digitais, Nevile? *(BATTLE pega o paletó do smoking.)*

NEVILE: Não... não... não consigo pensar... em nada. *(TREVES passa por trás da mesa de jogo.)*

BATTLE: *(Indo para a E da mesa de jogo.)* Pode explicar por que os punhos e a manga deste paletó... do *seu* smoking... estão manchados de sangue?

NEVILE: *(Num murmúrio horrorizado)* Sangue? Não pode ser.

TREVES: Por exemplo, você não terá se cortado?

NEVILE: *(Levantando-se e empurrando a cadeira para trás violentamente.)* Não... não, claro que não. É fantástico... simplesmente fantástico. Nada disso é *verdade*.

BATTLE: Os fatos são suficientemente verdadeiros, sr. Strange.

NEVILE: Mas por que eu faria uma coisa hedionda dessas? É impensável... inacreditável. Conheço lady Tressilian minha vida inteira. *(Dirige-se para a D de TREVES.)* Sr. Treves... o senhor não acredita nisso, acredita? O senhor não acredita que eu faria uma coisa dessas. *(BATTLE volta a colocar o paletó sobre o divã.)*

TREVES: Não, Nevile, não consigo acreditar.

NEVILE: Não fui eu. Eu juro que não fui eu. Que razão eu teria para...

BATTLE: *(Virando-se e ficando de pé no tablado.)* Acredito que o senhor herdaria uma grande quantia em dinheiro com a morte de lady Tressilian, sr. Strange.

NEVILE: *(Avançando pela D.)* O senhor quer dizer... o senhor pensa que...? É ridículo! Não preciso de dinheiro. Sou rico. Só precisa indagar no meu banco... *(TREVES senta-se à D da mesa de jogo.)*

BATTLE: Iremos averiguar isso. Mas deve haver alguma razão para o senhor, de repente, precisar de uma grande quantia em dinheiro... alguma razão desconhecida para todos, menos para o senhor.

Nevile: Não existe nada desse tipo.

Battle: Quanto a isso... vamos investigar.

Nevile: *(Cruzando lentamente pela frente da mesa de jogo para a D de Battle.)* O senhor vai me prender?

Battle: Ainda não... vamos lhe conceder o benefício da dúvida.

Nevile: *(Amargamente)* O senhor quer dizer que já se decidiu a achar que fui eu, mas quer ter certeza do meu motivo para poder fechar o caso contra mim. *(Ele passa por trás da cadeira de braço no CD.)* É isso, não é? *(Ele agarra o encosto da cadeira de braço.)* Meu Deus! É como um sonho terrível. É como estar preso numa armadilha e não poder sair. *(Faz uma pausa.)* Ainda precisa mais alguma coisa de mim agora? Eu gostaria... de sair... sozinho... e repensar isso tudo. Foi um choque e tanto.

Battle: Por ora, terminamos com o senhor.

Nevile: Obrigado.

Battle: *(Avançando para o CE.)* Mas não vá longe demais, está bem, senhor?

Nevile: *(Indo para a porta dupla.)* Não precisa se preocupar. Não vou tentar fugir... se é *isso* o que quer dizer. *(Ele dá uma olhada para fora, à D.)* De qualquer forma, vejo que o senhor já tomou suas precauções. *(Nevile sai pela porta dupla. Benson senta-se no banco da janela.)*

Leach: *(Indo para a E de Battle.)* Foi ele mesmo.

Battle: *(Indo para o C.)* Não sei, Jim. Para dizer a verdade, não estou gostando. Não estou gostando de *nada* disso. Há evidências demais contra ele. Além disso, a coisa parece não se encaixar. Lady Tressilian o chama em seu quarto, e calha de ele ter um taco na mão. Por quê?

Leach: Para atingi-la na cabeça.

Battle: Querendo dizer que foi premeditado? Tudo bem, ele drogou a srta. Aldin. Mas ele não poderia contar com ela caindo no sono logo. Ele não poderia contar com *ninguém* caindo no sono logo.

Leach: Bem, então, digamos que ele esteja limpando os tacos. Lady T o chama. Eles brigam... ele perde a cabeça e a golpeia com o taco que *calha* de ser o que ele está segurando.

Battle: Isso não explica Mary Aldin ter sido dopada. Ela *foi* dopada... o médico afirma. É claro... *(Pensativamente)* ela poderia ter se drogado.

Leach: Por quê?

Battle: *(Dirigindo-se para a E da mesa de jogo; para Treves.)* Existe um motivo possível no caso da srta. Aldin?

Treves: Lady Tressilian deixou-lhe uma herança... não muito grande... algumas centenas de libras por ano. Conforme lhe disse, pessoalmente, lady Tressilian não tinha grandes fortunas.

Battle: Algumas centenas por ano. *(Senta-se à E da mesa de jogo.)*

Treves: *(Erguendo-se e avançando para a D.)* Concordo. Um motivo inadequado.

Battle: *(Suspirando.)* Bem, vejamos a primeira esposa. Jim, vá buscar a sra. Audrey Strange. *(Leach sai pela E.)* Há algo de peculiar com esse negócio, senhor. Uma mistura de fria premeditação com violência não premeditada, e as duas coisas não combinam.

Treves: Exatamente, Battle. A dopagem da srta. Aldin sugere premeditação...

Battle: E a forma como o assassinato foi executado parece ter sido fruto de um ataque de ódio cego. Sim, senhor. Está tudo *errado*.

Treves: Percebeu o que ele disse... sobre uma armadilha?

Battle: *(Pensativamente)* "Uma armadilha." *(Leach entra pela E e segura a porta aberta. Audrey entra pela E. Está muito pálida mas absolutamente controlada. Benson se levanta. Treves recua um pouco pela D. Leach sai pela E e fecha a porta.)*

Audrey: *(Cruzando para o C.)* O senhor quer falar comigo?

Battle: *(Levantando-se.)* Sim. *(Ele aponta para a cadeira à E da mesa de jogo.)* Sente-se, por favor, sra. Strange. *(Audrey cruza rapidamente até a cadeira à E da mesa de jogo e senta-se.)* A senhora já me contou como descobriu o ocorrido, portanto não precisamos falar sobre isso novamente.

Audrey: Obrigada.

Battle: *(Indo à D, mais à frente.)* Temo, no entanto, que deva ter de lhe fazer várias perguntas que poderá julgar embaraçosas. Não é obrigada a responder a não ser que queira.

Audrey: Não me importo. Só quero ajudar. *(Treves dirige-se lentamente à EB.)*

Battle: Primeiro de tudo, então, poderia nos contar o que fez ontem à noite, depois do jantar?

Audrey: Fiquei no terraço por algum tempo, conversando com o sr. Treves. Depois, a srta. Aldin chegou dizendo que lady Tressilian gostaria de vê-lo no quarto dela e eu vim para cá. Falei com Kay e o sr. Latimer e, mais tarde, com o sr. Royde e Nevile. Em seguida, fui para a cama.

Battle: A que horas foi para a cama?

Audrey: Acho que por volta de nove e meia. Não estou bem certa da hora. Pode ter sido um pouco mais cedo.

Battle: Houve algum tipo de problema entre o sr. Strange e a esposa, creio eu. A senhora estava envolvida na questão?

Audrey: Nevile se comportou de forma muito idiota. Acho que ele estava bastante alterado e fora de si. Eu os deixei juntos e fui me deitar. Não sei o que aconteceu depois, naturalmente. *(Treves senta-se na cadeira de braço no CE.)*

Battle: A senhora adormeceu de imediato?

Audrey: Não. Ainda fiquei lendo por algum tempo.

Battle: *(Dirigindo-se ao tablado.)* E não ouviu nada de estranho durante a noite?

Audrey: Não, nada. Meu quarto é no andar acima de Cam... de lady Tressilian. Eu não teria como ouvir alguma coisa.

Battle: *(Pegando o taco.)* Desculpe-me, sra. Strange... *(Ele vai até a D de Audrey e mostra-lhe o taco.)* mas acreditamos que isto foi usado para matar lady Tressilian. Foi identificado como pertencente ao sr. Strange. As impressões digitais dele também estão aqui.

Audrey: *(Prendendo repentinamente a respiração.)* Oh, o senhor... o senhor não está sugerindo que foi... *Nevile*...

Battle: Isso a surpreenderia?

Audrey: Muito. Tenho certeza de que o senhor está errado, se pensa assim. Nevile jamais faria uma coisa dessas. Além do mais, ele não teria motivo para fazê-lo.

Battle: Nem se precisasse de dinheiro com certa urgência?

Audrey: Ele não o faria. Ele não é uma pessoa extravagante... nunca foi. O senhor está muito, muito errado se pensa que foi Nevile.

Battle: Não acha que ele seria capaz de usar de violência num pico de descontrole emocional?

Audrey: Nevile? Oh, não!

Battle: *(Dirigindo-se até o divã e colocando ali o taco de volta.)* Não quero me intrometer em sua vida particular, sra. Strange, mas pode explicar por que está aqui? *(Coloca-se à E de Audrey.)*

Audrey: *(Surpresa)* Por quê? Eu sempre venho nesta época.

Battle: Mas não ao mesmo tempo que seu ex-marido.

Audrey: Ele mesmo me perguntou se me importaria.

Battle: Foi sugestão dele?

Audrey: Oh, sim.

Battle: Não foi sua?

Audrey: Não.

Battle: Mas a senhora concordou?

Audrey: Sim, concordei... não senti que poderia recusar simplesmente.

Battle: Por que não? Deve ter se dado conta de que poderia ser constrangedor?

Audrey: Sim... eu me dei conta disso.

Battle: A senhora foi a parte lesada?

Audrey: Desculpe, não entendi.

Battle: Foi a senhora que pediu o divórcio?

Audrey: Oh, entendo... sim.

Battle: Sente alguma animosidade em relação a ele, sra. Strange?

Audrey: Não... nenhuma, mesmo.

Battle: A senhora é de uma natureza muito compassiva. *(Audrey não responde. Ele cruza e fica de pé mais adiante, à DA.)* Mantém um relacionamento amistoso com a atual sra. Strange?

Audrey: Não creio que ela goste muito de mim.

Battle: A *senhora* gosta dela?

Audrey: Na verdade, eu não a conheço.

Battle: *(Indo para a D da mesa de jogo.)* A senhora está bem convicta de que não foi ideia sua... esse encontro?

Audrey: Bem convicta.

Battle: Creio que é tudo, sra. Strange. Muito agradecido.

Audrey: *(Levantando-se; baixinho.)* Obrigada. *(Ela cruza até a porta à E e então hesita, vira-se e vai até o CE. Treves se levanta. Nervosa e rapidamente)* Eu só gostaria de dizer... o senhor acha que Nevile fez isso... que ele a matou por causa do dinheiro? Estou bem convicta de que não é o caso. Nevile nunca ligou muito para dinheiro. Disso eu sei. Fui casada com ele por vários anos, sabe. Isso... isso... não é *Nevile*. Sei que dizê-lo não tem valor nenhum como prova... mas queria mesmo que o senhor acreditasse. *(Audrey vira-se rapidamente e sai pela E. Benson senta-se no banco da janela.)*

Battle: *(Dirigindo-se ao CD.)* É difícil saber que ideia fazer dela, senhor. Nunca vi ninguém tão sem emoções.

Treves: *(Dirigindo-se ao CE.)* Hum. Ela não demonstrou nenhuma, Battle, mas está ali... uma emoção muito forte. Pensei... mas posso ter me enganado... *(Mary, amparada por*

Leach, entra pela E. Ela usa um robe e cambaleia um pouco. Ele vai até ela.) Mary! *(Ele a conduz até a espreguiçadeira no CE. Mary senta-se na espreguiçadeira no CE.)*

Battle: Srta. Aldin! A senhorita não deveria...

Leach: Ela insistiu em falar-lhe, tio. *(Ele fica de pé, antes da porta à E.)*

Mary: *(Enfraquecida)* Eu estou bem. Só me sinto... um pouquinho tonta. *(Treves cruza até a mesa de jogo e serve um copo d'água.)* Eu tinha de vir lhe falar. Disseram-me algo sobre o senhor suspeitar de Nevile. É verdade? O senhor suspeita de Nevile? *(Treves cruza com o copo d'água até a D de Mary.)*

Battle: *(Indo à frente ao CD.)* Quem lhe contou isso?

Mary: A cozinheira. Ela trouxe um chá para mim. Ela ouviu o que falavam no quarto dele. E em seguida... eu desci... e vi Audrey... e ela disse que *era* verdade. *(Ela olha de um para o outro.)*

Battle: *(Indo para a frente, à DA; sendo evasivo.)* Não estamos cogitando prisão... neste momento.

Mary: Mas *não* pode ter sido Nevile. Eu tinha de vir dizer--lhe. Quem quer que tenha sido, não foi Nevile. Disso eu *sei*.

Battle: *(Cruzando para o C.)* Como a senhorita sabe?

Mary: Porque eu a vi... lady Tressilian... viva depois que Nevile saiu de casa.

Battle: O quê?

Mary: Ela tocou a campainha, sabe. Eu estava com um sono terrível. Mal podia me levantar. Era um ou dois minutos antes das dez e meia. Ao sair do meu quarto, Nevile estava no vestíbulo embaixo. Olhei por cima do corrimão e o vi quando saiu pela porta da frente, a batendo. Em seguida, fui ter com lady Tressilian.

Battle: E ela estava viva e bem?

Mary: Sim, claro. Parecia um pouco aborrecida e disse que Nevile tinha gritado com ela.

Battle: *(Para Leach)* Traga o sr. Strange. *(Leach cruza e sai pela porta dupla. Mary pega o copo com Treves e bebe um pouco. Ele senta-se na cadeira à E da mesa de jogo.)* O que lady Tressilian disse exatamente?

Mary: Ela disse... *(Ela pensa.)* Ora, o que ela disse? Ela disse: "Eu toquei a campainha? Não me lembro de ter feito isso. Nevile comportou-se muito mal... descontrolando-se... gritando comigo. Estou aborrecidíssima". Dei-lhe uma aspirina e leite quente da garrafa térmica e ela se acalmou. Em seguida, voltei para a cama. Estava morta de sono. O dr. Lazenby me perguntou se eu tinha tomado algum comprimido para dormir...

Battle: Sim, nós sabemos... *(Nevile e Leach entram pela porta dupla. Kay os segue e coloca-se à D da mesa de jogo mais à frente. Leach fica de pé à D. Ele se levanta e vai até o CE.)* O senhor é um homem de muita sorte, sr. Strange.

Nevile: *(Colocando-se à frente da mesa de jogo.)* Muita sorte? Por quê?

Battle: A srta. Aldin viu lady Tressilian viva *depois* que o senhor saiu de casa, e já confirmamos que o senhor esteve na barca das dez e 35.

Nevile: *(Confuso)* Então... isso me libera? Mas as manchas de sangue no paletó... *(Ele vai para a direita do divã.)* O taco com minhas impressões digitais...? *(Kay senta-se na espreguiçadeira à DA.)*

Battle: *(Dirigindo-se para a E do divã.)* Foram plantados. Muito engenhosamente plantados. Sangue e cabelo na cabeça do taco. Alguém vestiu seu paletó para cometer o crime e, em seguida, o descartou dentro do seu guarda-roupa para incriminá-lo.

Nevile: *(Passando por trás da cadeira à E da mesa de jogo.)* Mas por quê? Não posso acreditar nisso.

Battle: *(Impressionado)* Quem o odeia, sr. Strange? Quem o odeia a tal ponto de querer vê-lo enforcado por um crime que não cometeu?

Nevile: *(Depois de uma pausa; chocado)* Ninguém... ninguém... *(Royde entra pela porta dupla e vai lentamente até a mesa de jogo enquanto... o pano cai.)*

(CAI O PANO)

TERCEIRO ATO

Cena I

Cenário: *O mesmo. Na manhã seguinte.*

A maior parte dos móveis voltou à posição original, mas a mesa de café está agora no fundo do tablado ao C e a caixa de costura foi retirada.

Quando o pano sobe, são cerca de onze horas. O sol brilha intensamente e a bay window e a porta dupla estão abertas. Royde está de pé no tablado, observando o exterior pela janela. Mary entra pela porta dupla. Parece meio pálida e preocupada. Ela passa por trás do divã e vê Royde.

Mary: Oh, céus!

Royde: *(Fechando a janela e virando-se.)* Aconteceu alguma coisa?

Mary: *(Rindo com um pequeno traço de histeria.)* Ninguém a não ser você poderia dizer algo assim, Thomas. Há um assassinato na casa e você diz apenas "Aconteceu alguma coisa?". *(Ela senta-se no divã.)*

Royde: Eu quis dizer alguma novidade.

Mary: Oh, eu sei o que quis dizer. É realmente um grande alívio encontrar alguém com tanta capacidade para ser o mesmo de sempre.

ROYDE: Não é lá muito bom, não é, ficar assim tão mobilizado com as coisas?

MARY: Não, você é muito sensato, claro. É a forma como você consegue ser assim que me toca.

ROYDE: *(Deslocando-se à frente para o CE.)* Não sou tão... ligado nas coisas como você é.

MARY: É verdade. Não sei o que teríamos feito sem você. Tem sido uma fortaleza.

ROYDE: O para-raios humano perfeito, hein?

MARY: A casa ainda está cheia de policiais.

ROYDE: Sim, eu sei. Descobri um no banheiro, hoje de manhã. Tive de botá-lo para correr para eu poder fazer a barba. *(Senta-se na cadeira de braço no CE.)*

MARY: Eu sei... você dá de cara com eles nos lugares mais inesperados. *(Levanta-se.)* Estão procurando alguma coisa. *(Ela estremece e recua um pouco para a D.)* Foi por um triz com o pobre do Nevile, não foi?

ROYDE: Sim, por um triz. *(Gracejando.)* Não consigo evitar certo prazer em vê-lo levando esse chute no traseiro. É sempre tão malditamente complacente.

MARY: É apenas o jeito dele.

ROYDE: Tem uma sorte dos infernos. Se tivesse sido outro pobre coitado com todas aquelas provas contrárias se acumulando, não haveria a menor esperança.

MARY: *Deve* ter sido alguém de fora.

ROYDE: Não foi. Eles já provaram. Tudo estava fechado e lacrado de manhã. *(MARY vai até o centro da bay window e examina o puxador.)* Além disso, e quanto à droga que lhe deram? Aquilo deve ter sido alguém da casa.

MARY: *(Sacudindo a cabeça.)* Ainda não consigo acreditar que possa ter sido um de... nós. *(Ela vai até a extremidade D do tablado. LATIMER entra pela porta dupla. Vem carregando seu paletó.)*

Latimer: *(Dirigindo-se até a D do divã.)* Olá, Royde. Bom dia, srta. Aldin. Estou procurando Kay. Sabem onde ela está?

Mary: Acho que está lá em cima no quarto dela, sr. Latimer.

Latimer: *(Colocando o paletó sobre a extremidade do divã mais ao fundo do palco)* Pensei que ela gostaria de vir almoçar no hotel. As coisas por aqui não estão nada animadoras para ela, nas atuais circunstâncias.

Mary: Não pode esperar que estejamos muito animados depois de tudo o que aconteceu, não é?

Latimer: *(Indo para a DA.)* É o que eu quis dizer. Mas para Kay é diferente, sabe. A velhota não significava tanto assim para ela.

Mary: Naturalmente. Ela não conhece lady Tressilian há tanto tempo como nós.

Latimer: Uma história horrorosa. A polícia esteve comigo hoje de manhã lá no hotel.

Mary: O que eles queriam?

Latimer: Fazer uma averiguação sobre Strange, suponho. Fizeram todo tipo de pergunta. Disse a eles que ele estivera comigo desde depois das onze até duas e meia da manhã, e eles pareceram satisfeitos. Que sorte a dele ter resolvido vir atrás de mim no hotel, naquela noite, não foi?

Royde: *(Erguendo-se.)* Muita sorte. *(Ele vai para a porta à E.)* Vou subir, Latimer. Direi a Kay que está aqui, se a encontrar.

Latimer: Obrigado. *(Royde sai pela E. Latimer olha na direção da porta à E por uns instantes, em seguida vai até seu paletó e tira os cigarros do bolso.)* Sujeito estranho. Sempre parecendo preso dentro de uma garrafa com medo que a rolha salte para fora. Será que Audrey vai finalmente compensá-lo pela fidelidade canina de toda uma vida? *(Ele acende um cigarro.)*

Mary: *(Cruzando para a porta à E; aborrecida)* Não sei e não é da nossa conta. *(Ela hesita e vira-se.)* Quando esteve com a polícia, eles disseram alguma coisa... quero dizer...

conseguiu ter uma ideia de quem eles suspeitam agora? *(Dirige-se para a E da cadeira de braço no CE.)*

LATIMER: Eles não me confidenciaram nada.

MARY: Não supus que o fizessem, mas pensei, talvez pelas perguntas que fizeram... *(KAY entra à E.)*

KAY: *(Cruzando até LATIMER.)* Olá, Ted. Que gentileza a sua de vir até aqui.

LATIMER: Imaginei que provavelmente você precisasse de um pouco de animação, Kay.

KAY: Meu Deus, você acertou em cheio. Antes, já era horrível nesta casa, *agora* então...

LATIMER: Que tal uma volta de carro e almoçar no hotel... ou em qualquer outro lugar que você goste? *(MARY avança para a E.)*

KAY: Não sei o que Nevile está fazendo...

LATIMER: Não estou chamando Nevile... estou chamando *você*.

KAY: Eu não poderia ir sem Nevile, Ted. Tenho certeza de que faria bem a ele afastar-se um pouco daqui.

LATIMER: *(Encolhendo os ombros.)* Está certo... traga-o com você se quiser, Kay. Sou muito cordato.

KAY: Onde está Nevile, Mary?

MARY: Não sei. Acho que está no jardim, em algum lugar.

KAY: *(Cruzando para a porta dupla.)* Vou ver se o encontro.

LATIMER: *(Recuando para a D; zangado.)* Não consigo imaginar o que ela vê nele. Tratou-a que nem lixo.

MARY: *(Dirigindo-se para a E da cadeira de braço ao CE.)* Acho que ela vai perdoá-lo.

LATIMER: Não deveria... agora que já levou a parte dela do dinheiro da velhota... vai poder ir onde bem entender, fazer o que quiser. Agora ela tem a chance de viver uma vida própria.

MARY: *(Sentando-se na cadeira de braço no CE; com um sentimento obscuro.)* Será que alguém pode realmente ter vida própria? Não será isso apenas uma ilusão que nos fascina e nos leva a... pensar... planejar... um futuro que nunca de fato vai existir?

Latimer: Não foi isso o que disse no outro dia.

Mary: Eu sei. Mas parece que foi há muito mais tempo. Aconteceu tanta coisa desde então.

Latimer: Especificamente, um assassinato.

Mary: Não falaria assim, com tanta descontração, sobre um assassinato se...

Latimer: Se o que, srta. Aldin? *(Coloca-se à D de Mary.)*

Mary: Se tivesse estado tão perto do assassinato quanto eu.

Latimer: Desta vez, é melhor ser alguém de fora. *(Kay e Nevile entram pela porta dupla. Kay parece um pouco aborrecida.)*

Kay: *(Ao entrar)* Não vai dar, Ted. *(Dirige-se à extremidade D do tablado.)* Nevile não quer ir e, portanto, não iremos.

Nevile: *(Avançando para a D.)* Não vejo muito bem como seria possível. É muito simpático de sua parte, Latimer, mas não seria apropriado depois do que aconteceu, não acha?

Latimer: *(Passando por trás do divã.)* Não vejo mal algum em sair para almoçar... temos de nos alimentar.

Nevile: Podemos comer aqui mesmo. *(Cruza para a D de Kay.)* Que diabo, Kay, não podemos sair por aí nos divertindo. O inquérito preliminar nem começou ainda.

Latimer: Se é assim que se sente a respeito, Strange, acho melhor cancelarmos. *(Ele pega o paletó e dirige-se para a porta dupla.)*

Mary: *(Levantando-se.)* Talvez gostasse de ficar e almoçar *conosco*, sr. Latimer?

Latimer: Bem, é muita gentileza sua, srta. Aldin...

Nevile: *(Passando por trás do divã.)* Sim, Latimer, fique.

Kay: *(Indo até a E do tablado.)* Pode ficar, Ted?

Latimer: *(Indo até a D do divã.)* Obrigado, será um prazer.

Mary: Vai ter de se contentar com o que tiver. As providências domésticas ficaram meio desorganizadas, com a polícia entrando e saindo da cozinha de dois em dois minutos...

Latimer: Se não for causar nenhum problema...

Mary: *(Indo para a porta à E.)* Oh, não... não haverá problema algum. *(Audrey entra pela E. Kay olha as revistas sobre a mesa de café.)*

Audrey: Alguém viu o sr. Treves esta manhã?

Nevile: Não o vejo desde o café da manhã. *(Latimer avança pela D.)*

Mary: Há meia hora mais ou menos, ele estava no jardim, conversando com o inspetor. Quer falar com ele por alguma razão especial?

Audrey: *(Cruzando para o CE.)* Oh, não... só queria saber onde ele estava.

Nevile: *(Olhando para a D, ao longe.)* Estão vindo agora. Não o sr. Treves. O superintendente Battle e o inspetor Leach.

Mary: *(Demonstrando nervosismo.)* O que acha que eles querem agora? *(Todos aguardam ansiosamente. Battle e Leach entram pela porta dupla. Leach carrega um pacote comprido, embrulhado com papel pardo. Ele fica de pé à D do divã.)*

Battle: *(Cruzando para o CD.)* Espero não estar incomodando os senhores. Há uma ou duas coisas que gostaríamos de saber.

Nevile: Pensei que, a esta altura, o senhor já tivesse esgotado todas as possibilidades, superintendente.

Battle: Não inteiramente, sr. Strange. *(Ele tira do bolso uma pequena luva de camurça.)* Temos esta luva, por exemplo... De quem é? *(Todos ficam olhando para a luva sem responder. Para Audrey)* É sua, sra. Strange?

Audrey: *(Balançando a cabeça.)* Não, não, não é minha. *(Senta-se na cadeira de braço no CE.)*

Battle: *(Estendendo a luva para Mary.)* Srta. Aldin?

Mary: Acho que não. Não tenho nenhuma dessa cor. *(Senta-se na espreguiçadeira à EB.)*

Battle: *(Para Kay)* E quanto à senhora?

Kay: Não. Tenho certeza de que não é *minha*.

Battle: *(Indo até Kay.)* Talvez pudesse experimentá-la? É a mão esquerda. *(Kay experimenta a luva, mas é pequena demais. Ele cruza até Mary.)* Pode experimentar, srta. Aldin? *(Mary experimenta, mas também é pequena. Ele cruza até Audrey.)* Acho que vai servir direitinho na senhora. Sua mão é menor do que a das outras duas senhoras. *(Audrey pega a luva com relutância.)*

Nevile: *(Cruzando para o CD; incisivamente.)* Ela já lhe disse que a luva não é dela.

Battle: *(Delicadamente)* Talvez tenha se enganado... ou esquecido.

Audrey: Pode ser minha... luvas são todas tão parecidas, não são?

Battle: Experimente-a, sra. Strange. *(Audrey calça a luva. Fica perfeita.)* É como se fosse sua... de qualquer modo, foi encontrada do lado de fora da sua janela, enfiada na hera... junto com o outro par.

Audrey: *(Com dificuldade)* Eu... eu não sei... nada sobre isso. *(Ela retira a luva rapidamente e entrega-a a Battle.)*

Nevile: Olha aqui, superintendente, onde o senhor está querendo chegar?

Battle: *(Cruzando para a E de Nevile.)* Talvez eu pudesse trocar umas palavras com o senhor *em particular*, sr. Strange?

Latimer: *(Indo até a porta dupla.)* Vamos, Kay, vamos até o jardim. *(Kay e Latimer saem pela porta dupla.)*

Battle: Não há necessidade de incomodar todo mundo. *(Para Nevile)* Não haveria outro lugar qualquer onde pudéssemos...?

Mary: *(Levantando-se rapidamente.)* Eu já estava de saída, de qualquer forma. *(Para Audrey)* Vem comigo, Audrey?

Audrey: *(Quase como num sonho)* Sim... sim. *(Ela meneia a cabeça meio confusa, amedrontada, e levanta-se lentamente. Mary passa o braço por trás de Audrey e elas saem pela E.)*

Nevile: *(Sentando-se no divã.)* Agora, superintendente. Que história absurda é essa das luvas do lado de fora da janela de Audrey?

Battle: Não é nada absurdo, senhor. Descobrimos algumas coisas muito curiosas nesta casa.

Nevile: Curiosas? O que quer dizer com *curiosas*?

Battle: Dê-nos a peça, Jim. *(Leach cruza para a D de Battle, retira do pacote um atiçador de brasas pesado, com cabo de aço, e entrega-o a Battle, em seguida vai até o CE. Battle mostra o atiçador a Nevile.)* Um atiçador de ferro vitoriano, antiquado.

Nevile: Acha que isso...

Battle: ... foi o que realmente foi usado? Sim, sr. Strange, eu acho.

Nevile: Mas por quê? Não há sinal de...

Battle: Oh, foi devidamente limpo e recolocado no quarto a que pertencia. Mas não é possível remover manchas de sangue assim com tanta facilidade. Descobrimos vestígios sem problema. *(Ele recua pelo C e coloca o atiçador sobre o banco da janela.)*

Nevile: *(Com voz rouca)* Estava no quarto de quem?

Battle: *(Olhando rapidamente para Nevile.)* Já, já chegamos lá. Tenho outra pergunta a lhe fazer. O paletó do smoking que o senhor usou ontem à noite, há fios de cabelo louros nele, por dentro da gola e nos ombros. Sabe dizer como foram parar ali? *(Ele cruza para a extremidade E do tablado.)*

Nevile: Não.

Battle: *(Cruzando e ficando de pé, à D.)* Todos são de cabelos femininos, senhor. Cabelos louros. Há vários ainda, ruivos, nas mangas.

Nevile: Esses seriam de minha mulher... Kay. Está sugerindo que os outros são de Audrey?

Battle: Oh, são sim, senhor. Sem sombra de dúvida. Já os comparamos com cabelos da escova de cabelos dela.

Nevile: É muito provável que sejam. O que pensar disso? Lembro-me de ter prendido minha abotoadura no cabelo dela uma noite dessas no terraço.

Battle: Neste caso, os cabelos estariam na abotoadura, senhor. E não do lado de dentro da gola.

Nevile: *(Erguendo-se.)* O que está insinuando?

Battle: Há vestígios de pó de arroz, também, na parte interna da gola do paletó. Primavera Naturelle, um pó muito perfumado e caro. Não vai me dizer que *o senhor* o usa, sr. Strange, porque não vou acreditar. E a sra. Kay Strange usa Orchid Sun Kiss. A sra. Audrey Strange usa Primavera Naturelle.

Nevile: E daí?

Battle: Parece óbvio que em alguma ocasião a sra. Audrey Strange *vestiu* de fato o seu paletó. É a única explicação razoável para os cabelos e o pó estarem por *dentro* da gola. O senhor viu a luva encontrada na hera do lado de fora da janela dela. É dela, mesmo. Era a luva da mão esquerda. Eis aqui a da mão direita. *(Ele tira a luva do bolso e mostra-a. Está amassada e manchada de sangue seco.)*

Nevile: *(Com voz rouca)* O que é... o que é isso nela?

Battle: Sangue, sr. Strange. *(Ele estende a luva para Leach, que vai até o tablado e pega a luva com Battle.)* Sangue do mesmo tipo de lady Tressilian. Um grupo sanguíneo mais raro.

Nevile: *(Indo lentamente para a D.)* Meu Deus! Está sugerindo que Audrey... *Audrey...* faria todos esses planos complexos para matar uma velha que ela conhecia há anos só para botar a mão naquele dinheiro? *(Com voz mais alta)* Audrey? *(Royde entra rapidamente pela E.)*

Royde: *(Cruzando para a E do divã.)* Desculpem interromper, mas eu quero tomar parte nisso.

Nevile: *(Aborrecido)* Com licença, Thomas? Isto aqui é bastante particular.

Royde: Não estou ligando para isso. Sabe, ouvi mencionarem o nome de Audrey...

Nevile: *(Indo para a D do divã; zangado.)* Que diabos o nome de Audrey tem a ver com você?

Royde: O que é que o nome dela tem a ver com *você*, nesse caso? Vim até aqui na intenção de pedi-la em casamento e acho que ela sabe disso. E, além do mais, eu quero realmente me casar com ela.

Nevile: Acho é que você tem muita coragem...

Royde: Pode achar o que quiser. Vou ficar por aqui. *(Battle tosse.)*

Nevile: Oh, tudo bem! Perdoe-me, superintendente, pela interrupção. *(Para Royde)* O superintendente está sugerindo que Audrey... *Audrey* atacou brutalmente Camilla e a matou. Motivo... dinheiro.

Battle: *(Indo para o CE.)* Eu não disse que o motivo era dinheiro. Não acho que tenha sido, embora cinquenta mil libras sejam um motivo de tamanho considerável. Não, eu acho que este crime foi dirigido ao *senhor*, sr. Strange.

Nevile: *(Estupefato)* A mim?

Battle: Perguntei-lhe... ontem... quem o odiava. A resposta, eu acho, é Audrey Strange.

Nevile: Impossível. Por que ela me odiaria? Não compreendo.

Battle: Desde que a deixou por outra mulher, Audrey Strange vem remoendo ódio contra o senhor. Em minha opinião... e isso em caráter estritamente informal... acho que ela ficou mentalmente desequilibrada. Posso apostar que muito médico medalhão descreveria isso com montes de palavras complicadas. Matá-lo não seria suficiente para satisfazê-la. Ela decidiu que o senhor seria enforcado por assassinato. *(Royde recua para a D.)*

Nevile: *(Abalado)* Jamais acreditarei nisso. *(Ele se apoia no encosto do divã.)*

Battle: Ela vestiu seu paletó, deixou intencionalmente no quarto o seu taco sujo de sangue e cabelos de lady Tressilian. A única coisa que o salvou foi algo que ela não podia prever. Lady Tressilian tocou a campainha chamando a srta. Aldin depois que o senhor saiu...

Nevile: Não é verdade... não pode ser verdade. O senhor está completamente enganado. Audrey nunca teve qualquer ressentimento em relação a mim. Sempre foi amável... compreensiva.

Battle: Não me cabe discutir com você, sr. Strange. Pedi para falarmos em particular porque queria prepará-lo para o que está para acontecer. Temo que terei de fazer a advertência de lei à sra. Audrey Strange e pedir-lhe que me acompanhe...

Nevile: *(Levantando-se.)* Quer dizer... que o senhor vai *prendê-la*?

Battle: Sim, senhor.

Nevile: *(Cruzando pela frente do divã, para a D de Battle.)* Não pode... não pode... isso é absurdo. *(Royde vai para a E de Nevile.)*

Royde: *(Empurrando Nevile para o divã.)* Controle-se, Strange. Não percebe que a única coisa que pode ajudar Audrey agora é você esquecer todas essas suas noções de cavalheirismo e contar logo a verdade?

Nevile: A verdade? Você quer dizer...

Royde: Quero dizer a verdade sobre Audrey e Adrian. *(Vira-se para Battle.)* Desculpe, superintendente, mas o senhor está com os *fatos* errados. Strange não deixou Audrey por causa de outra mulher. *Ela o* deixou. Ela fugiu com meu irmão Adrian. Mas, então, Adrian morreu num acidente de carro quando ia se encontrar com ela. Strange foi muito decente com Audrey. Arranjou as coisas para que ela pedisse o divórcio a *ele* e concordou em assumir a culpa.

Nevile: Não queria que o nome dela fosse jogado na lama. Não imaginava que soubessem disso.

Royde: Adrian me escreveu, contando tudo a respeito pouco antes de morrer. *(Para Battle)* Como vê, isso elimina o seu motivo, não elimina? *(Ele recua para o CD.)* Audrey não tem *razão* para odiar Strange. Pelo contrário, tem todas as razões para ser grata a ele.

Nevile: *(Erguendo-se; de forma resoluta.)* Royde está certo. Ele está certo. Isso acaba com o motivo. Audrey não pode ter feito isso. *(Kay entra apressada pela porta dupla. Latimer segue Kay lentamente e fica de pé mais ao fundo, à DA.)*

Kay: Foi ela. Foi ela. É claro que foi ela.

Nevile: *(Irado)* Você estava escutando?

Kay: Claro que estava. E foi Audrey, estou lhe dizendo. Sempre soube que tinha sido ela. *(Para Nevile)* Será que você não compreende? Ela tentou fazer com que fosse enforcado.

Nevile: *(Cruzando para a D de Battle.)* Não vai seguir adiante com seus planos... não agora?

Battle: *(Lentamente)* Parece-me que estava errado... quanto ao motivo. Mas ainda há o dinheiro.

Kay: *(Indo para a frente do divã.)* Que dinheiro?

Battle: *(Cruzando pela frente de Nevile para a E de Kay.)* Cinquenta mil libras passam para a sra. Audrey Strange com a morte de lady Tressilian.

Kay: *(Estupefata)* Para *Audrey*? Para *mim*. O dinheiro passa para Nevile e sua mulher. Eu sou a mulher dele. Metade do dinheiro vem para mim. *(Nevile avança vagarosamente para a E.)*

Battle: Tenho informações precisas de que o dinheiro foi deixado em um truste para Nevile Strange e "sua esposa Audrey Strange". É ela a beneficiária, não a senhora. *(Ele faz um sinal para Leach, que sai rapidamente pela E. Royde cruza rapidamente e fica de pé à E.)*

Kay: *(Com um passo na direção de Nevile)* Mas você me disse... você deixou que eu pensasse...

Nevile: *(Mecanicamente)* Pensei que você soubesse. Nós... eu fico com cinquenta mil. Não é o bastante? *(Dirige-se para a E do divã.)*

Battle: Afora as questões de motivo, fatos são fatos. Os fatos apontam a culpa para ela. *(Kay senta-se no divã.)*

Nevile: Ontem, todos os fatos indicavam que *eu* era o culpado.

Battle: *(Ligeiramente surpreendido)* É verdade. *(Ele recua um pouco até o C.)* Mas está seriamente me pedindo para acreditar que existe alguém que odeia *ambos* vocês? Alguém que, caso o plano falhasse contra o senhor, lançaria uma nova pista falsa contra Audrey Strange? Pode pensar em alguém que odeie tanto o senhor quanto sua ex-mulher o suficiente para isso?

Nevile: *(Arrasado)* Não... não.

Kay: É claro que foi ela. Ela planejou tudo... *(Audrey entra pela E. Ela anda como uma sonâmbula. Leach entra, seguindo-a.)*

Audrey: *(Dirigindo-se até o CE.)* O senhor queria falar comigo, superintendente. *(Royde passa silenciosamente por trás de Audrey. Nevile encara Audrey, de costas para a plateia.)*

Battle: *(Em tom muito formal)* Audrey Strange, está presa sob a acusação de haver assassinado Camilla Tressilian na última quinta-feira, dia 21 de setembro. Devo adverti-la de que tudo o que disser será registrado e poderá ser usado como prova em seu julgamento. *(Kay se levanta e vai até Latimer. Leach pega um lápis e um caderno no bolso e fica de pé, aguardando. Audrey olha fixamente para Nevile como se estivesse hipnotizada.)*

Audrey: Então... finalmente chegou... chegou a hora.

Nevile: *(Virando-se de costas.)* Onde está Treves? Não diga nada. Vou procurá-lo. *(Nevile sai pela porta dupla.*

Chamando, lá fora.) Sr. Treves! *(Audrey cambaleia e Royde a ampara.)*

Audrey: Oh... não há saída... não há saída. *(Para Royde)* Querido Thomas, estou tão contente... é o fim de tudo... de tudo. *(Ela olha para Battle.)* Estou pronta. *(Leach anota as palavras de Audrey. Battle fica impassível. Os demais olham para Audrey estupefatos. Battle faz um sinal para Leach, que abre a porta à E. Audrey vira-se e sai lentamente pela E, seguida de Battle e dos outros. As luzes vão diminuindo até escurecer totalmente enquanto... cai o pano.)*

(CAI O PANO)

Cena II

Cenário: *O mesmo. Na mesma noite.*

Quando sobe o pano, as janelas e as cortinas estão fechadas e a sala está às escuras. Nevile está de pé, à EB. Ele cruza até a porta dupla, afasta as cortinas, abre as janelas para respirar um ar fresco e, depois, vai até a frente do divã. A porta à E se abre e um facho de luz ilumina Nevile. Treves entra ao fundo pela E.

Treves: Ah, Nevile. *(Ele acende as luzes, fecha a porta e segue até o CE.)*

Nevile: *(Rápida e resolutamente)* O senhor esteve com Audrey?

Treves: Sim, acabo de deixá-la.

Nevile: Como ela está? Tem tudo o que precisa? Tentei vê-la esta tarde, mas não me permitiram.

Treves: *(Sentando-se na cadeira de braço no CE.)* No momento, ela não quer ver ninguém.

Nevile: Coitadinha. Ela deve estar se sentindo péssima. Temos de tirá-la disso.

Treves: Estou fazendo tudo o que posso, Nevile.

Nevile: *(Avançando para a D.)* Tudo não passa de um terrível engano. Ninguém em sã consciência jamais acreditaria que Audrey fosse capaz... *(Ele passa para a D do divã e, em seguida, fica de pé, no CE.)* de matar alguém... *daquele modo.*

Treves: *(Prevenindo.)* As provas contra ela são muito fortes.

Nevile: Não me importam as provas.

Treves: Receio que a polícia seja mais pragmática.

Nevile: O *senhor* não acredita, acredita? Não acredita...

Treves: Eu não sei em que acreditar. Audrey sempre foi um... enigma.

Nevile: *(Sentando-se no divã)* Ora, que absurdo! Ela sempre foi doce e... *delicada.*

Treves: Ela sempre pareceu ser assim, com certeza.

Nevile: Pareceu assim? Ela *é* assim. Audrey e... e violência, seja do tipo que for, não combinam. Só um idiota como Battle acreditaria de forma diferente.

Treves: Battle está longe de ser um idiota, Nevile. Sempre o achei particularmente sagaz.

Nevile: Bem, ele não se mostrou assim tão sagaz neste caso. *(Levanta-se e recua um pouco para a D.)* Santo Deus, o senhor não *concorda* com ele, concorda? Não pode acreditar nessa história absolutamente fantástica e estúpida... de que Audrey planejou tudo isso... para se vingar de mim por ter casado com Kay. É absurdo demais.

Treves: Será? O amor se transforma em ódio com muita facilidade, sabe, Nevile?

Nevile: Mas ela não tinha *razão* para me odiar. *(Segue até o CD.)* Esse motivo caiu por terra quando contei a eles sobre... sobre Adrian.

Treves: Devo confessar que *isso* me pegou de surpresa. Sempre tive a impressão de que *você* tinha deixado *Audrey*.

Nevile: Naturalmente, foi o que deixei que todos pensassem. O que mais eu poderia fazer? É sempre tão pior para a mulher... ela teria de enfrentar a maldita situação sozinha... todo o falatório e... a difamação. Não podia permitir que isso acontecesse.

Treves: Foi muito... generoso de sua parte, Nevile.

Nevile: *(Sentando-se no divã.)* Qualquer um teria feito o mesmo. Além disso, de certa forma, foi culpa minha.

Treves: Por quê?

Nevile: Bem... eu tinha conhecido a Kay, sabe... enquanto estávamos em Cannes... e eu... eu admito que me senti atraído. Flertei com ela... de um jeito inofensivo, e Audrey ficou aborrecida.

Treves: Está dizendo que ela ficou enciumada?

Nevile: Bem... sim, acho que sim.

Treves: *(Erguendo-se.)* Se foi esse o caso, ela não poderia estar... realmente... apaixonada por Adrian.

Nevile: Não creio que estivesse.

Treves: Então ela o deixou por Adrian num pique de ressentimento pelas suas... er... atenções em relação a Kay?

Nevile: Algo do gênero.

Treves: *(Dirigindo-se para a E de Nevile.)* Se foi esse o caso, o motivo pensado inicialmente continua valendo.

Nevile: O que quer dizer?

Treves: Se Audrey estava apaixonada por você... se ela só fugiu com Adrian devido a um pique de ressentimento... então ela ainda assim poderia *odiá-lo* por ter se casado com Kay.

Nevile: *(Drasticamente)* Não! Ela nunca me odiou. Sempre se mostrou compreensiva em relação à história toda.

Treves: Por fora... talvez. Mas como estaria ela *por dentro*?

Nevile: *(Erguendo-se; quase num sussurro.)* O senhor acredita que foi ela, não acredita? Acredita que ela matou Camilla... daquela forma horrível? *(Faz uma pausa e cruza até a cadeira de braço no CE.)* Não foi Audrey. Posso jurar que não foi ela. Eu a conheço, estou lhe dizendo. Vivi quatro anos com ela... não é possível alguém se enganar depois de tanto tempo. Mas se o *senhor* acha que ela é culpada, qual a esperança?

Treves: Vou lhe dar minha opinião sincera, Nevile. Não acho que exista *alguma* esperança. Vou providenciar para ela o melhor criminalista possível, é claro, mas há muito pouco recurso para a defesa. A não ser alegar insanidade mental. Mas duvido que consigamos ir muito longe com esse argumento. *(Nevile se atira na cadeira de braço no CE e cobre o rosto com as mãos.)*

Nevile: *(Quase inaudível)* Oh, meu Deus! *(Mary entra pela E. Está muito recolhida e claramente tensa.)*

Mary: *(Sem se dar conta de que Nevile está ali.)* Sr. Treves! *(Ela vê Nevile.)* É... tem uns sanduíches na sala de jantar, para quando alguém quiser. *(Ela vai até a E de Nevile.)*

Nevile: *(Virando-se para o outro lado.)* Sanduíches!

Treves: *(Recuando para o CD; suavemente.)* A vida tem de seguir adiante, Nevile.

Nevile: (Para Mary) Você acha que foi ela, Mary?

Mary: *(Depois de uma pausa significativa)* Não. *(Ela segura a mão de Nevile.)*

Nevile: Graças a Deus que alguém além de mim acredita nela. *(Kay entra pela porta dupla.)*

Kay: *(Indo até a D do divã.)* Ted já vem. Está entrando com o carro. Eu vim pelo jardim.

Nevile: *(Erguendo-se e passando pela frente do divã.)* O que é que Latimer está fazendo aqui? Será que não pode ficar longe por cinco minutos?

Treves: Eu mandei chamá-lo, Nevile. Kay teve a gentileza de levar o recado. Também pedi a Battle que viesse. Preferiria não entrar em detalhes agora, Nevile. Digamos que eu esteja recorrendo a uma última e frágil esperança.

Nevile: De salvar Audrey?

Treves: Sim.

Kay: *(Para Nevile)* Será que não consegue pensar em nada além de Audrey?

Nevile: Não, não consigo. *(Kay vai até a espreguiçadeira à DA. Latimer entra pela porta dupla e cruza para a D de Treves.)*

Latimer: Vim o mais depressa que pude, sr. Treves. Kay não me falou o que o senhor queria, só que era urgente.

Kay: *(Sentando-se na espreguiçadeira à DA.)* Eu disse o que me pediram para dizer. Não faço a menor ideia do que seja.

Mary: *(Cruzando para o divã e sentando-se.)* Estamos todos no escuro, Kay. Conforme ouviu, o sr. Treves está tentando ajudar Audrey.

Kay: Audrey, Audrey, Audrey. *Sempre* Audrey. Suponho que o fantasma dela vá nos assombrar pelo resto da vida.

Nevile: *(Indo até a D do divã.)* Que coisa horrorosa de se dizer, Kay.

Latimer: *(Zangado)* Não vê que ela está com os nervos em frangalhos?

Nevile: Assim como os de todos aqui. *(Latimer se adianta e fica por trás de Kay. Royde entra à E.)*

Royde: O superintendente Battle está aqui. *(Para Treves)* Ele diz que está sendo esperado.

Treves: Faça-o entrar. *(Royde vira-se e faz um gesto chamando. Battle entra pela E.)*

Battle: Boa noite. *(Ele olha de modo indagador para Treves.)*

Treves: *(Indo até o C.)* Obrigado por vir, superintendente. Bondade sua ceder-me um pouco de seu tempo.

Nevile: *(Amargo)* Especialmente depois que já pôs as mãos na vítima.

Treves: Não acho que este tipo de observação vá nos levar a algum lugar, Nevile. Battle apenas cumpriu seu dever de policial.

Nevile: *(Recuando um pouco, pela D.)* Desculpe... desculpe, Battle.

Battle: Tudo bem, senhor.

Treves: *(Indicando a espreguiçadeira no CE.)* Sente-se, Battle.

Battle: *(Sentando-se na espreguiçadeira no CE.)* Obrigado, senhor.

Treves: Outro dia, o sr. Royde disse-me algo, Battle, que, desde então, me deu muito o que pensar.

Royde: *(Surpreso)* Eu disse?

Treves: Sim, Thomas. Você se referiu a um romance policial que estava lendo. E disse que todos eles começam na parte *errada*. O assassinato não deveria ser o *início* da história, mas o final. E, é claro, você estava certo. O assassinato é a culminância de várias circunstâncias, todas convergindo para um determinado momento, em determinado lugar. E meio fantasiosamente você chamou esse ponto de Hora H.

Royde: Eu me lembro.

Nevile: *(Impacientemente)* O que isso tem a ver com Audrey?

Treves: Muito... estamos agora na Hora H. *(Faz-se uma pausa bem constrangedora.)*

Mary: Mas lady Tressilian foi morta três dias atrás.

Treves: Não é exatamente sobre o assassinato de lady Tressilian que estou falando agora. Existem diferentes tipos de assassinato. Superintendente Battle, se eu lhe perguntasse diretamente, o senhor poderia afirmar que todas as provas contra Audrey Strange *poderiam* ser falsas? A arma, retirada da lareira do quarto dela. *Suas* luvas, manchadas de sangue e escondidas na hera do lado de fora da janela dela. O pó de arroz *dela*, espalhado no lado de dentro da gola do paletó de Nevile. Fios de cabelo dela, também colocados ali?

Battle: *(Remexendo-se com desconforto.)* Suponho que isso *poderia* ter acontecido, mas...

Kay: Mas ela admitiu que era culpada... ela mesma... quando a prendeu.

Royde: *(Adiantando-se pela E.)* Não, ela não admitiu.

Kay: Ela disse que não havia saída.

Mary: Disse estar alegre porque tudo tinha acabado.

Kay: O que mais o senhor quer? *(Treves levanta a mão. Todos se calam. Nevile cruza lentamente e fica de pé na extremidade E do tablado.)*

Treves: *(Indo até o C do tablado.)* Lembra-se, Thomas, que, quando o superintendente o interrogou sobre o que ouvira na noite do assassinato, você mencionou ratos? Ratos no sótão... por sobre a sua cabeça?

Royde: *(Sentando-se na espreguiçadeira à EB.)* Sim.

Treves: Aquela sua observação me interessou. Fui até o sótão... e, devo admitir, sem qualquer ideia mais clara na cabeça. O sótão, Thomas, que fica imediatamente acima do seu quarto, é usado como depósito. Está cheio de tralhas e bugigangas, coisas que ninguém quer mais. Havia uma camada de poeira sobre tudo, à exceção de uma coisa. *(Ele cruza até a escrivaninha.)* Ali havia uma coisa que não estava coberta de poeira. *(Pega um grande rolo de corda que estava escondido no canto D da escrivaninha.)* Isto. *(Cruza para a D de Battle, que segura a corda. Ergue as sobrancelhas, surpreso.)*

Battle: Está úmida.

Treves: Sim, ainda está úmida. Não há poeira nela... e está úmida. Jogada no depósito, onde alguém pensou que não seria encontrada.

Battle: Vai nos contar, senhor, o que isso significa? *(Ele devolve a corda a Treves.)*

Treves: *(Indo para o tablado.)* Significa que durante a tempestade, na noite do assassinato, esta corda estava pendurada numa das janelas desta casa. Pendurada da janela até as águas do rio, lá embaixo. *(Ele joga a corda sobre a mesa de café.)* O senhor, superintendente, disse que ninguém poderia ter entrado na casa pelo lado de fora para cometer um assassinato naquela noite. Isso não é bem a verdade.

Alguém poderia ter entrado pelo lado de fora... (LATIMER *passa lentamente pela frente do divã.*) se esta corda estivesse pendurada, pronta para que ele subisse, pelo lado do rio.

BATTLE: O senhor quer dizer que alguém veio da outra margem? Do lado de Easterhead?

TREVES: Exato. (*Vira-se para NEVILE.*) Você tomou a barca das dez e 35. Deve ter chegado ao Easterhead Bay Hotel cerca de dez e 45... mas não conseguiu achar o sr. Latimer durante algum tempo, não foi? (*LATIMER faz um movimento como se fosse falar, mas se contém.*)

NEVILE: Não, isso é verdade. Procurei por toda parte, também. Ele não estava no quarto... telefonaram para lá.

LATIMER: Na verdade, eu estava no jardim de inverno com uma criatura gorda e falante de Lancashire. (*Descontraidamente*) Ela queria dançar... mas eu me fiz de desentendido. Muito sofrimento para os meus pés.

TREVES: (*Indo para o C.*) Strange não conseguiu encontrá-lo até onze e meia. Três quartos de hora. Tempo de sobra...

LATIMER: Olhe aqui, o que está querendo dizer?

NEVILE: O senhor quer dizer que *ele*...? (*KAY, muito agitada, levanta-se e aproxima-se de LATIMER.*)

TREVES: Tempo de sobra para tirar a roupa, atravessar o rio a nado... ele é bem estreito nesta altura... subir pela corda... fazer o que tivesse que fazer... nadar de volta, vestir-se novamente e encontrar Nevile no saguão do hotel.

LATIMER: Deixando uma corda pendurada na janela? O senhor está louco... a coisa toda é uma loucura.

TREVES: (*Olhando rapidamente para KAY.*) A mesma pessoa que pendurou a corda para o senhor poderia tê-la recolhido e colocado no sótão.

LATIMER: (*Frenético*) Não pode fazer isso comigo. Não pode me incriminar... nem tente. Eu não conseguiria subir por uma corda naquela altura toda... e, de qualquer forma, eu não sei nadar. Estou lhe dizendo, não sei nadar.

Kay: Não, Ted não sabe nadar. É verdade, estou lhes dizendo que é verdade, ele não sabe nadar.

Treves: *(Calmamente)* Não, o senhor não sabe nadar. Eu me certifiquei do fato. *(Encaminha-se para o tablado. Kay avança um pouco. Para Nevile)* Mas você é exímio nadador, não é, Nevile? Além de excelente alpinista. Para você seria uma brincadeira atravessar a nado, subir pela corda que já deixara preparada... *(Latimer vai para a D do divã.)* ir até o quarto de lady Tressilian, matá-la e fazer o mesmo caminho de volta. Com tempo de sobra para dar fim à corda, quando voltou às duas e meia. Você não viu Latimer no hotel entre dez e 45 e onze e meia... *mas* ele também não viu você. É uma faca de dois gumes. *(Battle se levanta e fica de pé em frente à porta à E.)*

Nevile: Nunca ouvi tamanha bobagem! Atravessar a nado... matar Camilla. Por que razão haveria eu de fazer uma loucura dessas?

Treves: Porque você queria ver enforcada a mulher que o deixara por outro homem. *(Kay desaba na espreguiçadeira à DA. Mary se levanta, vai até Kay e a conforta. Royde se levanta e vai até a E da cadeira de braço no CE.)* Ela tinha de ser punida... o seu ego vinha remoendo isso há muito tempo... ninguém poderia ousar opor-se a você.

Nevile: É como se eu espalhasse todas essas pistas falsas contra *mim*?

Treves: *(Cruzando para a E de Nevile.)* Foi exatamente isso o que fez... e tomou a precaução de tocar a campainha de lady Tressilian, puxando o fio daquela campainha antiquada pelo lado de fora do quarto, para garantir que Mary o visse saindo da casa. Lady Tressilian não se lembrava de ter tocado a campainha. Foi *você* quem a tocou.

Nevile: *(Dirigindo-se para a porta dupla.)* Que monte de mentiras absurdas! *(Leach aparece na porta dupla.)*

Treves: *Você* matou lady Tressilian... mas o verdadeiro assassinato, aquele pelo qual ansiava secretamente, era o assassinato de Audrey Strange. Você não queria apenas que ela morresse... queria que sofresse também. Queria que ela sentisse medo... ela tinha medo... de você. Agradava-lhe a ideia de vê-la sofrendo, não é?

Nevile: *(Sentando-se no divã; grosseiramente.)* Tudo... um bando de mentiras.

Battle: *(Cruzando para a E de Nevile.)* Será mesmo? Já encontrei gente como o senhor antes... gente com uma falha mental. Teve sua vaidade ferida, quando Audrey o deixou, não foi? O senhor a amava e ela teve a imensa desfaçatez de preferir outro homem. *(Por instantes, o rosto de Nevile expressa concordância. Ele observa Nevile de perto.)* O senhor queria pensar em algo especial... algo que fosse inteligente, inteiramente original. Em nada o preocupou o fato de que isso envolvia matar a mulher que tinha sido quase que uma mãe para o senhor.

Nevile: *(Com ressentimento)* Ela não devia ter me repreendido como se eu ainda fosse uma criança. Mas são mentiras... tudo mentira. E eu não tenho falha mental nenhuma.

Battle: *(Observando Nevile.)* Ora, tem, sim. Sua mulher atingiu-o em cheio, não foi, quando o deixou? Deixar o senhor... o maravilhoso Nevile Strange. Tratou de preservar o seu orgulho fingindo que *o senhor* a deixara... e casou-se com outra apenas para dar credibilidade a essa história.

Kay: Oh! *(Vira-se para Mary. Mary passa o braço em torno de Kay.)*

Battle: Mas, o tempo todo, planejava o que faria com Audrey. Pena que não foi suficientemente inteligente para executar melhor os seus planos.

Nevile: *(Quase choramingando.)* Não é verdade.

Battle: *(Demolindo-o definitivamente.)* Audrey esteve rindo à sua custa... enquanto o senhor ficou se vangloriando e pensando como era esperto. *(Ele eleva o tom da voz e chama.)* Entre, sra. Strange. *(Audrey entra, Nevile solta um* *grito estrangulado e levanta-se.* ROYDE *vai até* AUDREY *e passa o braço em torno dela.*) Ela jamais esteve presa de fato, sabe. Só queríamos deixá-la fora do alcance da sua loucura. Não era possível prever o que o senhor faria caso pensasse que seu plano infantil idiota estava dando errado. (BENSON *aparece na porta dupla.* LEACH *fica por trás do divã.*)

NEVILE: *(Sucumbindo e gritando de raiva.)* Não era idiota. Era inteligente... *muito* inteligente. Pensei nos mínimos detalhes. Como é que *eu* podia adivinhar que Royde sabia da verdade sobre Audrey e Adrian? Audrey e Adrian... *(De repente ele perde o controle e grita para* AUDREY.*)* Como ousou preferir Adrian a mim? Quero que morra e que se dane, você *vai ser* enforcada. Têm de enforcá-la. *(Ele dá um passo na direção de* AUDREY. BATTLE *faz sinal para* LEACH *e* BENSON, *e cada um se posta em cada lado de* NEVILE. AUDREY *se agarra a* ROYDE. NEVILE *começa a soluçar.)* Deixe-me sozinho! Quero que ela morra *sentindo medo...* que morra com medo. Eu a odeio. (AUDREY *e* ROYDE *viram as costas para* NEVILE *e saem pela E.*)

MARY: *(Dirigindo-se para o divã e sentando-se; quase inaudível.)* Oh, meu Deus!

BATTLE: Leve-o, Jim. *(*LEACH *e* BENSON *se aproximam de* NEVILE.*)*

NEVILE: *(Muito tranquilo, de repente)* Estão cometendo um grande erro. Eu posso... *(*LEACH *e* BENSON *levam* NEVILE *até a porta à E. De repente,* NEVILE *dá um pontapé na perna de* BENSON, *empurra-o contra* LEACH *e sai correndo pela E.* LEACH *e* BENSON *correm atrás de* NEVILE.*)*

BATTLE: *(Alarmado)* Cuidado! Detenham-no. *(*BATTLE *sai correndo pela E. Lá fora, gritando.)* Atrás dele... não o deixem fugir. *(*TREVES *e* ROYDE *correm pela E.* AUDREY *vai lentamente até o C do tablado.)*

ROYDE: *(De fora, gritando.)* Ele se trancou na sala de jantar!

BATTLE: *(De fora, gritando.)* Arrombem a porta! *(Ouve-se ao longe o barulho de golpes pesados sobre a madeira.* KAY *se levanta.)*

Kay: *(Afundando o rosto no ombro de Latimer.)* Ted... oh, Ted... *(Ela soluça. Há o ruído de vidro sendo quebrado, seguido do da porta sendo arrombada.)*

Battle: *(De fora, gritando.)* Jim... você desce pela estrada! Eu vou pela trilha do despenhadeiro. *(Battle entra rápido pela E e cruza rapidamente para a porta dupla. Parece preocupado. Quase sem fôlego.)* Ele se atirou pela janela da sala de jantar. É uma queda violenta até os rochedos lá embaixo. Não creio que haja alguma chance. (Battle *sai pela porta dupla.* Benson *entra pela E, cruza e sai pela porta dupla, e ouve-se quando emite três sinais com o apito.)*

Kay: *(Histericamente)* Eu quero ir embora! Eu não posso...

Mary: *(Erguendo-se e indo até o C.)* Por que não a leva para o hotel com o senhor, sr. Latimer?

Kay *(Animada)* Sim. Por favor, Ted... qualquer coisa que me leve para longe daqui.

Mary: Leve-a. Vou arrumar as malas dela e mandar entregar lá.

Latimer: *(Muito gentil)* Vamos, então. (Kay *sai com* Latimer *pela porta dupla.* Mary *acena com a cabeça e sai pela E.* Audrey *senta-se no divã, de costas para a* bay window *e soluça. Há uma pausa curta, e então as cortinas da* bay window *são afastadas um pouco e* Nevile *entra silenciosamente por cima do peitoril. O cabelo está desgrenhado e há marcas de sujeira no rosto e nas mãos. No rosto, um sorriso cruel e diabólico, ao olhar para* Audrey. *Ele segue, sem fazer barulho, na direção dela.)*

Nevile: Audrey! (Audrey *vira-se rapidamente e vê* Nevile. *Com voz baixa e carregada de tensão)* Não pensou que eu voltaria, não é? Mas sou esperto demais para eles, Audrey. Enquanto estavam tentando arrombar a porta, quebrei a janela, atirando-lhe uma banqueta e escalei pelo parapeito de pedra. Só um homem acostumado a escalar montanhas poderia ter feito isso... um homem com dedos fortes... como os meus. *(Lentamente ele se aproxima cada vez mais* *de Audrey.)* Dedos fortes, Audrey... e um pescoço macio. Eles não a enforcariam como era meu desejo, não é? Mas você vai morrer do mesmo jeito. *(Ele aperta o pescoço dela com os dedos.)* Você nunca pertencerá a ninguém a não ser a mim. *(Leach entra correndo pela E. Benson entra correndo pela porta dupla. Leach e Benson arrancam Nevile de Audrey e saem com ele pela porta dupla. Audrey fica no divã, tentando recuperar o fôlego. Royde entra pela E. Fica olhando assustado para a porta dupla e cruza em sua direção. Ele quase passa pelo divã sem perceber Audrey ali.)*

Royde: *(Parando e virando-se para Audrey.)* Você está bem?

Audrey: Se eu estou bem? Oh, Thomas! *(Ela ri. Royde, com os braços estendidos, vai em direção a Audrey enquanto... cai o pano.)*

(CAI O PANO)

VEREDICTO

Montada por Peter Saunders no Strand Theatre, em Londres, no dia 22 de maio de 1958, com o seguinte elenco:
(pela ordem em que os personagens aparecem em cena)

Lester Cole	*George Roubicek*
Sra. Roper	*Gretchen Franklin*
Lisa Koletzky	*Patricia Jessel*
Professor Karl Hendryk	*Gerard Heinz*
Dr. Stoner	*Derek Oldham*
Anya Hendryk	*Viola Keats*
Helen Rollander	*Moira Redmond*
Sir William Rollander	*Norman Claridge*
Detetive Inspetor Ogden	*Michael Golden*
Sargento de Polícia Pearce	*Gerald Sim*

A peça foi dirigida por Charles Hickman
Cenografia de Joan Jefferson Farjeon

RESUMO DAS CENAS

A ação da peça transcorre na sala de estar do apartamento do professor Hendryk, em Bloomsbury.

1º Ato

Cena I: Uma tarde no início da primavera
Cena II: Quinze dias depois. À tarde

2º Ato

Cena I: Quatro dias mais tarde. Por volta do meio-dia
Cena II: Seis horas mais tarde. À noite
Cena III: Dois meses mais tarde. Final da tarde

Tempo: No presente

PRIMEIRO ATO

Cena I

CENÁRIO: *A sala de estar do apartamento do* PROFESSOR HENDRYK, *no bairro de Bloomsbury, em Londres. Uma tarde no início da primavera.*

O apartamento é o andar superior de uma das velhas casas de Bloomsbury. É uma sala de boas proporções, com mobiliário antiquado, porém confortável. A característica que mais chama a atenção é a quantidade de livros: há livros por toda parte, em prateleiras cobrindo as paredes, por sobre as mesas, sobre as cadeiras, no sofá e amontoados em pilhas pelo chão. Portas duplas no CA dão para uma porta de entrada à D e um corredor que leva à cozinha, à E. Na sala, a porta de entrada para o quarto de ANYA *fica à DB e há uma janela de guilhotina à E que abre para uma pequena sacada com grades envoltas em hera, que dá para uma rua embaixo e uma fileira de casas do lado oposto. A escrivaninha de* KARL *fica em frente à janela, com uma cadeira em frente a ela. A escrivaninha está repleta de livros, junto com o telefone, o mata-borrão, a agenda etc. Abaixo da escrivaninha há um armário para guardar discos, cheio deles, mais livros e folhas cobertas de anotações para aulas. Há um toca-discos em cima desse armário. Há estantes de livros embutidas nas paredes de ambos os lados da porta dupla. Abaixo da do lado E fica a pequena mesa de trabalho de* ANYA. *Entre a porta e a estante à E dela, uma mesinha redonda de três andares, com livros nos dois de baixo e uma planta no de cima. Na parede abaixo da porta à D há um pequeno aparador com uma planta em cima e livros empilhados embaixo. Pendurado na parede acima da porta à D há um pequeno conjunto de prateleiras com mais livros e os remédios de* ANYA *em um canto. Embaixo dessas prateleiras fica um pequeno armário com mais livros. Há mais armários desse mesmo tipo embaixo. Em frente às prateleiras, há uma escada de biblioteca. O sofá fica no CD com uma mesa redonda atrás dele. Há cadeiras acima e à E da mesa. Todas as três peças do mobiliário estão cobertas de livros. Uma grande poltrona vermelha ocupa o CE, com mais livros sobre ela. À noite, a sala é iluminada por uma arandela de cada lado da janela e por lâmpadas de mesa sobre a escrivaninha, sobre a mesa no CD e no armário à D. Os interruptores ficam à E da porta dupla. No hall, há uma cadeira à D da porta do quarto.*

Quando o pano sobe, a porta dupla está aberta. O palco está às escuras. Ao acender das LUZES, LESTER COLE *equilibra-se precariamente sobre a escada da biblioteca. É um jovem desajeitado porém simpático, de seus 24 anos, de cabelo despenteado. Seus trajes são surrados. Há uma pilha de livros sobre a escada.* LESTER *alcança a última prateleira, escolhe um livro aqui, outro acolá, faz uma pausa para ler uma passagem em cada um, ora acrescentando o volume à pilha, ora devolvendo-o à prateleira.*

SRA. ROPER: (*Fora, à E do hall*) Tudo bem, srta. Koletzky, vou providenciar antes de ir para casa.

(*A* SRA. ROPER *entra no hall pela E. É a faxineira, e tem um aspecto sonso e desagradável. Ela já está vestida com roupa de sair e carrega uma sacola de compras. Cruza para a D do hall e, então, volta muito discretamente, entrando na sala com as costas de encontro à folha direita da porta dupla. Fica claro que ela não vê* LESTER, *bastante entretido com um livro. Ela desliza até a extremidade da escrivaninha, onde está um maço de cigarros. Está a ponto de surrupiá-lo quando* LESTER *fecha o livro, fazendo barulho. A* SRA. ROPER *leva um tremendo susto e vira-se rapidamente.*)

Oh, sr. Cole... não sabia que o senhor ainda estava aqui.

(LESTER *vai devolver o livro para a última prateleira e quase se desequilibra.*)

Tome muito cuidado. *(Ela cruza por trás da poltrona no CE para a D dela e coloca a sacola no chão.)* Essa coisa não é segura, não mesmo. *(Coloca o chapéu.)* Pode vir abaixo a qualquer momento, e o senhor onde iria parar? *(Veste o casaco.)*

Lester: Sabe-se lá onde, não é mesmo?

(As luzes começam a ser diminuídas, indicando o crepúsculo.)

Sra. Roper: Ainda ontem li no jornal que um senhor caiu de uma escada na biblioteca. Na hora, pensaram que não fosse nada sério... mais tarde, porém, ele ficou mal e levaram-no às pressas para o hospital. *(Ela coloca a echarpe em torno do pescoço.)* Teve o pulmão perfurado por uma costela quebrada. *(Com satisfação)* E no dia seguinte... *(Dando a última volta da echarpe em torno do pescoço.)* estava morto.

Lester: Que jornais animadores a senhora lê, sra. Roper. *(Ele se distrai com um livro e ignora a sra. Roper.)*

Sra. Roper: E o mesmo acontecerá com o senhor se continuar a se espichar dessa maneira. *(Ela dá uma olhada nos cigarros sobre a escrivaninha e para Lester novamente. Percebendo que ele não está reparando nela, esgueira-se até a escrivaninha, cantarolando baixinho e de olho em Lester. Ela esvazia o maço dentro do bolso e, em seguida, vai até o C, segurando o maço vazio.)* Oh, veja só! O professor está de novo sem cigarros.

(Lá fora, um relógio bate cinco horas.)

É melhor eu dar uma saída e comprar um maço novo antes que a loja feche. Diga à srta. Koletzky que eu não demoro a ir buscar aquela roupa lavada. *(Ela apanha a sacola, passa pelo hall e grita.)* Até logo!

(A Sra. Roper sai pelo hall à D. Ouve-se a porta da frente abrir e fechar.)

Lester: *(Sem tirar os olhos do livro.)* Direi a ela.

(Ouve-se a batida de uma porta à E do hall. LESTER dá um pulo, derrubando a pilha de livros no alto da escada. LISA KOLETZKY vai até o C vindo da E. É uma mulher bonita, alta, morena, de uns 35 anos, de personalidade forte e bastante enigmática. Ela carrega uma bolsa de água quente.)

Desculpe, srta. Koletzky, vou recolhê-los. *(Ele desce da escada e junta os livros.)*

LISA: *(Indo até o C.)* Não tem importância. Um pouco mais de livros aqui ou ali não faz a menor diferença.

LESTER: *(Colocando os livros sobre a mesa no CD.)* A senhorita me assustou, sabe? Como está a sra. Hendryk?

LISA: *(Apertando a tampa da bolsa.)* Na mesma. Queixa-se do frio. Estou levando outra bolsa.

LESTER: *(Dirigindo-se para a D do sofá.)* Ela está doente há muito tempo?

LISA: *(Sentando-se sobre o braço E do sofá.)* Cinco anos.

LESTER: Será que ela nunca vai melhorar?

LISA: Ela passa por dias melhores e piores.

LESTER: Oh, sim, mas quero dizer melhorar, mesmo.

(LISA sacode a cabeça.)

Puxa, isso é bem duro, não é?

LISA: *(Distante)* Conforme o senhor diz, é "bem duro".

LESTER: *(Subindo a escada e caindo antes de chegar ao alto.)* Não há nada que os médicos possam fazer?

LISA: Não. Ela tem uma daquelas doenças ainda sem cura. Talvez algum dia eles descubram alguma. Nesse meio--tempo... *(Ela encolhe os ombros.)* ela nunca vai melhorar. A cada mês, a cada ano, ela fica um pouco mais fraca. E pode continuar assim por muitos e muitos anos.

LESTER: Sim, isso é duro. Duro para ele. *(Ele desce da escada.)*

LISA: Conforme o senhor diz, é duro para ele.

LESTER: *(Indo até a D do sofá.)* Ele é bom demais para ela, não é?

Lisa: Ele gosta imensamente dela.

Lester: *(Sentando-se no braço D do sofá.)* Como era a sra. Hendryk quando jovem?

Lisa: Muito bonita. Sim, uma moça muito bonita, de cabelos loiros, olhos azuis e sempre sorridente.

Lester: *(Perplexo)* Sabe, isso me toca. Quero dizer, o tempo... o que ele faz com a gente. Como as pessoas mudam. Quero dizer, é difícil dizer o que é real e o que não é... ou se alguma coisa é real.

Lisa: *(Levantando-se e cruzando para a porta à DA.)* Esta bolsa parece real.

(Lisa sai pela D, deixando a porta aberta. Lester se levanta, recolhe sua sacola da mesa no CD, cruza até a poltrona no CE e coloca alguns livros da cadeira dentro da sacola. Pode-se ouvir Lisa falando com Anya, porém as palavras são imperceptíveis. Lisa volta pela D.)

Lester: *(Sentindo-se culpado.)* O professor disse que eu poderia levar o que quisesse, sem problema.

Lisa: *(Dirigindo-se para a D da mesa no CE e dando uma olhada nos livros.)* Claro, se ele falou assim.

Lester: Ele é maravilhoso, não?

Lisa: *(Absorta com um livro)* Hein?

Lester: O professor, ele é maravilhoso. Todos nós achamos, sabe. Todo mundo fica incrivelmente entusiasmado. A maneira como ele fala das coisas. Todo o passado parece ganhar vida. *(Ele faz uma pausa.)* Quero dizer, quando fala sobre ele, pode-se perceber o significado de tudo. Ele é bem fora do comum, não acha?

Lisa: Ele tem um cérebro prodigioso.

Lester: *(Sentando-se no braço direito do sofá.)* Sorte tivemos nós por ele ter precisado deixar seu país e vir para cá. Mas não é apenas o cérebro dele, sabe, há algo mais.

(Lisa escolhe um título de Walter Savage Landor e vai sentar-se na ponta E do sofá.)

Lisa: Entendo o que quer dizer. *(Ela lê.)*

Lester: É como se ele soubesse tudo a nosso respeito. Quero dizer, que ele sabe o quanto tudo é tão difícil. Porque não há como escapar... a vida é difícil, não é?

Lisa: *(Ainda lendo.)* Não vejo por que deveria sê-lo.

Lester: *(Estupefato)* Perdão?

Lisa: Não entendo por que dizem... e são tantos a afirmar isso... que a vida é difícil. Eu acho que ela é muito simples.

Lester: Ora, vamos... eu dificilmente diria que é simples.

Lisa: Mas é isso mesmo. Ela tem um formato com linhas bem definidas, bem fácil de perceber.

Lester: Bem, eu acho que é uma confusão dos diabos. *(Em dúvida, mas esperando estar certo.)* Será que você é uma cientista cristã?

Lisa: *(Rindo.)* Não, não sou uma cientista cristã.

Lester: Mas acredita realmente que a vida seja fácil e feliz?

Lisa: Eu não disse que era fácil ou feliz. Disse que era simples.

Lester: *(Erguendo-se e cruzando para a E do sofá.)* Sei que você é extremamente boa... *(Encabulado)* quero dizer, pelo jeito como cuida da sra. Hendryk e tudo o mais.

Lisa: Cuido dela porque assim o desejo, não por questão de bondade.

Lester: Quero dizer que poderia arranjar um emprego bem remunerado, se tentasse.

Lisa: Oh, sim, eu poderia conseguir um emprego com bastante facilidade. Sou formada em física.

Lester: *(Impressionado)* Não fazia ideia disso. Mas nesse caso você certamente devia arranjar um emprego, não devia?

Lisa: O que quer dizer com... devia?

Lester: Bem, quero dizer que seria um desperdício, se não trabalhasse. Desperdício de sua capacidade, quero dizer.

Lisa: Desperdício da minha formação, talvez, sim. Mas em termos de capacidade... acho que o que estou fazendo agora eu faço muito bem, e gosto de fazê-lo.

Lester: Sim, mas...

(Ouve-se a porta da frente abrir e fechar. Karl Hendryk entra pela D e vai até o C. É um homem de 45 anos, viril e atraente. Carrega uma pasta e um pequeno buquê de flores primaveris. Ele acende as arandelas, a lâmpada de mesa da D e a lâmpada de mesa no CD, ligando os interruptores à E da porta. Ele sorri para Lisa, que se levanta enquanto ele vai até o C, e o rosto dele se ilumina de satisfação ao ver Lester.)

Karl: Olá, Lisa.

Lisa: Olá, Karl.

Karl: Veja... é primavera. *(Entrega-lhe as flores.)*

Lisa: Que lindas. *(Ela dá a volta por trás do sofá, coloca as flores sobre a mesa no CD, continua contornando a mesa e pega o sobretudo e o chapéu de Karl.)*

(Lisa sai do C pela E com o chapéu e o sobretudo.)

Karl: Então você veio buscar mais livros? Muito bom. Deixe-me ver o que está levando.

(Eles olham os livros juntos.)

Sim, o Loshen é bom... muito sólido. E o Verthmer. Salzen... devo alertá-lo... não é tão seguro.

Lester: Então, senhor, talvez fosse melhor eu...

Karl: Não. Não, leve-o. Leia-o. Eu o alertei com base na minha experiência, mas você deve fazer uma avaliação pessoal.

Lester: Obrigado, senhor. Vou me lembrar das suas palavras. *(Ele cruza por trás de Karl até a mesa no CD e pega um livro.)* Eu trouxe de volta o Loftus. É exatamente conforme o senhor disse... ele nos faz pensar. *(Ele volta a colocar o livro sobre a mesa.)*

(KARL cruza por trás da poltrona até a escrivaninha, pega alguns livros na pasta e coloca-os sobre ela.)

KARL: Por que não fica para jantar conosco? *(Ele acende a lâmpada da escrivaninha.)*

LESTER: *(Colocando os livros na sacola.)* Muito obrigado, senhor, mas tenho um compromisso.

KARL: Entendo. Bem, então nos vemos na segunda-feira. Cuidado com os livros.

(LISA entra pela E até o C e cruza para a D da mesa no CD.)

LESTER: *(Enrubescendo, culpado)* Oh, terei sim, senhor. Sinto muito... mas muito mesmo... ter perdido aquele outro.

KARL: *(Sentando-se à escrivaninha.)* Nem pense mais nisso. Também já perdi livros antes. Acontece com todo mundo.

LESTER: *(Dirigindo-se à porta dupla CA.)* O senhor tem sido extremamente bondoso quanto a isso. Bondoso demais. Tem gente que nunca mais me emprestaria um livro sequer.

KARL: Tsc! Isso teria sido uma tolice. Vá, então, meu rapaz.

(LESTER sai meio a contragosto pelo hall à D.)

(Para LISA) Como está Anya?

LISA: Esteve muito deprimida e inquieta esta tarde, mas conseguiu se acalmar e dormir um pouco. Espero que, agora, já tenha adormecido.

KARL: Não vou acordá-la se ela já estiver dormindo. Minha pobre querida, ela precisa de todo o repouso possível.

LISA: Vou buscar água para as flores.

(LISA apanha um vaso da prateleira à D, pega as flores e sai pelo hall à E. LESTER aparece no hall vindo da D e volta para a sala. Dá uma rápida olhada em volta, certifica-se de que está sozinho com KARL e vai para a D da poltrona.)

LESTER: *(Apressado)* Eu tenho de lhe contar, senhor. Preciso fazer isso. Eu... eu não perdi o livro.

(LISA *entra pelo CE com as flores no vaso, cruza muito silenciosamente para a E da mesa e o CD e coloca o vaso sobre ela.*)

Eu... eu o vendi.

KARL: (*Sem se virar e sem estar realmente surpreso, mas aquiescendo suavemente com a cabeça.*) Entendo. Você o vendeu.

LESTER: Nunca pensei em lhe contar. E não sei por que o fiz. Apenas senti que o senhor tinha de saber. Não sei o que vai pensar de mim.

KARL: (*Virando-se; pensativamente.*) Você o vendeu. Por quanto?

LESTER: (*Ligeiramente orgulhoso*) Consegui duas libras por ele. Duas libras.

KARL: Precisava do dinheiro?

LESTER: Sim, precisava, senhor, muito mesmo.

KARL: (*Levantando-se.*) E para que queria o dinheiro?

LESTER: (*Olhando rapidamente para* KARL.) Bem, minha mãe tem andado doente ultimamente e... (*Ele interrompe a fala e se afasta de* KARL *adiantando-se para o C.*) Não, não vou contar mais mentiras. Eu o queria... sabe, havia uma garota. Eu queria sair com ela e...

(KARL *sorri de repente para* LESTER *e cruza pela frente da poltrona para a E dele.*)

KARL: Ah! Você queria gastá-lo com uma garota. Entendo. Bom. Muito bom... muito bom mesmo.

LESTER: Muito bom? Mas...

KARL: Isso é tão natural. Claro que foi muito errado você ter roubado e vendido o meu livro e ter mentido para mim sobre ele. Mas, se temos de fazer algo de ruim, que seja por um bom motivo. E, na sua idade, não existe melhor motivo do que este... sair com uma moça e divertir-se. (*Dá uns tapinhas no ombro de* LESTER.) E ela é bonita, a sua garota?

LESTER: (*Seguro de si*) Bem, naturalmente, é o que eu acho. (*Ganhando confiança.*) Na verdade, ela é maravilhosa.

Karl: *(Com uma gargalhada)* E vocês se divertiram com as duas libras?

Lester: De certa forma. Bem, quero dizer, comecei me divertindo pra valer. Mas... mas eu me senti mesmo bastante sem graça.

Karl: *(Sentando-se no braço D da poltrona.)* Você se sentiu sem graça... sim, isso é interessante.

Lester: Acredite em mim, senhor, sinto muito e estou profundamente envergonhado e isso não acontecerá mais. E tem mais, vou juntar um dinheiro para comprar outro exemplar e devolvê-lo ao senhor.

Karl: *(Em tom sério)* Então, deve fazê-lo se puder. Agora, anime-se... assunto encerrado e esquecido.

(Lester lança um olhar agradecido a Karl e sai pelo hall para a D. Lisa avança lentamente na direção de Karl.)

(Ele balança a cabeça.) Fico feliz que ele tenha vindo contar tudo para mim espontaneamente. Esperava que ele o fizesse, mas, é claro, eu não tinha certeza alguma.

Lisa: *(Dirigindo-se para o CD.)* Sabia, então, que ele havia roubado o livro?

Karl: Claro que sabia.

Lisa: *(Confusa)* Mas você não o deixou perceber que sabia.

Karl: Não.

Lisa: Por quê?

Karl: Porque, conforme já disse, eu esperava que ele me contasse por ele mesmo.

Lisa: *(Depois de uma pausa)* Era um livro valioso?

Karl: *(Levantando-se e indo até a escrivaninha.)* Na verdade, praticamente insubstituível.

Lisa: *(Virando de costas.)* Oh, Karl.

Karl: Pobre-diabo... tão feliz por conseguir duas libras por ele. A esta altura, o livreiro que o comprou dele provavelmente já o revendeu por quarenta ou cinquenta libras.

Lisa: Então ele não vai ter como comprá-lo de volta?

Karl: *(Sentando-se à escrivaninha.)* Não.

Lisa: *(Cruzando para a D da poltrona.)* Não compreendo você, Karl. *(Começando a perder a paciência.)* Às vezes fico com a impressão de que faz tudo para que se aproveitem de você... permite que roubem suas coisas, que seja enganado...

Karl: *(Delicadamente, mas satisfeito)* Mas, Lisa, eu não fui enganado.

Lisa: Bem, isso piora tudo. Roubo é roubo. Seu jeito de agir estimula os outros a roubar.

Karl: *(Pensativo)* Verdade? Será mesmo?

(Lisa agora está muito zangada e começa a andar para lá e para cá, por trás do sofá até o C.)

Lisa: Você me deixa zangada.

Karl: Eu sei. Sempre faço isso.

Lisa: *(Indo até a D, acima.)* Aquele rapaz desgraçado...

Karl: *(Levantando-se e ficando de pé ao fundo, no CE.)* Aquele rapaz desgraçado tem o potencial para se tornar um estudioso de primeira... realmente de primeira. É uma raridade, sabe, Lisa. É muito raro. Há inúmeros rapazes e moças sérios, querendo aprender, mas não os bons de verdade.

(Lisa senta-se no braço E do sofá.)

(Ele vai até a E de Lisa.) Mas Lester Cole é feito da matéria-prima com que são feitos os verdadeiros estudiosos.

(Lisa, já mais calma agora, pousa o braço afetuosamente sobre o de Karl.)

(Ele sorri, melancólico. Depois de uma pausa.) Você não faz ideia do que um Lester Cole significa na vida desgastante de um professor.

Lisa: Isso eu posso entender. Há tanta mediocridade por aí.

Karl: Mediocridade ou coisa pior. *(Ele oferece um cigarro a Lisa, acende-o e, em seguida, senta-se no C do sofá.)* Quero dedicar meu tempo àquele que se dedica pra valer, mesmo que não seja muito brilhante. No entanto, aquelas pessoas desejosas de adquirir conhecimento como forma de esnobismo intelectual, de exibi-lo como se fosse uma joia, que querem um verniz e apenas um verniz, ou a comida já mastigada, essas não terão o meu apoio. Recusei uma delas hoje.

Lisa: Quem era?

Karl: Uma jovem muito mimada. Naturalmente ela poderá assistir às aulas regulares e perder seu tempo, mas ela quer atenção especial... aulas particulares.

Lisa: Ela tem como pagar por elas?

Karl: É o que pretende fazer. Pelo que entendi, o pai dela é dono de imensa fortuna e sempre comprou tudo o que a filha quis. Bem, ele não vai comprar essas aulas particulares de mim.

Lisa: Seria um bom dinheiro para nós.

Karl: Eu sei. Eu sei, mas não é uma questão de dinheiro... é de tempo, sabe, Lisa? Eu realmente não tenho tempo. Há dois rapazes, Sydney Abrahamson... você o conhece... e um outro, cujo pai trabalha em mina de carvão. Ambos são interessados, extremamente interessados, e creio que eles têm a veia, o potencial. Mas foram prejudicados por uma formação superficial medíocre. Tenho que dar aulas particulares a eles para que possam ter uma oportunidade.

(Lisa levanta-se, cruza pela frente da poltrona e bate a cinza do cigarro no cinzeiro sobre a escrivaninha.)

E eles valem o esforço, Lisa, valem de verdade. Você compreende?

Lisa: O que eu compreendo, Karl, é que ninguém vai conseguir mudar você. Não faz nada e ainda ri quando um aluno surrupia um livro valioso, recusa uma aluna rica em favor de um pobretão. *(Ela cruza para o C.)* Estou certa de que é muito nobre de sua parte, mas nobreza não paga o padeiro, o açougueiro, nem a conta do armazém.

Karl: Mas, convenhamos, Lisa, não estamos tão mal assim de dinheiro.

Lisa: Não, de fato não estamos tão mal assim, mas sempre é bom poder contar com algum a mais. Basta pensar no que poderíamos fazer nesta sala.

(Ouve-se a batida de uma bengala vindo da D.)

Ah! Anya acordou.

Karl: *(Levantando-se.)* Vou lá vê-la.

(Karl sai pela DB. Lisa sorri, suspira e sacode a cabeça, em seguida recolhe os livros da poltrona e coloca-os sobre a mesa no CD. Ouve-se ao longe a música de um realejo. Lisa pega o Walter Savage Landor na mesa no CD, senta-se no braço E do sofá para ler. A Sra. Roper entra no hall pela D. Ela carrega um grande embrulho com a roupa lavada. Ela sai pelo hall à E, deixa o embrulho e volta, entrando na sala com a sacola de compras.)

Sra. Roper: Fui buscar a roupa lavada. *(Ela vai até a escrivaninha.)* E trouxe cigarros para o professor... os dele tinham acabado de novo. *(Ela tira um maço de cigarros da sacola de compras e coloca-o em cima da escrivaninha.)* Oh, as pessoas não ficam perturbadas quando ficam sem cigarros? Precisava ver o sr. Freemantel, onde trabalhei antes daqui. *(Ela deixa a sacola no chão à D da poltrona.)* Gritava como um doido se não tivesse cigarros. Sempre sarcástico com a mulher dele. Não se davam nada bem... sabe, ele tinha uma secretária. Um desavergonhado! Quando saiu o divórcio, eu bem que podia ter contado umas coisas que andei vendo. Teria feito isso, não fosse o sr. Roper. Eu achava que era o certo, mas ele disse: "Nada disso, Ivy, não se cospe no prato em que se come".

(A campainha da porta toca.)

Posso ver quem é?

Lisa: *(Levantando-se.)* Por favor, sra. Roper.

(A S<small>RA</small>. R<small>OPER</small> sai pelo hall à D.)

M<small>ÉDICO</small>: *(De fora)* Boa noite, sra. Roper.

(A S<small>RA</small>. R<small>OPER</small> retorna à sala. O D<small>R</small>. S<small>TONER</small> a segue. Ele é o médico de família típico, da escola tradicional, com cerca de sessenta anos. É muito querido na casa.)

S<small>RA</small>. R<small>OPER</small>: *(Ao entrar)* É o médico.

M<small>ÉDICO</small>: Boa noite, Lisa, querida. *(Ele fica de pé à D, olhando em volta da sala, para a quantidade de livros por toda parte.)*

L<small>ISA</small>: *(Indo para a D da mesa no CE.)* Olá, dr. Stoner.

S<small>RA</small>. R<small>OPER</small>: *(Pegando a sacola.)* Bem, tenho de ir. Oh, srta. Koletzky, trago outro pacote de chá amanhã de manhã. Está faltando novamente. Até amanhã!

(A S<small>RA</small>. R<small>OPER</small> sai pelo CA, fechando a porta. O M<small>ÉDICO</small> cruza pela frente do sofá até a D deste.)

M<small>ÉDICO</small>: Bem, Lisa, e como vão as coisas?

(L<small>ISA</small> vai até a mesa no CE e marca a leitura com um pedaço de papel de embrulho florido.)

Karl tem comprado mais livros ultimamente, ou é minha imaginação achar que tem mais ainda do que o de costume? *(Ele trata de retirar os livros do sofá e coloca-os sobre a mesa no CE.)*

(L<small>ISA</small> pega o restante do papel de embrulho, cruza até a lixeira por trás da escrivaninha e joga ali o papel.)

L<small>ISA</small>: *(Dirigindo-se para a E do sofá.)* Eu o proibi de comprar mais, doutor. Praticamente já não há lugar para sentar.

M<small>ÉDICO</small>: Está corretíssima em dar-lhe um ultimato, Lisa, mas não vai funcionar. Karl prefere jantar um livro a um pedaço de rosbife. Como vai Anya?

L<small>ISA</small>: Hoje esteve muito deprimida e inquieta. Ontem parecia um pouco melhor e mais animada.

M<small>ÉDICO</small>: *(Sentando-se na extremidade D do sofá.)* Sim, sim, é assim mesmo. *(Suspira.)* Karl está com ela agora?

Lisa: Sim.

Médico: Ele nunca lhe falta.

(A música do realejo para.)

Você percebe, minha querida, não percebe, que Karl é um homem notável? As pessoas o sentem, sabe, são influenciadas por ele.

Lisa: Ele impressiona, sim.

Médico: *(Incisivo)* Agora, o que quer dizer com isso, minha jovem?

Lisa: *(Pegando o livro que traz debaixo do braço.)* "Não há campos de amaranto do lado de cá do túmulo."

(O Médico pega o livro de Lisa e olha o título.)

Médico: Hum. Walter Savage Landor. O que quer dizer exatamente, Lisa, ao citá-lo?

Lisa: Apenas que o senhor e eu sabemos que não há campos de amaranto do lado de cá do túmulo. Mas Karl não sabe. Para ele, os campos de amaranto estão aqui e agora, e isso pode ser perigoso.

Médico: Perigoso... para ele?

Lisa: Não só para ele. Perigoso para os outros, para aqueles que cuidam dele, que dependem dele. Homens como Karl... *(Ela suspende a fala.)*

Médico: *(Depois de uma pausa)* Sim?

(Ouvem-se vozes vindas de fora, da D, e ao ouvi-las Lisa vai até a mesa de trabalho à EA e a coloca à D da poltrona. Karl entra pela D, empurrando Anya Hendryk numa cadeira de rodas. Anya é uma mulher de seus 38 anos, impaciente e abatida, com traços de antiga beleza. Por vezes seu jeito de ser revela a jovem bonita e coquete que foi um dia. Na maior parte do tempo, é uma inválida ranzinza e lamurienta.)

Karl: *(Ao entrar.)* Bem que achava ter ouvido sua voz, doutor.

Médico: *(Levantando-se.)* Boa noite, Anya, você está com uma aparência ótima hoje.

(Karl empurra a cadeira de rodas até o C e coloca-a à D da mesa de trabalho.)

Anya: Posso parecer bem, doutor, mas não me sinto nada bem. Como posso me sentir bem se estou trancafiada o dia inteiro aqui dentro?

Médico: *(Animadamente)* Mas você tem uma sacada tão bonita da janela do seu quarto. *(Senta-se no sofá.)* Pode sentar-se ali e tomar ar puro e sol e observar tudo o que se passa à sua volta.

Anya: Como se houvesse alguma coisa à minha volta que valesse a pena olhar. Todas essas casas sem graça e essa gente sem graça que mora por aqui. Ah, quando penso na nossa bela casa, o jardim e toda a nossa linda mobília... tudo ficou para trás. É demais, doutor, é demais perder tudo o que se tinha.

Karl: Ora, vamos, Anya, você ainda tem um marido forte e saudável.

(Lisa traz as flores que está na mesa no CD e coloca-as sobre a mesa de trabalho.)

Anya: Nem ele é mais o marido forte e saudável que eu tinha... *(Para Lisa)* não é?

(Lisa ri da piadinha de Anya e sai pelo CA.)

Você anda encurvado, Karl, e o cabelo está grisalho.

Karl: *(Sentando-se no braço E do sofá.)* É uma pena, mas vai ter que me aturar do jeito que eu sou.

Anya: *(Abatida)* Sinto-me pior a cada dia, doutor. Minhas costas doem e sinto um tremor no braço esquerdo. Acho que este último medicamento que receitou não me fez muito bem.

Médico: Então precisamos tentar alguma outra coisa.

Anya: As gotas são boas, aquelas para o coração, mas Lisa só me dá quatro de cada vez. Ela disse que o senhor recomendou-lhe que não desse mais do que isso. Mas eu acho que já me acostumei com a dose e seria melhor tomar seis ou oito.

Médico: Lisa está cumprindo ordens minhas. É por isso que disse a ela que não as deixasse perto de você para que não tomasse demais. Saiba que elas são perigosas.

Anya: Ainda bem que não ficam perto de mim. Tenho certeza de que, se deixassem, um dia eu tomaria o frasco todo e acabava logo com tudo.

Médico: Não, não, minha querida. Você não faria isso.

Anya: Que valor tenho eu para alguém, jogada aqui o tempo todo, doente e um incômodo para todo mundo? Oh, eu sei que todos são muito bondosos, mas devem sentir que sou um fardo terrível.

Karl: *(Levantando-se e batendo afetuosamente no ombro de Anya.)* Você não é um fardo para mim, Anya.

Anya: É o que você diz, mas devo ser.

Karl: Não, não é.

Anya: Eu sei que sou. Não é como se eu ainda fosse alegre e divertida como antes. Agora, sou apenas uma inválida, inquieta e ranzinza sem nada de divertido para dizer ou fazer.

Karl: Não, não, minha querida.

Anya: Se ao menos eu morresse e desaparecesse de vez, Karl poderia casar de novo... com uma mulher nova e bonita que pudesse ajudá-lo em sua carreira.

Karl: Você ficaria surpresa se soubesse quantas carreiras foram arruinadas por causa de homens que se casaram com mulheres jovens e belas quando eles já eram de meia-idade.

Anya: Você sabe o que quero dizer. Não passo de um peso para você.

(Karl balança a cabeça para Anya, sorrindo levemente.)

Médico: *(Aviando uma receita em seu bloco.)* Vamos experimentar um tônico. Um novo tônico.

(Lisa entra pelo CA. Ela traz uma bandeja com café para quatro, que ela coloca na mesa no CD.)

Lisa: Já viu suas flores, Anya? Karl as trouxe para você. *(Ela serve o café.)*

(Karl passa por trás da mesa de trabalho e pega o vaso para que Anya o veja.)

Anya: Não quero que me lembrem da primavera. A primavera, nesta cidade horrível. Lembra-se do bosque e de quando saímos para colher narcisos silvestres? Ah, naquela época a vida era tão feliz, tão fácil. Não sabíamos o que estava por vir. Agora, o mundo é odioso, terrível e cinzento. Nossos amigos estão todos espalhados, sendo que a maioria deles já morreu e temos de viver num país estrangeiro.

(Lisa oferece uma xícara de café ao Médico.)

Médico: Obrigado, Lisa.

Karl: Há coisas piores.

Anya: Sei que você acha que eu reclamo o tempo todo, mas... se eu estivesse bem, eu seria corajosa e suportaria tudo.

(Anya estende a mão e Karl a beija. Lisa oferece uma xícara de café a Anya.)

Karl: Eu sei, minha querida, eu sei. Você tem muito que suportar.

Anya: Você não sabe de nada.

(A campainha da frente toca. Lisa sai para o hall pela D.)

Você tem saúde e é forte, assim como Lisa. O que foi que eu fiz para que isso acontecesse comigo?

Karl: *(Segurando a mão dela na sua.)* Querida... querida... eu compreendo.

Lisa: *(De fora)* Boa tarde.

HELEN: *(De fora)* Eu poderia falar com o professor Hendryk, por favor?

LISA: *(De fora)* Por aqui, por favor.

(LISA entra até o C pela D. HELEN ROLLANDER a segue. HELEN é uma jovem bonita e segura de si, com cerca de 23 anos. KARL passa por trás da poltrona.)

(Ela fica de pé à E da porta dupla.) A srta. Rollander quer falar com você, Karl.

(HELEN segue direto até KARL. Ela é segura de si e encantadora. LISA a observa intensamente. O MÉDICO levanta-se, está intrigado e interessado.)

HELEN: Espero que não se importe com essa minha intromissão. Consegui seu endereço com Lester Cole.

(LISA cruza até a mesa no CD e serve mais café.)

KARL: *(Indo até a E de ANYA.)* Claro que não me importo. Deixe-me apresentá-la à minha esposa... srta. Rollander.

(HELEN fica de pé à D de ANYA. LISA serve uma xícara de café a KARL.)

HELEN: *(Simpática)* Como vai, sra. Hendryk?

ANYA: Como vai? Como vê, sou uma inválida. Não posso me levantar.

HELEN: Sinto muito. Espero que não se importe por eu ter vindo, mas sou aluna de seu marido. Gostaria de consultá-lo sobre algo.

KARL: *(Indicando um de cada vez.)* Estes são srta. Koletzky e dr. Stoner.

HELEN: *(Para LISA)* Como vai? *(Ela cruza até o MÉDICO e apertam as mãos.)* Como vai? *(Ela vai até o C.)*

MÉDICO: Como vai?

HELEN: *(Olhando em volta da sala.)* Então é aqui que o senhor mora? Livros, livros e mais livros. *(Ela vai até o sofá e senta-se ali.)*

Médico: Sim, srta. Rollander, tem muita sorte em ter onde sentar. Desocupei o sofá há apenas cinco minutos.

Helen: Oh, eu sempre tenho sorte.

Karl: Gostaria de tomar um café?

Helen: Não, obrigada. Professor Hendryk, será que eu poderia lhe falar a sós por um momento?

(Lisa *desvia o olhar de seu café e olha firme para* Karl.)

Karl: *(Friamente)* Infelizmente nossas acomodações são bem limitadas. Só temos esta sala de estar.

Helen: Oh, bem, imagino que o senhor saiba o que vou lhe falar. Disse-me hoje que seu tempo está tão tomado que não poderia aceitar mais nenhum aluno particular. Vim para lhe pedir que mude de ideia, que abra uma exceção para mim.

(Karl *cruza por trás de* Anya *para a E de* Helen, *olha para* Lisa *ao passar e entrega a ela sua xícara de café.*)

Karl: Sinto muito, srta. Rollander, mas meu tempo está inteiramente comprometido.

(Helen *fala bem rapidamente, determinada.*)

Helen: Não pode me rejeitar dessa maneira. Acabei de saber que, depois que me recusou, concordou em dar aulas particulares a Sydney Abrahamson, portanto tinha tempo. Preferiu-o a mim. Por quê?

Karl: Se deseja uma resposta franca...

Helen: Quero, sim. Não suporto rodeios.

Karl: Acho que Sydney tem mais possibilidades de aproveitar essas aulas do que a senhorita.

Helen: Está querendo dizer que acha que o cérebro dele é superior ao meu?

Karl: Não, eu não diria isso, mas ele tem, digamos, um enorme desejo de aprender.

Helen: Oh, entendo. O senhor acha que não sou uma aluna séria?

(KARL *não responde.*)

Mas eu sou, sim. A verdade é que o senhor está sendo preconceituoso. Pensa assim porque sou rica, porque tenho sido o centro das atrações e fiz todo tipo de tolice que gente assim faz... acha que não tenho seriedade.

ANYA: *(Achando a fala de HELEN excessiva; interrompendo.)* Karl.

HELEN: Mas, acredite em mim, eu tenho.

ANYA: Oh, céus... será... Karl!

KARL: *(Indo até a D de ANYA.)* Sim, o que é, querida?

ANYA: Minha cabeça... Não me sinto nada bem.

(HELEN *se irrita com a interrupção de* ANYA *e pega os cigarros e o isqueiro na bolsa.*)

Sinto muito... er... srta. Rollander, mas se me dá licença acho que vou voltar para o meu quarto.

HELEN: *(Bastante aborrecida)* Claro, eu compreendo.

(KARL *empurra a cadeira em direção à porta à D. O* MÉDICO *vai até a porta, abre-a e assume o controle da cadeira.* KARL *fica de pé à D do sofá.*)

ANYA: Meu coração... está muito estranho esta noite. Doutor, o senhor não acha que poderia...?

MÉDICO: Sim, sim, acho que posso arranjar algo para aliviá-la. Karl, pode trazer minha maleta?

(*O* MÉDICO *sai pela D com* ANYA. KARL *pega a maleta do* MÉDICO.)

KARL: *(Para HELEN)* Com licença.

(KARL *sai à D.*)

HELEN: Pobre sra. Hendryk, faz muito tempo que ela está inválida? *(Ela acende o cigarro.)*

LISA: *(Tomando o café e observando HELEN.)* Cinco anos.

HELEN: Cinco anos! Pobre homem.

Lisa: Pobre homem?

Helen: Estava pensando na dedicação total dele por ela. Ela gosta que ele se dedique totalmente a ela, não gosta?

Lisa: Ele é o marido dela.

Helen: *(Levantando-se, cruzando pela frente da poltrona e ficando de pé à E.)* Ele é um homem muito bondoso, não é? Existem pessoas boas demais assim. A piedade enfraquece, não acha? Temo que eu não seja nada bondosa. Nunca sinto piedade por ninguém. Não consigo, nasci desse jeito. *(Senta-se no braço E da poltrona.)*

(Lisa dirige-se até a mesa de trabalho e leva a xícara de Anya para a bandeja.)

A senhorita mora aqui, também?

Lisa: Eu cuido da sra. Hendryk e do apartamento.

Helen: Oh, coitada, deve ser terrível.

Lisa: De maneira nenhuma. Eu gosto.

Helen: *(Vagamente)* Não existem cuidadores especiais ou coisa do gênero que prestam esse tipo de serviço a inválidos? *(Levanta-se e passa por trás da poltrona.)* Fico com a impressão de que seria bem mais divertido se estudasse alguma coisa e arranjasse um emprego.

Lisa: Não preciso estudar nada. Já sou física formada.

Helen: Oh, então poderia arranjar um emprego com facilidade. *(Ela apaga o cigarro no cinzeiro sobre a escrivaninha.)*

Lisa: Já tenho um emprego... aqui.

(Karl entra pela DB, pega um vidro de remédio e um copo nas prateleiras perto da porta e em seguida dirige-se às estantes à DA. Lisa pega o café e a bandeja e sai pelo CA.)

Helen: *(Cruzando por trás da poltrona para o C.)* Bem, professor Hendryk, vou poder vir?

Karl: Temo que a resposta seja não. *(Ele coloca água da jarra que está na estante no copo de remédio e se encaminha para a porta à DB.)*

Helen: *(Cruzando até Karl.)* O senhor não compreende. Eu quero vir. Quero estudar. Oh, por favor, o senhor não pode me recusar. *(Ela se aproxima dele e coloca a mão no seu braço.)*

Karl: *(Ele se afasta um pouco.)* Mas eu posso recusá-la sim, você sabe. *(Ele sorri para ela de forma afável.)*

Helen: Mas por que, por quê? Papai lhe pagará um bom dinheiro se me aceitar. O dobro do preço normal. Sei que ele paga.

Karl: Tenho certeza de que seu pai faria qualquer coisa que a senhorita pedisse, mas não é uma questão de dinheiro.

(Helen vira-se para o C. Lisa entra pelo C e fica de pé por trás da mesa no CD.)

(Ele vira-se para Lisa.) Lisa, ofereça um cálice de xerez à srta. Rollander, por favor. Preciso voltar para perto de Anya. *(Ele se vira para ir.)*

Helen: Professor Hendryk!

Karl: Minha mulher está passando por um de seus dias ruins. Sei que a senhorita vai me perdoar se eu voltar para junto dela agora.

(Karl sorri de modo encantador para Helen e em seguida sai pela DB. Helen o observa sair. Lisa pega uma garrafa de xerez no armário da estante à D. Depois de uma pequena pausa, Helen decide-se e recolhe a bolsa e as luvas que estão no sofá.)

Helen: Não, obrigada, não quero xerez. Estou indo agora. *(Ela segue em direção à porta dupla, faz uma pausa e olha para trás.)*

(O Médico entra pela DB e fica de pé perto da porta.)

Vou conseguir o que eu quero. Eu sempre consigo.

(Helen sai rapidamente pelo CA.)

Lisa: *(Pegando alguns cálices no armário.)* Aceita um cálice de xerez, doutor?

Médico: Obrigado. *(Ele cruza para o CE e coloca a maleta no chão.)* É uma jovem muito determinada.

Lisa: *(Servindo dois cálices de xerez.)* Sim. E, naturalmente, está apaixonada por Karl.

Médico: Imagino que isso deva acontecer com bastante frequência.

Lisa: Oh, sim. Eu me recordo de ter me apaixonado perdidamente por um professor de matemática. Ele sequer me notava. *(Lisa cruza até o Médico, oferece-lhe o cálice de xerez e, em seguida, senta-se no braço do sofá.)*

Médico: Mas provavelmente você era mais nova do que essa moça.

Lisa: Sim, era mais jovem.

Médico: *(Sentando-se na poltrona.)* Não acha que Karl corresponderia, acha?

Lisa: Nunca se sabe. Acho que não.

Médico: Você quer dizer que ele está acostumado com isso?

Lisa: Ele não está acostumado é com esse tipo de moça. A maioria das alunas é de um tipo nada atraente, mas essa moça é bonita, charmosa e tem dinheiro... e ela o deseja muito.

Médico: Então você está com medo.

Lisa: Não, não estou com medo, não por Karl. Eu sei como ele é. Sei o que Anya significa para ele e sempre significará. Se eu estiver com medo... *(Ela hesita.)*

Médico: Sim, diga.

Lisa: Ora, o que importa? *(Ela se escora no seu xerez.)*

(Karl entra à DB.)

Karl: *(Cruzando para o CD.)* E então minha jovem inoportuna já se foi.

(Lisa levanta-se e serve um cálice de xerez para Karl.)

Médico: Uma moça muito bonita. Você tem muitas alunas como essa, Karl?

Karl: Felizmente não, ou teríamos mais complicações do que as que já temos. *(Senta-se na extremidade E do sofá.)*

Médico: *(Levantando-se.)* Precisa tomar cuidado, rapaz. *(Ele deixa o cálice e pega a maleta, em seguida vai até o C.)*

Karl: *(Sorridente.)* Oh, eu tomo, sim. Tenho de tomar.

(Lisa vai até o CD.)

Médico: E, se realmente der aulas particulares a ela, peça a Lisa para estar presente servindo de escolta. Boa noite, Lisa.

Lisa: Boa noite, doutor.

(O Médico sai pelo CA, fechando as portas ao passar. Lisa vai para a E de Karl e dá a ele o cálice de xerez. Há uma pausa.)

(Ela se dirige para a porta à DB.) É melhor ir ver Anya.

Karl: Não. Ela disse que queria ficar sozinha para descansar um pouco. *(Ele faz uma pausa.)*

Acho que a vinda daquela moça a perturbou.

Lisa: É, eu sei.

Karl: É o contraste entre a vida dela e... a outra. E ela diz sentir ciúmes também. Anya já se convenceu de que vou acabar me apaixonando por uma de minhas alunas.

Lisa: *(Sentando-se ao lado de Karl no sofá.)* É possível que sim.

Karl: *(Incisiva e significativamente)* Você é capaz de dizer isso?

Lisa: *(Virando-se e encolhendo os ombros.)* Poderia acontecer.

Karl: Nunca. E você sabe disso.

(Há uma pausa um tanto forçada. Ambos encaram seus cálices.)

Por que fica aqui conosco?

(Lisa não responde.)

(Depois de uma pausa) Por que fica aqui conosco?

Lisa: Sabe perfeitamente por que eu fico.

Karl: Eu acho que não é bom para você. Acho que talvez devesse voltar.

Lisa: Voltar? Voltar para onde?

Karl: Não há nada contra você nem nunca houve. Poderia voltar e reassumir seu antigo cargo. Eles dariam tudo pela chance de poder tê-la de volta.

Lisa: Talvez, mas não quero ir.

Karl: Mas talvez devesse ir.

Lisa: Devesse? Devesse ir? O que quer dizer?

Karl: Isso não é vida para você.

Lisa: É a vida que escolhi.

Karl: Ela não serve para você. Volte. Vá embora. Tenha sua própria vida.

Lisa: Eu tenho uma vida própria.

Karl: Sabe o que eu quero dizer. Casar-se. Ter filhos.

Lisa: Não acho que vá me casar.

Karl: Não se ficar aqui, mas se for embora...

Lisa: Você quer que eu vá? *(Pausa)* Responda-me, você quer que eu vá?

Karl: *(Com dificuldade)* Não, não quero que você vá.

Lisa: Então não falemos mais nisso. *(Ela se levanta, pega o cálice de Karl e coloca-o, junto com o seu, no armário da estante.)*

Karl: Lembra-se do concerto no Kursaal, naquele dia? Estávamos em agosto e fazia muito calor. Uma soprano imensamente gorda cantou a Liebstod. Ela nem cantou tão bem. Não nos impressionamos, nenhum dos dois. Você usava um conjunto de saia e casaco verdes e um chapeuzinho de veludo engraçado. Estranho, não, como existem coisas que nunca esquecemos, que nunca esqueceremos? Não sei o que aconteceu no dia anterior a esse ou o que aconteceu no dia posterior, mas lembro-me perfeitamente daquela tarde. As cadeiras douradas no tablado, os músicos da orquestra enxugando o suor da testa e a soprano gorda agradecendo e jogando beijos com a mão. E depois eles tocaram o concerto para piano de Rachmaninov. Você se lembra, Lisa?

Lisa: *(Calmamente)* Claro que lembro.

(Karl entoa de boca fechada o tema do "Concerto para piano de Rachmaninov".)

Karl: Posso ouvi-lo agora. *(Ele cantarola.)*

(A campainha da frente toca.)

E agora, quem será?

(Lisa vira-se abruptamente e sai pelo C para a D.)

Rollander: *(De fora)* Boa tarde. O professor Hendryk está?

(Karl pega um livro e o folheia.)

Lisa: *(De fora)* Sim. Queira entrar, por favor.

(Sir William Rollander entra até o C vindo da D. Ele é um homem alto, grisalho, de personalidade forte. Lisa segue atrás dele, fecha as portas e coloca-se atrás da poltrona.)

Rollander: *(Indo até o C.)* Professor Hendryk? Meu nome é Rollander. *(Ele estende a mão.)*

(Karl se levanta, coloca o livro sobre a mesa no CD e aperta a mão de Rollander.)

Karl: Como está? Esta é a srta. Koletzky.

Rollander: Muito prazer.

Lisa: Muito prazer.

Rollander: Eu tenho uma filha que estuda com o senhor, professor Hendryk.

Karl: Sim, é verdade.

Rollander: Segundo ela, frequentar suas aulas não é suficiente. Ela gostaria de contar com aulas particulares suas.

Karl: Temo que isso não seja possível. *(Ele se afasta indo até a extremidade D do sofá.)*

Rollander: Sim, eu sei que ela já tocou no assunto com o senhor, que declinou da ideia. Mas, se me permitir, eu gostaria de reabrir a questão.

(Lisa *senta-se na cadeira da escrivaninha.*)

Karl: *(Calmamente)* Com certeza, sir William, mas não creio que isso altere a minha decisão.

Rollander: Primeiro, gostaria de saber as suas razões para recusá-la. Não ficaram muito claras para mim.

Karl: São bastante simples. Por favor, queira sentar-se. *(Ele aponta o sofá.)* Sua filha é inteligente e encantadora, mas não tem o perfil dos verdadeiros estudiosos.

Rollander: *(Sentando-se na extremidade E do sofá.)* Não acha que é uma decisão um tanto arbitrária?

Karl: *(Sorrindo.)* Acredito que o senhor seja partidário da crença popular de que conhecimento é algo que pode ser empurrado para dentro das pessoas assim como se recheia um pato. *(Senta-se no braço D do sofá.)* Talvez fosse mais fácil para o senhor entender se se tratasse de música. Se sua filha tivesse uma voz bonita e afinada e o senhor a levasse a um professor de canto para que se transformasse em cantora de ópera, um professor honesto e consciencioso lhe diria, com toda a franqueza, que a voz dela não era adequada nem jamais seria, independentemente da melhor formação do mundo.

Rollander: Bem, o senhor é o especialista. Suponho que eu deva reverenciar o seu julgamento, no caso.

Karl: O senhor acredita realmente que sua filha deseje seguir uma carreira acadêmica?

Rollander: Não, para ser franco, não acho. Mas ela pensa que sim, professor Hendryk. Vamos então colocar as coisas em termos bem simples: eu quero que minha filha tenha o que ela deseja.

Karl: É uma fraqueza paterna bem comum.

Rollander: Conforme diz, uma fraqueza paterna bem comum. No entanto, minha posição é bem mais incomum do que a de alguns pais. Simplificando as coisas, não sei se sabe, eu sou um homem rico.

Karl: Estou ciente disso, sir William. Creio que li há poucos dias nos jornais a descrição de um carro de luxo exoticamente equipado que o senhor encomendara especialmente para dar de presente à sua filha.

Rollander: Oh, aquilo! Talvez possa lhe parecer tolice e ostentação. As razões por trás disso, deixe-me lhe adiantar, são primordialmente comerciais. Helen nem está assim tão interessada no carro. No momento, a mente dela anda ocupada com assuntos sérios. Isso, devo dizer, é uma mudança e tanto, e pela qual me sinto agradecido. Por alguns anos, ela andou envolvida com um grupo de pessoas que me desagradava bastante. Agora ela parece querer levar os estudos a sério e conta com cem por cento do meu apoio.

Karl: Eu compreendo bem seu ponto de vista, mas...

Rollander: Vou lhe contar um pouco mais, professor Hendryk. Helen é tudo o que tenho. A mãe dela morreu quando ela tinha sete anos. Eu amava minha mulher e nunca mais me casei. Tudo o que me restou dela é Helen. Sempre dei a ela absolutamente tudo o que ela desejou.

Karl: Tenho certeza de que isso foi algo natural, mas terá sido sensato?

Rollander: Provavelmente não, mas hoje se tornou minha maneira de viver. E Helen é uma moça ótima, professor Hendryk. Estou certo de que ela cometeu seus erros, fez muita bobagem, mas a única forma de se aprender sobre a vida é pela experiência. Os espanhóis têm um provérbio: "Deus diz: 'Pegue o que quiser, e pague depois'." Isso é sábio, professor Hendryk, muito sensato.

Karl: *(Levantando-se e cruzando para a D da mesa de trabalho.)* O preço pode ser muito alto.

Rollander: Helen quer ter aulas particulares com o senhor. Eu quero oferecer isso a ela. Estou preparado para pagar o seu preço.

Karl: *(Friamente)* Não é uma questão de preço, sir William. Não estou no mercado negociando as melhores taxas. Tenho uma responsabilidade para com a minha profissão. Meu tempo e energia são limitados. Tenho dois bons alunos, rapazes pobres, mas que merecem prioridade em relação à sua filha. Perdoe-me por lhe falar assim, com essa franqueza.

Rollander: Aprecio seu ponto de vista, mas não sou assim tão insensível quanto possa imaginar. Compreendo perfeitamente que não é apenas uma questão de dinheiro. Mas, segundo aquilo em que acredito, professor Hendryk... e sou um homem de negócios... todo homem tem seu preço.

(Karl encolhe os ombros e senta-se na poltrona.)

Karl: Tem todo o direito à sua opinião.

Rollander: Sua esposa, creio eu, sofre de esclerose múltipla.

Karl: *(Surpreso)* É verdade mesmo. Mas como... como o senhor...?

Rollander: *(Interrompendo.)* Quando me acerco de um problema, procuro descobrir tudo a respeito com antecedência. Trata-se de uma doença, professor Hendryk, muito pouco conhecida. Ela é aliviada com paliativos, e pelo que se saiba não há cura. Embora o paciente possa viver muitos anos, nunca se soube de uma total recuperação. Acho que, sem usar a terminologia médica, o que eu disse está correto, não?

Karl: Sim, está correto.

Rollander: Mas o senhor deve ter ouvido ou lido a respeito de um novo e sensacional tratamento iniciado nos Estados Unidos, que alimenta grandes esperanças. Não pretendo falar com qualquer precisão ou conhecimento médico, mas acredito que foi descoberto um novo antibiótico, de fabricação cara, que exerce um efeito considerável sobre o curso da doença. Hoje não há como comprá-lo na Inglaterra, mas uma pequena quantidade da droga... ou como quer que se chame... foi enviada a este país e será usada em alguns poucos casos especialmente escolhidos. Eu tenho influência bastante para isso, professor Hendryk. O Franklin Institute, onde o trabalho está sendo desenvolvido, aceitará sua esposa como paciente caso eu exerça minha influência junto a ele.

(L*ISA* *se levanta e vai até a E de K*ARL*.*)

KARL: *(Baixinho)* Suborno e corrupção.

ROLLANDER: *(Sem se ofender)* Oh, sim, exatamente isso. Suborno e corrupção. Mas não o suborno pessoal, que não funcionaria no seu caso. O senhor recusaria qualquer oferta financeira que eu lhe fizesse. Entretanto, teria o senhor condições de recusar uma oportunidade de recuperar a saúde de sua esposa?

*(Há uma pausa, em seguida K*ARL *se levanta e vai em direção à porta dupla ao CA. Fica ali parado por algum tempo e, então, vira-se e recua para o C.)*

KARL: O senhor tem toda a razão, sir William. Aceitarei sua filha como aluna. Darei aulas particulares a ela com o mesmo zelo e atenção que eu dedicaria ao meu melhor aluno. Isso o satisfaz?

ROLLANDER: Isso a satisfará. Ela é o tipo de moça que não aceita *não* como resposta. *(Ele se levanta e encara K*ARL *ao C.)* Bem, o senhor tem a minha palavra de que, quando eles estiverem prontos no Franklin Institute, sua esposa será aceita como paciente. *(Ele aperta a mão de K*ARL.*)* Isso deve acontecer dentro de uns dois meses.

*(L*ISA *vai até a porta dupla ao C, abre-a e fica de pé, de um dos lados.)*

Só me resta esperar que o tratamento seja tão bem-sucedido como nos casos dos Estados Unidos e que eu possa cumprimentá-lo, daqui a um ano, pela recuperação da saúde de sua esposa. Boa noite, professor Hendryk. *(Ele começa a se retirar, quando para e se vira.)* Por sinal, minha filha está aguardando lá no carro pelo resultado da minha missão. Importa-se se ela vier até aqui um momento? Sei que Helen gostaria de agradecer-lhe.

KARL: Sem dúvida, sir William.

(ROLLANDER sai ao C para a D. LISA o acompanha. KARL vai sentar-se na cadeira da escrivaninha e recosta-se nela.)

ROLLANDER: *(De fora)* Boa noite.

LISA: *(De fora)* Boa noite, sir William.

(LISA volta a entrar, deixando a porta dupla aberta. Ela fica de pé no CE.)

E então a garota venceu.

KARL: Você acha que eu deveria ter recusado?

LISA: Não.

KARL: Já fiz Anya sofrer tanto. Por manter-me fiel aos meus princípios, fui expulso da universidade em meu país. Anya jamais compreendeu realmente por quê. Nunca reconheceu meu ponto de vista. Pareceu-lhe que meu comportamento fora tolo e quixotesco. Ela sofreu por conta disso muito mais do que eu. *(Faz uma pausa.)* Portanto, agora há uma chance de recuperação e ela precisa tê-la. *(Ele se senta à escrivaninha.)*

LISA: E quanto aos dois outros alunos? Será que um deles não terá de ser sacrificado?

KARL: Claro que não. Vou arranjar tempo. Posso trabalhar à noite, até mais tarde, para dar conta do meu trabalho.

LISA: Você já não é tão jovem, Karl. Já anda sobrecarregado.

KARL: Esses dois rapazes não devem sofrer por isso.

LISA: Se você tiver um esgotamento nervoso, todos sofrerão.

KARL: Então, não posso ter um esgotamento. É uma sorte não haver aqui nenhuma questão de princípios envolvida.

Lisa: Muita sorte... *(Ela olha na direção da porta à DB.)* para Anya.

Karl: O que quer dizer com isso, Lisa?

Lisa: Nada, na verdade.

Karl: Eu não compreendo. Sou um homem muito simples.

Lisa: Sim. Isso é que é tão assustador em você.

(Ouve-se a batida da bengala de Anya, de fora, à D.)

Karl: *(Levantando-se.)* Anya está acordada. *(Ele vai em direção à porta à DB.)*

Lisa: *(Cruzando para o C.)* Não, eu vou. Sua nova aluna vai querer falar com você. *(Ela segue em direção à porta à DB.)*

Karl: *(Quando ela passa por ele.)* Acha mesmo que eu fiz o que era certo? *(Lisa vai se colocar à frente da poltrona.)*

(Helen entra e vai até o CA pela D.)

Lisa: *(Parando na soleira da porta e virando-se para Karl.)* O que é certo? Como é que podemos saber antes de ver os resultados?

(Lisa sai pela DB.)

Helen: *(Na soleira da porta)* A porta estava aberta, por isso fui entrando. Tudo bem?

Karl: *(Bem distante e olhando pensativo para a direção de Lisa.)* Claro.

Helen: *(Indo até a D da poltrona.)* Espero realmente que o senhor não tenha ficado zangado. Aposto que não tem boa impressão de mim como estudante. Mas deve entender que nunca recebi um treinamento adequado. Apenas um tipo de formação boba, de coisas que estão na moda. Mas vou me esforçar muito, vou mesmo.

Karl: *(Voltando à realidade.)* Vamos dar início a uma vida séria de estudos. Posso emprestar-lhe alguns livros. Você os levará para ler e depois virá em determinada hora que combinarmos, quando lhe farei algumas perguntas em relação às conclusões que tirou das leituras. *(Vira-se para Helen.)* Está entendendo?

Helen: *(Indo até o C)* Sim. Posso levar os livros agora? Papai está esperando por mim no carro.

Karl: Sim. É uma boa ideia... Vai precisar comprar estes aqui. *(Ele dá a ela a lista que escreveu.)* Agora, deixe-me ver. *(Dirige-se à estante à D da porta dupla e escolhe dois grandes volumes, murmurando algo ao pegá-los.)*

(Helen observa Karl.)

Karl: *(Quase que sussurrando ao pegar os volumes)* Vai precisar ler Lecomte, sim, e possivelmente Wertfor. *(Para Helen)* Você lê alemão? *(Ele se dirige para a E da mesa no CD.)*

Helen: *(Indo até a E de Karl)* Sei um pouco de alemão de turista.

Karl: *(Friamente)* Você precisa estudar alemão. É impossível chegar a algum lugar sem um bom conhecimento de francês e de alemão. Deve estudar gramática e composição alemãs três vezes por semana.

(Helen faz uma careta.)

(Ele olha sério para Helen e entrega dois livros a ela.) Temo que os livros sejam bem pesados.

Helen: *(Pegando os livros e quase os deixando cair)* Oh... não é que são mesmo? *(Senta-se no braço E do sofá e dá uma olhada nos livros.)* Parece bem difícil. *(Ela se inclina ligeiramente sobre o ombro de Karl enquanto olha os livros.)* Quer que eu leia tudo isso?

Karl: Gostaria que lesse tudo, dando atenção especial aos capítulos 4 e 8.

Helen: *(Inclinando-se mais ainda, quase encostando nele)* Entendo.

Karl: *(Cruzando para a escrivaninha)* Podemos marcar para quarta-feira, às quatro da tarde?

Helen: *(Levantando-se)* Aqui? *(Ela coloca os livros sobre o sofá.)*

Karl: Não. Na minha sala na universidade.

Helen: *(Bastante satisfeita)* Oh, obrigada, professor Hendryk. *(Ela cruza por trás da poltrona para a D de Karl.)* Estou grata realmente, estou mesmo e vou tentar de verdade. Por favor, não fique contra mim.

Karl: Não estou contra a senhorita.

Helen: Sim, está, sim. Sente como se tivesse sido forçado a me aceitar por mim e pelo meu pai. Mas ainda se orgulhará de mim. Com certeza.

Karl: *(Sorrindo)* Então estamos entendidos. Nada mais a acrescentar.

Helen: O senhor é uma graça. Uma gracinha mesmo. Sinto-me grata. *(Ela dá um beijinho inesperado no rosto de Karl e em seguida vira-se de costas, junta os livros e vai até o C e para na soleira da porta, sorrindo para Karl. Meio envergonhada)* Quarta-feira. Às quatro?

(Helen se retira ao CA pela D, deixando a porta dupla aberta. Karl segue-a surpreso com o olhar. Leva a mão ao rosto e percebe que ficou marcado de batom. Limpa-o com o lenço e balança a cabeça, sorrindo meio desconfiado. Dirige-se ao toca-discos, coloca o disco do "Concerto para Piano de Rachmaninov", liga-o e, em seguida, vai até a escrivaninha e senta-se. Começa a trabalhar, mas faz uma pausa para escutar a música. Lisa entra pela DB. Fica ali por um momento, ouvindo e observando Karl, que não se dá conta de sua presença. Ela leva as mãos lentamente para o rosto e tenta se recompor, em seguida, de repente se descontrola, corre para o sofá e se atira na extremidade D dele.)

Lisa: Não. Não. Tire esse disco.

(Karl, estupefato, vira-se.)

Karl: *(Confuso)* É Rachmaninov, Lisa. Eu e você sempre gostamos tanto dele.

Lisa: Eu sei. E é por isso que não consigo suportá-lo neste momento. Tire-o.

(K<small>ARL</small> *se levanta e interrompe a música.*)

K<small>ARL</small>: *(Cruzando para a E do sofá.)* Você sabe, Lisa. Sempre soube.

L<small>ISA</small>: Não. Nós nunca dissemos nada.

K<small>ARL</small>: Mas sabíamos, não é?

L<small>ISA</small>: *(Com voz diferente, prática)* Anya está chamando você.

K<small>ARL</small>: *(Como que saindo de um sonho.)* Sim. Sim, claro. Vou já vê-la.

(K<small>ARL</small> cruza e sai pela DB. L<small>ISA</small> fica olhando na direção dele mesmo depois que sai, numa atitude de desespero.)

L<small>ISA</small>: Karl. *(Ela esmurra o sofá.)* Karl. Oh, Karl.

(L<small>ISA</small> desaba de infelicidade, com a cabeça entre as mãos, sobre o braço D do sofá, enquanto as <small>LUZES</small> *se apagam e o pano cai.)*

(CAI O PANO)

Cena II

C<small>ENÁRIO</small>: *O mesmo. Quinze dias depois. À tarde.*

Quando o pano sobe, as <small>LUZES</small> *são acesas. A folha direita da porta dupla está aberta. A<small>NYA</small> está ao C na cadeira de rodas, com a mesa de trabalho à sua E. Ela está tricotando. K<small>ARL</small> está sentado à escrivaninha, fazendo anotações de vários livros. A sra. Roper está espanando as prateleiras da estante à D. O aspirador de pó está à frente do sofá. L<small>ISA</small> entra na sala, vindo de seu quarto, e pega a bolsa na poltrona. Ela está arrumada, pronta para sair.*

A<small>NYA</small>: *(Irritada, quase chorando.)* Deixei escapar outro ponto. Dois pontos. Oh, céus!

(L<small>ISA</small> deixa a bolsa de volta na poltrona, inclina-se sobre a mesa de trabalho e pega o tricô.)

Lisa: Vou recuperá-los para você.

Anya: Não adianta eu tentar fazer tricô. Veja as minhas mãos. Não sossegam. Não adianta.

(*A Sra. Roper vai até a D da mesa no CD e espana os livros sobre ela.*)

Sra. Roper: Bem que dizem que a vida da gente é um vale de lágrimas. Viram o que saiu no jornal desta manhã? Duas garotinhas afogadas num canal. Lindas, elas eram. (*Ela deixa o espanador sobre a mesa no CD, vai até a frente do sofá, pega o aspirador e segue até a porta à DB.*) Por sinal, srta. Koletzky, estamos sem chá novamente.

(*A Sra. Roper sai pela DB. Lisa conserta o tricô e devolve-o a Anya.*)

Lisa: Pronto. Está tudo certo agora.

Anya: Será que algum dia eu vou ficar boa?

(*A Sra. Roper volta pela D, recolhe o espanador deixado sobre a mesa no CD.*)

(*Nostalgicamente, com doçura*) Queria tanto ficar boa.

Sra. Roper: Claro que vai, queridinha, claro que vai ficar. Desistir, jamais. (*Ela espana a cadeira à E da mesa no CD.*) O mais velho da minha Joyce tem uns ataques horrorosos. O médico diz que ele vai ficar bom, mas eu não sei, não. (*Ela cruza por trás da mesa no CD até a porta à DB, dando uma espanada aqui e acolá.*) Vou arrumar o quarto agora, pode ser? Para estar tudo pronto quando o doutor chegar.

Lisa: Por favor, sra. Roper.

(*A Sra. Roper sai à DB, deixando a porta aberta.*)

Anya: Melhor você ir, Lisa, ou vai se atrasar.

Lisa: (*Hesitando.*) Se quiser que eu fique...

Anya: Não, claro que não quero que fique. Seus amigos estão na cidade por um dia apenas. É óbvio que tem de ir vê-los. Já basta ser uma inválida inútil sem ter de sentir que estou estragando a diversão dos outros.

(A Sra. Roper, de fora, interrompe a tranquilidade com o som do aspirador e cantarolando uma velha canção com sua voz rouca.)

Karl: Oh, por favor!

Lisa: *(Cruzando para a porta à DB e chamando.)* Sra. Roper, sra. Roper!

(O aspirador e a cantoria param.)

Será que não se importa? O professor está tentando trabalhar.

Sra. Roper: *(De fora)* Desculpe, senhorita.

(Lisa cruza por trás de Anya até a poltrona e pega a bolsa. Ela se diverte com o incidente e Karl e Anya também. Karl enche sua pasta com livros e papéis.)

Anya: Lembra-se da nossa pequena Mitzi?

Lisa: Ah, sim, Mitzi.

Anya: Uma empregadinha tão simpática, tão esforçada. Sempre sorridente e com muitos bons modos. E fazia ótimas tortas também.

Lisa: Fazia mesmo.

Karl: *(Erguendo-se e pegando sua pasta.)* Enfim, estou preparado para dar minha aula.

Lisa: *(Dirigindo-se para a porta dupla ao CA.)* Volto assim que puder, Anya. Até logo.

Anya: Divirta-se.

Lisa: Até logo, Karl.

Karl: Até logo, Lisa.

(Lisa sai ao CA à D.)

(Ele passa pela frente da poltrona.) Um dia, querida, você vai estar novamente bem e forte.

(Senta-se na poltrona e fecha a pasta.)

Anya: Não, não vou. Você fala comigo como se eu fosse uma criança boba. Estou doente. Estou muito doente e cada vez pior. Vocês todos fingem estar alegres e animados. Não sabem como isso é irritante.

Karl: *(Delicadamente)* Desculpe. Sim, entendo que às vezes deve ser bem irritante.

Anya: E eu irrito e canso você.

Karl: Claro que não.

Anya: Oh, é claro que sim. Você é tão bom e paciente, mas, na verdade, deve ansiar para que eu morra e o deixe livre.

Karl: Anya, Anya, não diga uma coisa dessas. Você sabe que não é verdade.

Anya: Ninguém jamais pensa em mim. Ninguém me leva em consideração. Deu-se o mesmo quando você perdeu a cadeira na universidade. Por que tinha de dar guarida aos Schultz?

Karl: Eles eram nossos amigos, Anya.

Anya: Você jamais gostou do Schultz para valer ou concordou com seus pontos de vista. Quando ele teve problemas com a polícia, deveríamos tê-lo evitado de uma vez por todas. Era a única coisa segura a fazer.

Karl: Nem a mulher dele nem os filhos tinham culpa, e eles ficaram na miséria. Alguém tinha de ajudá-los.

Anya: Não precisava ser nós.

Karl: Mas eles eram nossos amigos, Anya. Não se pode abandonar os amigos quando eles estão com problemas.

Anya: Não se pode, eu sei. Mas você não pensou em mim. Como resultado, você foi obrigado a renunciar ao cargo e tivemos de deixar nossa casa e nossos amigos para vir morar neste país horrível, frio e cinzento.

Karl: *(Levantando-se, cruzando e colocando a pasta sobre o braço E do sofá.)* Ora, vamos, Anya, não é tão ruim assim.

Anya: Não para você, aposto. Eles lhe deram um lugar na universidade em Londres e para você tanto fez como tanto faz, contanto que tenha seus livros e seus estudos. Mas eu estou doente.

Karl: *(Cruzando para a D de Anya.)* Eu sei, querida.

Anya: E não tenho amigos aqui. Fico aqui deitada dia após dia sem ninguém com quem conversar, nem nada de interessante para ouvir, nenhuma fofoca. Faço tricô e perco os pontos.

Karl: Vai começar...

Anya: Você não compreende. Você não compreende nada. Não se importa de verdade comigo; se se importasse, compreenderia.

Karl: Anya, Anya. *(Ajoelha-se ao lado dela.)*

Anya: Você é mesmo um egoísta, egoísta e duro. Não se importa com ninguém a não ser você mesmo.

Karl: Minha pobre Anya.

Anya: Muito fácil dizer "pobre Anya". Ninguém se importa comigo ou pensa em mim, de verdade.

Karl: *(Docemente)* Eu penso em você. Lembro de quando a vi pela primeira vez, naquele seu casaquinho com o bordado em lã, muito alegre. Fomos fazer um piquenique nas montanhas. Os narcisos tinham florido. Você tirou os sapatos e caminhou pela grama alta. Lembra disso? Aqueles lindos sapatinhos, naqueles lindos pezinhos.

Anya: *(Com um sorriso de prazer repentino)* Sempre tive pés pequenos.

Karl: Os pés mais lindos do mundo. A moça mais linda. *(Ele afaga suavemente os cabelos dela.)*

Anya: Agora, estou velha e doente. Uma inútil.

Karl: Para mim, você é a mesma Anya. Sempre a mesma.

(A campainha da frente toca.)

(Ele se levanta.) Deve ser o dr. Stoner. *(Ele vai para trás da cadeira de rodas e ajeita as almofadas.)*

(A Sra. Roper entra pela DB.)

Sra. Roper: Posso ir ver quem é?

(A Sra. Roper sai pelo CA à D. Karl vai até a escrivaninha, pega alguns lápis e coloca-os no bolso. Há um som de porta abrindo e fechando e de vozes vindo daquela direção. A Sra. Roper entra pelo CA à D. Helen a segue, trazendo consigo os dois livros que havia tomado emprestado.)

É uma jovem que quer falar com o senhor. *(Ela segue lentamente para a DB.)*

(Karl vai até o CE.)

Helen: *(Colocando-se à D de Karl.)* Trouxe alguns dos seus livros de volta. Imaginei que talvez precisasse deles. *(Ela para de falar ao ver Anya e sua fisionomia se abate.)*

(A Sra. Roper sai pela DB.)

Karl: *(Pegando os livros com Helen e dirigindo-se para a E de Anya.)* Querida, lembra-se da srta. Rollander?

Helen: *(Indo até a D de Anya.)* Como vai, sra. Hendryk? Espero que esteja se sentindo melhor.

Anya: Nunca me sinto melhor.

Helen: *(Sem qualquer emoção.)* Sinto muito. *(Passa por trás da mesa no CD.)*

(A campainha da frente toca. Karl vai até a escrivaninha, coloca os livros sobre ela e dirige-se ao CA.)

Karl: Agora é o dr. Stoner.

(Karl sai pelo CA à D. A Sra. Roper entra pela DB, carregando uma lixeira. Ela segue até a prateleira perto da estante à D e esvazia um cinzeiro na lixeira. Helen olha distraidamente um livro sobre a mesa ao CD.)

Sra. Roper: Vou terminar o quarto mais tarde. É melhor ir logo comprar o chá antes que a loja feche.

Karl: *(De fora)* Olá, doutor. Entre.

Médico: *(De fora)* Olá, Karl, o dia está lindo.

(Karl entra ao CA, vindo da D, e fica de pé à E da soleira da porta. O Médico o acompanha.)

Karl: Gostaria de ter uma palavra com o senhor, a sós, doutor.

(A Sra. Roper sai pelo CA à E, deixando a porta aberta.)

Médico: Sim, claro. *(Ele vai até a E de Anya.)* Então, Anya, é um belo dia de primavera.

Anya: É mesmo?

Karl: *(Indo até o C.)* Podem nos dar licença por um momento? *(Ele cruza pela frente do sofá para a porta à DB.)*

Helen: *(Indo para a D da mesa no CD.)* Sim, naturalmente.

Médico: Boa tarde, srta. Rollander.

Helen: Boa tarde, doutor.

(O Médico cruza pela frente de Karl e sai pela DB. Karl o acompanha, fechando a porta ao passar. A Sra. Roper entra no hall, vindo da E. Ela traz o casaco e a sacola de compras. Deixa a sacola no chão, entra na sala e veste o casaco.)

Sra. Roper: Está muito quente para esta época do ano...

(Helen contorna o sofá pela D e senta-se na extremidade D dele, pega uma cigarreira dentro da bolsa e acende um cigarro.)

...e fico com dor nas juntas quando está assim. Eu estava tão emperrada hoje de manhã que mal pude sair da cama. Volto já com o chá, sra. Hendryk. Oh, e quanto ao chá, vou trazer meio quilo, pode ser?

Anya: Como quiser, como quiser.

Sra. Roper: Adeusinho, até mais.

(A Sra. Roper entra no hall, pega a sacola de compras e sai pela D.)

Anya: É ela que bebe o chá. Sempre diz que precisamos de chá, mas quase não bebemos. Tomamos café.

Helen: Acho que essas mulheres sempre acabam levando uma coisa ou outra, não é mesmo?

Anya: E acham que por sermos estrangeiros não vamos perceber.

(Há uma pausa. Anya tricota.)

Temo, srta. Rollander, que seja muito maçante para a senhorita ter só a mim para conversar. Inválidos não são companhia muito divertida.

(Helen levanta-se, vai até a DA e olha os livros da estante.)

Helen: Eu só vim mesmo devolver aqueles livros.

Anya: Karl tem livros demais. Veja esta sala... olhe bem, livros por toda parte. Os alunos vêm aqui e pedem os livros emprestados, leem e deixam espalhados ou levam os livros e os perdem. É de enlouquecer... realmente de enlouquecer.

Helen: Não deve ser nada divertido para a senhora.

Anya: Queria estar morta.

Helen: *(Virando-se bruscamente para fitar Anya.)* Oh, não deve dizer uma coisa dessas.

Anya: Mas é verdade. Sou um estorvo e aborreço todo mundo, minha prima Lisa e meu marido. Acha que é agradável saber que se é um peso para os outros?

Helen: A senhora pensa assim? *(Ela se vira em direção à estante.)*

Anya: Seria melhor se estivesse morta, muito melhor. Às vezes penso em eu mesma dar um fim a tudo isso. Seria bem fácil. Bastaria uma dose mais forte do meu remédio para o coração e todos estariam livres e felizes, e eu estaria em paz. Por que continuar sofrendo?

(Helen cruza pela frente da poltrona até a escrivaninha e olha pela janela, lá fora.)

Helen: *(Entediada e apática; com um suspiro)* Deve ser terrível para a senhora.

Anya: A senhorita não sabe, nem tem como compreender. É muito jovem, bonita e rica e tem tudo o que deseja. E eu aqui, infeliz, desamparada, sempre sofrendo e ninguém se importa. Ninguém se importa de verdade.

(O Médico entra à DB e cruza para a D de Anya. Karl o segue e coloca-se por trás do sofá. Helen vira-se.)

Médico: Bem, Anya, Karl me disse que dentro de umas duas semanas você já deverá ir para a clínica.

Anya: Não vai adiantar nada. Tenho certeza.

Médico: Ora, ora, você não deve dizer isso. Outro dia, li um artigo muito interessante no *The Lancet* que tratava do assunto. Era apenas um trabalho de apresentação, mas muito interessante. Naturalmente somos muito cautelosos neste país quanto às perspectivas desse tratamento. Temos medo de nos comprometer. Nossos primos norte-americanos disparam na frente, mas certamente ele parece ter grande probabilidade de êxito.

Anya: Não acredito nem um pouco nisso, não vai adiantar nada.

Médico: Ora, Anya, não seja pessimista. *(Ele empurra a cadeira de rodas na direção da porta à DB.)*

(Karl vai até a porta à DB e a segura aberta.)

Vamos fazer nosso exame semanal e verei se posso tê-la como cartão de visitas para mostrar como sou bom médico.

Anya: Não consigo mais tricotar, minhas mãos tremem e acabo perdendo os pontos.

(Karl tira a cadeira do Médico e empurra Anya pela DB.)

Karl: Isso não quer dizer nada, não é, doutor?
Médico: Não, absolutamente nada.

(Karl sai com Anya pela DB. O Médico os acompanha. Karl volta à sala e fecha a porta. Ele ignora Helen, que apaga o cigarro no cinzeiro sobre a escrivaninha e cruza para o CE.)

Karl: *(Pegando a pasta.)* Lamento ter de sair, mas tenho uma aula para dar às quatro e meia.

Helen: Ficou zangado comigo por eu ter vindo?

Karl: *(Sendo formal.)* Claro que não. É muita bondade sua devolver os livros.

Helen: *(Indo até a E de Karl.)* O senhor está zangado comigo. Ultimamente tem sido tão brusco... tão ríspido. O que foi que eu fiz para deixá-lo zangado? Ontem o senhor estava realmente irritado.

Karl: *(Cruzando por trás de Helen até a escrivaninha.)* Claro que eu estava irritado. *(Ele pega um livro na escrivaninha e cruza pela frente de Helen até a E do sofá.)* A senhorita diz que quer aprender, que quer estudar e obter o diploma, mas não estuda.

Helen: Bem, tenho estado bastante ocupada ultimamente... tem acontecido tanta coisa...

Karl: A senhorita não é boba, é bastante inteligente e tem massa cinzenta, mas não quer se esforçar. Como estão as aulas de alemão?

Helen: *(Muito displicentemente)* Não providenciei ainda.

Karl: Mas é preciso, é preciso. É fundamental que tenha condições de ler alemão. *(Ele cruza por trás da mesa no CD até a estante à D e pega um livro.)* Os livros que lhe dou para ler a senhorita não lê direito. Faço perguntas e suas respostas são superficiais. *(Ele coloca livros dentro da pasta.)*

Helen: *(Ajoelhando-se no sofá, numa postura um tanto sensual.)* Mas é um tédio esse trabalho.

Karl: Mas a senhorita estava ansiosa por estudar, por conquistar seu diploma.

Helen: Que se dane esse diploma, pouco me importa.

Karl: *(Deixando cair a pasta no braço E do sofá, completamente perplexo.)* Então, não compreendo. Obriga-me a aceitá-la como aluna, obriga seu pai a procurar-me.

Helen: Eu queria vê-lo, estar perto de você. Será que está cego, Karl? Estou apaixonada por você.

Karl: *(Virando-se e dando um passo para o C; atônito.)* O quê? Mas, menina...

Helen: Será que não gosta de mim nem um pouquinho?

Karl: *(Cruzando e ficando de pé à DB.)* É uma moça muito atraente, mas é preciso que esqueça este absurdo.

Helen: *(Levantando-se e ficando por trás de Karl.)* Não é um absurdo, estou lhe dizendo que o amo. Por que não encarar isso de forma simples e natural? Eu quero você e você me quer. Você sabe que sim... você é o tipo de homem com quem eu quero me casar. Bem, e por que não? Sua mulher não serve de nada para você.

Karl: Você compreende muito pouco as coisas. Fala como uma criança. Eu amo minha mulher.

(Ele cruza para o C.)

Helen: *(Sentando no sofá.)* Oh, eu sei. Você é uma pessoa extremamente bondosa. Toma conta dela e a serve de chás e mingaus e tudo o mais, sem dúvida. Mas isso não é amor.

Karl: *(Cruzando pela frente do sofá para a D; um tanto perdido, sem saber o que dizer.)* Será que não? Eu acho que é. *(Senta-se no braço D do sofá.)*

Helen: É claro que tem de tomar providências para que ela seja bem cuidada, mas isso não precisa interferir em sua vida como homem. Se tivermos um caso, sua mulher não precisa saber.

Karl: *(Com firmeza)* Minha menina, nós não vamos ter um caso.

Helen: Não fazia ideia que você fosse tão convencional. *(Ocorre-lhe, de repente, uma ideia.)* Não sou virgem, se é isso o que o preocupa. Já tive muitas experiências.

Karl: Helen, não se iluda. Não estou apaixonado por você.

Helen: Pode continuar dizendo isso até cansar, que eu não vou acreditar em você.

Karl: Porque você não quer acreditar em mim. Mas é a verdade. *(Ele se levanta e vai para a DB.)* Eu amo minha mulher. É a pessoa mais querida para mim no mundo.

HELEN: (*Como uma criança desnorteada*) Por quê? Por quê? Quero dizer, o que ela pode lhe oferecer? Eu poderia lhe dar tudo. Dinheiro para suas pesquisas ou para o que você quisesse.

KARL: Mas ainda assim você não seria Anya. *(Ele se senta no braço D do sofá.)* Ouça...

HELEN: Aposto que ela já foi bonita e atraente um dia, mas não é mais agora.

KARL: Ela é. Nós não mudamos. Aquela ainda é a mesma Anya. A vida nos prega peças. Saúde debilitada, decepções, exílio, tudo isso forma uma carapaça que encobre o verdadeiro ser. Mas o verdadeiro ser permanece ali.

HELEN: *(Levantando-se com impaciência, dirige-se para o CE e vira o rosto para encarar KARL.)* Acho que você só está dizendo bobagens. Se fosse um casamento de verdade... mas não é. Não pode ser, nessas circunstâncias.

KARL: É um verdadeiro casamento.

HELEN: Oh, você é impossível! *(Ela vai para a EB.)*

KARL: *(Erguendo-se.)* Veja, você ainda é uma criança. Não compreende.

(HELEN cruza por trás da poltrona até a E de KARL. Ela começa a se descontrolar.)

HELEN: Você é que é uma criança, embrulhada numa nuvem de sentimentalismo e mentira. Você mente até para si mesmo. Se tivesse coragem... mas eu tenho coragem e sou bem realista. Não tenho medo de olhar para as coisas e enxergá-las do jeito que são.

KARL: Você é uma criança que não cresceu.

HELEN: *(Exasperada)* Oh! *(Ela cruza por trás da poltrona até a escrivaninha e olha, enfurecida, pela janela.)*

(O MÉDICO empurra ANYA pela DB.)

MÉDICO: *(Ao entrarem; animadamente.)* Tudo bastante satisfatório.

(Karl toma a cadeira do Médico e empurra Anya até seu lugar de costume ao C. O Médico vai até o CA.)

Anya: *(Ao ser levada.)* É o que ele diz. Todos os médicos são uns mentirosos.

(Karl apanha a pasta dele.)

Médico: Bem, eu preciso ir. Tenho uma consulta às quatro e meia. Até logo, Anya. Boa tarde, srta. Rollander. Vou pela Gower Street, Karl, e posso lhe dar uma carona se quiser.

Karl: Muito grato, doutor.

Médico: Espero você no carro.

(O Médico sai pelo CA, fechando a porta ao passar. Karl fecha a pasta e vai até a D de Anya.)

Anya: Karl, me perdoe, Karl.

Karl: Perdoá-la, querida? O que é que há para perdoar?

Anya: Tudo. Meu jeito de ser, meu mau humor. Mas não sou eu de verdade, Karl. É só a doença. Você compreende?

Karl: *(Passando o braço afetuosamente em volta dos ombros dela.)* Eu compreendo.

(Helen vira um pouco a cabeça para olhá-los, franze o cenho e volta a olhar pela janela.)

Nada que você disser jamais me magoará porque eu conheço o seu coração.

(Karl afaga a mão de Anya, eles se entreolham e ela beija a mão dele.)

Anya: Karl, você vai se atrasar para a sua aula. Precisa ir agora.

Karl: Gostaria de não ter de deixá-la.

Anya: A sra. Roper volta a qualquer momento e ela ficará comigo até Lisa voltar.

Helen: Não tenho nada de especial para fazer. Posso ficar com a sra. Hendryk até que a srta. Koletzky volte.

Karl: Você faria isso, Helen?

Helen: Claro que sim.

Karl: É muita bondade sua. *(Para Anya)* Até logo, querida.

Anya: Até logo.

Karl: Obrigado, Helen.

(Karl sai ao CA, fechando a porta ao passar. A tarde começa a cair.)

Helen: *(Cruzando por trás da cadeira de rodas até o sofá.)* A srta. Koletzky é sua parente? *(Senta-se no sofá.)*

Anya: Sim, é minha prima em primeiro grau. Veio para a Inglaterra conosco e aqui ficou desde então. Esta tarde ela foi visitar uns amigos de passagem por Londres. Estão no Hotel Russell, perto daqui. É tão raro estarmos com amigos do nosso país.

Helen: A senhora gostaria de voltar para lá?

Anya: Nós não podemos voltar. Um amigo de meu marido, também professor, caiu em desgraça por causa de seu posicionamento político... ele foi preso.

Helen: E como isso afetou o professor Hendryk?

Anya: A mulher e os filhos dele, sabe, ficaram totalmente desamparados. O professor Hendryk insistiu para que os acolhêssemos em nossa casa. Mas, quando as autoridades souberam, forçaram-no a pedir demissão.

Helen: Realmente isso parece não ter valido a pena, não é mesmo?

Anya: Era o que achava e jamais gostei de Maria Schultz. Era uma mulher cansativa, sempre se queixando e criticando ou choramingando a respeito de uma coisa ou outra. E as crianças eram muito mal-educadas e destruidoras. É terrível que por causa deles tivemos de deixar nossa bela casa e vir para cá praticamente como refugiados. Isto aqui nunca será um lar.

Helen: Parece que não deve ter sido fácil para a senhora.

Anya: Os homens não pensam nessas coisas. Pensam apenas nas próprias ideias quanto ao que é certo ou justo, ou no dever.

Helen: Eu sei. Isso é bem maçante. Mas os homens não são realistas como nós.

(Há uma pausa, e Helen acende um cigarro que tirou da bolsa. Um relógio lá fora bate quatro horas.)

Anya: *(Olhando o relógio dela.)* Lisa não me deu o remédio antes de sair. Às vezes ela me cansa com seu jeito de se esquecer das coisas.

Helen: *(Levantando-se.)* Posso fazer alguma coisa?

Anya: *(Apontando para as prateleiras da parede à DB.)* Está naquela prateleirazinha ali.

(Helen vai até as prateleiras à DB.)

O pequeno frasco marrom. Quatro gotas num pouco d'água.

(Helen apaga o cigarro no cinzeiro sobre o armário da D e pega o frasco de remédio e um copo na prateleira.)

É para o coração, sabe. Tem um copo ali e um conta-gotas.

(Helen vai até a estante à D.)

Tome cuidado, é muito forte. É por isso que eles o mantêm longe do meu alcance. Às vezes me sinto tão deprimida que ameaço me matar, e eles acham que, talvez, se ele estivesse perto de mim, ficaria tentada a tomar uma dose maior.

Helen: *(Destampando o vidro.)* A senhora pensa nisso muitas vezes, não é?

Anya: *(De modo complacente)* Oh, sim, são tantas as vezes que preferiria morrer de uma vez.

Helen: Sei, posso compreender.

Anya: Mas, é claro, é preciso ter coragem e seguir em frente.

(Helen está de costas para Anya. Ela dá uma rápida olhadela por cima do ombro. Anya, entretida com o tricô, não está

olhando na direção dela. Helen sacode o frasco e despeja todo o conteúdo no copo, acrescenta um pouco mais de água e, em seguida, dá o copo a Anya.)

Helen: *(À D de Anya.)* Pronto, aqui está.

Anya: Obrigada, querida. *(Ela pega o copo com a mão esquerda e toma um gole.)*

(Helen está de pé à D de Anya.)

Está com um gosto bem forte.

Helen: Quatro gotas, não foi o que disse?

Anya: Sim, isso mesmo. *(Ela bebe tudo de uma vez, então se recosta na cadeira e coloca o copo sobre a mesa de trabalho.)*

(Helen, muito nervosa, fica de pé observando Anya.)

O professor trabalha demais, sabe. Aceita mais alunos do que deveria. Eu gostaria... gostaria que ele tivesse uma vida mais amena.

Helen: Talvez um dia ele consiga.

Anya: Duvido. *(Com um sorriso meigo)* Ele é tão bom para todos. Tão cheio de bondade. É tão bom para mim, tão paciente. *(Ela perde um pouco o fôlego.)* Ah!

Helen: O que foi?

Anya: É só que... acho que não estou conseguindo respirar direito. Tem certeza de que não me deu uma dose maior?

Helen: Eu lhe dei a dose correta.

Anya: Tenho certeza... certeza de que sim. Eu não quis dizer... eu não pensei... *(As palavras dela se tornam mais lentas à medida que ela se recosta como se fosse adormecer. Ela leva a mão muito lentamente ao coração.)* Que estranho... muito... estranho. *(A cabeça dela pende para o lado sobre o travesseiro.)*

(Helen vai até a D de Anya e a observa. Agora ela parece amedrontada. Leva a mão ao rosto e depois para baixo novamente.)

Helen: *(Com voz baixa)* Sra. Hendryk.

(Silêncio)

(Um pouco mais alto) Sra. Hendryk.

(Helen vai até a D de Anya, toma o pulso dela. Ao verificar que a pulsação parou por completo, ela leva um susto e deixa cair a mão, horrorizada, em seguida recua um pouco para a DB. Ela passa pela frente da poltrona, contornando-a, e fica por trás da mesa de trabalho, sem tirar os olhos de Anya. Fica olhando fixamente por alguns minutos para Anya, então estremece, voltando à realidade. Vê o copo sobre a mesa de trabalho, pega-o e limpa-o com seu lenço, em seguida inclina-se e coloca-o cuidadosamente na mão esquerda de Anya. Depois, vai encostar-se, exausta, no braço direito do sofá. Ela se recompõe e vai até a estante, pega o frasco de remédio e o conta-gotas. Limpa suas impressões digitais do frasco e cruza até a D de Anya. Delicadamente, ela pressiona a mão direita de Anya em volta do frasco e passa por trás da mesa de trabalho, colocando-o sobre a mesa; retira o conta-gotas e deixa-o ao lado do frasco. Ela cruza um pouco para o CA, olha em volta e, então, vai rapidamente até o sofá, pega a bolsa e as luvas e vai depressa até a porta dupla no CA. Para de repente e corre até a prateleira para pegar a jarra de água, limpando-a com seu lenço enquanto cruza até a mesa de trabalho, onde coloca a jarra. Cruza novamente em direção à porta dupla no CA. Ouve-se lá de fora o som de um realejo. Helen abre bruscamente a porta da D e sai pelo hall à D. Ouve-se bater a porta da frente. Há uma longa pausa, e ouve-se, então, a porta da frente abrir e fechar. A Sra. Roper mete a cabeça pela porta no CA.)

Sra. Roper: Eu trouxe o chá.

(A Sra. Roper desaparece pela E. Ela volta à soleira da porta, tirando o casaco e o chapéu, e dependura-os em um gancho à D da porta dupla.)

E trouxe o bacon e uma dúzia de caixas de fósforo. Não está tudo uma fortuna hoje em dia? Tentei encontrar rins para o jantar da pequena Muriel, estavam caríssimos e muito minguados. *(Ela cruza por trás da mesa no CD até a porta à DB.)* Ela vai ter de comer o mesmo que os outros e contentar-se. Vivo dizendo a ela que dinheiro não dá em árvore.

(A S<small>RA</small>. R<small>OPER</small> sai à DB. Há uma pausa prolongada, então a porta da frente abre e fecha. L<small>ISA</small> entra no CA vindo da D, guardando sua chave na bolsa.)

L<small>ISA</small>: *(Ao entrar)* Demorei muito? *(Ela cruza até a escrivaninha, olha para A<small>NYA</small> e, achando que ela está dormindo, sorri, vira-se para janela e tira o chapéu. Depois de colocar o chapéu sobre a escrivaninha, ela se vira para A<small>NYA</small> e começa a se dar conta de que ela talvez não esteja apenas dormindo.)* Anya? *(Ela corre até a D de A<small>NYA</small> e levanta a cabeça dela. Ela retira a mão e a cabeça volta a pender. Vê o frasco sobre a mesa de trabalho, passa por trás da cadeira de rodas, pega o copo e depois o frasco.)*

(A S<small>RA</small>. R<small>OPER</small> entra à DB enquanto L<small>ISA</small> está segurando o frasco.)

S<small>RA</small>. R<small>OPER</small>: *(Assustada)* Oh, não ouvi a senhorita chegar. *(Ela vai até a DA.)*

L<small>ISA</small>: *(Pousando o frasco na mesa com uma pancada; assustada com o aparecimento repentino da S<small>RA</small>. R<small>OPER</small>.)* Não sabia que estava aqui, sra. Roper.

S<small>RA</small>. R<small>OPER</small>: Alguma coisa errada?

L<small>ISA</small>: A sra. Hendryk... acho que a sra. Hendryk está morta. *(Ela vai até o telefone e disca.)*

(A S<small>RA</small>. R<small>OPER</small> dirige-se lentamente até a E de A<small>NYA</small>, vê o frasco e, em seguida, vira-se devagar para fitar L<small>ISA</small>, que aguarda impacientemente que alguém atenda à sua ligação. Ela está de costas para a S<small>RA</small>. R<small>OPER</small> e não percebe o olhar dela. As LUZES *se apagam completamente... enquanto cai o pano.)*

(CAI O PANO)

SEGUNDO ATO

Cena I

C*enário*: *O mesmo. Quatro dias mais tarde. Por volta do meio-dia.*

Quando sobe o pano, as luzes *estão acesas. A sala está vazia. Tudo permanece como anteriormente, à exceção da cadeira de rodas, que foi retirada. As portas estão todas fechadas. Após alguns instantes,* Karl *entra pelo CA, vai até o C, para por um momento e olha para onde a cadeira de rodas costumava ficar, então se senta na poltrona.* Lisa *entra pelo CA e vai até a escrivaninha. O* Médico *entra pelo CA, olha para os demais e passa pela frente do sofá.* Lester *entra pelo CA e fica de pé, bastante sem jeito no CA. Todos entram muito lentamente e deprimidos.*

Médico: *(Bastante desconfortável)* Bem, está tudo terminado.

Lisa: *(Tirando o chapéu e as luvas.)* Nunca tinha participado de um inquérito antes, neste país. São sempre assim?

Médico: *(Ainda meio sem jeito)* Bem, eles variam, sabe, variam. *(Senta-se na extremidade D do sofá.)*

Lisa: *(Depois de uma pausa)* Parece algo tão prático, tão frio.

Médico: Bem, naturalmente não consideramos muito as emoções. Afinal, trata-se apenas de um inquérito de rotina, só isso.

Lester: *(Dirigindo-se para a E do sofá; para o* Médico.*)* Não foi um veredicto um tanto estranho? Disseram que ela morreu de uma dose excessiva de estrofantina, mas não disseram como ela foi ministrada. Creio que deveriam ter dito suicídio em momento de desequilíbrio mental e liquidado o assunto.

(Lisa *senta-se à escrivaninha.*)

Karl: *(Inflamando-se.)* Não posso acreditar que Anya tenha se suicidado.

Lisa: *(Pensativa)* Eu também não afirmaria isso.

Lester: *(Indo até o CE.)* Entretanto, as provas foram muito claras. Havia impressões digitais dela no frasco e no copo.

Karl: Deve ter sido algum tipo de acidente. As mãos dela tremiam muito, como sabem. Anya deve ter pingado muito mais do que imaginou. O curioso é que não me recordo de ter deixado o frasco e o copo ao lado dela, mas acho que devo ter feito isso.

(Lisa *se levanta e vai até a E de* Karl. Lester *senta-se sobre o braço E do sofá.*)

Lisa: Foi culpa minha. Devia ter dado as gotas a ela antes de sair.

Médico: Não foi culpa de ninguém. Nada mais inútil do que se culpar por ter deixado de fazer algo que deveria ter feito ou o contrário. São coisas que acontecem e são muito tristes. Vamos deixar por isso mesmo... *(Quase que inaudível, e não para os outros)* se pudermos.

Karl: O senhor não acha que Anya tomou deliberadamente uma dose excessiva, acha, doutor?

Médico: *(Lentamente)* Eu não afirmaria isso.

Lester: *(Levantando-se e indo até o CE.)* Ela falava sobre isso, sabe. Quero dizer, quando ficava deprimida.

(Lisa *vai até a escrivaninha.*)

Médico: Sim, sim, quase todo inválido crônico fala em suicídio, mas raramente chegam a suicidar-se.

Lester: *(Após uma pausa; encabulado)* Desculpe, espero não estar sendo intrometido, vindo aqui. *(Ele vai até o C.)* É natural que queiram ficar sozinhos. Eu não deveria...

Karl: Nada disso, meu rapaz, foi muita bondade sua.

LESTER: Pensei que talvez houvesse algo que eu pudesse fazer. *(Ele se vira para o fundo do palco, encabulado, e cai por cima da cadeira à E da mesa, em seguida vai até a D de KARL.)* Eu faria qualquer coisa... *(Ele olha com devotamento para KARL.)* se pudesse, para ajudar.

KARL: Sua solidariedade ajuda. Anya gostava muito de você, Lester.

(A SRA. ROPER entra ao CA. Ela usa um tailleur preto surrado e chapéu. Traz uma bandeja com café para quatro pessoas e um prato de sanduíches. LESTER vai até a escrivaninha.)

SRA. ROPER: *(Com voz adequadamente suave)* Fiz café e uns sanduíches. *(Ela pousa a bandeja sobre a mesa ao CD. Para KARL)* Pensei que o senhor precisaria de algo para levantar as forças.

(LISA cruza até a bandeja e serve o café.)

KARL: Obrigada, sra. Roper.

SRA. ROPER: *(Consciente de suas virtudes)* Voltei o mais depressa possível do inquérito, senhor... *(Ela vai até o C.)* para que tudo estivesse pronto quando o senhor chegasse.

KARL: *(Percebendo o tailleur preto surrado da SRA. ROPER e o chapéu.)* Então a senhora esteve no inquérito?

SRA. ROPER: Claro que estive. Tinha de ir. Pobre senhora. *(Ela se debruça sobre o sofá, falando para o MÉDICO.)* Muito para baixo ela andava, não? Pensei que deveria ir, no mínimo, em sinal de respeito. Mas não posso dizer que tenha sido algo muito agradável ter a polícia aqui, fazendo perguntas.

(Durante esta cena com a SRA. ROPER, os outros todos evitam olhar diretamente para ela, na esperança de que pare de falar e saia, mas ela insiste em tentar iniciar uma conversa, primeiro com um depois com outro.)

MÉDICO: *(Levantando-se.)* Esses inquéritos de rotina precisam ser feitos, sra. Roper. *(Ele leva uma xícara de café para KARL, em seguida segue por detrás da SRA. ROPER até a bandeja.)*

Sra. Roper: Naturalmente, senhor.

Médico: Sempre que não é possível emitir um atestado de óbito, torna-se obrigatório um inquérito médico-legal.

Sra. Roper: Oh, sim, senhor, tenho certeza de que está tudo certo, como deve ser, mas não é nada agradável. É o que eu acho.

(O Médico pega uma xícara de café para ele e senta-se no sofá.)

Sra. Roper: Não estou acostumada a esse tipo de coisa. Meu marido não ia gostar de me ver envolvida em coisas desse tipo.

Lisa: Não vejo de que maneira a senhora esteja envolvida, sra. Roper.

Sra. Roper: *(Indo resolutamente na direção de Lisa.)* Bem, eles me fizeram perguntas, sobre se ela andava deprimida e se já havia falado sobre qualquer coisa como a que aconteceu. *(Ela vai para a D de Karl. Bem enfática)* Oh, eles me fizeram um monte de perguntas.

Karl: Bem, agora está tudo terminado, sra. Roper. Não acho que precise se preocupar mais.

Sra. Roper: *(Meio imprensada)* Não, senhor, obrigada, senhor.

(A Sra. Roper sai pelo CA, fechando a porta dupla ao passar.)

Médico: Gente agourenta, sabe, essas mulheres. Adoram doenças, mortes e enterros. Um inquérito, presumo, é uma distração a mais.

Lisa: Lester... café?

Lester: Muito agradecido. *(Ele cruza até a cadeira à D da mesa ao CD, senta-se, serve-se de café e, em seguida, fica absorvido por um livro.)*

(Lisa vai até a escrivaninha.)

Karl: Deve ter sido algum tipo de acidente, deve ter sido.

Médico: Eu não sei. *(Beberica o café.)* Não é igual ao que você faz, Lisa, querida.

Lisa: *(Cruzando pela frente da poltrona e do sofá e ficando de pé à DB)* Ela deve tê-lo deixado ferver por uma meia hora.

Karl: Foi com boa intenção.

Lisa: *(Virando-se para a porta à DB; por sobre o ombro.)* Será mesmo?

(Lisa sai pela DB, deixando a porta aberta. O Médico se levanta, pega o prato de sanduíches na bandeja e cruza até Karl.)

Médico: Quer um sanduíche?

Karl: Não, obrigado.

Médico: *(Indo até a mesa no CD e colocando os sanduíches na frente de Lester.)* Acabe com eles, meu rapaz. A fome é grande na sua idade.

(Lester, agora absorto no livro, não ergue o olhar, mas serve-se automaticamente de um sanduíche.)

Lester: Bem, obrigado. Até que é uma boa ideia.

Lisa: *(De fora, chamando.)* Karl!

Karl: *(Levantando-se e colocando sua xícara na mesa de trabalho.)* Peço licença, por um momento. *(Ele responde e cruza até a porta à DB.)* Sim, já vou.

(Karl sai à D, fechando a porta ao passar.)

Lester: Ele está arrasado, não está, doutor?

Médico: *(Tirando o cachimbo do bolso.)* Sim, está.

Lester: Parece esquisito de certa forma, não é bem esquisito que quero dizer, porque, suponho... o que quero dizer é que é tão difícil compreender como os outros se sentem.

Médico: *(Indo até o CB e acendendo o cachimbo.)* O que está querendo dizer, rapaz?

Lester: Bem, o que quero dizer é que a pobre sra. Hendryk sendo inválida e tudo isso, seria de se pensar, não seria, que ele ficasse impaciente com ela ou se sentisse muito preso.

(O Médico coloca o palito de fósforo no cinzeiro na mesa no CD e, em seguida, senta-se na extremidade E do sofá.)

E se poderia pensar que realmente, lá no fundo, ele se sentiria bem por se libertar. Mas nada disso. Ele a amava. Ele de fato a amava.

MÉDICO: O amor não é apenas glamour, desejo, atração sexual... tudo aquilo em que vocês jovens acreditam tanto. Isso é apenas o ponto de partida, de onde a natureza começa todo o processo. É a flor resplandecente, se preferir. Mas o amor é a raiz. Fica sob a terra, fora de vista, nada que se possa admirar, mas é onde a vida está.

LESTER: Sim, acredito que sim. Mas a paixão não dura, senhor, não é?

MÉDICO: *(Em desespero)* Deus me dê forças! Vocês jovens não sabem nada dessas coisas. Vocês leem nos jornais sobre divórcios, sobre intrigas amorosas recheadas de muito sexo. De vez em quando examinem os obituários só para variar um pouco. Eles estão cheios de registros de Emily disso e John daquilo, que morreram aos 74 anos, sobre a amada esposa de beltrano, o adorado esposo de sicrana. São registros nada espetaculares de vidas passadas juntos, sustentadas por essa raiz de que acabei de falar e que ainda dá folhas e flores. Não aquelas flores resplandecentes, mas, ainda assim, flores.

LESTER: Acho que tem razão. Nunca pensei sobre isso. *(Ele se levanta e vai sentar-se à D do MÉDICO no sofá.)* Sempre pensei que se casar é meio como assumir um risco, a não ser, é claro, que se encontre a garota que...

MÉDICO: Sim, sim, isso é o que manda o figurino. Você encontra uma garota... ou já encontrou uma garota... que é diferente.

LESTER: *(Seriamente)* Mas, senhor, ela é realmente diferente.

MÉDICO: *(Bem-humorado)* Já entendi. Bem, boa sorte, meu rapaz.

(KARL entra pela DB. Ele traz um pequeno pingente. O MÉDICO se levanta. KARL cruza até o C, olhando para o pingente.)

Karl: O senhor poderia dar isso à sua filha, doutor? Era de Anya e sei que ela gostaria que Margaret ficasse com ele. *(Vira-se e entrega o pingente ao Médico.)*

Médico: *(Comovido)* Obrigado, Karl. Sei que Margaret vai gostar do presente. *(Ele guarda o pingente dentro da carteira, em seguida segue em direção à porta dupla no CA.)* Bem, preciso ir. Não posso deixar meus pacientes recém-operados esperando por mim.

Lester: *(Levantando-se e indo até o CD; para Karl.)* Eu vou também, se tiver certeza de que não há nada em que possa ajudá-lo, senhor.

Karl: Para falar a verdade, tem, sim.

(Lester fica radiante.)

Lisa está preparando alguns embrulhos de roupas e outras coisas assim... e vai mandá-las para a East London Mission. Se pudesse ajudá-la a levá-los até a agência dos correios...

Lester: Claro que posso.

(Lester sai pela DB.)

Médico: Adeus, Karl.

(O Médico sai pelo CA. Lester entra pela DB. Carrega uma caixa grande embrulhada em papel pardo, que ele leva até a escrivaninha e fecha com fita adesiva. Lisa entra pela DB. Ela traz um embrulho feito com papel pardo e uma pequena gaveta contendo papéis, cartas etc. e uma caixinha de madeira.)

Lisa: *(Passando pela frente do sofá.)* Se você pudesse examinar estas coisas, Karl. *(Ela coloca a gaveta sobre o sofá.)* Sente-se aqui e olhe tudo, com calma e sozinho. É algo que precisa ser feito e quanto antes o fizer, melhor.

Karl: Como você é equilibrada, Lisa. Essas coisas começam a ser adiadas por medo... por medo de que doam muito. Conforme você diz, é melhor fazer logo.

Lisa: Não devo me demorar. Vamos, Lester.

(Lisa e Lester *saem pelo CA, fechando a porta dupla ao passar.* Karl *pega a lixeira próxima à escrivaninha, senta-se no sofá, coloca a gaveta no colo e começa a ler as cartas.*)

Karl: (*Lendo uma carta.*) Faz tanto tempo, tanto tempo.

(*A campainha da frente toca.*)

Ora, vá embora, seja quem for.

Sra. Roper: (*De fora*) Queira entrar, por favor.

(*A* Sra. Roper *entra pelo CA à D e fica de pé, de um dos lados.*)

É a srta. Rollander, senhor.

(Helen *entra pelo CA à D e vai até o CB.* Karl *levanta-se e coloca a gaveta sobre a mesa no CD. A* Sra. Roper *sai pelo CA à E, deixando a porta aberta.*)

Helen: Espero, realmente, não estar sendo inoportuna. Fui ao inquérito, sabe, e depois pensei que devia vir aqui e falar com você. Mas se preferir que eu vá embora...

Karl: Não, não, foi bondade sua vir.

(*A* Sra. Roper *entra pelo CA, vindo da E, colocando o casaco.*)

Sra. Roper: Vou dar uma saída rápida e comprar outro meio quilo de chá antes que a loja feche. Está faltando de novo.

Karl: (*Manuseando as cartas dentro da gaveta; distante.*) Sim, claro, sra. Roper.

Sra. Roper: Oh, estou vendo o que o senhor está fazendo. E é uma tarefa triste, sempre é. Minha irmã, sabe, é viúva. Guarda todas as cartas que o marido escreveu para ela do Oriente Médio. E vez por outra pega aquelas cartas e chora que só vendo.

(Helen, *bastante impaciente com o falatório da* Sra. Roper, *vai para trás da poltrona.*)

O coração não esquece, senhor. É o que eu digo. O coração não esquece.

Karl: *(Cruzando pela frente do sofá para a D dele.)* É como se diz, sra. Roper.

Sra. Roper: Deve ter sido um choque e tanto para o senhor, não foi? Ou o senhor já estava esperando?

Karl: Não, eu não estava esperando.

Sra. Roper: Não posso imaginar como é que ela fez uma coisa dessas. *(Ela fita, fascinada, o lugar onde a cadeira de Anya costumava ficar.)* Não parece certo, senhor, não parece certo, mesmo.

Karl: *(Tristemente exasperado)* A senhora não disse que ia comprar chá, sra. Roper?

Sra. Roper: *(Ainda fitando o lugar da cadeira de rodas.)* É mesmo, senhor, e eu preciso me apressar... *(Ela recua lentamente até o CA.)* porque o armazém fecha ao meio-dia e trinta.

Helen: *(Indo até o C.)* Eu senti muito ao ouvir...

Karl: *(Indo para a DB.)* Obrigado.

Helen: É claro que ela já estava doente há muito tempo, não estava? Devia se sentir terrivelmente deprimida.

Karl: Ela lhe disse alguma coisa antes de você deixá-la naquele dia?

Helen: *(Indo nervosamente por trás da poltrona e contornando-a pela E.)* Não, eu... eu acho que não. Nada de especial.

Karl: *(Indo para a frente do sofá.)* Mas ela estava deprimida... desanimada?

Helen: *(Agarrando-se à possibilidade.)* Sim. *(Passa pela frente da poltrona.)* Sim, ela estava.

Karl: *(Em tom de acusação)* Você foi embora e deixou-a... sozinha... antes que Lisa voltasse.

Helen: *(Sentando-se na poltrona; rapidamente.)* Sinto muito. Temo que isso não tenha me ocorrido.

(Karl vai até o CA.)

Quero dizer que ela afirmou estar perfeitamente bem e insistiu para que eu não ficasse, e... bem, para dizer a verdade, eu... eu pensei que ela realmente queria que eu fosse... e foi o que eu fiz. É claro que agora...

KARL: *(Indo para a DB.)* Não, não. Eu compreendo. Percebo que, se minha pobre Anya estava com aquela ideia na cabeça, ela deve ter insistido para que você fosse embora.

HELEN: E, de certa forma, realmente, esta era a melhor coisa que poderia ter acontecido, não era?

KARL: *(Indo na direção dela; enfurecido.)* O que você quer dizer com... a melhor coisa que poderia ter acontecido? *(Ele vai até o C.)*

HELEN: *(Levantando-se.)* Para você, quero dizer. E para ela também. Ela queria estar fora de tudo isso, bem, agora conseguiu. Portanto, está tudo certo, não está? *(Ela vai para o CE, entre a poltrona e a escrivaninha.)*

KARL: *(Indo até o CD.)* É difícil para mim acreditar que ela quisesse se livrar de tudo.

HELEN: Ela disse isso... afinal, ela não poderia ter sido feliz, poderia?

KARL: *(Pensativo)* Às vezes ela era muito feliz.

HELEN: *(Contornando a poltrona.)* Mas não tinha como, sabendo que era um fardo para você.

KARL: *(Indo para a frente do sofá; começando a perder a paciência.)* Ela nunca foi um fardo para mim.

HELEN: Ora, mas por que ser tão hipócrita em relação a isso tudo? Sei que você era muito bom para ela, mas encaremos os fatos. Estar amarrado a uma inválida tagarela é um peso para qualquer homem. Agora, está livre. Pode seguir em frente. Pode fazer o que quiser... qualquer coisa. Será que não é ambicioso?

KARL: Creio que não.

HELEN: Mas é sim, claro que é. Ouvi as pessoas falando a seu respeito, ouvi dizerem que aquele seu livro é o mais brilhante do século.

Karl: *(Sentando-se na extremidade E do sofá.)* Belas palavras, sem dúvida.

Helen: E eram pessoas entendidas. Você também recebeu convites para ir aos Estados Unidos e todo tipo de lugar, não recebeu? E recusou-os por causa de sua mulher, a quem não podia deixar e que não podia viajar. *(Ela se ajoelha junto à extremidade E do sofá.)* Você esteve amarrado por tanto tempo que mal sabe o que é ser livre. Acorde, Karl, acorde. Seja você mesmo. Fez o melhor que pôde por Anya. Bem, agora acabou. Você pode começar a se divertir, a viver a vida como realmente tem de ser vivida.

Karl: Está me passando um sermão, Helen?

Helen: Só o presente e o futuro importam.

Karl: O presente e o futuro são feitos do passado.

Helen: *(Levantando-se e indo até o CE.)* Você está livre. Por que devemos continuar fingindo que não nos amamos?

Karl: *(Erguendo-se e cruzando até a poltrona; sendo firme e quase grosseiro.)* Eu não a amo, Helen. Meta isso na sua cabeça. Eu não amo você. Está vivendo uma fantasia que você mesma construiu.

Helen: Não, não estou.

Karl: Está, sim. Detesto ser bruto, mas tenho de lhe dizer que não tenho por você o sentimento que imagina. *(Senta-se na poltrona.)*

Helen: Mas tem de ter. Tem de ter. *(Ela vai até o CD mais à frente.)* Depois do que eu fiz por você. Alguns não teriam tido coragem, mas eu tive. Eu o amava tanto que não suportava vê-lo amarrado a uma mulher tagarela e inútil. Não sabe do que estou falando, não é? Eu a matei. Agora compreende? Eu a matei.

Karl: *(Completamente estupefato)* Você matou... não entendo o que está dizendo.

Helen: *(Indo até a D de Karl.)* Eu matei a sua mulher. Não me envergonho disso. Gente doente, desgastada e inútil deve ser eliminada para dar lugar aos que importam.

Karl: *(Erguendo-se e afastando-se pela EB.)* Você matou Anya?

Helen: Ela me pediu o remédio. Dei-o a ela. Dei a ela o frasco inteiro.

Karl: *(Afastando-se mais ainda dela; apavorado.)* Você... você...

Helen: *(Indo até o C.)* Não se preocupe. Ninguém jamais saberá. Eu pensei em tudo. *(Fala como uma criança confiante, satisfeita consigo mesma.)* Limpei todas as impressões digitais... *(Vai até onde Karl está.)* e coloquei os dedos dela primeiro em volta do copo e depois em volta do frasco. Então está tudo resolvido, sabe. *(Ela vai para a D dele.)* Nunca pensei em lhe contar, mas de repente senti que não suportaria que houvesse qualquer segredo entre nós. *(Ela coloca as mãos sobre o peito de Karl.)*

Karl: *(Afastando-a.)* Você matou Anya.

Helen: Se você conseguisse se acostumar à ideia...

Karl: Você... matou... Anya. *(Toda vez que ele repete essas palavras, aumenta a consciência do ato dela e seu tom se torna mais ameaçador. De repente, ele a segura pelos ombros e a sacode como um animal, então a empurra sobre a extremidade E do sofá.)* Sua imatura desgraçada... o que foi que você fez? Se vangloriando de sua coragem e esperteza. Você matou minha mulher... minha Anya. Será que não se dá conta do que fez? Falando sobre coisas que não compreende, sem consciência, sem pena. Eu poderia agarrá-la pelo pescoço e estrangulá-la agora mesmo. *(Ele a pega pelo pescoço e começa a estrangulá-la.)*

(Helen é forçada contra o encosto do sofá. Karl acaba por atirá-la longe e ela cai de bruços sobre o braço E do sofá, lutando para respirar.)

Saia daqui. Saia antes que eu faça com você o mesmo que fez com Anya.

(HELEN *ainda tentando recuperar o fôlego e soluçando.* KARL *cambaleia até a cadeira da escrivaninha e inclina-se para trás, quase desmoronando.*)

HELEN: *(Desesperada)* Karl.

KARL: Saia. *(Ele grita.)* Saia, já disse!

(*Ainda soluçando,* HELEN *se levanta, cambaleia até a poltrona, pega a bolsa e as luvas e, como se estivesse em transe, sai pelo CA à D.* KARL *afunda na cadeira da escrivaninha e enterra a cabeça nas mãos. Há uma pausa, então se ouve a porta da frente bater.* LISA *entra no hall pela D.*)

LISA: *(Chamando.)* Estou de volta, Karl.

(LISA *vai direto para o seu quarto.* KARL *se levanta, cruza lentamente até o sofá e quase desaba sobre ele.*)

KARL: Minha pobre Anya.

(*Há uma pausa.* LISA *entra na sala, vindo de seu quarto. Ela está amarrando um avental e vai até a janela para olhar lá fora.*)

LISA: *(Casualmente)* Encontrei Helen na escada. Ela estava muito estranha. Passou por mim como se não estivesse me vendo. *(Ela termina de colocar o avental, vira-se e vê* KARL.) Karl, o que aconteceu? *(Ela cruza até ele.)*

KARL: *(Simplesmente)* Ela matou Anya.

LISA: *(Estupefata)* O quê?

KARL: Ela matou Anya. Anya pediu-lhe o remédio e aquela garota desgraçada deu a ela uma dose excessiva deliberadamente.

LISA: Mas as impressões digitais de Anya estavam no copo.

KARL: Helen conseguiu colocá-las ali depois que ela morreu.

LISA: *(Muito calma, lidando objetivamente com a situação.)* Compreendo... ela pensou em tudo.

KARL: Eu sabia. Sempre soube que Anya não teria se matado.

LISA: Ela está apaixonada por você, evidentemente.

Karl: Sim, sim. Mas eu nunca dei a ela qualquer razão para acreditar que me importava com ela. Nunca dei, Lisa, juro, nunca.

Lisa: Não acho que tenha dado. Ela é o tipo de garota que precisa ter tudo aquilo que desejar. *(Ela vai até a poltrona e senta-se.)*

Karl: Minha pobre e corajosa Anya.

(Há uma longa pausa.)

Lisa: O que vai fazer a respeito?

Karl: *(Surpreso)* Fazer?

Lisa: Não vai dar parte à polícia?

Karl: *(Assustado)* Dar parte à polícia?

Lisa: *(Ainda calma)* Trata-se de um assassinato, entende?

Karl: Sim, foi um assassinato.

Lisa: Bem, é preciso que você relate o que ela disse para a polícia.

Karl: Não posso fazer isso.

Lisa: Por que não? Você tolera assassinatos?

(Karl levanta-se, caminha até o C, vira-se lentamente para a E e, em seguida, cruza por trás da poltrona até a E dela.)

Karl: Mas não posso deixar essa menina...

Lisa: *(Controlando-se.)* Viemos, por conta própria, como refugiados, para um país onde hoje vivemos sob a proteção de suas leis. Acho que devemos respeitar essas leis, quaisquer que sejam nossos sentimentos a respeito do assunto.

Karl: Acha mesmo que eu deveria ir à polícia?

Lisa: Sim.

Karl: Por quê?

Lisa: Parece-me ser pura questão de bom senso.

Karl: *(Sentando-se à escrivaninha.)* Bom senso! Bom senso! Será que se pode guiar a vida sempre pelo bom senso?

Lisa: Você não, eu sei. Nunca guiou. Você tem coração mole, Karl. Eu não tenho.

Karl: É errado ter piedade? Será a misericórdia sempre um erro?

Lisa: Ela pode levar a muita infelicidade.

Karl: É preciso estar preparado para sofrer pelos princípios em que se acredita.

Lisa: Talvez. Isso é problema seu. *(Ela se levanta e cruza para a E da mesa ao CD.)* Mas os outros também sofrem por eles. Anya sofreu por eles.

Karl: Eu sei, eu sei. Mas você não compreende.

Lisa: *(Virando-se e encarando Karl.)* Eu compreendo muito bem.

Karl: O que você quer que eu faça?

Lisa: Já lhe falei. Procure a polícia. Anya foi assassinada. A garota confessou tê-la assassinado. A polícia precisa ser informada.

Karl: *(Levantando-se e cruzando por trás da poltrona até o C.)* Você não pensou bem, Lisa. Ela é muito jovem. Tem apenas 23 anos.

Lisa: Enquanto Anya tinha 38.

Karl: Se ela for julgada e condenada... do que vai adiantar? Isso vai trazer Anya de volta? Você não vê, Lisa, que a vingança não vai trazer Anya de volta?

Lisa: Não. Anya está morta.

Karl: *(Cruzando até o sofá e sentando-se.)* Gostaria que você enxergasse da mesma forma que eu.

Lisa: *(Indo para a E do sofá.)* Não posso enxergar do mesmo jeito, Karl. Eu amava Anya. Éramos primas e amigas. Andávamos juntas quando éramos meninas. Cuidei dela quando ficou doente. Sei o quanto ela tentou ser corajosa, o quanto tentou não se queixar. Eu sei como a vida foi difícil para ela.

Karl: Dar parte à polícia não vai trazer Anya de volta.

(Lisa não responde, mas vira-se e vai até o CA à D.)

E será que não vê, Lisa, é impossível não me sentir responsável. Devo tê-la encorajado de alguma forma.

Lisa: Você não a encorajou. *(Vai até a E do sofá e ajoelha-se encarando Karl.)* Vamos falar francamente. Ela fez o que podia para seduzi-lo e não conseguiu.

Karl: Não importa você colocar as coisas dessa maneira. Eu me sinto responsável. O amor dela por mim foi o seu motivo.

Lisa: O motivo dela era obter o que queria, assim como sempre obteve o que quis durante a vida toda.

Karl: E essa tem sido justamente a sua desgraça. Ela nunca teve uma chance.

Lisa: E ela é jovem e bonita.

Karl: *(Incisivo)* O que está querendo dizer?

Lisa: Será que você seria assim tão sensível se se tratasse de uma de suas alunas mais feiosas?

Karl: *(Levantando-se.)* Você não está pensando...

Lisa: *(Levantando-se.)* O que é que eu não posso pensar?

Karl: Que eu queira aquela garota...

Lisa: *(Indo lentamente para a DB.)* Por que não? Não se sente atraído por ela? Seja honesto consigo mesmo. Tem certeza de que não está realmente um pouquinho apaixonado por ela?

Karl: *(Cruzando para a D de Lisa.)* Como pode dizer isso? Você? Quando sabe... quando sempre soube...? É você que eu amo. Você! Fico noites e noites acordado pensando em você, querendo você. Lisa, Lisa...

(Karl toma Lisa em seus braços. Eles se abraçam apaixonadamente. Uma silhueta indefinida aparece na soleira da porta ao CA. Depois de uma pausa, a porta se fecha com uma pancada. O ruído faz com que Karl e Lisa se afastem e olhem para a porta. Eles não veem quem era e a plateia também fica sem saber a identidade do bisbilhoteiro. As luzes se apagam enquanto... cai o pano.)

(CAI O PANO)

Cena II

CENÁRIO: *O mesmo. Seis horas mais tarde. À noite.*

Quando o pano sobe, as LUZES *se acendem discretamente, deixando a maior parte da sala no escuro.* LISA *está sentada no sofá, na extremidade D, fumando. Está quase invisível. Ouve-se o abrir e fechar da porta da frente e há o som de vozes no hall.* KARL *entra no CA. Traz um jornal no bolso do sobretudo. O* MÉDICO *entra atrás dele.*

KARL: Não há ninguém em casa. Será...

(O MÉDICO *acende as* LUZES *pelo interruptor à E da porta dupla, e ele e* KARL *veem* LISA.*)*

MÉDICO: Lisa! Por que está sentada aí no escuro?

*(*KARL *vai até a cadeira da escrivaninha e coloca o casaco no encosto dela.)*

LISA: Estava só pensando.

*(*KARL *senta-se na poltrona.)*

MÉDICO: Encontrei Karl no final da rua e, aí, viemos juntos. *(Ele coloca o casaco sobre a cadeira por trás da mesa no CD.)* Sabe o que eu lhe receitaria, Karl? Um pouquinho de álcool. Um conhaque forte, hein, Lisa?

*(*LISA *faz um ligeiro movimento.)*

Não... pode deixar, eu conheço o caminho. *(Ele vai até o armário sob a estante de livros da D, pega uma garrafa de conhaque e um copo e serve uma boa dose.)* Ele teve um choque, sabe. Um choque horrível.

KARL: Eu contei a ele sobre Helen.

MÉDICO: É, contou.

LISA: Não foi um choque assim tão grande para o senhor?

MÉDICO: Eu andava preocupado, sabe. Não achava que Anya tivesse perfil de suicida e não conseguia ver qualquer possibilidade de um acidente. *(Cruza para a D de Karl e dá a ele o conhaque.)* E então o inquérito levantou minhas suspeitas. A polícia estava claramente por trás do veredicto. *(Senta-se no sofá, à E de Lisa.)* Sim, parecia suspeito. A polícia me interrogou muito detalhadamente e não pude deixar de perceber onde eles queriam chegar. É claro que nunca chegaram a dizer nada.

Lisa: Então o senhor não ficou surpreso?

Médico: Não, não mesmo. Aquela moça pensava que podia fazer sempre o que bem entendesse. Até mesmo um assassinato. Bem, ela estava errada.

Karl: *(Com voz baixa)* Eu me sinto responsável.

Médico: Karl, vá por mim, você não teve qualquer tipo de responsabilidade. Comparado àquela moça você é mais inocente do que um recém-nascido. *(Levanta-se e vai até o C.)* De qualquer forma, agora está tudo fora de suas mãos.

Lisa: Acha que ele deve dar parte à polícia?

Médico: Sim.

Karl: Não.

Médico: Porque você insiste em ser parcialmente responsável? Está sendo sensível demais.

Karl: É uma pobre criança desgraçada.

Médico: *(Cruzando por trás da poltrona e ficando à EB.)* Uma cadelinha assassina insensível! Essa é que é a verdade. E não precisa se preocupar por antecipação. Aposto dez contra um que ela jamais será presa. *(Ele cruza pela frente de Karl até o CD.)* Presume-se que ela negue tudo... e é preciso haver provas, como sabe. A polícia pode ter quase certeza sobre quem foi autor, mas não ter condições de montar o caso. O pai da moça é uma pessoa muito importante. Um dos homens mais ricos da Inglaterra. Isso conta muito.

Karl: Aí eu acho que se engana.

Médico: Oh, não estou falando mal da polícia. *(Ele vai até o CA.)* Se eles montarem o caso, irão em frente, imparcialmente. Tudo o que quero dizer é que eles examinarão as provas com cuidado redobrado. E à primeira vista parece não existirem muitas provas, sabe. A menos que ela não resista e resolva confessar tudo. Mas imagino que seja dura demais para isso.

Karl: Ela confessou para mim.

Médico: Isso é bem diferente e, para dizer a verdade, não consigo entender por que ela o fez. *(Ele vai sentar-se no braço esquerdo do sofá.)* Parece-me uma enorme tolice.

Lisa: Porque ela se sentia orgulhosa do que tinha feito.

Médico: *(Olhando curiosamente para ela.)* Acha isso mesmo?

Karl: É verdade... Daí ser tão terrível.

(A campainha da frente toca.)

Quem será?

Médico: Deve ser algum dos seus alunos. *(Levanta-se.)* Vou despachá-lo já.

(O Médico sai ao CA para a D. Karl levanta-se e coloca seu copo sobre a escrivaninha.)

Ogden: *(De fora)* Será que eu poderia ver o professor Hendryk, por favor?

Médico: *(De fora)* Queira me acompanhar, por favor.

(O Doutor entra ao CA à D e se afasta para dar passagem.)

É o inspetor Ogden.

(O Detetive Inspetor Ogden e o Sargento de Polícia Pearce entram pela D do CD. Ogden tem um jeito de ser agradável e um rosto completamente inexpressivo. O Sargento fecha a porta dupla e fica por trás da mesa ao CD.)

Ogden: *(Bem amistosamente)* Espero não estar perturbando, professor Hendryk.

Karl: *(Indo para a EB.)* De forma alguma.

Ogden: Boa noite, srta. Koletzky. Creio que não esperavam tornar a ver-me... mas temos algumas perguntas mais a fazer.

Como sabem, o veredicto ficou inconcluso. Provas insuficientes quanto à forma como a vítima tomou a dose fatal.

Karl: Eu sei.

Ogden: Houve alguma mudança de ideia quanto a isso, senhor, desde a primeira vez que falamos sobre o assunto?

(Karl olha rapidamente para Lisa. Ogden e o Sargento percebem o olhar e se entreolham. Há uma pausa.)

Karl: *(Deliberadamente)* Não, nada mudou. Ainda penso que deve ter sido algum tipo de... acidente.

(Lisa se afasta. O Médico pigarreia e vira-se de lado.)

Ogden: Mas definitivamente não foi suicídio.

Karl: Definitivamente não foi um suicídio.

Ogden: Bem, quanto a isso o senhor tem toda a razão. *(Enfático)* Não foi um suicídio.

(Karl e Lisa viram-se para Ogden.)

Lisa: *(Baixinho)* Como é que o senhor sabe?

Ogden: Por provas que não foram apresentadas durante o inquérito. Provas relativas às impressões digitais encontradas no frasco que continha a droga fatal... e no copo também.

Karl: Está querendo dizer... Mas eram as impressões digitais de minha mulher, não eram?

Ogden: Oh, eram, sim, senhor. Eram as impressões digitais de sua mulher. *(Suavemente.)* Mas não foram deixadas por ela. *(Ele tira a cadeira à E da mesa no CD e coloca-a à E do sofá.)*

(O Médico e Karl trocam olhares.)

Karl: O que quer dizer?

Ogden: É o tipo de coisa que um criminoso amador pensa que é fácil. Pegar a mão de alguém e fechá-la em torno de uma arma, uma garrafa ou o que quer que seja. *(Senta-se na cadeira que colocou no C.)* Mas, na verdade, não é tão fácil fazê-lo.

(Karl *senta-se na poltrona.*)

A posição daquelas impressões digitais é tal que não poderiam ter sido feitas por uma pessoa viva agarrando um frasco. Isso significa que alguém pegou a mão de sua mulher e pressionou os dedos dela em volta do frasco e do copo para dar a impressão de que ela se suicidara. Um raciocínio bastante infantil, por parte de alguém muito convencido da própria capacidade. Além disso, deveriam existir muitas outras impressões no frasco, mas não havia... ele foi totalmente limpo antes que as de sua mulher fossem colocadas. Percebe o que isso significa?

Karl: Sim, percebo.

Ogden: Não haveria razão para tal coisa se tivesse sido um acidente. Isso nos deixa com apenas uma possibilidade.

Karl: Sim.

Ogden: Fico imaginando se o senhor percebe, professor. Significa... uma palavra horrenda... assassinato.

Karl: Assassinato.

Ogden: Não lhe parece incrível, senhor?

Karl: *(Mais para si mesmo do que para* Ogden*)* Não imagina como acho incrível. Minha esposa era uma mulher muito doce e delicada. Sempre me parecerá terrível e inacreditável que alguém pudesse... matá-la.

Ogden: O senhor, mesmo...

Karl: *(Incisivamente)* O senhor está me acusando?

Ogden: *(Levantando-se.)* Claro que não, senhor. Caso eu tivesse qualquer suspeita em relação ao senhor, eu lhe teria feito a advertência de lei. Não, professor Hendryk, checamos seu relato e cada minuto do seu tempo. *(Ele volta ao seu lugar.)* O senhor saiu daqui com o dr. Stoner e ele declarou que não havia nenhum frasco de remédio ou copo sobre a mesa de sua mulher naquele momento. Entre a hora que o senhor saiu e a hora que a srta. Koletzky diz que chegou e encontrou sua mulher morta, sabemos de cada minuto do seu tempo. O senhor estava dando uma aula a um grupo de alunos na universidade. Não, não há qualquer indicação de que o senhor tenha sido a pessoa que colocou as impressões digitais no copo.

(O Médico vai para a EB.)

O que lhe pergunto, senhor, é se tem pessoalmente alguma ideia de quem poderia tê-lo feito.

(Há uma pausa bem longa. Karl olha fixamente à frente.)

Karl: *(Logo em seguida)* Eu... *(Faz uma pausa.)* não tenho como ajudar.

(Ogden se levanta e, ao colocar a cadeira ao lado da mesa, troca olhares com o Sargento, que vai até a porta à DB.)

Ogden: *(Indo para o C.)* O senhor há de convir, é claro, que isso altera as coisas. Gostaria de saber se poderia examinar o apartamento, o quarto da sra. Hendryk em particular. Posso obter um mandado de busca, se for o caso...

Karl: Naturalmente. Olhe tudo o que quiser. *(Levanta-se.)*

Ogden: Obrigado.

Karl: A srta. Koletzky esteve separando as coisas dela.

(Lisa cruza até a porta à D e a abre. Ogden e o Sargento saem pela D. Lisa vira-se e olha para Karl, então sai pela DB, fechando a porta ao passar.)

Médico: *(Indo até a E da poltrona.)* Conheço-o há tempo suficiente, Karl, para dizer que está agindo como um idiota.

Karl: *(Indo até a D da poltrona.)* Não serei eu a colocá-los na pista dela. Vão pegá-la logo, logo, sem a minha ajuda.

Médico: Não tenho tanta certeza. E para mim isso é um enorme absurdo. *(Senta-se na poltrona.)*

Karl: Ela não sabia o que estava fazendo.

Médico: Sabia, sim, perfeitamente.

Karl: Ela não sabia o que estava fazendo porque a vida ainda não lhe ensinou o que é compreensão e compaixão. *(Ele vai para trás da poltrona.)*

(Lisa entra pela DB, fechando a porta ao passar.)

Lisa: *(Indo até o CD; para o Médico.)* Conseguiu botar algum juízo na cabeça dele?

Médico: Ainda não.

(Lisa estremece.)

Você está fria.

Lisa: Não... não estou fria. Estou com medo. *(Ela vai em direção à porta dupla no CA.)* Vou fazer um café.

(Lisa sai ao CA. O Médico se levanta e passa pela frente do sofá.)

Karl: *(Indo para a D da poltrona.)* Eu só queria que você e Lisa compreendessem que a vingança não trará Anya de volta.

Médico: *(Indo até o CE.)* E suponha que a nossa belezinha continue a eliminar as esposas que encontrar pelo caminho?

Karl: Não acredito que isso aconteça.

(O Sargento e Ogden entram pela DB. O Sargento fica de pé por trás da mesa no CD e Ogden fica à D.)

Ogden: Pelo que vejo, algumas das roupas e objetos de sua esposa já foram destinados a vários fins.

Karl: Sim, já. Creio que foram doados à East London Mission.

(O Sargento toma nota.)

Ogden: *(Indo para a D do sofá.)* E quanto a papéis, cartas?

Karl: *(Cruzando até a mesa no CD.)* Comecei a examiná-los hoje pela manhã. *(Mostra a pequena gaveta.)* Mas não imagino o que possa querer encontrar...

Ogden: *(Vagamente)* Nunca se sabe. Alguma anotação, um bilhete...

Karl: Duvido muito. Mesmo assim, examine o que quiser, claro. Não creio que encontrará... *(Ele pega um maço de cartas amarrado com uma fita.)* Vai precisar destas? São cartas que escrevi para minha mulher há muitos anos.

Ogden: *(Delicadamente)* Sinto muito, mas vou ter de examiná-las também. *(Ele pega as cartas com Karl.)*

(Há uma pausa prolongada, e Karl vira-se impacientemente para a porta dupla ao CA.)

Karl: Estarei na cozinha se quiser falar comigo, inspetor Ogden.

(O Médico abre a folha D da porta dupla no CA. Karl sai ao CA. O Médico o segue, fechando a porta ao passar. Ogden segue para a D da mesa no CD.)

Sargento: Acha que ele esteve envolvido nisso?

Ogden: Não, não creio. *(Ele começa a examinar os papéis da gaveta.)* Não, a princípio. Não tinha a mínima ideia, eu diria. *(Fechando a cara.)* Mas agora ele sabe... e foi um choque para ele.

Sargento: *(Também examinando os papéis etc. na gaveta.)* E não vai dizer nada.

Ogden: Não. Seria esperar demais. Parece não haver muita coisa aqui. Nem seria de se esperar, dadas as circunstâncias.

Sargento: Se houvesse, a sra. Limpa-tudo teria sabido. Eu diria que ela é uma bela de uma enxerida. Esse tipo sempre sabe dos podres. E ela bem que se divertiu contando!

Ogden: Mulher desagradável.

Sargento: Ela vai ser útil no banco das testemunhas.

Ogden: A menos que exagere. Bem, nada a acrescentar aqui. É melhor que prossigamos com o trabalho. *(Ele vai até a porta dupla ao CA, abre uma folha e chama.)* Poderiam vir aqui, por favor? *(Fica à frente da poltrona.)*

(Lisa entra ao CA e vai até o CB. O Médico entra ao CA e vai até a D do sofá. Karl entra ao C e fica de pé à E do sofá.

O Sargento segue até a porta dupla no CA, fecha-a e fica de frente para eles.)

Srta. Koletzky, há algumas perguntas que gostaria de lhe fazer. Deve compreender que não é obrigada a responder, a não ser que assim o deseje.

Lisa: Não quero responder a nenhuma pergunta.

Ogden: Talvez esteja sendo sensata. Lisa Koletzky, está presa sob a acusação de ter envenenado Anya Hendryk no dia 5 de março último...

(Karl vai até a D de Lisa.)

E é meu dever adverti-la de que aquilo que disser será registrado e eventualmente usado como prova.

Karl: *(Horrorizado)* O que é isso? O que está fazendo? O que está dizendo?

Ogden: Por favor, professor Hendryk, nada de cenas.

Karl: *(Colocando-se por trás de Lisa e segurando-a em seus braços.)* Não pode prender Lisa, não pode, não pode. Ela não fez nada.

Lisa: *(Afastando Karl delicadamente; com voz alta, clara e calma.)* Eu não matei minha prima.

Ogden: Oportunamente terá condições de dizer tudo o que desejar.

(Karl, perdendo o controle, avança para Ogden, mas o Médico segura-o pelo braço.)

Karl: *(Afastando o Médico; quase gritando.)* Não pode fazer isso. Não pode.

Ogden: *(Para Lisa)* Se precisar de um casaco ou um chapéu...

Lisa: Não preciso de nada.

(Lisa vira-se e olha para Karl por um momento, em seguida vira-se novamente e segue para o CA. O Sargento abre a porta. Lisa sai ao CA. Ogden e o Sargento a seguem. De repente, Karl toma uma decisão e corre atrás deles.)

Karl: Inspetor Ogden! Volte, preciso lhe falar.

(Ele se dirige ao CD.)

Ogden: *(De fora)* Espere no hall, sargento.

Sargento: *(De fora)* Sim, senhor.

(Ogden entra até o CA. O Médico cruza para o CE.)

Ogden: Sim, professor Hendryk?

Karl: *(Indo para a E do sofá.)* Tenho algo a lhe dizer. Eu sei quem matou minha mulher. Não foi a srta. Koletzky.

Ogden: *(Educadamente)* Quem foi, então?

Karl: Uma moça chamada Helen Rollander. É uma de minhas alunas. *(Ele cruza e senta-se na poltrona.)* Ela... ela se apegou a mim de forma infeliz.

(O Médico vai até a E da poltrona.)

Ela ficou sozinha com minha mulher no dia em questão e deu-lhe uma dose excessiva do remédio para o coração.

Ogden: *(Indo até o C.)* Como sabe disso, professor Hendryk?

Karl: Ela mesma me contou, hoje de manhã.

Ogden: Mesmo? E há alguma testemunha?

Karl: Não, mas estou lhe dizendo a verdade.

Ogden: *(Pensativo)* Helen... Rollander. Está falando da filha de sir William Rollander?

Karl: Sim. O pai dela é William Rollander. Ele é um homem importante. Isso faz alguma diferença?

Ogden: *(Passando por trás da extremidade E do sofá.)* Não, não faria a menor diferença... se sua história fosse verdadeira.

Karl: *(Levantando-se.)* Juro para o senhor que é verdade.

Ogden: O senhor é extremamente devotado à srta. Koletzky, não é?

Karl: Acha que eu inventaria uma história apenas para protegê-la?

Ogden: *(Indo para o C.)* Creio que é perfeitamente possível... o senhor tem um relacionamento de intimidade com a srta. Koletzky, não tem?

Karl: *(Pasmo)* O que o senhor quer dizer?

Ogden: Deixe-me dizer-lhe, professor Hendryk, que a sua empregada, a sra. Roper, esteve na polícia hoje e fez um depoimento.

Karl: Então foi a sra. Roper que...

Ogden: É em parte por causa desse depoimento que a srta. Koletzky foi detida.

Karl: *(Virando-se para o Médico em busca de apoio.)* O senhor acredita que Lisa e eu...

Ogden: Sua esposa era inválida. A srta. Koletzky, uma mulher jovem e atraente. Um foi jogado nos braços do outro.

Karl: O senhor acha que planejamos juntos matar Anya?

Ogden: Não, não acho que o senhor tenha planejado. E eu posso estar errado quanto a isso, naturalmente.

(Karl circula a poltrona até o C.)

Creio que todo o planejamento foi feito pela srta. Koletzky. Havia uma perspectiva de recuperação de saúde para sua esposa graças a um novo tratamento. Acredito que a srta. Koletzky não queria arriscar que isso acontecesse.

Karl: Mas eu lhe afirmo que foi Helen Rollander.

Ogden: Sim, o senhor está me afirmando. Mas parece uma história muito pouco plausível. *(Ele vai até o C.)*

(Karl cruza e fica de pé à DB.)

Acha plausível que uma moça como a srta. Rollander, que tem o mundo a seus pés e que mal o conhece, fizesse uma coisa dessas? Uma acusação desse tipo depõe muito contra o senhor, professor Hendryk... montada, assim, de uma hora para outra, porque julga que não será possível contradizê-lo.

Karl: *(Indo até a D de Ogden.)* Ouça. Procure a srta. Rollander. Diga-lhe que outra mulher foi presa pelo assassinato. Diga a ela, em meu nome, que eu sei... eu sei... que mesmo com todos os seus defeitos ela é decente e honesta. Juro que ela confirmará tudo o que eu lhe disse.

Ogden: O senhor pensou em tudo de forma bastante esperta, não pensou?

Karl: O que quer dizer?

Ogden: O que estou dizendo. Mas não há ninguém que confirme a sua história.

Karl: Só a própria Helen.

Ogden: Exatamente.

Karl: E o dr. Stoner sabe. Eu contei a ele.

Ogden: Ele sabe porque o senhor lhe contou.

Médico: Eu acredito que esta seja a verdade, inspetor Ogden. Deve estar lembrado de que eu mencionei ao senhor que, ao deixarmos a sra. Hendryk naquele dia, a srta. Rollander ficou aqui lhe fazendo companhia.

Ogden: Um oferecimento muito bondoso da parte dela. *(Cruza para a D do Médico.)* Interrogamos a srta. Rollander na ocasião e não vejo razão para duvidar da história que contou. Ela ficou por pouco tempo e, então, a sra. Hendryk pediu que ela fosse embora, porque se sentia cansada. *(Ele passa por trás da poltrona.)*

Karl: Vá procurar Helen agora. Conte-lhe o que aconteceu. Diga a ela o que lhe pedi que dissesse.

Ogden: *(Para o Médico)* Quando foi que o professor Hendryk contou ao senhor que a srta. Rollander tinha assassinado sua esposa? Nesta última hora, presumo.

Médico: É isso mesmo.

Karl: Nós nos encontramos na rua. *(Ele vai para trás do sofá.)*

Ogden: Não lhe pareceu que, se fosse verdade, ele teria nos procurado assim que ela tivesse confessado a ele o que tinha feito?

Médico: Ele não é esse tipo de homem.

Ogden: *(Sendo rude)* Não creio que o senhor tenha realmente noção do tipo de homem que ele é. *(Ele vai até o casaco de Karl, no encosto da cadeira da escrivaninha.)* Ele tem raciocínio rápido e engenhoso, e não é muito escrupuloso.

(Karl parte em direção ao Inspetor, mas o Médico cruza rapidamente para a E de Karl e o segura.)

Este é o seu casaco e o jornal da tarde, pelo que vejo. *(Ele retira o jornal de dentro do bolso.)*

(Karl vai para a D do sofá. O Médico vai para a E do sofá.)

Karl: Sim, eu comprei na banca da esquina, antes de entrar. Ainda não tive tempo de ler.

Ogden: *(Indo para o C.)* Tem certeza?

Karl: Sim... *(Ele vai para o CD.)* Certeza absoluta.

Ogden: Eu acho que leu. *(Ele lê no jornal.)* "A filha única de sir William Rollander, Helen Rollander, foi vítima de trágico acidente esta manhã. Ao atravessar a rua, ela foi atropelada por um caminhão. O motorista do caminhão afirma que a srta. Rollander não lhe deu tempo de frear. Ela atravessou a rua sem olhar para os lados e morreu na hora."

(Karl afunda no sofá, arrasado.)

Eu acho que quando leu esse parágrafo, professor Hendryk, o senhor viu uma saída para salvar sua amante, acusando a moça que jamais poderia negar o que diz... porque estava morta.

(As luzes se apagam completamente enquanto... cai o pano.)

(CAI O PANO)

Cena III

CENÁRIO: *O mesmo. Dois meses mais tarde. Final da tarde.*

Quando o pano sobe, as LUZES *são acesas.* KARL *está sentado no sofá. O* MÉDICO *está encostado à mesa no CD, lendo Walter Savage Landor.* LESTER *anda de um lado para o outro no CE. O telefone toca, todos se assustam.* LESTER, *que está mais próximo do aparelho, atende.*

LESTER: *(Ao telefone)* Alô?... Não. *(Ele desliga.)* Esses repórteres nunca desistem. *(Ele vai para a EB.)*

(O MÉDICO *cruza e senta na poltrona.* KARL *se levanta e contorna o sofá até o C.)*

KARL: Eu queria ter ficado no tribunal. Por que não me deixaram ficar?

MÉDICO: Lisa me pediu especialmente que você não permanecesse no tribunal para ouvir o veredicto. Temos de respeitar o desejo dela.

KARL: O senhor poderia ter ficado.

MÉDICO: Ela queria que eu ficasse com você. Os advogados nos informarão logo, logo...

KARL: Não podem julgá-la culpada. Não podem. *(Ele vai para a DA.)*

LESTER: *(Indo para o CB.)* Se quiserem que eu volte lá...

MÉDICO: Você fica aqui, Lester.

LESTER: Se eu puder ser útil. Se houver alguma coisa que eu possa fazer...

MÉDICO: Você pode ficar atendendo esse maldito telefone que não para de tocar.

KARL: *(Indo até a frente do sofá.)* Sim, meu rapaz. Fique. Sua presença aqui me ajuda.

LESTER: É mesmo? Ajuda mesmo?

KARL: Ela tem de ser, ela será absolvida. Não acredito que a inocência possa não ser reconhecida. *(Senta-se no sofá.)*

(Lester vai até o C.)

Médico: Não? Pois eu, sim. É o que se vê a toda hora. E você já o viu, também, Karl, repetidas vezes. Mas, veja bem, creio que ela causou uma boa impressão ao júri.

Lester: Mas as provas foram terríveis. Foi aquela mulher desgraçada, a tal Roper. As coisas que disse. *(Senta-se à E da mesa no CD.)*

Médico: Ela acreditava no que estava dizendo, naturalmente. Isso a tornou inabalável na acareação. É especialmente infeliz que ela tenha visto você e Lisa se abraçando no dia do inquérito. Suponho que ela tenha visto mesmo.

Karl: Sim, ela deve ter visto. É verdade. Foi a primeira vez que beijei Lisa.

Médico: E escolheu um péssimo dia. É uma pena que essa fuxiqueira nunca tenha ouvido ou visto nada que se passou entre você e Helen. "Uma moça muito boazinha"... foi tudo o que ela soube dizer.

Karl: É tão estranho dizer a verdade e não ser acreditado.

Médico: Só o que conseguiu foi angariar ódio por ter montado uma história sórdida a respeito de uma moça que está morta.

Karl: *(Levantando-se e indo até o C.)* Se eu tivesse ido à polícia imediatamente, no momento em que ela me contou...

Médico: Se tivesse. Foi um grande azar você só contar a história depois de ter comprado o jornal que noticiava a morte dela. E suas razões para não procurar a polícia de imediato não mereceram o mínimo crédito.

(Karl cruza para a EB.)

Embora, para mim, mereçam, é claro, porque eu sei que você é um perfeito idiota. Todo o conjunto das circunstâncias é inteiramente condenatório. A tal Roper encontrar Lisa perto do corpo, segurando o frasco, de luvas. A situação como um todo se construiu da maneira mais inacreditável possível.

(KARL *cruza e fica à DB. O telefone toca.*)

KARL: É...? Será que pode ser...?

(*Há uma pausa momentânea angustiante, e então o* MÉDICO *vai em direção a* LESTER, *que se levanta e vai até o telefone e atende.*)

LESTER: (*Ao telefone*) Sim?... Alô?... Vá para o inferno! (*Ele bate o telefone e fica à D da escrivaninha.*)

MÉDICO: Monstros, é o que eles são, monstros.

KARL: (*Indo para a DA.*) Se eles a considerarem culpada, se eles...

MÉDICO: Bem, ainda poderemos recorrer, sabe.

KARL: (*Indo até o C e, em seguida, até a frente do sofá.*) Por que tinha de passar por tudo isso? Por que deveria ser a sofredora? Queria estar no lugar dela.

MÉDICO: Sim, é sempre mais fácil quando é conosco.

KARL: Afinal, sou parcialmente responsável pelo que aconteceu...

MÉDICO: (*Interrompendo.*) Já lhe disse que isso é um absurdo.

KARL: Mas Lisa não fez nada. Nada. (*Ele vai até o CB e dali para a DA.*)

MÉDICO: (*Depois de uma longa pausa, para* LESTER.) Vá fazer um café para nós, meu rapaz, se é que sabe.

LESTER: (*Indignado*) Claro que sei. (*Ele vai até o C.*)

(*O telefone toca.* LESTER *encaminha-se para atendê-lo.*)

KARL: (*Detendo* LESTER.) Não atenda.

(*O telefone continua tocando.* LESTER *hesita e então sai pelo C à E. O telefone continua tocando sem parar.* KARL *acaba correndo até o aparelho e atendendo.*)

(*Ao telefone*) Deixe-me em paz, está bem? Deixe-me em paz. (*Ele bate o telefone e afunda na cadeira da escrivaninha.*) Eu não aguento. Não aguento.

Médico: *(Levantando-se e indo até Karl.)* Paciência, Karl. Coragem.

Karl: De que adianta me dizer isso?

Médico: Não muito, mas não há mais nada que se possa dizer, não? Não há nada que possa ajudá-lo agora, a não ser coragem.

Karl: Não paro de pensar em Lisa. No que ela deve estar sofrendo.

Médico: Eu sei. Eu sei.

Karl: Ela é tão corajosa. Tão maravilhosamente corajosa.

Médico: *(Indo até o C.)* Lisa é uma pessoa maravilhosa. Eu sempre soube disso.

Karl: Eu a amo. Sabia que eu a amava?

Médico: Sim, claro que sabia. Você a ama há muito tempo.

Karl: Sim. Nenhum de nós dois admitia, mas nós sabíamos. Não é que eu não amasse Anya. Eu a amava de verdade. E sempre a amarei. Não queria que ela morresse.

Médico: Eu sei. Eu sei. Nunca duvidei disso.

Karl: É estranho, talvez, mas é possível amar duas mulheres ao mesmo tempo.

Médico: Não é assim tão estranho. Costuma acontecer. *(Ele se coloca por trás de Karl.)* E sabe o que Anya costumava me dizer? "Quando eu me for, Karl precisa casar com Lisa." Era o que dizia frequentemente. "O senhor tem de convencê-lo a fazer isso, doutor", ela falava. "Lisa tomará conta dele e será boa para ele. Se Karl não pensar nisso, o senhor precisa meter a ideia na cabeça dele." Era o que ela me dizia e eu lhe prometi que o faria.

Karl: *(Levantando-se.)* Diga-me, com franqueza, doutor. Acredita que eles a absolverão? Acredita?

Médico: *(Suavemente)* Creio que... você deve se preparar...

Karl: *(Indo até a frente da poltrona.)* Nem mesmo o advogado de defesa acreditou em mim, não foi? Ele fingiu que sim, mas não acreditou. *(Senta-se na poltrona.)*

Médico: Não, acho que ele não acreditou, mas ainda há uma ou duas pessoas mais sensatas no júri... imagino. *(Ele vai para a EB.)* Aquela mulher gorda, usando um chapéu engraçado, prestou atenção em cada palavra que você disse sobre Helen, e eu a percebi balançando a cabeça, concordando inteiramente. É provável que tenha um marido que tenha saído dos trilhos com alguma mocinha. Nunca se sabe que tipo de coisa esquisita pode influenciar as pessoas.

(O telefone toca.)

Karl: *(Levantando-se.)* Desta vez deve ser.

(O Médico vai até o telefone e atende.)

Médico: *(Ao telefone)* Alô?...

(Lester entra ao CA vindo da E, trazendo uma bandeja com três xícaras de café. O café entorna nos pires.)

Karl: E aí?

Lester: É...? *(Ele repousa a bandeja sobre a mesa no CD e despeja numa xícara o café que estava no pires.)*

Médico: *(Ao telefone)* Não... Não, temo que ele não possa. *(Bate o telefone.)* Outro monstro. *(Ele cruza até o sofá e senta-se.)*

Karl: O que esperam obter com isso?

Médico: Acredito que um aumento na circulação dos jornais.

Lester: *(Servindo uma xícara de café para Karl.)* Espero que esteja bom. Levei algum tempo até encontrar tudo.

Karl: Obrigado. *(Ele cruza até a cadeira da escrivaninha e senta-se.)*

(Lester serve uma xícara de café ao Médico, pega a sua e fica de pé no CD. Eles tomam o café. Há uma pausa.)

Médico: Algum dia já viu garças sobrevoando a margem de um rio, bem baixo?

Lester: Não, acho que não. Por quê?

Médico: Por nada.

Lester: Por que lhe ocorreu essa ideia?

Médico: Não sei. Apenas imaginando, suponho, que tudo isso não fosse verdade e eu estivesse noutro lugar.

Lester: Sim, compreendo. *(Ele vai até o C.)* É terrível demais não poder fazer nada.

Médico: Nada pior do que esperar.

Lester: *(Depois de uma pausa)* Sabe, não acredito que já tenha visto uma garça antes.

Médico: São pássaros muito graciosos.

Karl: Doutor, quero que o senhor faça algo para mim.

Médico: *(Erguendo-se.)* Sim? E o que é?

Karl: Quero que volte ao tribunal.

Médico: *(Cruzando até Karl e colocando a xícara sobre a mesa de trabalho ao passar.)* Não, Karl.

Karl: Sim, eu sei que você prometeu. Mas quero que volte lá.

Médico: Karl... Lisa...

Karl: Se acontecer o pior, gostaria que Lisa pudesse vê-lo lá. E não sendo o pior... bem, então ela vai precisar de alguém que cuide dela, que a tire de lá e a traga para casa.

(O Médico olha fixamente para Karl por alguns instantes.)

Eu sei que estou certo.

Médico: *(Decidindo.)* Muito bem.

Lester: *(Para o Médico)* Eu posso ficar e...

(Karl olha para o Médico e meneia suavemente a cabeça. O Médico rapidamente percebe o sinal.)

Médico: Não, você vem comigo, Lester. *(Ele vai até o CA.)* Há momentos em que um homem precisa ficar sozinho. Não é isso mesmo, Karl?

Karl: Não se preocupem comigo. Quero ficar aqui, sossegado, com Anya.

Médico: *(Virando-se bruscamente, a meio caminho da porta de saída.)* O que disse? Com Anya?

Karl: Foi o que eu disse? É o que me parece. Deixe-me aqui. Não atenderei ao telefone. Agora, vou esperar até que voltem.

(*Lester sai ao CA. O Médico o acompanha na saída e fecha a porta. Karl recosta-se na cadeira. O relógio bate seis horas.*)

"Enquanto houver luz, lembrarei
E, mesmo ao escurecer, não esquecerei."

(*Há uma pausa, e, então, o telefone toca. Karl levanta-se, ignora o telefone, leva sua xícara de café para a bandeja, ao mesmo tempo recolhendo a xícara do Médico, ao passar pela mesa de trabalho. Em seguida, ele sai com a bandeja pelo CA à E. Enquanto está fora, o telefone para de tocar. Karl volta e vai para a EB, deixando a porta aberta. Ele para por um momento, observando a mesa de trabalho, e, então, vai até o armário de discos e pega o disco de Rachmaninov. Vai até a escrivaninha e senta-se, colocando o disco sobre a escrivaninha em frente a ele. Lisa entra de repente pelo CD, fecha a porta ao passar e se encosta nela. Karl levanta-se e vira-se.*)

Karl: Lisa! Lisa! (*Ele vai em direção a ela, como se não estivesse acreditando no que vê.*) É verdade? É isso mesmo?

Lisa: Eles me absolveram.

Karl: (*Tentando tomá-la em seus braços.*) Oh, minha querida, estou tão grato. Ninguém mais a magoará novamente, Lisa.

Lisa: (*Afastando-o dela.*) Não.

Karl: (*Percebendo a frieza e a distância dela.*) O que quer dizer?

Lisa: Vim para buscar minhas coisas.

Karl: (*Apoiando-se no encosto da poltrona.*) O que quer dizer... suas coisas?

Lisa: Preciso apenas de umas poucas coisas. E, então, vou embora.

Karl: O que quer dizer... ir embora?

Lisa: Vou embora daqui.

Karl: Mas, falando sério... isso é ridículo. Não está se referindo ao que os outros vão dizer. Isso importa agora?

Lisa: Você não compreende. Vou embora para sempre.

Karl: Embora... para onde?

Lisa: *(Indo lentamente até o C.)* O que importa? Para algum lugar. Posso conseguir um emprego. Não terei dificuldade com isso. Posso ir para o exterior. Posso ficar na Inglaterra. Para onde quer que eu vá, será o começo de uma nova vida.

Karl: Uma nova vida? Quer dizer... sem mim?

Lisa: Sim, sim, Karl. É exatamente o que quero dizer. Sem você.

Karl: Mas por quê? Por quê?

Lisa: *(À DA da poltrona)* Porque para mim basta.

Karl: Eu não compreendo.

Lisa: *(Indo para o sofá.)* Não fomos feitos para nos compreendermos. Não vemos as coisas da mesma forma e eu tenho medo de você.

Karl: Como pode ter medo de mim?

Lisa: Porque você é o tipo de homem que sempre causa sofrimento.

Karl: Não.

Lisa: É verdade.

Karl: Não.

Lisa: Eu vejo as pessoas como de fato são. Sem malícia, sem julgá-las, mas também sem ilusões. Não espero que a vida ou as pessoas sejam maravilhosas, nem eu, particularmente, quero ser maravilhosa. Se existem campos de amaranto... eles só podem estar do outro lado do túmulo.

Karl: Campos de amaranto? Do que está falando?

Lisa: Estou falando de você, Karl. Você coloca as ideias em primeiro lugar, e não as pessoas. Ideias sobre lealdade, amizade e piedade. E por isso aqueles que estão próximos sofrem. *(Ela vai para a D da poltrona.)* Você sabia que perderia o emprego se acolhesse os Schultz. E sabia, tinha de saber, que tipo de vida infeliz significaria para Anya. Mas você não se importou com Anya. Só se importou com suas ideias sobre o que seria certo. Mas as pessoas são importantes, Karl. Tanto quanto as ideias. Anya era importante, eu sou importante. Por causa de suas ideias, por sua misericórdia e compaixão pela moça que matou sua mulher, você me sacrificou. Fui eu quem pagou pela sua compaixão. Mas não estou mais disposta a fazer esse tipo de coisa. Eu o amo, porém o amor não é suficiente. Você tem mais em comum com Helen do que comigo. Ela era como você... implacável. Ia até o fim pelas coisas em que acreditava. Não se importava com as pessoas desde que conseguisse o que queria.

Karl: *(Indo até a poltrona.)* Lisa, você não pode estar falando sério. Não pode.

Lisa: Estou, sim. Na verdade, venho pensando nisso há muito tempo. *(Ela vai até a extremidade esquerda do sofá.)* Pensei nisso durante todos aqueles dias no tribunal. Realmente não acreditava que eles me absolvessem. Nem sei por que o fizeram. O juiz não parecia ter a menor sombra de dúvida. Mas suponho que alguns dos jurados tenham acreditado em mim. Havia um homenzinho que ficou me olhando, como se estivesse me avaliando. Apenas um homenzinho comum... mas olhou para mim e achou que eu não tinha feito aquilo... ou talvez tenha pensado que eu era o tipo de mulher que ele gostaria de levar para a cama e por isso não queria que eu sofresse. Não sei o que ele pensou... mas... mas era uma pessoa olhando para outra pessoa e ele estava do meu lado e, talvez, tenha persuadido os outros. E, assim, estou livre. Foi-me oferecida uma chance para recomeçar a vida. E eu vou começar de novo... sozinha.

(Lisa sai à DB. Karl cruza e senta-se no sofá.)

Karl: *(Implorando.)* Lisa. Você não pode estar falando sério. Não pode ser tão cruel. Precisa me escutar. Lisa. Eu lhe imploro.

(Lisa volta pela DB. Ela traz um pequeno porta-retratos de prata, com uma foto. Ela fica à DB, encarando Karl.)

Lisa: Não, Karl. O que acontece com as mulheres que o amam? Anya o amava e morreu. Helen o amava e está morta. Eu... estive bem próxima da morte. Para mim, basta. Quero me ver livre de você... para sempre.

Karl: Mas para onde irá?

(Há uma pausa, enquanto Lisa cruza pela frente de Karl até o C.)

Lisa: Você me disse que fosse embora, que me casasse e tivesse filhos. Talvez faça isso. Se assim for, vou encontrar alguém como aquele homenzinho do júri, alguém que seja humano, uma pessoa como eu. *(De repente, ela grita.)* Já basta para mim! Amei você durante anos e estou acabada. Vou embora e não quero vê-lo nunca mais. Nunca!

Karl: Lisa!

Lisa: *(Indo para a EB.)* Nunca!

(Ouve-se de repente o Médico chamando, do hall.)

(O Médico entra pelo CD e vai até Karl sem perceber Lisa.)

Médico: Está tudo bem, rapaz. Ela foi absolvida. *(Durante esta fala ele está quase sem fôlego.)* Compreende isso? Ela foi absolvida. *(De repente, ele vê Lisa e cruza até ela, de braços estendidos.)* Lisa... minha querida Lisa. Graças a Deus, você se salvou. É maravilhoso. Maravilhoso!

Lisa: *(Tentando responder.)* Sim, é maravilhoso.

Médico: *(Observando-a da cabeça aos pés.)* Como é que você está? Um pouco tensa... mais magra... tudo muito natural depois do que passou. Vamos recuperar tudo isso. *(Ele cruza por trás da poltrona até Karl.)* Vamos cuidar de você.

Quanto a Karl, aqui, você pode imaginar o estado em que ficou. Ah, bem, graças a Deus, agora está tudo terminado. *(Vira-se para KARL.)* O que vocês acham... vamos sair para comemorar? Uma garrafa de champanhe... hein? *(Fica radiante com a expectativa.)*

LISA: *(Forçando um sorriso.)* Não, doutor... hoje, não.

MÉDICO: Ora, como sou idiota. Claro que não. Você precisa repousar.

LISA: Eu estou bem. *(Ela segue em direção à porta dupla no CA.)* Só preciso apanhar minhas coisas.

MÉDICO: *(Indo até LISA.)* Coisas?

LISA: Eu não vou... ficar aqui.

MÉDICO: Mas... *(Tomando consciência.)* Oh, eu compreendo... bem, talvez seja sensato... com gente como essa sra. Roper por perto, com suas mentes e línguas perversas. Mas para onde vai? Para um hotel? Melhor ficar conosco. Margaret ficará encantada. Temos um quarto bem pequeno, mas cuidaremos bem de você.

LISA: Muita gentileza sua. Mas já fiz meus planos. Diga... diga a Margaret que irei visitá-la muito em breve.

(LISA passa para o hall e sai para o seu quarto. O MÉDICO vira-se para KARL e começa a se dar conta de que as coisas não estão bem.)

MÉDICO: *(Indo até o C.)* Karl... está havendo algo errado?

KARL: O que poderia estar errado?

MÉDICO: *(Um pouco aliviado)* Ela passou por uma terrível provação. Leva um pouco de tempo... para que tudo volte ao normal. *(Ele olha em volta.)* Quando penso que sentamos aqui... aguardando... com aquele maldito telefone tocando o tempo todo... esperando... temendo... e agora... tudo acabado.

KARL: *(Inexpressivo)* Sim... tudo acabado.

MÉDICO: *(Enfático)* Nenhum júri decente a teria condenado. *(Ele vai se sentar no sofá, à E de KARL.)* Eu lhe disse isso. Você ainda parece meio desorientado, Karl. Ainda sem conseguir acreditar? *(Ele passa o braço afetuosamente pelos ombros de Karl.)* Karl, reaja. Temos nossa Lisa conosco novamente.

(Karl vira-se de costas abruptamente.)

Oh, eu sei... estou sendo meio inábil... leva um tempinho até que a gente se acostume com a alegria.

(Lisa vem do quarto dela e entra na sala. Traz uma bolsa de viagem, que ela deixa no chão ao CA. Ela evita olhar para Karl e fica de pé ao CE.)

Lisa: Estou indo agora.
Médico: *(Levantando-se.)* Vou chamar um táxi para você.
Lisa: *(Incisiva)* Não... por favor... prefiro ficar sozinha. *(Ela se vira para a E.)*

(O Médico fica perplexo. Ela cede, vai até ele e coloca as mãos em seus ombros.)

Obrigada... por toda a sua bondade... por tudo o que fez por Anya... sempre foi um bom amigo... jamais esquecerei.

(Lisa beija o Médico, pega sua bolsa de viagem e, sem olhar para Karl uma única vez, sai pelo CD.)

Médico: *(Indo até Karl.)* Karl... o que significa isso? Tem alguma coisa errada.
Karl: Lisa está indo embora.
Médico: Sim, sim... temporariamente. Mas... ela vai voltar.
Karl: *(Voltando-se para encarar o Médico.)* Não, ela não vai voltar.
Médico: *(Desconcertado)* O que quer dizer?
Karl: *(Com absoluta convicção)* Ela... não... volta... mais.
Médico: *(Incrédulo)* Você quer dizer que... se separaram?
Karl: Você a viu indo embora. Aquela foi a nossa despedida.
Médico: Mas... por quê?
Karl: Ela disse que para ela já bastava.

Médico: Fale sério, homem.

Karl: É muito simples. Ela sofreu. E não quer sofrer mais.

Médico: Mas por que teria ela que sofrer?

Karl: Parece que... eu sou um homem... que traz sofrimento aos que o amam.

Médico: Que bobagem!

Karl: Será? Anya me amava e está morta. Helen me amava e morreu.

Médico: Lisa disse isso a você?

Karl: Sim. Será que sou um homem assim? Só trago sofrimento aos que me amam? O que ela queria dizer quando falou em campos de amaranto?

Médico: Campos de amaranto. *(Ele pensa por um momento, lembra-se, vai até a mesa no CD, pega o Walter Savage Landor e entrega a Karl.)* Sim, foi aqui que eu li. *(Ele indica a passagem.)*

Karl: Por favor, deixe-me.

Médico: Eu gostaria de ficar.

Karl: Preciso me acostumar a ficar sozinho.

Médico: *(Indo até o CA, hesitando e voltando até Karl.)* Não acha que...?

Karl: Ela não vai voltar.

(Relutante, o Médico sai ao CA, à D.)

(Ele se levanta, cruza até a escrivaninha, acende a lâmpada de mesa, fecha as cortinas e então se senta à escrivaninha e começa a ler.) "Não há campos de amaranto do lado de cá do túmulo. Não há vozes, oh Rhodope, que não se calem logo, por mais melodiosas que sejam: não há nome cujo eco, por mais apaixonadamente que seja repetido, afinal, não se esvaia..." *(Ele pousa o livro suavemente sobre a escrivaninha, levanta-se, pega o disco, vai até o toca-discos, liga-o, então vai até a poltrona lentamente e nela se afunda.)* Lisa... Lisa... como posso viver sem você? *(Ele segura a cabeça entre as mãos.)*

(A porta ao CA abre-se devagar. L<small>ISA</small> entra ao CA, encaminha-se lentamente para a D de K<small>ARL</small> e coloca a mão sobre o ombro dele, com suavidade.)

(Ele ergue o olhar para L<small>ISA</small>.) Lisa? Você voltou? Por quê?

L<small>ISA</small>: *(Ajoelhando-se ao lado de K<small>ARL</small>.)* Porque sou uma idiota.

(L<small>ISA</small> repousa a cabeça sobre o colo de K<small>ARL</small>, ele encosta sua cabeça na dela e a música cresce... enquanto cai o pano.)

(CAI O PANO)

De volta à cena do crime

Montada por Peter Saunders no Duchess Theatre, em Londres, no dia 23 de março de 1960, com o seguinte elenco: (pela ordem em que os personagens aparecem em cena)

Justin Fogg	*Robert Urquhart*
Turnball	*Peter Hutton*
Carla	*Ann Firbank*
Jeff Rogers	*Mark Eden*
Philip Blake	*Anthony Marlowe*
Meredith Blake	*Laurence Hardy*
Lady Melksham	*Lisa Daniely*
Srta. Williams	*Margot Boyd*
Ângela Warren	*Dorothy Bromiley*
Caroline Crale	*Ann Firbank*
Amyas Crale	*Nigel Green*

A peça foi dirigida por Hubert Gregg
Cenografia de Michael Weight

RESUMO DAS CENAS

1º Ato

Londres
Cena I: O escritório de um advogado
Cena II: Um escritório na City, centro financeiro de Londres
Cena III: A sala de uma suíte de hotel
Cena IV: Um apartamento conjugado
Cena V: Uma mesa num restaurante

2º Ato

Alderbury, uma casa no Oeste da Inglaterra

Tempo: o presente. Outono

Nota da autora

Carla e sua mãe, Caroline Creale, são interpretadas pela mesma atriz.

Quanto aos personagens no 2º Ato, Philip não muda muito, mas seu cabelo não está grisalho nas têmporas e ele é mais esguio, as maneiras menos pomposas. Meredith tem um ar menos vago e está mais alerta, o rosto está menos vermelho e não tem o cabelo grisalho. Há muito pouca mudança na Srta. Williams, a não ser pelo fato de ela não ser tão grisalha. Ângela pode usar tranças ou ter o cabelo comprido. Elsa deve expressar a maior mudança, em contraste com Lady Melksham. Ela é jovial e impetuosa, com os cabelos na altura do pescoço. Caroline distingue-se de Carla pelo penteado diferente, e também por uma maquiagem que a deixa mais velha. A voz dela também precisa ser diferente, mais grave, e sua maneira de ser, mais impulsiva e intensa.

Cada cena do 1º Ato representa uma pequena parte de um cômodo. Na produção original, os cenários foram montados em praticáveis, mas o 1º Ato como um todo pode ser encenado simplesmente pela iluminação sucessiva de diferentes áreas do palco ou por elementos recortados.

PRIMEIRO ATO

Cena I

CENÁRIO: *A sala de* JUSTIN FOGG, *no escritório de advocacia Fogg, Fogg, Bamfylde e Fogg, Advogados. Uma tarde no princípio do outono em Londres.*

O escritório é bem antiquado e pequeno. As paredes são revestidas por livros. Um arco ao CE mais acima leva ao restante do prédio, e há uma janela de guilhotina no canto à DA. Em frente à janela, ficam uma grande escrivaninha e uma cadeira giratória. No C, há uma cadeira para visitantes e, encostada à parede E, uma mesa coberta de pastas de arquivo. Sobre a escrivaninha, há um telefone.

Quando o pano sobe, o palco está às escuras, e, então, as LUZES *são acesas.* JUSTIN FOGG *está sentado à escrivaninha, falando ao telefone. A janela está parcialmente aberta.* JUSTIN *é um homem jovem de seus trinta e poucos anos, sóbrio, sério, porém simpático.*

JUSTIN: *(Ao telefone)* Compreendo muito bem seu ponto de vista, sra. Ross, mas, como sabe, a lei não pode ser apressada...

*(*TURNBALL, *um funcionário já idoso, aparece sob o arco, carregando uma pasta de arquivo.)*

...temos de esperar pela resposta dos advogados deles à nossa carta...

*(*TURNBALL *tosse.)*

(Para TURNBALL*)* Entre, Turnball. *(Ao telefone)* Não, seria *extremamente* desaconselhável que a senhora tomasse *qualquer* medida por conta própria... Sim, nós a manteremos informada. *(Desliga o telefone.)* Mulheres!

(Turnball coloca o arquivo na mesa em frente a Justin.)

A srta. Le Marchant?

Turnball: Já está aqui, senhor.

Justin: Faça-a entrar, Turnball. Não quero absolutamente *nenhuma* interrupção. Passe o que for urgente para o sr. Grimes.

Turnball: Muito bem, senhor.

(Turnball sai. Justin levanta-se, cruza até a mesa à E, escolhe uma pasta e volta para a escrivaninha, senta-se e coloca o arquivo de Turnball na gaveta da escrivaninha. Turnball volta e coloca-se de lado.)

(Ele anuncia.) A srta. Le Marchant.

(Carla entra. Ela tem 21 anos, é bonita e determinada. Veste um mantô e usa bolsa e luvas. Fala com sotaque canadense. Turnball sai.)

Justin: *(Erguendo-se, indo até Carla e estendendo-lhe a mão.)* Como está?

Carla: Como está o senhor, sr. Fogg? *(Ela olha para ele desapontada, ignorando a mão estendida.)* Mas o senhor é tão *jovem*!

(Justin olha Carla por um momento, divertindo-se, porém mantendo a formalidade.)

Justin: Obrigado. Mas posso lhe assegurar que sou um advogado plenamente qualificado.

Carla: Desculpe... é só que... que eu esperava que o senhor fosse... bem mais velho.

Justin: Oh, a senhorita esperava encontrar o meu pai? Ele faleceu há dois anos.

Carla: Compreendo. Sinto muito. Foi uma bobagem da minha parte. *(Ela lhe estende a mão.)*

(Justin cumprimenta Carla.)

Justin: *(Indicando a cadeira ao C.)* Sente-se, por favor.

(Carla senta-se ao C.)

(Ele volta à escrivaninha e senta-se.) Agora, diga-me o que posso fazer pela senhorita.

(Há uma pausa enquanto Carla olha para Justin, sem saber como começar.)

Carla: Sabe quem eu sou?

Justin: Srta. Carla Le Marchant, de Montreal.

Carla: Meu sobrenome não é, de fato, Le Marchant.

Justin: Oh, é sim. Legalmente.

Carla: *(Inclinando-se à frente.)* Então... o senhor sabe *mesmo* tudo a meu respeito?

Justin: Somos advogados do sr. Robert Le Marchant há muitos anos.

Carla: Muito bom, então, vamos ao que interessa. Meu nome legalmente pode ser Le Marchant por adoção... ou decreto... ou *habeas corpus*... ou seja qual for o termo jurídico próprio. *(Ela retira as luvas.)* Mas meu nome de nascença é... *(Faz uma pausa.)* Caroline Crale. Caroline era o nome de minha mãe também. Meu pai era Amyas Crale. Há dezesseis anos minha mãe foi julgada pelo envenenamento de meu pai. Consideraram-na... culpada. *(Ela respira fundo; provocativa.)* É isso mesmo, não é?

Justin: Sim, são esses os fatos.

Carla: Eu só tomei conhecimento deles há seis meses.

Justin: Ao atingir a maioridade?

Carla: Sim. Acho que eles não queriam que eu soubesse. Tio Robert e tia Bess, quero dizer. Eu cresci acreditando que meus pais tinham morrido num acidente de carro quando eu tinha cinco anos. Mas minha mãe deixou uma carta para mim... que deveria ser entregue a mim ao completar 21 anos, e, assim, eles tiveram de me contar tudo.

Justin: É lamentável.

Carla: Quer dizer que acha que eles não deveriam ter me contado?

Justin: Não, não, não quis dizer nada disso. Achei lamentável para *a senhorita*... deve ter sido um tremendo choque.

Carla: Descobrir que meu pai tinha sido assassinado e que minha mãe o matou?

Justin: *(Depois de uma pausa; com delicadeza)* Houve... circunstâncias atenuantes, como sabe.

Carla: *(Com firmeza)* Não estou interessada em circunstâncias atenuantes. Quero os fatos.

Justin: Sim, os fatos. Bem, já tem conhecimento dos fatos. Agora... pode deixar tudo isso para trás. *(Ele sorri, sendo encorajador.)* É o seu futuro que importa agora, sabe, não o passado. *(Ele se levanta e cruza por trás da escrivaninha até a mesa à E.)*

Carla: Acho que antes de seguir adiante... preciso... voltar atrás.

(Justin, meio confuso, vira-se para Carla.)

Justin: Como disse?

Carla: Não é tão simples quanto o senhor faz parecer. *(Pausa)* Estou noiva... ou estava noiva.

(Justin pega a cigarreira na mesa à E e oferece-a a Carla, que pega um cigarro.)

Justin: Compreendo. E seu noivo descobriu tudo a respeito?

Carla: Claro, eu contei a ele.

Justin: E ele... er... reagiu de modo desfavorável? *(Ele coloca a caixa de volta sobre a mesa.)*

Carla: *(Sem entusiasmo)* De jeito nenhum. Ele foi absolutamente esplêndido. Disse que não tinha a mínima importância.

Justin: *(Confuso)* Bem, e então?

Carla: *(Erguendo o olhar para Justin.)* Não é o que uma pessoa *diz*... *(Deixa em suspenso.)*

Justin: *(Após um momento)* Sim, compreendo. *(Ele acende o cigarro de* Carla *com o isqueiro sobre a mesa à E.)* Pelo menos, acho que compreendo.

Carla: Qualquer pessoa pode *dizer* coisas... O que importa mesmo é o que *sente*.

Justin: Não acha que pode estar sendo sensível demais?

Carla: *(Com firmeza)* Não.

Justin: Mas, minha prezada jovem...

Carla: O *senhor* gostaria de se casar com a filha de uma assassina? *(Ela olha para* Justin.*)*

*(*Justin *baixa os olhos.)*

(Em tom baixo) Está vendo? Não se casaria.

Justin: Não me deu tempo de responder. Particularmente eu não *desejaria* me casar com a filha de um assassino, ou de um bêbado ou de um drogado ou qualquer outra condição desagradável. *(Ele pega a cigarreira, cruza por trás de* Carla *até a escrivaninha e coloca a cigarreira e o isqueiro ali.)* Mas, que diabos, se eu amasse uma moça, ela poderia ser filha de Jack, o Estripador, que pouco me importaria.

Carla: *(Olhando em volta da sala.)* Acredito que se importaria tanto quanto Jeff. *(Ela estremece.)*

Justin: Está achando frio?

Carla: Creio que seu aquecimento central está fraco.

Justin: É praticamente inexistente. *(Ele sorri.)* Quero dizer, não temos aquecimento central. Posso providenciar para que acendam a lareira?

Carla: Não, por favor.

*(*Justin *olha para a janela, percebe-a aberta, fecha-a rapidamente, então se inclina sobre a escrivaninha para* Carla.*)*

Justin: Esse senhor... er... Esse Jeff...?

Carla: Vai conhecê-lo. Ele vem me buscar, se não se importa. *(Ela consulta o relógio.)* Droga, estou perdendo tempo.

Não vim aqui para consultá-lo sobre minha vida amorosa. *(Surpreendida)* Quero dizer, parece que vim. Mas, sabe, eu preciso descobrir a verdade.

Justin: Acabei de lhe dizer que houve circunstâncias atenuantes. Sua mãe foi considerada culpada, mas o júri fez uma veemente recomendação de clemência. A pena foi comutada para prisão.

Carla: E ela morreu na prisão três anos mais tarde.

Justin: *(Sentando-se à escrivaninha.)* Sim.

Carla: Em sua carta, minha mãe escreveu que queria que eu soubesse definitivamente que ela era inocente. *(Ela olha de modo desafiador para Justin.)*

Justin: *(Sem se alterar)* Sim.

Carla: O senhor não acredita?

Justin: *(Cuidadosamente escolhendo as palavras.)* Eu acho que... uma mãe dedicada... gostaria de fazer o melhor possível para preservar a paz de espírito de sua filha.

Carla: Não, não, *não*! Ela não era assim. Nunca mentiu.

Justin: Como é que pode saber? Tinha cinco anos quando a viu pela última vez.

Carla: *(De forma apaixonada)* Sei bem disso. Minha mãe não mentia. Certa vez, quando tirou um espinho do meu dedo, ela disse que ia doer. E quando ia ao dentista, também. Todas essas coisas. Ela não era de dourar a pílula. O que ela dizia era sempre *verdade. (Ela se levanta rapidamente e vira-se para a E.)* E se ela afirma que era inocente... é porque era. *(Ela tira da bolsa um lencinho e enxuga os olhos.)*

Justin: *(Levantando-se.)* Sempre é melhor encarar a verdade.

Carla: *(Virando-se para ele.)* Essa é a verdade.

Justin: *(Balançando a cabeça; baixinho.)* Não, não é a verdade.

Carla: Como pode estar tão seguro? Será que um júri nunca comete um erro?

Justin: Provavelmente deve haver, sim, muita gente culpada solta por aí, porque teve direito ao benefício da dúvida. Mas no caso de sua mãe... não houve nenhuma dúvida.

Carla: O senhor não estava lá. Foi o seu pai que cuidou do caso...

Justin: *(Interrompendo.)* Sim, meu pai foi o advogado de defesa.

Carla: Bem... *ele* acreditava que ela era inocente, não acreditava?

Justin: Sim. *(Embaraçado)* Sim, naturalmente. A senhorita não compreende bem essas coisas...

Carla: *(Cinicamente)* Quer dizer que a posição dele foi unicamente técnica?

(Justin fica um tanto quanto perdido para explicar.)

(Ela vai até o C, em frente à cadeira dela.) Mas pessoalmente... o que *ele* achava?

Justin: *(Duramente)* Na verdade, não faço ideia.

Carla: Sim, faz sim. Ele achava que ela era culpada. *(Ela se vira e olha para a E.)* E você acha a mesma coisa também. *(Faz uma pausa e, então, vira-se para Justin.)* Mas como é que consegue se lembrar tão bem?

Justin: *(Olhando fixamente para ela.)* Eu tinha dezoito anos... acabava de entrar em Oxford... não estava ainda na firma... mas... estava interessado. *(Recordando.)* Eu ia ao tribunal todos os dias.

Carla: O que achou? Diga-me. *(Senta-se ao C. Ansiosa.)* Eu preciso saber.

Justin: Sua mãe amava seu pai loucamente... mas ele a fez passar por um mau pedaço... trouxe a amante para dentro de casa... sujeitou sua mãe a insultos e humilhações. A sra. Crale suportou mais do que qualquer outra mulher conseguiria suportar. Ele foi longe demais. Os meios estavam à mão... tente compreender. Compreender e perdoar. *(Ele cruza por trás da escrivaninha e fica de pé à EB.)*

Carla: Não tenho nada a perdoar. Ela não o matou.

Justin: *(Virando-se para ela.)* Então, quem diabo o fez?

(Carla, pega de surpresa, olha para Justin.)

(*Ele cruza pela frente de* Carla *para a D.*) Bem, esse é o ponto, não? Ninguém mais tinha o mínimo motivo. Se lesse os autos do processo...

Carla: Eu fiz isso. Li todos os arquivos. Li cada mínimo detalhe do julgamento.

(Justin *cruza por trás da escrivaninha e pega a pasta que colocara sobre ela.*)

Justin: Bem, então, vamos aos fatos. Fora sua mãe e seu pai, havia cinco pessoas na casa naquele dia. Estavam ali os Blake... Philip e Meredith, dois irmãos, dois dos amigos mais chegados de seu pai. Uma menina de catorze anos, meia-irmã de sua mãe... Ângela Warren, e sua governanta... srta. Fulana de Tal, e havia Elsa Greer, a amante de seu pai... Não havia contra nenhum deles a menor suspeita... e, além disso, se a senhorita tivesse visto... (*Ele interrompe a fala.*)

Carla: (*Ansiosa*) Sim... continue...

Justin: (*Virando-se para a janela; emocionado.*) Se a tivesse visto ali no banco das testemunhas. Tão corajosa, tão educada... suportando tudo tão pacientemente, mas nunca... por um momento sequer... lutando. (*Ele olha para* Carla.) A senhorita se parece muito com ela, sabe. Poderia *ser* ela, sentada ali. Com apenas uma diferença. A senhorita é uma lutadora. (*Ele olha na pasta.*)

Carla: (*Olhando em frente; confusa.*) Ela não lutou... por quê?

Justin: (*Cruzando para a E.*) Montagu Depleach foi o advogado de defesa. Hoje penso que isso foi um erro. Ele tinha enorme reputação, mas era... teatral. O cliente tinha de colaborar. Sua mãe, porém, não colaborou.

Carla: Por quê?

Justin: Ela respondia a todas as perguntas dele corretamente... mas portou-se como a criança dócil repetindo uma lição... não deu a menor chance ao velho Monty. Ele foi num crescendo até a última pergunta... "Pergunto-lhe, sra. Crale, a senhora *matou* seu marido?" E ela respondeu: "Não... er...

não, na verdade, eu n-n-não o matei". Ela gaguejou. Foi um total anticlímax, nada convincente.

CARLA: E aí o que aconteceu?

JUSTIN: *(Cruzando por trás de CARLA até a escrivaninha.)* E então foi a vez de Asprey. Veio a tornar-se Procurador-Geral mais tarde. Tranquilo, porém letal. Completamente lógico... depois do estardalhaço de Monty. Ele a triturou. Trouxe à baila cada pequeno detalhe que a condenava. Eu... eu mal pude suportar...

CARLA: *(Observando-o.)* Lembra-se de tudo muito bem.

JUSTIN: Sim.

CARLA: Por quê?

JUSTIN: *(Surpreendido)* Suponho que...

CARLA: Sim?

JUSTIN: Eu era jovem e impressionável.

CARLA: E se apaixonou por minha mãe.

(JUSTIN força um sorriso e senta-se à escrivaninha.)

JUSTIN: Algo do gênero... ela era tão encantadora... tão fragilizada... tinha passado por tanta coisa... eu... eu teria morrido por ela. *(Ele sorri.)* Ah, dezoito anos... é uma idade romântica.

CARLA: *(Franzindo a testa.)* Teria morrido por ela... mas achava que ela era culpada.

JUSTIN: *(Com firmeza)* É, achava.

(CARLA fica realmente abalada. Inclina a cabeça, lutando para conter as lágrimas. TURNBALL entra e vai até a E da escrivaninha.)

TURNBALL: Um tal de sr. Rogers está aqui, senhor, perguntando pela srta. Le Marchant. *(Ele olha para CARLA.)*

CARLA: Jeff. *(Para TURNBALL)* Por favor... peça-lhe que espere.

TURNBALL: Certamente, srta. Le Marchant.

(TURNBALL fita CARLA por um momento e sai em seguida.)

Carla: *(Olhando para Turnball, que sai.)* Ele ficou me olhando... *(Ela suspende a fala.)*

Justin: Turnball esteve no julgamento de sua mãe. Trabalha conosco há quase quarenta anos.

Carla: Por favor, o chame de volta.

(Justin se levanta e vai até o arco.)

Justin: *(Chamando.)* Turnball. *(Ele volta até a D da escrivaninha.)*

(Turnball entra.)

Turnball: Sim, senhor?

(Justin gesticula indicando Carla. Turnball vai para a EB de Carla.)

Carla: Sr. Turnball... sou Carla Crale. Creio que o senhor esteve presente no julgamento de minha mãe.

Turnball: Sim, srta. Crale, estive... reconheci a senhorita de imediato.

Carla: Porque pareço muito com minha mãe?

Turnball: A cara dela, se me permite dizer dessa forma.

Carla: O que pensou... no julgamento? Achou que ela era culpada?

(Turnball olha para Justin, que balança a cabeça, sinalizando para Turnball que responda.)

Turnball: *(Sendo gentil.)* Não deve falar dessa forma. Ela era uma senhora doce e delicada... mas pegaram pesado demais com ela. Segundo sempre pensei sobre o caso, ela não sabia direito o que estava fazendo.

Carla: *(Para si mesma, ironicamente)* Circunstâncias atenuantes. *(Ela olha para Justin.)*

(Justin senta-se à escrivaninha. Depois de uns instantes, Carla volta a olhar para Turnball.)

Turnball: *(Depois de uma pausa)* Isso mesmo. A outra mulher... aquela Elsa Greer... uma desavergonhada de marca maior. Sexy, se me permite usar a palavra. E seu pai era um artista... um grande pintor; acredito que alguns de seus quadros estejam na Tate Gallery... e a senhorita sabe como são os artistas. A tal Greer fincou as garras nele direitinho... deve ter sido um tipo de loucura. Envolveu-o a ponto de fazê-lo deixar a esposa e a filha por ela. Nunca culpe sua mãe, srta. Crale. Mesmo a melhor das mulheres pode ser levada a extremos.

Justin: Obrigado, Turnball.

(Turnball olha para Carla, depois para Justin e, então, sai.)

Carla: Ele pensa o mesmo que o senhor... culpada.

Justin: Uma criatura delicada... levada a extremos.

Carla: *(Concordando.)* Eu... imagino que... sim. *(Com uma impetuosidade repentina)* Não! Não acredito nisso! Não acredito. O senhor... o senhor tem de me ajudar.

Justin: A fazer o quê?

Carla: A voltar ao passado e descobrir a verdade.

Justin: Não acreditará na verdade quando souber qual é.

Carla: Porque *não é* a verdade. A defesa sugeriu suicídio, não foi?

Justin: Sim.

Carla: *Poderia* ter sido suicídio. Meu pai poderia ter sentido que se metera em tamanha complicação que seria melhor desistir de vez.

Justin: Era a única hipótese possível para a defesa... mas não foi convincente. Seu pai era a última pessoa no mundo capaz de acabar com a própria vida.

Carla: *(Duvidando.)* Uma casualidade?

Justin: Coniina... um veneno mortal, colocado num copo de cerveja por acaso?

Carla: Tudo bem, então. Há apenas uma resposta. Foi outra pessoa.

(Justin *começa a folhear a pasta sobre a escrivaninha, que contém divisórias de anotações sobre cada pessoa ligada ao caso.*)

Justin: Uma das cinco pessoas que estavam na casa. Dificilmente seria Elsa Greer. Ela tinha seu pai completamente a seus pés e ele estava para se divorciar da esposa e casar-se com ela. Philip Blake? Sempre foi extremamente dedicado ao seu pai.

Carla: *(Fracamente)* Talvez *ele* também estivesse apaixonado por Elsa Greer.

Justin: Com certeza não foi ele. Meredith Blake? Era amigo de seu pai também, um dos homens mais amáveis que já existiram. Não há como imaginá-lo assassinando alguém.

Carla: Está bem, está bem. Quem mais?

Justin: Ângela Warren, uma colegial de catorze anos? E a governanta, srta. Fulana de Tal.

Carla: *(Rapidamente)* Bem, e quanto a essa srta. Fulana de Tal?

Justin: *(Após uma pequena pausa)* Já percebi seu raciocínio. Frustração, uma solteirona solitária, um amor reprimido pelo seu pai. Deixe-me dizer-lhe que essa srta... Williams... *(Ele consulta a pasta.)* sim, este era o nome dela... Williams... não fazia esse tipo. Era uma tirana, mulher de caráter forte e de extremo bom senso. *(Ele fecha a pasta.)* Vá e verifique pessoalmente, se não acredita em mim.

Carla: É o que eu vou fazer.

Justin: *(Erguendo o olhar.)* O quê?

Carla: *(Apagando o cigarro no cinzeiro sobre a escrivaninha.)* Vou procurar *todos* eles. *(Levanta-se.)* Gostaria que fizesse o seguinte para mim: descobrir onde todos estão agora. E marque encontros com cada um para mim.

Justin: E qual a razão?

Carla: *(Cruzando para a E.)* Para que eu lhes faça perguntas, fazer com que se lembrem.

Justin: O que se lembrariam de útil depois de dezesseis anos?

Carla: *(Calçando as luvas.)* Alguma coisa, talvez, que nunca tenham pensado antes. Algo que não fosse uma prova... não do tipo que viesse à tona num tribunal. Será como uma colcha de retalhos... um pedacinho aqui, outro ali. E, no final, quem sabe, tudo isso junto venha a formar algo.

Justin: Pura ilusão. No final, só vai arranjar mais sofrimento. *(Ele guarda a pasta na gaveta da escrivaninha.)*

Carla: *(Desafiando.)* Minha mãe era inocente. Vou partir desse princípio. E o senhor vai me ajudar.

Justin: *(Teimoso)* Aí é que a senhorita se engana. *(Levanta-se.)* Não vou ajudá-la a caçar ilusões.

(Carla e Justin entreolham-se fixamente.)

(Jeff Rogers irrompe no recinto de repente. Turnball, protestando indignado, o segue. Jeff é um homem de seus 35 anos, grande, elegante e arrogante, bonitão e insensível aos outros. Usa um sobretudo e traz um chapéu que ele atira sobre a escrivaninha.)

Jeff: *(Colocando-se por trás da escrivaninha.)* Desculpem por entrar assim, mas esse negócio de ficar em salas de espera me dá claustrofobia. *(Para Carla)* O tempo não significa nada para você, benzinho. *(Para Justin)* Presumo que seja o sr. Fogg. Prazer em conhecê-lo.

(Jeff e Justin apertam as mãos.)

Turnball: *(Sob a passagem em arco; para Justin)* Lamento muitíssimo, senhor. Eu não... er... não consegui conter o... cavalheiro.

Jeff: *(Animadamente)* Esqueça isso, Papi. *(Ele dá um tapinha nas costas de Turnball, que se contrai todo.)*

Justin: Está tudo bem, Turnball.

(Turnball sai.)

Jeff: *(Falando alto)* Sem ressentimentos, Turnball. *(Para Carla)* Bem, suponho que ainda não tenha terminado o assunto, Carla?

CARLA: Já, sim. Vim para perguntar algo ao sr. Fogg... *(Friamente)* e ele me respondeu.

JUSTIN: Sinto muito.

CARLA: Tudo bem, Jeff. Vamos. *(Ela vai em direção ao arco.)*

JEFF: Ah, Carla...

(CARLA para e vira-se.)

...eu também queria dar uma palavra com o sr. Fogg... sobre uns assuntos meus. Você se importa? São só uns minutinhos.

(CARLA hesita.)

CARLA: Vou tentar acalmar o sr. Turnball. Ele ficou completamente horrorizado com seu comportamento.

(CARLA sai.)

JEFF: *(Indo até o arco e falando alto.)* Isso mesmo, querida. Diga a ele que sou um caipira do outro lado do mundo que não sabe das coisas. *(Ele ri alto e vira-se.)* Aquele velhote parece um personagem de Dickens.

JUSTIN: *(Secamente)* Entre, senhor... er... *(Ele procura, sem êxito, pelo sobrenome de JEFF na etiqueta do chapéu.)*

JEFF: *(Sem escutar)* Gostaria de dar uma palavrinha com o senhor, sr. Fogg. *(Ele vai até o CA.)* É sobre o assunto da mãe de Carla. A coisa toda a abalou pra valer.

JUSTIN: *(Muito frio e formal)* Naturalmente.

JEFF: É um choque saber de repente que sua mãe foi uma envenenadora de sangue frio. Confesso que foi um tremendo abalo para *mim*, também.

JUSTIN: Sem dúvida!

(JEFF vai até a escrivaninha e senta na extremidade mais para o fundo do palco.)

JEFF: Lá estava eu, pronto para casar com uma moça ótima, sobrinha de um dos melhores casais de Montreal, bem-educada, com dinheiro, tudo o que um homem poderia desejar. E aí...sem mais nem menos... *isso*.

Justin: O senhor deve ter ficado bastante perturbado.

Jeff: *(Emocionado)* E como.

Justin: *(Baixinho)* Sente-se, senhor... er...

Jeff: O quê?

Justin: *(Indicando a cadeira ao C.)* Na cadeira.

(Jeff olha para a cadeira e, então, vai até ela sentar-se.)

Jeff: Bem, devo confessar que, logo a princípio, pensei em desistir... sabe como é, filhos... coisas desse tipo?

Justin: O senhor tem convicções muito fortes quanto à hereditariedade?

Jeff: Não se pode criar gado sem se dar conta de que certos traços se repetem. "Ainda assim", eu disse para mim mesmo, "não é culpa da moça. Ela é ótima. Você não pode decepcioná-la. Tem de levar isso adiante."

(Justin pega a cigarreira e o isqueiro e cruza por trás de Jeff até a E dele.)

Justin: Criação de gado.

Jeff: Então, eu disse a ela que não fazia a menor diferença. *(Ele tira um maço de cigarros americanos e um isqueiro do bolso.)*

Justin: Mas faz alguma?

Jeff: *(Tirando um cigarro do maço.)* Não, não, deixei isso para trás. Mas Carla está com uma ideia mórbida na cabeça de desenterrar a coisa toda. Isso tem de parar. *(Ele oferece um cigarro a Justin.)*

Justin: É? Não, obrigado. *(Ele coloca o maço de cigarros rapidamente sobre a mesa à E.)*

Jeff: Ela só vai se aborrecer. Que seja uma suave decepção para ela... mas que a sua resposta seja "não". Compreende?

(Jeff acende o cigarro. Ao mesmo tempo, Justin acende o isqueiro que está segurando, vê que Jeff tem o dele, apaga-o rapidamente e coloca-o na mesa à E.)

Justin: Compreendo.

Jeff: Claro que... suponho que fazer todas essas investigações seria... er... um excelente negócio para sua firma. Sabe, os honorários, as despesas, tudo isso...

Justin: *(Cruzando pela frente de Jeff para a D.)* Somos um escritório de advocacia, sabe, não de investigações.

Jeff: Desculpe, devo ter me expressado mal.

Justin: Sem dúvida.

Jeff: O que quero dizer é o seguinte... cobrirei o que for necessário... mas deixe isso de lado.

Justin: *(Indo para trás da escrivaninha.)* Perdoe-me, senhor... er... mas a srta. Le Marchant é minha cliente.

Jeff: *(Levantando-se.)* Tudo bem, mas, se está representando Carla, tem de concordar comigo que o melhor para ela não seria sair remexendo no passado. Faça-a desistir. Depois de nos casarmos, ela nunca mais pensará nisso.

Justin: E o senhor, nunca mais pensará no assunto?

Jeff: É uma boa pergunta. Sim, eu me arriscaria a dizer que deverei ter um ou dois momentos ruins.

Justin: E pensar que poderia ser pior...?

Jeff: Esse tipo de coisa.

Justin: Que não será muito agradável para ela.

Jeff: *(Animadamente)* Bem, o que se há de fazer? É impossível desfazer o passado. Foi um prazer conhecê-lo, sr. Fogg. *(Ele estende a mão.)*

(Justin olha para a mão de Jeff, em seguida pega o chapéu dele na escrivaninha e coloca-o na mão estendida. Jeff sai. Justin vira-se para a janela, escancara-a e depois pega o telefone.)

Justin: *(Ao telefone)* A srta. Le Marchant já saiu?... Bem, peça-lhe para voltar aqui um minuto. Não vou retê-la por muito tempo. *(Ele desliga o aparelho, cruza a mesa à E, pega um cigarro na cigarreira, acende-o e volta-se para a D da escrivaninha.)*

(Carla entra.)

Carla: *(Olhando friamente para Justin.)* Sim?

Justin: Eu mudei de ideia.

Carla: *(Assustada)* O quê?

Justin: É só isso. Mudei de ideia. Vou marcar aqui uma hora para a senhorita com o sr. Philip Blake. Eu a avisarei sobre a data.

(Carla sorri.)

Vá, agora. Não deixe o senhor... er... não o deixe esperando. Ele não gostaria. Dou-lhe notícias. *(Ele a apressa pela passagem em arco.)*

(Carla sai.)

(Ele vai até a escrivaninha e pega o telefone. Ao telefone.) Ligue-me com Kellway, Blake e Leverstein, por favor? Quero falar diretamente com o sr. Philip Blake. *(Ele desliga o aparelho.)* Criação de gado!

As luzes *vão diminuindo até se apagarem totalmente.*

Cena II

Cenário: *Escritório de Philip Blake.*

É uma sala muito bonita. Uma porta à DA dá para a antessala. À EA há um armário que serve de bar, embutido na parede. Uma escrivaninha grande e trabalhada fica à E e, por trás dela, uma cadeira giratória forrada com tecido adamascado. Outra cadeira para visitantes, com a mesma forração, fica à DB. Há arandelas à E e à D. Sobre a escrivaninha há um interfone, além do telefone.

Quando as luzes *são acesas,* Philip Blake *está sentado à escrivaninha, fumando e lendo o* Financial Times. *É um homem bonito de seus cinquenta e poucos anos, grisalho nas* têmporas, com uma barriga discreta. Ele é arrogante, com traços de irritabilidade. Muito seguro de si. O interfone toca. PHILIP aperta um botão.)*

PHILIP: *(Ao interfone)* Sim?

VOZ: *(Pelo interfone)* A srta. Le Marchant está aqui, sr. Blake.

PHILIP: Peça-lhe que entre.

VOZ: Sim, sr. Blake.

(PHILIP solta o botão, franze o cenho, dobra o jornal e deixa-o sobre a escrivaninha, levanta-se e vai até a E da escrivaninha, vira-se de frente para a porta. Ele expressa traços leves de inquietação enquanto aguarda. CARLA entra. Ela usa um casaco diferente e bolsa e luvas também diferentes das da cena anterior.)

PHILIP: Meu Deus!

(PHILIP e CARLA se olham por um momento, e, em seguida, CARLA fecha a porta e vai até o CB.)

Bem, então é você, Carla. *(Ele se recupera e aperta a mão dela.)* A pequena Carla! *(Com uma afabilidade bastante forçada.)* Você tinha... acho eu... cinco anos quando a vi pela última vez.

CARLA: Sim. Deve ter sido algo assim. *(Ela revira os olhos.)* Não creio que me lembre do senhor...

PHILIP: Nunca fui muito ligado em crianças. Nunca soube o que dizer a elas. Sente-se, Carla.

(CARLA senta-se na cadeira à DB e coloca a bolsa no chão, ao lado da cadeira.)

(Ele oferece a cigarreira que está sobre a escrivaninha.) Cigarro?

(CARLA recusa.)

(Ele volta a colocar a cigarreira sobre a escrivaninha, desloca-se por trás dela e consulta seu relógio.) Não tenho muito tempo, mas... *(Senta-se à escrivaninha.)*

CARLA: Sei que o senhor é uma pessoa muito ocupada. Bondade sua ter me recebido.

PHILIP: De forma alguma. Você é filha de um dos meus amigos mais antigos e mais próximos. Lembra-se do seu pai?

CARLA: Sim. Não com muita clareza.

PHILIP: Pois deveria. Amyas Crale não deve ser esquecido. *(Ele faz uma pausa.)* Bem, do que se trata? Esse advogado... Fogg... suponho que seja filho de Andrew Fogg... (CARLA *assente)* ele não foi muito claro quanto ao que a traz aqui. *(Há um traço de sarcasmo na voz dele na frase seguinte.)* Mas entendo que não se trata apenas de procurar pelos velhos amigos de seu pai, não é?

CARLA: Não.

PHILIP: Ele me disse que só recentemente você soube dos fatos acerca da morte de seu pai. Certo?

CARLA: Sim.

PHILIP: É uma pena, realmente, que tenha sabido.

CARLA: *(Depois de uma pausa; com firmeza)* Sr. Blake, quando cheguei agora há pouco, o senhor se surpreendeu. Disse: "Meu Deus!". Por quê?

PHILIP: Bem, eu...

CARLA: Pensou, por alguns instantes, que fosse minha mãe que estava ali?

PHILIP: A semelhança é assombrosa. Fiquei surpreso.

CARLA: O senhor... o senhor não gostava dela?

PHILIP: *(Secamente)* Seria de esperar que eu gostasse? Ela matou meu melhor amigo.

CARLA: *(Magoada) Pode* ter sido suicídio.

PHILIP: Essa ideia não tem a menor chance. Amyas jamais se mataria. Amava demais a vida.

CARLA: Ele era um artista, sujeito a altos e baixos temperamentais.

PHILIP: Ele não tinha esse tipo de temperamento. Amyas não tinha nada de mórbido ou neurótico. Tinha lá os seus defeitos... vivia atrás de mulheres, tenho de confessar... mas a maioria de seus casos durava pouco. Ele sempre voltava para Caroline.

Carla: Como devia ser divertido para ela!

Philip: Ela o conhecia desde os doze anos. Fomos criados todos juntos.

Carla: Sei tão pouco. Conte-me, por favor.

Philip: *(Recostando-se confortavelmente na cadeira.)* Ela costumava vir passar as férias em Alderbury com os Crale. Minha família era proprietária da mansão vizinha. Todos nós corríamos soltos por ali, sempre juntos. Meredith, meu irmão mais velho, regulava de idade com Amyas. Eu era um ou dois anos mais novo. Caroline não era de família rica, sabe. Eu era o filho caçula e não estava no páreo, mas tanto Meredith quanto Amyas eram ótimos partidos.

Carla: O senhor a faz parecer tão fria e calculista.

Philip: Ela *era* fria. Ah, ela parecia impulsiva, mas no fundo era um demônio frio e calculista. E tinha um gênio terrível. Sabe o que ela fez com a meia-irmã ainda bebê?

Carla: *(Rapidamente)* Não.

Philip: A mãe dela se casara de novo, e todas as atenções eram para o novo bebê... Ângela. Caroline tinha um ciúme dos diabos. Ela tentou matar o bebê.

Carla: Não!

Philip: Partiu para cima dela com uma tesoura, acho eu. Foi algo terrível. A criança ficou marcada para o resto da vida.

Carla: *(Fora de si)* Você faz com que ela pareça um... um monstro!

Philip: *(Dando de ombros.)* O ciúme é coisa diabólica.

Carla: *(Observando-o.)* O senhor a odiava... não é?

Philip: *(Surpreendido)* Acho que isso é forte demais.

Carla: Não, é verdade.

Philip: *(Apagando o cigarro.)* Acho que estou sendo amargo. *(Ele se levanta, vai até a D da escrivaninha e senta-se na extremidade dela, mais à frente do palco.)* Mas me parece que veio até aqui com a ideia de que sua mãe era uma pobre inocente. Não é verdade. Há o lado de Amyas também. Era seu pai, menina, e amava a vida...

CARLA: Eu sei. Sei disso tudo.

PHILIP: Você tem que ver a situação conforme ela aconteceu. Caroline não era uma boa pessoa. *(Faz uma pausa.)* Ela envenenou o marido. E o que não consigo esquecer, e nunca esquecerei, é que *eu* poderia tê-lo salvado.

CARLA: Como?

PHILIP: Meu irmão Meredith tinha um hobby estranho. Ele costumava se distrair com ervas, cicuta e coisas do gênero e Caroline tinha roubado uma de suas infusões.

CARLA: Como soube que *ela* tinha roubado?

PHILIP: *(Fechando a cara.)* Eu sabia, sim. E fui idiota demais ao ficar esperando para falar sobre aquilo com Meredith. Não consigo imaginar por que não tive o bom senso de entender que *Caroline* não esperaria. Ela roubara aquilo para usar... e, por Deus, ela usou a droga na primeira oportunidade.

CARLA: O senhor *não pode* ter certeza de que foi ela quem roubou.

PHILIP: Minha menina, ela *confessou* que tinha roubado. Disse que tinha intenção de se suicidar.

CARLA: Isso é possível, não é?

PHILIP: Será que é? *(Cáustico)* Bem, ela *não* se suicidou.

(CARLA balança a cabeça. Silêncio.)

(Ele se levanta, fazendo um esforço para voltar ao seu jeito habitual.) Aceita um cálice de xerez? *(Ele cruza pela frente e à E da escrivaninha para o armário à EA, tira a garrafa de xerez e um cálice e coloca-os sobre a escrivaninha.)* Suponho que a perturbei. *(Ele serve o cálice de xerez.)*

CARLA: Eu tenho de descobrir as coisas.

Philip: *(Cruzando e servindo o cálice a Carla.)* É claro que houve muita compaixão por ela no julgamento. *(Ele passa por trás da escrivaninha.)* Amyas se comportara muito mal, admito, trazendo a tal moça Greer para Alderbury. *(Ele guarda a garrafa no armário.)* E ela *foi* muito atrevida com Caroline.

Carla: O senhor gostava dela?

Philip: *(Cauteloso)* A jovem Elsa? Não particularmente. *(Vira-se para o armário, retira uma garrafa de uísque e um copo e coloca-os sobre a escrivaninha.)* Não era o meu tipo; extremamente atraente, claro. Era predatória. Agarrava tudo o que queria. *(Ele se serve de uísque.)* De qualquer forma, acho que ela combinava mais com Amyas do que Caroline. *(Ele guarda a garrafa no armário.)*

Carla: Meus pais não eram felizes juntos?

Philip: *(Com uma risada)* Brigavam o tempo todo. A vida dele de casado teria sido um verdadeiro *inferno* se não fosse a fuga que a pintura lhe proporcionava. *(Ele coloca soda na bebida e senta-se à escrivaninha.)*

Carla: Como foi que ele conheceu Elsa?

Philip: *(Vagamente)* Em alguma festa em Chelsea ou noutro lugar. *(Ele sorri.)* Veio falar comigo... disse que tinha encontrado uma moça maravilhosa... completamente diferente de qualquer outra que tivesse conhecido. Bem, eu já ouvira *isso* várias vezes. Ele caía de quatro por uma moça qualquer e, um mês depois, quando se perguntava por ela, ele ficava olhando, tentando imaginar de quem se estava falando. Mas não foi o que aconteceu com Elsa. *(Ele ergue o copo.)* Boa sorte, minha querida. *(Ele bebe.)*

(Carla beberica o xerez.)

Carla: Ela está casada agora, não está?

Philip: *(Secamente)* Ela já passou por três maridos. Um piloto de provas que morreu em um desastre, um tal explorador de quem ela se cansou. Agora, está casada com o velho lorde Melksham, um nobre sonhador que escreve poemas místicos. E eu diria que, a esta altura, ela já deve ter se cansado dele também. *(Ele bebe.)*

Carla: Será que ela se cansaria do meu pai também?

Philip: Quem sabe?

Carla: Eu preciso conhecê-la.

Philip: Será que não pode deixar isso pra lá?

Carla: *(Levantando-se e colocando o cálice sobre a escrivaninha.)* Não, eu tenho de entender.

Philip: *(Levantando-se.)* Determinada, você, hein?

Carla: Sim, eu sou uma lutadora. Mas minha mãe não era.

(O interfone toca. Carla vira-se e pega sua bolsa.)

Philip: De onde tirou essa ideia? Caroline era uma lutadora e tanto. *(Ele aperta o botão. Ao interfone.)* Sim?

Voz: *(Pelo interfone)* O sr. Foster está aqui, sr. Blake.

Philip: Diga-lhe que o atenderei num instante.

Voz: Sim, senhor.

(Philip solta o botão.)

Carla: *(Impressionada)* Ela era? Era mesmo? Mas... ela não lutou no julgamento.

Philip: Não.

Carla: E por que não?

Philip: Bem, já que ela sabia que era culpada... *(Levanta-se.)*

Carla: *(Zangada)* Ela não era culpada!

Philip: *(Zangado)* Você é obstinada, não? Depois de tudo o que lhe contei!

Carla: O senhor ainda a odeia. Embora já esteja morta há anos. Por quê?

Philip: Eu já lhe contei...

Carla: Não a verdadeira razão. Há algo mais.

Philip: Creio que não.

Carla: O senhor a odeia... mas por quê? Vou ter de descobrir. Adeus, sr. Blake. Obrigada.

Philip: Adeus.

(Carla vai até a porta e sai, deixando a porta aberta.)

(Ele a acompanha com o olhar por um momento, ligeiramente perplexo, em seguida fecha a porta, senta-se à escrivaninha e aperta o botão do interfone. Ao interfone.) Peça ao sr. Foster que entre.

Voz: *(Pelo interfone)* Sim, senhor.

(Philip recosta-se na cadeira e pega a bebida enquanto as luzes vão diminuindo até se apagarem completamente.)

Cena III

Cenário: *A sala de uma suíte de hotel.*

Há um arco ao fundo que dá para um pequeno hall com uma porta à E. Há uma janela comprida à D. À E, um pequeno sofá estofado de dois lugares e, à D, uma poltrona combinando. Em frente ao sofá, há um banco comprido. Sob a janela, uma mesinha com o telefone interno. À D e à E do arco, arandelas para a iluminação. No hall, há um aparador com uma fileira de cabides para casacos na parede da D.

Quando as luzes são acesas, Justin está perto da poltrona, colocando algumas pastas em sua maleta de documentos. Seu casaco está sobre o sofá. Carla entra no hall pela E, coloca as luvas e a bolsa sobre o aparador do hall, tira o casaco e pendura-o em um dos cabides.

Carla: Oh, estou tão contente que esteja aqui.

Justin: *(Surpreso e satisfeito)* É mesmo? *(Coloca a maleta sobre a poltrona e vai para a D.)* Meredith Blake deve chegar aqui às três horas.

CARLA: Ótimo! E quanto a lady Melksham?

JUSTIN: Ela não respondeu à minha carta.

CARLA: Não estará viajando?

JUSTIN: *(Cruzando para a E do arco.)* Não, não está fora. Procurei me certificar e ela está em casa mesmo.

CARLA: Suponho que isso signifique que ela vai ignorar a história toda.

JUSTIN: Eu não diria isso. Ela virá, sim.

CARLA: *(Indo até o C.)* O que o faz ter tanta certeza?

JUSTIN: Bem, as mulheres costumam...

CARLA: *(Com um toque de malícia)* Entendo... então temos uma autoridade em mulheres.

JUSTIN: *(Duramente)* Apenas no sentido jurídico.

CARLA: E... estritamente no sentido jurídico...?

JUSTIN: De modo geral, as mulheres desejam satisfazer sua curiosidade.

(CARLA vê o casaco de JUSTIN no sofá, cruza e retira-o.)

CARLA: Você me agrada de verdade... faz com que me sinta muito melhor. *(Ela vai em direção aos cabides.)*

(O telefone toca.)

(Ela empurra o casaco para JUSTIN, cruza e atende ao telefone.) Alô?

(JUSTIN pendura o casaco no hall.)

Peça-lhe para subir, por favor. *(Ela desliga o aparelho e vira-se para JUSTIN.)* É Meredith Blake. Será que ele é tão detestável quanto o irmão?

JUSTIN: *(Indo para o C.)* Um temperamento bem diferente, eu diria. Está precisando se sentir melhor?

CARLA: O quê?

JUSTIN: Disse agora há pouco que eu a fazia se sentir melhor. Precisa se sentir melhor?

Carla: Às vezes, sim. *(Ela gesticula, indicando que ele se sente no sofá.)*

(Justin senta-se no sofá.)

Não me dei conta de onde estava me metendo.

Justin: Era o que eu temia.

Carla: Eu ainda poderia... desistir de tudo... voltar para o Canadá... esquecer. Será que devo?

Justin: *(Rapidamente)* Não! Não... er... agora, não. Tem de seguir em frente.

Carla: *(Sentando-se na poltrona.)* Não foi o que me aconselhou de início.

Justin: Naquela ocasião, você ainda não tinha começado.

Carla: Continua achando... que minha mãe era culpada, não é?

Justin: Não vejo qualquer outra solução.

Carla: E mesmo assim quer que eu continue?

Justin: Quero que continue até *se* dar por satisfeita.

(Batem à porta. Carla e Justin se levantam. Carla vai até o hall, abre a porta e recua um passo. Justin cruza para a D da poltrona e fica de frente para o hall. Meredith Blake entra no hall pela E. É um homem agradável, com um ar um tanto vago e uma vasta cabeleira grisalha. Passa a impressão de ser ineficaz e indeciso. Usa roupas de tweed, apropriadas para o campo, chapéu, sobretudo e cachecol.)

Meredith: Carla. Minha querida Carla. *(Segura as mãos dela.)* Como o tempo voa. Posso? *(Ele a beija.)* Parece incrível que a aquela garotinha que eu conheci tornou-se uma moça. Como você se parece com sua mãe, minha querida. É sério!

Carla: *(Ligeiramente constrangida; indicando Justin.)* Conhece o sr. Fogg?

Meredith: É sério! É sério! *(Ele se recompõe.)* O quê? *(Para Justin)* Ah, sim, eu conheci o seu pai, não foi? *(Ele entra na sala.)*

(CARLA *fecha a porta e, em seguida, vai para a sala e fica de pé à E do arco.*)

JUSTIN: (*Indo para a D de* MEREDITH.) Sim, senhor. (*Eles apertam as mãos.*) Posso levar seu sobretudo?

MEREDITH: (*Desabotoando o sobretudo; para* CARLA.) E agora... conte-me tudo sobre você. Veio dos Estados Unidos...

(JUSTIN *pega o chapéu de* MEREDITH.)

...obrigado... não, Canadá. Por quanto tempo?

CARLA: Não estou bem certa... ainda.

(JUSTIN *olha fixamente para* CARLA.)

MEREDITH: Mas pretende fixar residência definitivamente do outro lado do Atlântico?

CARLA: Bem... estou pensando em me casar.

MEREDITH: (*Tirando o sobretudo.*) Ah, com um canadense?

CARLA: Sim.

(MEREDITH *entrega o sobretudo e o cachecol a* JUSTIN, *que os pendura, com o chapéu, no hall.*)

MEREDITH: Bem, espero que ele seja um bom rapaz e que esteja à sua altura, minha querida.

CARLA: Naturalmente *eu* acho que ele está.

(MEREDITH *vai se sentar na poltrona, vê a maleta de* JUSTIN *e a retira dali.* JUSTIN *segue para trás da poltrona.*)

MEREDITH: Ótimo. Se você estiver feliz, estarei muito feliz por você. Assim como sua mãe também estaria.

CARLA: (*Sentando-se na extremidade do sofá voltada para o fundo do palco.*) O senhor sabia que minha mãe deixou uma carta para mim, declarando-se inocente?

MEREDITH: (*Virando-se e olhando para* CARLA; *abruptamente.*) Sua mãe escreveu *isso*?

CARLA: É algo que o surpreenda tanto assim?

(Justin *repara que* Meredith *está sem saber o que fazer com a maleta e se oferece para pegá-la.*)

Meredith: Bem, eu não imaginaria que Caroline... (*Ele entrega a maleta a* Justin.)

não sei... suponho que ela tenha sentido... (*Senta-se na poltrona.*) que isso a chocaria menos.

Carla: (*De forma arrebatada*) Não lhe ocorre que o que ela me escreveu possa ser verdade?

Meredith: Bem, sim... claro. Se ela escreveu a carta, solenemente, quando estava para morrer... bem, parece razoável que seja verdade, não? (*Ele olha para* Justin *em busca de apoio.*)

(*Há uma pausa.*)

Carla: O senhor é um grande farsante. (*Levanta-se.*)
Meredith: (*Chocado*) Carla!

(Carla *vai até o hall e pega sua bolsa.*)

Carla: Ora, eu sei que o senhor tentou ser bondoso. Mas bondade não ajuda em nada. Quero que me conte tudo. (*No hall, ela procura algo na bolsa.*)

Meredith: Você já conhece os fatos... (*Para* Justin) não conhece?

Justin: (*Cruzando para a EB.*) Sim, senhor, conhece.

Meredith: Relembrá-los será penoso... e praticamente inútil. É melhor deixar tudo como está. Você é jovem, está noiva e prestes a se casar e isso é tudo o que realmente importa.

(Justin *vê* Carla *vasculhando a bolsa, pega sua cigarreira e oferece a ela.* Meredith *tira uma caixa de rapé do bolso do colete.*)

Justin: (*Para* Carla) Está procurando por um destes?
Meredith: (*Oferecendo a caixa de rapé a* Carla.) Gostaria de uma pitada... Não, não creio que queira, mas vou... (*Ele oferece a caixa a* Justin.) Oh, aceita?

(Justin recusa. Carla aceita um cigarro de Justin, que também pega um.)

Carla: Já perguntei a seu irmão Philip, sabe. *(Ela coloca a bolsa sobre o banco.)*

(Justin acende os cigarros com o isqueiro.)

Meredith: Ora... Philip! Não vai conseguir muita coisa com ele. É um homem muito ocupado. Tão ocupado em ganhar dinheiro que não tem tempo para mais nada. Caso se lembre de alguma coisa, vai se lembrar de tudo errado. *(Ele cheira o rapé.)*

Carla: *(Sentada no sofá, na extremidade voltada para o fundo do palco.)* Então o *senhor* vai me contar.

(Justin senta-se no sofá, na extremidade voltada para a frente do palco.)

Meredith: *(Preservando-se.)* Bem... você teria que entender um pouco sobre o seu pai... primeiro.

Carla: *(Direta)* Ele se envolveu com outras mulheres e causou muita infelicidade à minha mãe.

Meredith: Bem... er... sim... *(Ele cheira o rapé de novo.)* mas esses casos dele não foram realmente importantes até que Elsa apareceu.

Carla: Ele estava pintando o retrato dela?

Meredith: Estava, sim; é incrível... *(Ele cheira o rapé novamente.)* Ainda consigo vê-la. Sentada no terraço onde posava. De... er... shorts escuros e uma blusa amarela. "Retrato de moça com blusa amarela", era como ele ia chamar o quadro. Era uma das melhores coisas que Amyas fez na vida. *(Ele guarda a caixa de rapé no bolso.)*

Carla: O que aconteceu com o quadro?

Meredith: Está comigo. Comprei-o com toda a mobília. Comprei a casa também. Alderbury. Fica junto da minha propriedade, sabe. Eu não queria ver aquilo transformado em um loteamento. Os testamenteiros venderam tudo e o dinheiro apurado foi depositado em um truste para você. Mas, decerto, já tem conhecimento disso.

Carla: Não sabia que tinha comprado a casa.

Meredith: Comprei, sim. Está arrendada a um Albergue da Juventude. Mas mantenho uma ala exatamente como era, para mim. Vendi a maior parte da mobília...

Carla: Mas conservou o quadro. Por quê?

Meredith: *(Como que se defendendo.)* É como lhe digo, foi a melhor coisa que Amyas fez. É sério! Passará para o Estado quando eu morrer. *(Faz uma pausa.)*

(Carla fita Meredith.)

Bem, vou tentar contar-lhe o que quer saber. Amyas levou Elsa para lá... para todos os efeitos porque estava pintando seu retrato. Ela odiava aquela encenação. Ela... ela estava loucamente apaixonada por ele e queria pôr as cartas na mesa com Caroline na hora. Sentia-se numa condição muito falsa. Eu... eu compreendi o ponto de vista dela.

Carla: *(Friamente)* O senhor parece extremamente solidário com ela.

Meredith: *(Horrorizado)* De jeito nenhum. Minha simpatia sempre foi por Caroline. Sempre fui... bem, apaixonado por Caroline. Eu a pedi em casamento... mas ela acabou se casando com Amyas. E posso entender muito bem... ele era uma pessoa brilhante e muito atraente para as mulheres, mas ele não cuidou de Caroline da forma que *eu teria* cuidado. Fiquei amigo dela.

Carla: E ainda assim acredita que ela cometeu um assassinato?

Meredith: Ela não tinha noção do que estava fazendo. Houve uma cena horrível... ela estava exasperada...

Carla: Sim?

Meredith: E naquela mesma tarde ela pegou a coniina no meu laboratório. Mas juro que não havia intenção de assassinato em seu pensamento ao pegá-la... a ideia dela era... era... se matar.

CARLA: Mas, conforme disse seu irmão Philip, "ela *não* se matou".

MEREDITH: As coisas sempre parecem melhores na manhã seguinte. E havia muita agitação, arrumando Ângela para ir para o colégio... era Ângela Warren, a meia-irmã de Caroline. Ela era uma pequena endiabrada, sempre brigando com alguém, ou aprontando travessuras. Ela e Amyas estavam sempre às turras, mas ele era louco por ela... e Caroline a adorava.

CARLA: *(Rapidamente)* Mesmo depois de ter tentado matar a meia-irmã, certa vez?

MEREDITH: *(Olhando para CARLA; rapidamente.)* Sempre tive certeza de que essa história foi um grande exagero. A maioria das crianças sente ciúme de um novo bebê na casa.

CARLA: *(Depois de uma baforada)* Meu pai foi encontrado morto... depois do almoço, não foi?

MEREDITH: Sim. Nós o deixamos no terraço, pintando. Ele costumava não vir almoçar. O copo de cerveja que Caroline trouxera estava ao lado dele... vazio. Suponho que a droga já estivesse surtindo efeito. Não há dor... apenas uma lenta... paralisia. Sim. Quando saímos, depois do almoço... ele estava morto. Foi tudo um pesadelo.

CARLA: *(Levantando-se; perturbada.)* Um pesadelo...

MEREDITH: *(Levantando-se.)* Sinto muito, minha querida. Eu não queria falar sobre isso com você. *(Ele olha para JUSTIN.)*

CARLA: Se eu pudesse ir até lá... lá onde tudo aconteceu. Seria possível?

MEREDITH: Claro, querida. Na hora em que desejar.

CARLA: *(Indo até o C e virando-se para encarar JUSTIN.)* Se pudéssemos reviver tudo lá... todos nós...

MEREDITH: O que quer dizer com todos nós?

Carla: *(Virando-se para Meredith.)* Seu irmão Philip e o senhor, a governanta, Ângela Warren e... sim... e até mesmo Elsa.

Meredith: Acho difícil que Elsa vá. Ela está casada, como sabe.

Carla: *(Ironicamente)* Aliás, já por várias vezes, pelo que eu soube.

Meredith: Ela mudou muito. Philip a viu no teatro uma noite dessas.

Carla: Nada dura. Um dia, o senhor amou minha mãe... e *isso* não durou, não foi? *(Ela apaga o cigarro no cinzeiro sobre o banco.)*

Meredith: O quê?

Carla: *(Cruzando para a EB.)* Tudo é diferente de como eu imaginei que fosse. Parece que não consigo encontrar o fio da meada...

(Justin se levanta.)

Se eu pudesse ir a Alderbury...

Meredith: Será bem-vinda em qualquer ocasião, querida. Agora, sinto que preciso...

(Carla olha em frente, demoradamente.)

Justin: *(Indo até o hall.)* Vou pegar seu sobretudo, senhor. *(Ele percebe que Carla está perdida em pensamentos.)* Carla está muito agradecida ao senhor. *(Ele pega o sobretudo, o chapéu e o cachecol de Meredith nos cabides.)*

Carla: *(Recompondo-se.)* Oh, sim. Sim, obrigada por vir.

(Meredith encaminha-se para o hall, onde Justin o ajuda a vestir o sobretudo.)

Meredith: Carla, quanto mais eu penso nisso tudo...
Carla: Sim?
Meredith: *(Indo até o C.)*... mais eu acredito que Amyas possa ter se suicidado, sabe? É possível que ele sentisse

mais remorso do que pensávamos. *(Ele olha esperançoso para* Carla.*)*

Carla: *(Sem se convencer)* É um bom pensamento.

Meredith: Sim, sim... bem, adeus, minha querida.

Carla: Adeus.

Meredith: *(Pegando o chapéu com* Justin.*)* Adeus, sr. Fogg.

Justin: *(Abrindo a porta.)* Adeus, senhor.

Meredith: *(Murmurando.)* Adeus. Adeus.

*(*Meredith *sai.* Justin *fecha a porta e vai até o C.)*

Carla: Muito bem!

Justin: Muito bem!

Carla: Que pateta!

Justin: Mas um pateta cheio de bondade.

(O telefone toca.)

Carla: *(Cruzando até o telefone.)* Ele não acredita em nada daquilo. *(Ela atende ao telefone.)* Sim?... Sim. Eu compreendo. *(Ela desliga o telefone. Desapontada)* Ela não vem.

Justin: Lady Melksham?

Carla: Sim. Um imprevisto inadiável.

*(*Justin *vai até o hall e pega seu sobretudo.)*

Justin: Não se preocupe, vamos pensar em algo.

Carla: *(Olhando pela janela.)* Tenho de vê-la, ela é o centro de tudo.

Justin: *(Indo até o C e vestindo o sobretudo.)* Vai tomar chá com a srta. Williams, não vai?

Carla: *(Secamente)* Sim.

Justin: *(Bem animado)* Gostaria que eu a acompanhasse?

Carla: *(Desinteressada)* Não, não há necessidade.

Justin: Talvez chegue uma carta de Ângela Warren pelo correio de amanhã. Eu lhe telefono, se for o caso?

Carla: *(Ainda olhando pela janela.)* Sim, por favor.

Justin: *(Depois de uma pausa)* Como seu pai era tolo.

(Carla vira-se.)

Em não reconhecer qualidade quando a tinha.

Carla: O que quer dizer?

Justin: Elsa Greer era bem vulgar, sabe, sedução grosseira, sensualidade grosseira, deslumbramento grosseiro.

Carla: Deslumbramento?

Justin: Sim. Será que ela teria se interessado tanto pelo seu pai caso ele não fosse um pintor célebre? Veja os maridos que ela teve depois. Sempre atraída por alguém... que estivesse sob os holofotes... nunca pelo homem em si. Mas, Caroline, sua mãe, teria reconhecido qualidade em um... *(Ele faz uma pausa e, bem ciente de si, sorri jovialmente.)*... até em um advogado.

(Carla pega a maleta de Justin e olha para ele interessada.)

Carla: Acredito que ainda continua apaixonado pela minha mãe. *(Ela entrega-lhe a maleta.)*

Justin: Oh, não. *(Ele pega a maleta e sorri.)* Eu acompanho o tempo, sabe.

(Carla vê-se surpreendida, mas contente, e sorri.)

Adeus.

(Justin sai. Carla olha-o enquanto sai, considerando o que disse. O telefone toca. Carla atende. A luz diminui com a chegada do crepúsculo.)

Carla: *(Ao telefone)* Alô?... Sim... Ah, é você, Jeff... *(Ela pega o aparelho e senta com ele na poltrona, dobrando uma das pernas.)* Pode ser uma perda de tempo boba, mas o tempo é meu e se eu... *(Ela conserta a costura da meia.)* O quê?... *(Mal-humorada)* Você está muito enganado em relação a Justin. Ele é um bom amigo... o que é bem mais do que você... Está bem, então estou brigando... Não, não quero jantar com você... Não quero jantar com você em lugar nenhum.

(Elsa Melksham entra no hall pela E, fecha a porta suavemente e fica no hall, olhando para Carla. Elsa é alta, bonita, muito maquiada e extremamente elegante. Usa chapéu e luvas, e um mantô de veludo vermelho sobre um vestido preto, e carrega uma bolsa.)

No momento sua cotação está em baixa comigo. *(Ela bate o telefone, levanta-se e coloca o aparelho sobre a mesa à D.)*

Elsa: Srta. Le Marchant... ou eu deveria dizer "Srta. Crale"?

(Carla, surpresa, vira-se rapidamente.)

Carla: Então resolveu vir, afinal?

Elsa: Eu já estava resolvida a vir. Apenas esperei até que o seu conselheiro legal desaparecesse.

Carla: Não gosta de advogados?

Elsa: Certas vezes eu prefiro falar de mulher para mulher. Vamos acender as luzes. *(Ela acende as arandelas no interruptor à E do arco, vai até o C e olha intensamente para Carla.)* Bem, você não se parece com aquela menina de que me lembro.

Carla: *(Simplesmente)* Pareço-me com minha mãe.

Elsa: *(Friamente)* Sim. O que particularmente não me predispõe a seu favor. Sua mãe era uma das mulheres mais repulsivas que já conheci.

Carla: *(Encolerizada)* Não tenho dúvidas de que ela sentia o mesmo a seu respeito.

Elsa: *(Sorrindo.)* Ah, sim, o sentimento era recíproco. *(Ela se senta na extremidade do sofá voltada para o fundo do palco.)* O problema de Caroline é que ela não era boa perdedora.

Carla: E esperava que fosse?

Elsa: *(Tirando as luvas; sorridente.)* Sabe que, na verdade, acredito que esperava mesmo? Eu devia ser demasiadamente jovem e ingênua. Por eu mesma não conseguir entender a ideia de agarrar-me a um homem que não me quisesse, fiquei bastante chocada pelo fato de ela não sentir o mesmo.

Mas jamais sonhei que ela preferisse *matar* Amyas a deixar que eu ficasse com ele.

Carla: Ela não o matou.

Elsa: *(Sem interesse)* Ela o matou, sim. Envenenou-o praticamente debaixo dos meus olhos... com um copo de cerveja gelada. E eu nunca sonhei... nunca desconfiei... *(Com uma completa mudança de tom)* Na hora, a gente acha que jamais esquecerá... que a dor vai estar sempre ali. E, então, de repente... ela desaparece... desaparece completamente... assim. *(Ela estala os dedos.)*

Carla: *(Sentando-se na poltrona.)* Que idade você tinha?

Elsa: Dezenove. Mas eu não fui nenhuma mocinha enganada. Amyas Crale não seduziu uma donzela ingênua. Eu não era nada disso. Conheci-o numa festa e caí por ele na mesma hora. Sabia que ele era o único homem do mundo para mim. *(Ela sorri.)* E acho que ele sentiu o mesmo.

Carla: Sim.

Elsa: Pedi-lhe que me pintasse. Ele disse que não fazia retratos. Mas lembrei-o do retrato que havia pintado de Marna Vadaz, a dançarina. Ele disse que pintara aquele retrato devido a circunstâncias especiais. Eu sabia que eles tinham tido um caso. E disse: "Eu quero que você me pinte". Ele respondeu: "Sabe o que vai acontecer? Farei amor com você". E respondi: "E por que não?". E ele: "Eu sou um homem casado e gosto muito da minha mulher". Eu disse que já que estava tudo resolvido, quando eu começaria a posar? Ele me tomou pelos ombros e virou-me para a luz e me olhou como que me avaliando. Em seguida, disse: "Por muitas vezes pensei em pintar uma revoada de araras australianas escandalosamente coloridas pousando na Catedral de St. Paul. Se eu a pintasse com sua juventude exuberante tendo ao fundo um belo cenário inglês tradicional, creio que obteria o mesmo efeito". *(Ela faz uma pausa. Rapidamente)* Então ficou tudo combinado.

Carla: E você foi para Alderbury.

(ELSA se levanta, tira o mantô, coloca-o sobre a extremidade do sofá voltada para a frente do palco e vai até o C.)

ELSA: Sim. Caroline foi encantadora. Ela sabia como ser... Amyas, sempre muito circunspecto. *(Ela sorri.)* Jamais trocou uma palavra comigo que sua mulher não pudesse ouvir. Comportei-me com educação e formalidade. Mas, lá no fundo, ambos sabíamos... *(Ela suspende a fala.)*

CARLA: Continue.

ELSA: *(Colocando as mãos no quadril.)* Passados dez dias, ele me disse que tinha de voltar para Londres.

CARLA: Mesmo?

ELSA: Eu disse: "O retrato não está terminado". Ele respondeu: "Eu mal comecei, Elsa. A verdade é que não posso retratá-la". Perguntei-lhe por que, e ele disse que eu sabia muito bem "por que" e que por isso eu tinha de dar o fora.

CARLA: Então... voltou para Londres?

ELSA: Sim, voltei. *(Ela vai até o C e vira-se.)* Não escrevi para ele. Não respondi às cartas que me enviou. Ele resistiu por uma semana. E, então... ele veio. Disse-lhe que aquilo era o destino e que não adiantava lutar contra ele, ao que ele respondeu: "Você nem lutou tanto, não foi, Elsa?". Eu disse que não havia sequer lutado. Foi maravilhoso e mais assustador do que mera felicidade. *(Ela franze o cenho.)* Se ao menos tivéssemos ficado afastados... se ao menos não tivéssemos voltado.

CARLA: E por que voltaram?

ELSA: O quadro por terminar. Ele assombrava Amyas. *(Ela se senta no sofá, na extremidade voltada para o fundo do palco.)* Mas tudo foi diferente daquela vez... Caroline tinha percebido. Eu queria resolver as coisas de uma forma honesta. Tudo o que Amyas dizia era: "Para os diabos com a honestidade. Eu estou pintando um quadro".

(CARLA ri.)

Por que está rindo?

Carla: *(Levantando-se e virando-se para a janela.)* Porque sei exatamente como ele se sentia.

Elsa: *(Zangada)* Como é que *você* podia saber?

Carla: *(Com simplicidade)* Por ser filha dele, eu suponho.

Elsa: *(Distante)* Filha de Amyas. *(Ela olha para Carla fazendo outro tipo de avaliação.)*

Carla: *(Virando-se e cruzando por trás da poltrona até o C.)* Só há pouco comecei a ter uma noção. Não tinha pensado sobre isso antes. Vim para cá porque queria descobrir exatamente o que tinha acontecido há dezesseis anos. Estou descobrindo. Estou começando a conhecer as pessoas... o que sentiam, como elas são. Tudo está tomando vida, pouco a pouco.

Elsa: Tomando vida? *(Amargamente)* Quem dera.

Carla: Meu pai... você... Philip Blake... Meredith Blake. *(Ela cruza para a EB.)* E tem mais duas. Ângela Warren...

Elsa: Ângela? Oh, sim. À sua moda, tornou-se até uma celebridade... uma dessas mulheres destemidas que viajam para lugares inacessíveis e depois escrevem livros a respeito. Naquela época, não passava de uma adolescente enervante.

Carla: *(Virando-se.)* Como foi que *ela* se sentiu com tudo isso?

Elsa: *(Desinteressada)* Não sei. Eles a afastaram logo dali, creio eu. Caroline achava que estar ali em contato com um assassinato poderia traumatizar sua mente de adolescente... embora eu não saiba por que Caroline se importaria com danos à mente da menina quando já havia danificado o rosto dela para sempre. Quando me contaram aquela história, eu devia ter me dado conta do que Caroline seria capaz, e quando eu efetivamente a *vi* pegando o veneno...

Carla: *(Rapidamente)* Você *viu*?

Elsa: Sim. Meredith estava esperando para trancar o laboratório. Caroline foi a última a sair. Eu saíra logo antes dela.

Olhei por sobre o ombro e a vi em frente à prateleira com um pequeno frasco na mão. É claro que ela poderia estar apenas olhando. Como é que eu haveria de saber?

CARLA: *(Cruzando para o C.)* Mas você suspeitou?

ELSA: Pensei que ela o queria para si mesma.

CARLA: Para se suicidar? E não se *importou*?

ELSA: *(Calmamente)* Pensei que poderia ser a melhor saída.

CARLA: *(Cruzando por trás da poltrona até a janela.)* Oh, não...

ELSA: O casamento dela com Amyas tinha sido um fracasso desde o início... se ela realmente se importasse com ele tanto quanto fazia parecer, ela lhe teria concedido o divórcio. Havia dinheiro de sobra... e provavelmente teria se casado com alguém que combinasse melhor com ela.

CARLA: Com que facilidade você organiza a vida alheia. *(Ela vai para a DB.)* Meredith Blake disse que eu posso ir a Alderbury. Eu quero que todos estejam lá. Você irá?

ELSA: *(Estarrecida, porém atraída pela ideia.)* Ir a Alderbury?

CARLA: *(Empolgada)* Quero repassar a coisa toda no local. Quero ver tudo como se estivesse acontecendo de novo.

ELSA: Acontecendo de novo...

CARLA: *(Educadamente)* Se for muito doloroso para você...

ELSA: Há coisas piores do que a dor. *(Grosseiramente)* Esquecer é que é horrível... é como se você estivesse morta. *(Com raiva)* Você... fica aí com sua maldita juventude e inocência... o que sabe sobre amar um homem? Eu amava Amyas. *(Arrebatada)* Ele tinha tanta vida, era tão cheio de vida e vigor, um homem tão maravilhoso. E ela pôs um fim naquilo tudo... sua mãe. *(Levanta-se.)* Deu cabo de Amyas para que *eu* não ficasse com ele. E nem sequer a enforcaram. *(Ela faz uma pausa. Usa um tom normal.)* Irei a Alderbury. Vou participar do seu circo. *(Ela pega o mantô e o estende a CARLA.)*

(Carla cruza até Elsa e a ajuda a vestir o mantô.)

Philip, Meredith... Ângela Warren... nós quatro.

Carla: Cinco.

Elsa: Cinco?

Carla: Havia uma governanta.

Elsa: *(Apanhando a bolsa e as luvas no sofá.)* Ah, sim, a governanta. Condenava-nos veementemente, a mim e a Amyas. Muito dedicada a Caroline.

Carla: Dedicada à minha mãe... *ela* vai me contar. Irei vê-la em seguida. *(Ela entra no hall e abre a porta.)*

Elsa: *(Indo para o hall.)* Talvez você possa pedir ao seu *amigo* advogado que me ligue, está bem?

(Elsa sai. Carla fecha a porta e vai até o C.)

Carla: A governanta!

(As luzes vão diminuindo até se apagarem totalmente.)

Cena IV

Cenário: *O conjugado da Srta. Williams.*

É um quarto de mansarda com uma janelinha no teto inclinado à E. Supõe-se que a porta de entrada esteja na "quarta parede". Há uma lareira a gás, ao CA, e um divã com uma colcha e almofadas, à D. Sob a janela, uma mesa de aba e cancela. À D da lareira, fica uma mesinha com uma luminária. Há cadeiras de espaldar alto à E da lareira e à EB, e uma poltrona antiquada com uma banqueta para os pés embaixo, ao C. Uma chaleira elétrica está ligada a uma tomada no rodapé, à D da lareira.

Quando as luzes são acesas, a luminária está ligada, mas as cortinas da janela ainda não estão fechadas. Há uma bandeja *de chá para dois sobre a mesa à E. A chaleira está fervendo, com o bule de chá ao lado. A lareira a gás está acesa. A S*rta*. W*illiams *encontra-se sentada na poltrona ao C. Ela tem sessenta e poucos anos, é inteligente, se expressa com clareza e tem uma postura professoral. Ela usa blusa, uma saia de tweed, um cardigã e um lenço jogado sobre os ombros. C*arla *está sentada no divã, olhando um álbum de fotografias. Ela usa um vestido marrom.*

Carla: Eu *me lembro* da senhora. Está tudo voltando agora. Não pensei que ainda me lembraria.

Srta. Williams: Você tinha apenas cinco anos.

Carla: A senhora tomava conta de mim?

Srta. Williams: Não, você não era responsabilidade minha. Eu cuidava de Ângela. Ah, a chaleira está fervendo. *(Ela se levanta, pega o bule e prepara o chá.)* E agora, querida, está confortável aí, mesmo?

Carla: Estou ótima, obrigada.

Srta. Williams: *(Apontando para o álbum.)* Essa é Ângela... você era apenas um bebê quando essa foto foi tirada.

Carla: Como era ela?

Srta. Williams: *(Repousando a chaleira.)* Uma das pupilas mais interessantes que já tive. Indisciplinada, mas um cérebro privilegiado. Formou-se com louvor em Somerville e você deve ter lido o livro dela sobre as pinturas rupestres de Hazelpa.

Carla: Como?

Srta. Williams: Recebeu ótimas críticas. Sim, sinto muito orgulho de Ângela. *(Ela coloca o bule de chá sobre a bandeja à E.)* Agora, vamos deixar o chá repousar por um minuto, certo?

Carla: *(Colocando o álbum sobre a extremidade do divã voltada para o fundo do palco.)* Srta. Williams, sabe por que estou aqui?

Srta. Williams: Por alto, sim. *(Ela vai até a lareira.)* Acaba de tomar conhecimento dos fatos sobre a tragédia que pôs fim à vida de seu pai e deseja informações mais completas a respeito do assunto. *(Desliga a chaleira.)*

CARLA: E suponho que, assim como os demais, a senhora acha que eu devo esquecer tudo isso?

SRTA. WILLIAMS: De jeito nenhum. Parece-me ser perfeitamente natural que você desejasse compreender. E então, e somente então, pudesse esquecer o assunto.

CARLA: A senhora vai me contar tudo?

SRTA. WILLIAMS: Qualquer pergunta que quiser me fazer, responderei com tudo o que sei. Agora, onde está minha banqueta? Eu tenho uma banqueta por aí. *(Ela vira a poltrona de frente para o divã e olha em volta, procurando a banqueta.)*

CARLA: *(Levantando-se e tirando a banqueta que está sob a poltrona.)* Está aqui.

SRTA. WILLIAMS: Obrigada, querida. *(Senta-se confortavelmente na poltrona e coloca os pés sobre a banqueta.)* Gosto de ficar com os pés fora do chão.

CARLA: Acho que... primeiro... eu gostaria de saber apenas como eram meu pai e minha mãe... a *sua* impressão de como eles eram, quero dizer. *(Senta-se no divã.)*

SRTA. WILLIAMS: Seu pai, como sabe, foi consagrado como um grande pintor. É claro que eu não sou competente para julgar. Pessoalmente, não admiro a pintura dele. O desenho me parece defeituoso e o colorido, exagerado. No entanto, seja como for, nunca entendi por que o fato de ter aquilo que se chama de temperamento artístico isentaria um homem de se comportar decentemente. Sua mãe teve de suportar muita coisa em relação a ele.

CARLA: E ela se importava com isso?

SRTA. WILLIAMS: Sim, muito. O sr. Crale não era um marido fiel. Ela suportava as infidelidades dele e o perdoava... mas não as aceitava com docilidade. Ela protestava... e com bravura.

CARLA: Quer dizer que eles viviam num inferno?

SRTA. WILLIAMS: *(Baixinho)* Eu não descreveria assim. *(Ela se levanta e cruza por trás da poltrona até a mesa à E.)* Havia brigas, sim, mas sua mãe conservava sua dignidade e seu pai estava errado. *(Serve o chá.)*

CARLA: Sempre?

SRTA. WILLIAMS: *(Com firmeza)* Sempre. Eu... eu gostava demais da sra. Crale. E sentia muito por ela. O fardo dela era pesado. Se fosse mulher do sr. Crale, eu o teria deixado. Nenhuma mulher deve se submeter a humilhações do próprio marido.

CARLA: A senhora não gostava do meu pai?

SRTA. WILLIAMS: *(Apertando os lábios.)* Eu tinha aversão a ele... muito forte.

CARLA: Mas ele gostava mesmo de minha mãe?

(SRTA. WILLIAMS pega uma xícara de chá e o açucareiro e cruza até CARLA.)

SRTA. WILLIAMS: Acredito honestamente que ele gostava dela... mas esses homens! *(Ela suspira e entrega a xícara de chá a CARLA.)*

CARLA: *(Com um leve sorriso)* Não tem uma opinião muito boa a respeito deles?

SRTA. WILLIAMS: *(Com leve fanatismo)* Os homens ainda levam a melhor neste mundo. Espero que não seja para sempre assim. *(Ela oferece o açucareiro a CARLA.)* Quer açúcar?

CARLA: Não, obrigada. E então Elsa Greer apareceu?

(SRTA. WILLIAMS cruza até a mesa, deixa ali o açucareiro e pega sua xícara de chá.)

SRTA. WILLIAMS: *(Desgostosa)* Sim. Para todos os efeitos, para que seu retrato fosse pintado, mas era muito lento o progresso com a pintura. *(Ela cruza para o C.)* Sem dúvida, eles tinham outros assuntos a tratar. Era óbvio que o sr. Crale estava fascinado pela garota e ela nada fazia para desestimulá-lo. *(Ela inspira e, em seguida, senta-se na poltrona.)*

Carla: O que a *senhora* achava dela?

Srta. Williams: Eu a achava bonita, mas burra. É possível que tivesse até recebido uma educação adequada, mas jamais abriu um livro, e era praticamente incapaz de conversar sobre qualquer assunto mais intelectual. Seus pensamentos eram ocupados apenas com sua aparência pessoal... e homens, claro.

Carla: Continue.

Srta. Williams: A srta. Greer voltou para Londres, e todos nós ficamos eufóricos em vê-la partir. *(Ela faz uma pausa e beberica o chá.)* Então, o sr. Crale foi embora e eu sabia, assim como a sra. Crale, que ele tinha ido atrás da garota. Eles reapareceram juntos. As *poses* foram retomadas e todos nós sabíamos o que aquilo queria dizer. A garota tornou-se cada vez mais audaciosa e acabou por abrir o jogo e começar a falar o que *ela* faria em Alderbury quando fosse a dona da casa.

Carla: *(Horrorizada)* Oh, não!

Srta. Williams: Sim, sim, sim. *(Faz outra pausa e beberica o chá.)* O sr. Crale veio e a esposa perguntou-lhe abertamente se era verdade que planejava casar-se com Elsa. E ele ficou ali, aquele homem enorme, quase um gigante, parecendo um menino de escola travesso. *(Ela se levanta, vai até a mesa à E, pousa a xícara, pega uma travessa de biscoitos e cruza até Carla.)* Meu sangue ferveu. Eu poderia matá-lo, de verdade. Pegue uns biscoitinhos.

Carla: *(Servindo-se de um biscoito.)* Obrigada. O que minha mãe fez?

Srta. Williams: Acho que ela simplesmente saiu da sala. Eu sei que... que tentei dizer alguma coisa sobre como me sentia, mas ela me calou: "Temos de nos comportar como de costume", disse ela. *(Ela cruza e coloca a travessa sobre* *a mesa à E.)* Eles iam todos tomar chá com o sr. Meredith Blake naquela tarde. À saída, lembro-me de que ela voltou e me beijou. Ela disse: "Você me reconforta muito". *(A voz dela fraqueja levemente.)*

CARLA: *(Em tom doce)* Tenho certeza de que reconfortava, mesmo.

SRTA. WILLIAMS: *(Cruzando até a lareira, pegando a chaleira e desligando-a da tomada.)* Nunca a culpe pelo que ela fez, Carla. Cabe a você, que é filha dela, compreender e perdoar.

CARLA: *(Lentamente)* Então até a senhora acha que foi ela.

SRTA. WILLIAMS: *(Com tristeza)* Eu *sei* que foi ela.

CARLA: Ela lhe *disse* que foi ela?

SRTA. WILLIAMS: *(Levando a chaleira até a mesa à E.)* Claro que não. *(Ela enche novamente o bule.)*

CARLA: O que foi que ela *disse*?

SRTA. WILLIAMS: Ela fez o que pôde para me convencer de que tinha sido suicídio.

CARLA: A senhora... não acreditou nela?

SRTA. WILLIAMS: Eu disse: "Com certeza, sra. Crale, *deve* ter sido suicídio".

CARLA: Mas a senhora não acreditou no que estava dizendo.

SRTA. WILLIAMS: *(Cruzando para a lareira e recolocando a chaleira.)* É preciso que compreenda, Carla, que eu estava inteiramente do lado de sua mãe. Minha solidariedade era com *ela*... não com a polícia. *(Senta-se na poltrona.)*

CARLA: Mas assassinato... *(Faz uma pausa.)* Quando ela foi acusada, a senhora queria que ela fosse absolvida?

SRTA. WILLIAMS: Certamente.

CARLA: Sob qualquer pretexto?

SRTA. WILLIAMS: Sob qualquer pretexto.

CARLA: *(Suplicante)* Ela *podia* ser inocente.

SRTA. WILLIAMS: Não.

CARLA: *(Desafiando.)* Ela *era* inocente.

Srta. Williams: Não, minha querida.

Carla: Ela era... ela *era*. Ela escreveu para mim, contando. Numa carta escrita quando estava para morrer. Ela disse que eu poderia ter *certeza* disso.

(Há um silêncio profundo.)

Srta. Williams: *(Com voz baixa)* Isso foi um erro... um enorme erro de parte dela. Escrever uma mentira... e num momento tão grave. Jamais pensaria que Caroline fizesse uma coisa dessas. Ela era uma mulher honesta.

Carla: *(Levantando-se.)* Poderia ser verdade.

Srta. Williams: *(Taxativa)* Não.

Carla: A senhora não pode ter certeza. *Não pode!*

Srta. Williams: *Posso.* De todas as pessoas ligadas ao caso, *somente* eu posso ter *certeza* de que Caroline Crale era culpada. Por causa de algo que eu vi. Eu ocultei da polícia... nunca contei a ninguém. *(Levanta-se.)* Mas é preciso que acredite em mim, Carla, de uma vez por todas, que sua mãe *era* culpada. Agora, posso servir-lhe um pouco mais de chá? Nós duas vamos tomar mais uma xícara, está bem? Às vezes fica bem frio aqui. *(Ela pega a xícara de Carla e cruza até a mesa à E.)*

(Carla parece muito perturbada e desnorteada enquanto... as luzes vão diminuindo até se apagarem por completo.)

Cena V

Cenário: *Uma mesa num restaurante.*

A mesa fica num canto reservado, decorado em delicado estilo oriental, mobiliado com três bancos estofados, formando um U.

Quando as luzes são acesas, Carla está sentada à D da mesa e Ângela Warren está sentada acima e ao C do outro banco.

Elas estão terminando o almoço. Carla *usa um mantô com arremates em vison.* Ângela *é uma mulher alta de trinta anos, de aparência distinta, bem-vestida com um tailleur simples e um chapéu masculinizado. Tem uma cicatriz não muito perceptível na face esquerda.*

Ângela: *(Pousando o cálice de conhaque.)* Bem, agora que acabamos de almoçar, Carla, estou pronta para conversar. Eu sentiria muito se você voltasse para o Canadá sem que pudéssemos nos encontrar. *(Ela oferece a* Carla *um cigarro de uma cigarreira de couro.)*

*(*Carla *recusa e pega um cigarro de um maço americano, sobre a mesa.)*

(Ângela pega um dos próprios cigarros.) Eu queria ter marcado antes, mas tinha mil e uma coisas para resolver antes de viajar amanhã. *(Ela acende o cigarro de* Carla *e depois o seu com um isqueiro combinando com a cigarreira.)*

Carla: Sei como é. Vai por mar?

Ângela: Sim, é bem mais fácil, quando se carrega muito equipamento.

Carla: Eu lhe disse que estive com a srta. Williams?

Ângela: *(Sorrindo.)* Querida srta. Williams! Que inferno de vida eu ofereci a ela. Subindo em árvores, sumindo na hora das aulas e infernizando a vida de todos à minha volta. Eu tinha ciúmes, claro.

Carla: *(Surpresa)* Ciúmes?

Ângela: Sim... de Amyas. Eu sempre tinha vindo em primeiro lugar para Caroline e não suportava vê-la tão absorvida por ele. Eu fazia todo tipo de diabrura com ele... colocava... o que era aquilo mesmo... uma coisa meio nojenta... valeriana, eu acho, dentro da cerveja dele, e certa vez eu botei um porco espinho na cama dele. *(Ela ri.)* Eu devia ser uma ameaça permanente. Como agiram certo em me despachar para o colégio interno. Embora, na época, eu ficasse furiosa.

CARLA: Do que você se lembra do episódio todo?

ÂNGELA: Do acontecimento em si? Muito pouco, curiosamente. Tínhamos almoçado... e aí Caroline e a srta. Williams foram até o jardim de inverno e, em seguida, todos nós entramos e Amyas estava morto, e houve muitos telefonemas e ouvi Elsa gritando de algum lugar... do terraço, eu acho, com Caroline. Eu fiquei perambulando por ali, atrapalhando todo mundo.

CARLA: Não compreendo como é que *eu* não me lembro de nada. Afinal, eu já tinha cinco anos. Com idade suficiente para me lembrar de *alguma coisa*.

ÂNGELA: Oh, você não estava lá. Tinha ido ficar um tempo com sua madrinha, a velha lady Thorpe, uma semana antes.

CARLA: Ah!

ÂNGELA: A srta. Williams levou-me para o quarto de Caroline. Ela estava deitada, parecendo muito pálida e doente. Eu fiquei amedrontada. Ela disse que eu não devia pensar naquilo... que eu devia ir para a casa da irmã da srta. Williams, em Londres, e depois para o colégio em Zurique, conforme estava planejado. Eu disse que não queria deixá-la... mas aí a srta. Williams se intrometeu e falou com aquele jeito autoritário dela... *(Ela imita a srta. Williams.)* "A melhor maneira de você ajudar sua irmã, Ângela, é fazer o que ela quer que faça sem criar caso." *(Ela beberica o conhaque.)*

CARLA: *(Sorridente)* Sei exatamente o que quer dizer. Tem algo na srta. Williams que faz com que a gente se sinta obrigada a concordar com ela.

ÂNGELA: A polícia me fez algumas perguntas, mas eu não sabia por quê. Simplesmente pensava que tinha acontecido um acidente e que Amyas tinha ingerido veneno por engano. Eu estava no exterior quando prenderam Caroline, e esconderam tudo de mim enquanto foi possível. Caroline não permitiu que eu fosse visitá-la na prisão. Ela fez tudo o que podia para me manter fora de tudo aquilo. Isso era típico de Caroline. Ela sempre tentou se colocar entre mim e o mundo.

CARLA: Ela devia gostar demais de você.

ÂNGELA: Não era isso. *(Ela toca na cicatriz.)* Era por causa disto.

CARLA: Que aconteceu quando você ainda era um bebê.

ÂNGELA: Sim. Você já tomou conhecimento. É o tipo de coisa que acontece... um filho mais velho fica morto de ciúme e atira alguma coisa. Para uma pessoa sensível, como Caroline, o horror do que fizera jamais foi esquecido. Toda a vida dela foi um grande esforço para me compensar pela forma como me ferira. O que foi péssimo para *mim*, é claro.

CARLA: Nunca sentiu vontade de se vingar?

ÂNGELA: De Caroline? Porque ela havia destruído a minha beleza? *(Ela ri.)* Nunca tive muita coisa a ser destruída. Não, jamais pensei nisso.

(CARLA pega sua bolsa no assento ao lado, retira uma carta, entregando-a a ÂNGELA.)

CARLA: Ela me deixou uma carta... gostaria que a lesse.

(Há uma pausa enquanto ÂNGELA lê a carta. CARLA apaga o cigarro.)

Estou tão confusa a respeito dela. Cada um parece que a via de um modo inteiramente diferente.

ÂNGELA: Ela era de natureza bastante contraditória. *(Ela vira uma página e lê.)* "... quero que saiba que eu não matei seu pai." Bem sensato da parte dela. Você poderia ter ficado em dúvida. *(Ela dobra a carta e deixa-a em cima da mesa.)*

CARLA: Você quer dizer... que acredita que ela *não era* culpada?

ÂNGELA: Claro que não era. Ninguém que conhecesse Caroline pensaria por um minuto sequer que ela era culpada.

CARLA: *(Ligeiramente histérica)* Mas eles pensam... todos eles pensam... exceto você.

ÂNGELA: Então são uns idiotas. Ora, é claro que as provas contra ela eram terríveis; isso eu posso garantir, mas qualquer um que a conhecesse bem sabia que ela seria incapaz de cometer assassinato. Isso não estava em sua essência.

CARLA: Mas e o que dizer de...?

ÂNGELA: *(Apontando sua cicatriz.)* Disto aqui? Como posso explicar? *(Ela apaga o cigarro.)* Por causa do que fez comigo, Caroline estava sempre se policiando em relação à violência. Acho que ela concluiu que, ao usar uma linguagem violenta, ela não ficaria tentada a usar de violência. Ela dizia coisas como: "Gostaria de cortar Fulano de Tal em pedacinhos e fritá-los no azeite fervente". Ou então dizia para Amyas: "Se continuar assim, vou *matar* você". Amyas e ela tinham as brigas mais incríveis, diziam-se as coisas mais vexatórias. Ambos adoravam esse tipo de coisa.

CARLA: Eles *gostavam* de brigar?

ÂNGELA: Gostavam, sim. Formavam esse tipo de casal. A ideia que faziam de divertimento estava nessas brigas e reconciliações sucessivas.

CARLA: *(Recostando-se.)* Você faz tudo parecer diferente. *(Ela pega a carta e a guarda na bolsa.)*

ÂNGELA: Se ao menos *eu* tivesse podido testemunhar. Mas suponho que o tipo de coisa que eu poderia dizer não valeria como prova. Mas não precisa se preocupar, Carla. Você pode voltar para o Canadá com a absoluta certeza de que Caroline *não* matou Amyas.

CARLA: *(Tristemente)* Mas, então... quem foi?

ÂNGELA: E isso importa?

CARLA: Claro que importa.

ÂNGELA: *(Com voz forte)* Deve ter sido algum tipo de acidente. Você não pode deixar por isso mesmo?

CARLA: Não, não posso.

ÂNGELA: E por que não?

(CARLA não responde.)

Há algum homem? *(Ela beberica o conhaque.)*

CARLA: Bem... sim, há um homem.

ÂNGELA: Vocês estão noivos?

(CARLA, ligeiramente constrangida, pega um cigarro no seu maço.)

CARLA: Eu não sei.

ÂNGELA: Ele se importa com essa história?

CARLA: *(Franzindo o cenho.)* Ele é muito benevolente.

ÂNGELA: Que droga! Eu não me casaria com ele.

CARLA: Não estou convicta de que quero me casar com ele.

ÂNGELA: Outro homem? *(Ela acende o cigarro de CARLA.)*

CARLA: *(Irritada)* Será que tem sempre de haver um homem?

ÂNGELA: Em geral, parece que sim. Eu prefiro pinturas em rochas.

CARLA: *(Repentinamente)* Vou a Alderbury amanhã. Quero que todos os envolvidos no caso estejam lá. Queria que você fosse também.

ÂNGELA: Eu, não. Meu navio parte amanhã.

CARLA: Quero reviver o acontecido... como se eu fosse minha mãe e não eu mesma. *(Duramente) Por que* ela não lutou por sua vida? *Por que* foi tão derrotista no julgamento?

ÂNGELA: Eu não sei.

CARLA: Não era o feitio dela, era?

ÂNGELA: *(Lentamente)* Não, não era.

CARLA: *Deve* ter sido uma daquelas outras quatro pessoas.

ÂNGELA: Como você é persistente, Carla.

CARLA: No final, vou acabar descobrindo a verdade.

ÂNGELA: *(Tocada pela sinceridade de CARLA.)* Tenho praticamente certeza de que vai. *(Faz uma pausa.)* Irei a Alderbury com você. *(Ela pega seu cálice de conhaque.)*

CARLA: *(Contente)* Irá mesmo? Mas seu navio parte amanhã.

ÂNGELA: Posso ir de avião. Agora, tem certeza de que não quer um pouco de conhaque? Eu vou querer mais uma dose se conseguir que o garçom olhe para cá. *(Ela chama)* Garçom!

Carla: Estou *tão* feliz por você vir também.

Ângela: *(Sombria)* Mesmo? Não tenha grandes expectativas. Dezesseis anos. Faz muito tempo.

(Ângela esvazia o cálice enquanto as luzes *vão diminuindo até se apagarem totalmente e... o pano cai.)*

(CAI O PANO)

SEGUNDO ATO

Cenário: *Alderbury, uma casa no Oeste da Inglaterra.*

O cenário mostra um corte transversal da casa, com o jardim de inverno à D e o terraço à E, com uma porta dupla envidraçada intercomunicando os dois. O jardim de inverno está enviesado, de forma que o terraço se prolonga, descendo e desaparecendo à DB. No jardim de inverno, portas ao CA e na parte alta do terraço dão acesso à casa. Uma saída, na extremidade voltada para o fundo do palco de uma pérgula recoberta de hera à E, dá para o jardim. Há outra porta à DB no jardim de inverno. Acima dessa porta há uma pequena reentrância com prateleiras para pratos decorativos e outros ornamentos. Sob as prateleiras fica um aparador. À direita da porta ao C há uma mesa, com um telefone e uma cabeça talhada em madeira. Na parede por sobre a mesa, está o retrato de Elsa *pintado por* Amyas. *Há um sofá à D da porta ao C, com um banquinho comprido em frente, poltronas à D e à E e uma mesinha à E da poltrona da D. No C do terraço, um banco de pedra.*

Quando o pano sobe, o palco está às escuras, e então as luzes *são acesas, revelando a casa mergulhada na escuridão e o terraço iluminado pelo luar. O banquinho comprido está sobre o sofá e ambos estão cobertos com um lençol para protegê-los da poeira. As cortinas da porta estão fechadas. Depois de alguns momentos, ouvem-se vozes de fora ao CA.*

CARLA: *(De fora)* Por onde devemos ir?

MEREDITH: *(De fora)* Por aqui, cuidado com o degrauzinho. *(Ouve-se ele tropeçando.)* Eu sempre costumava cair aqui.

JUSTIN: *(De fora; tropeçando.)* Meu Deus! Quer que me afaste da porta?

MEREDITH: *(De fora)* Poucas coisas são mais deprimentes do que uma casa inabitada. Peço desculpas.

(MEREDITH entra ao CA e as LUZES do jardim de inverno se acendem. Ele usa um sobretudo e um antigo chapéu de pescar, caído à frente. Vai até a DB. CARLA o segue. Ela usa um casacão e um lenço de cabeça. Ela vai para a E. JUSTIN entra por último, de chapéu-coco. Ele vai até o CB, vira-se e olha em volta.)

Isto é o que chamamos de jardim de inverno. Frio como um necrotério. E parece um, não parece? *(Ele ri e esfrega as mãos.)* Não que eu já tenha visto algum por dentro... hum... vou retirar isso. *(Ele vai até o sofá e retira o lençol de cima.)*

JUSTIN: Deixe-me ajudá-lo. *(Ele vai até a E do sofá e pega o lençol com MEREDITH.)*

(CARLA vai até a poltrona da E e retira o lençol, entregando-o a JUSTIN.)

MEREDITH: Esta parte da casa ficou fechada, como podem ver, desde aquela época... *(Ele mostra o banco em cima do sofá.)* Ah, este aqui é um velho amigo. *(Ele retira o banco de cima do sofá.)* Deixe-me ver se me lembro de onde ficava. *(Ele coloca o banco no CD.)* É muito triste. Tudo, antes, tão cheio de vida e, agora, está morto.

(CARLA senta-se na extremidade E do banco e olha para o quadro.)

CARLA: É este, o quadro?

Meredith: O quê? Sim. A moça de blusa amarela.

Carla: Deixou-o aqui?

Meredith: Sim. Eu... de alguma forma não suportava olhar para ele. Trazia-me recordações demais... *(Ele se recompõe, cruza até a porta dupla e abre as cortinas.)*

Carla: Ela mudou muito.

Meredith: *(Virando-se.)* Você a viu?

Carla: Sim.

Meredith: *(Indo até a poltrona à D e retirando o lençol de cima dela.)* Faz anos que não a vejo.

Carla: Ela continua bonita. Mas não assim, tão viva e triunfante... e jovem. *(Ela suspira fundo e olha em frente.)* É um retrato maravilhoso.

Meredith: Sim... *(Ele aponta para a E.)* e ali é onde ele a pintou... lá fora no terraço. Bem, acho que vou levá-los... *(Ele pega os lençóis de Justin.)* para o quarto ao lado.

(Meredith sai pela D. Carla se levanta, vai até a porta dupla, destranca-a e vai para o terraço. Justin olha para ela, segue-a e fica no degrau de entrada.)

Carla: Justin... você acha que este meu plano é uma maluquice? Jeff acha que estou louca.

Justin: *(Cruzando até a saída acima da pérgula e olhando para fora)* Se fosse você, eu não me preocuparia com isso.

(Meredith entra pela DB e cruza até a porta dupla.)

Carla: *(Sentando no banco.)* E não me preocupo.

Meredith: Eu vou esperar os outros.

(Meredith sai ao CA.)

Carla: Você compreende exatamente o que eu quero fazer, não?

Justin: *(Cruzando para a D.)* Você deseja reconstituir na sua memória visual o que aconteceu aqui, há dezesseis anos. Quer que cada testemunha, uma de cada vez, descreva a cena de que participou. Grande parte disso tudo pode ser trivial ou irrelevante, mas você quer os fatos na íntegra. *(Ele vai até ela.)* É claro que as recordações deles não serão precisas. Numa cena em que mais de uma testemunha esteve presente, os dois relatos podem ser diferentes.

CARLA: Isso pode ajudar.

JUSTIN: *(Em tom de dúvida)* Pode ser... mas não deve contar muito com a possibilidade. As pessoas se recordam das coisas de modo diferente. *(Ele recua no palco e olha em volta.)*

CARLA: O que vou fazer é fingir que *estou vendo* tudo acontecer. Vou imaginar minha mãe e meu pai... *(Ela suspende a fala, de repente.)* Sabe, acho que meu pai deve ter sido muito divertido.

JUSTIN: *(Indo por trás de CARLA.)* O quê?

CARLA: Acho que eu teria gostado muito dele.

JUSTIN: *(Virando-se e fitando ao longe à E; secamente.)* As mulheres em geral gostavam.

CARLA: É estranho... sinto pena de Elsa. Naquele quadro ela parece tão jovem e cheia de vida... e agora... não há vida nela. Eu acho que ela a perdeu com a morte de meu pai.

JUSTIN: *(Sentando-se mais abaixo de CARLA no banco.)* Está querendo fazer dela uma Julieta?

CARLA: E você não?

JUSTIN: Não. *(Ele sorri.)* Estou do lado de sua mãe.

CARLA: Você é muito leal. Talvez leal demais.

(JUSTIN olha para CARLA.)

JUSTIN: *(Depois de uma pausa)* Não sei muito bem do que estamos falando.

CARLA: *(Levantando-se; sem emoções.)* Vamos voltar ao que interessa. Seu papel é procurar minuciosamente pelas discrepâncias... pelas falhas... tem de ser muito profissional e astuto.

JUSTIN: Sim, senhora.

(De fora, ouvem-se as vozes dos outros chegando e MEREDITH *saudando-os.)*

*(*JUSTIN *se levanta.)* Aí estão eles.

CARLA: Vou recebê-los.

*(*CARLA *entra no jardim de inverno e sai ao C. As* LUZES *lentamente vão se apagando até a escuridão total,* JUSTIN *avança pela D, e então um refletor é aceso sobre o seu rosto. Ele atua como mestre de cerimônias.)*

JUSTIN: Agora, estamos todos prontos? Vou lembrá-los mais uma vez da razão de estarmos todos aqui. Queremos reconstruir, na medida do possível, os acontecimentos de dezesseis anos atrás. Vamos tentar fazê-lo pedindo a cada pessoa ou grupo de pessoas que narre o papel que desempenhou na situação, o que viu ou ouviu. Conseguiremos, assim, um panorama quase contínuo do ocorrido. Dezesseis anos atrás. Vamos começar pela tarde de 16 de agosto, o dia que antecedeu a tragédia, com uma conversa entre o sr. Meredith Blake e Caroline Crale no jardim de inverno. Aqui fora no terraço, Elsa Greer estava posando para Amyas Crale, que pintava seu retrato. Daí, passaremos para a narrativa de Elsa Greer, para a chegada de Philip Blake e assim por diante. Sr. Meredith Blake, pode começar, por favor?

(O refletor se apaga. A voz de MEREDITH *pode ser ouvida no escuro.)*

MEREDITH: Era a tarde de 16 de agosto, foi o que disse? Sim, sim, era. Eu vim até Alderbury. Parei aqui a caminho de Framley Abbott. Na verdade, queria ver se alguém ia querer carona mais tarde... eles iam tomar chá comigo. Caroline estivera cortando rosas, e quando eu abri a porta do jardim de inverno...

(As LUZES *são acesas. É um dia radiante de verão, com um calor intenso.* CAROLINE CRALE *está de pé diante da porta en-*

vidraçada, olhando para o terraço. Carrega uma cesta com rosas etc. e usa luvas de jardinagem. No terraço, ELSA posa no banco, virada para o C. Está de blusa amarela e shorts pretos. AMYAS CRALE está sentado num banquinho ao C, voltado para a E, diante de seu cavalete, pintando ELSA. Sua caixa de tintas está no chão por trás dele. É um homem alto e bonito, vestido com uma camisa velha e calças manchadas de tinta. Há um carrinho à E no terraço com várias garrafas e copos, inclusive uma garrafa de cerveja dentro de um balde de gelo. No jardim de inverno, há uma paisagem pendurada no lugar do retrato. MEREDITH entra ao CA.)

Olá, Caroline.

CAROLINE: *(Virando-se.)* Merry! *(Ela cruza até o banquinho, coloca a cesta sobre ele, retira as luvas, colocando-as dentro da cesta.)*

MEREDITH: *(Fechando a porta.)* Como vai indo o retrato? *(Ele cruza até a porta envidraçada e olha lá fora.)* É uma pose bonita. *(Ele vai para a E do banquinho e pega uma rosa da cesta.)* O que temos aqui? Uma *Ena Harkness*. *(Ele cheira a rosa.)* Que beleza!

CAROLINE: Merry, você acha que Amyas gosta mesmo daquela garota?

MEREDITH: Não, não, ele está interessado apenas em pintá-la. Você sabe... como é o Amyas.

CAROLINE: *(Sentando-se na poltrona à D.)* Desta vez eu estou com medo, Merry. Estou com quase trinta anos, sabe? Estamos casados há seis anos e, em termos de beleza, não chego aos pés de Elsa.

MEREDITH: *(Colocando a rosa de volta na cesta e indo por trás do banco até a E de CAROLINE.)* Que absurdo, Caroline. Você sabe que Amyas é totalmente devotado a você e sempre será.

CAROLINE: Será que se pode ter certeza com um homem?

MEREDITH: *(Perto dela e inclinando-se em sua direção.)* Eu continuo devotado a você, Caroline.

Caroline: *(Afetuosamente)* Meu querido Merry. *(Ela toca o rosto dele.)* Você é tão doce.

(Há uma pausa.)

Fico querendo acabar com essa garota. Ela simplesmente está se apossando do meu marido... da forma mais fria possível.

Meredith: Minha querida Caroline, provavelmente essa menina não faz a mínima ideia do que está fazendo. Ela tem uma enorme admiração e deslumbramento por Amyas e, provavelmente, sequer percebe que ele pode estar se apaixonando por ela.

(Caroline olha para ele penalizada.)

Caroline: Então existe mesmo gente capaz de acreditar em seis coisas impossíveis antes do café da manhã.*

Meredith: Não estou entendendo.

Caroline: *(Levantando-se e cruzando até a E do banquinho.)* Você vive num mundo maravilhoso só seu, Merry, onde todos são tão maravilhosos quanto você. *(Ela olha para as rosas. Alegremente)* Minha *Erythrina Christa-Galli* está exuberante este ano. *(Ela cruza até a porta dupla e sai para o terraço.)*

(Meredith segue Caroline até o terraço.)

Venha vê-la antes de seguir para Framley Abbott. *(Ela cruza para a extremidade da pérgula mais ao fundo do palco.)*

Meredith: Espere só para ver minha *Tecoma Grandiflora*. *(Aproxima-se de Caroline.)* Está magnífica.

Caroline: Shh!

Meredith: O que é? *(Ele olha através de um dos arcos da pérgula para Elsa e Amyas.)* Oh, homem trabalhando.

(Caroline e Meredith saem pela extremidade da pérgula.)

Elsa: *(Espreguiçando-se.)* Eu *preciso* de um intervalo.

---

* Alusão a *Alice no País das Maravilhas*, diálogo entre Alice e a Rainha de Copas. (N.T.)

Amyas: Não... não, espere. Ah! bem... se precisa mesmo.

(Elsa levanta-se.)

(Ele pega um cigarro de um maço na caixa de tintas e o acende.)

Não pode ficar parada por mais cinco minutos?

Elsa: Cinco minutos! Meia hora. *(Move-se para a EB)* De qualquer maneira, preciso trocar.

Amyas: Trocar? Trocar o quê?

Elsa: Trocar de roupa. *(Ela cruza por trás de Amyas e fica de pé atrás dele.)* Vamos sair para tomar chá, não se lembra? Com Meredith Blake.

Amyas: *(Irritado)* Que chatice. Sempre tem alguma coisa para atrapalhar.

Elsa: *(Inclinando-se sobre Amyas e passando os braços em torno do pescoço dele.)* Você não é nada sociável!

Amyas: *(Erguendo o olhar para ela.)* Sou de gostos simples. *(Como se estivesse citando.)* Um pote de tinta, um pincel e você ao lado, incapaz de ficar quieta por cinco minutos...

(Ambos riem. Elsa tira o cigarro de Amyas e se apruma.)

Elsa: *(Ficando com o cigarro dele.)* Pensou naquilo que eu lhe falei?

Amyas: *(Voltando a pintar.)* O que foi que você falou?

Elsa: Sobre Caroline. Em contar a ela sobre nós.

Amyas: *(Relaxado)* Oh, eu não deixaria que isso perturbasse sua cabeça por enquanto.

Elsa: Mas, Amyas...

(Caroline entra à EB.)

Caroline: Merry foi até Framley Abbott buscar alguma coisa, mas volta já. *(Ela cruza por trás do banco em direção à porta envidraçada.)* Preciso trocar de roupa.

Amyas: *(Sem olhar para ela)* Você parece muito bem assim.
Caroline: Tenho de fazer alguma coisa com minhas mãos, estão imundas. Estive trabalhando no jardim. Vai trocar de roupa, Elsa?

(Elsa devolve o cigarro a Amyas.)

Elsa: *(Insolente)* Sim. *(Ela segue até a porta envidraçada.)*

(Philip entra ao CA.)

Caroline: *(Entrando no jardim de inverno.)* Philip! Pelo visto, o trem chegou na hora, para variar.

(Elsa entra no jardim de inverno.)

Este é Philip, irmão de Meredith... srta. Greer.
Elsa: Olá. Estou indo mudar de roupa.

(Elsa cruza e sai ao CA.)

Caroline: E então, Philip, foi boa a viagem? *(Ela o beija.)*
Philip: Não foi das piores. Como estão todos?
Caroline: Oh... ótimos. *(Ela aponta para o terraço.)* Amyas está lá fora no terraço. Eu preciso me limpar, desculpe-me. Vamos tomar chá na casa de Merry.

(Caroline sorri e sai ao CA. Philip fecha a porta quando ela passa, vagueia pelo terraço e para em frente ao banco.)

Amyas: *(Erguendo o olhar e sorrindo.)* Olá, Phil. Que bom ver você. Que verão! O melhor que tivemos há muitos anos.
Philip: *(Cruzando pela frente de Amyas para a D.)* Posso olhar?
Amyas: Sim. Estou nas últimas pinceladas.
Philip: *(Olhando a pintura.)* Nossa!
Amyas: *(Apagando o cigarro.)* Gosta? Você não serve como juiz, seu velho filisteu.
Philip: Estou sempre comprando quadros.
Amyas: *(Olhando para ele.)* Como investimento? Para impressionar? Porque alguém lhe diz que fulano está ficando

conhecido? *(Ele sorri com ironia.)* Conheço você bem, seu avarento. De qualquer forma, não pode comprar este. Não está à venda.

Philip: Ela é um espetáculo.

Amyas: *(Olhando o quadro.)* Com certeza. *(Ficando sério de repente.)* Às vezes, preferia nunca tê-la conhecido.

Philip: *(Pegando um cigarro do seu maço.)* Lembra-se do que disse quando me falou pela primeira vez que estava pintando o retrato dela? "Nenhum interesse pessoal", foi o que disse. Lembra-se do que eu falei? *(Ele sorri com ironia.)* "Conta essa pra outro."

Amyas: *(Fazendo coro com Philip.)* "Conta essa pra outro." Está bem... está bem. Então você foi esperto, seu sangue-frio. *(Levanta-se, cruza até o carrinho de bebidas, pega a garrafa de cerveja dentro do balde de gelo e abre-a.)* Por que não arranja uma mulher para *você*? *(Ele serve a cerveja.)*

Philip: Não tenho tempo para elas. *(Ele acende um cigarro.)* E, se eu fosse você, Amyas, não me complicaria mais.

Amyas: É muito fácil falar. Simplesmente não consigo deixá-las em paz. *(Ele ri, ironicamente, de repente.)*

Philip: E quanto a Caroline? Anda muito enfurecida?

Amyas: O que você acha? *(Pega seu copo, cruza até banco e senta-se na extremidade voltada para o palco.)* Graças a Deus você apareceu, Philip. Viver nesta casa com quatro mulheres no pescoço é para deixar qualquer homem enlouquecido.

Philip: Quatro?

Amyas: Tem a Caroline, sendo implacável com Elsa, da maneira mais bem-educada possível. Elsa sendo exatamente implacável com Caroline.

(Philip senta-se no banquinho em frente ao cavalete.)

Tem a Ângela, com ódio mortal de mim porque finalmente consegui convencer Caroline a mandá-la para um colégio interno. Já era para ter ido há anos. Na verdade, é uma criança ótima, mas Caroline a mima demais, e ela acaba passando dos limites. Semana passada, ela colocou um porco-espinho na minha cama.

(Philip *ri.*)

Oh, sim, muito engraçado... mas espere só até você se enfiar na cama e dar com um monte de espinhos medonhos. E, por último, mas não menos importante, tem a governanta. Odeia-me com todas as suas forças. Durante as refeições, fica ali sentada, apertando os lábios, exalando desaprovação moral.

Srta. Williams: (*De fora, à EB*) Ângela, você precisa trocar de roupa.

Ângela: *(De fora)* Ah, estou muito bem assim.

Philip: Parece que elas conseguiram deixar você meio mal.

Srta. Williams: *(De fora)* Você não está nada bem assim. Não pode ir tomar chá com o sr. Blake com esses jeans.

Amyas: *Nil desperandum!** *(Ele bebe.)*

(Ângela *entra à EB.*)

Ângela: *(Ao entrar)* Merry não se importaria. *(Ela cruza até* Philip, *abraçando-o.)* Olá, Philip.

(*A* Srta. Williams *entra à EB e cruza por trás do banco até a porta envidraçada.*)

Srta. Williams: Boa tarde, sr. Blake. Espero que tenha feito boa viagem de Londres até aqui.

Philip: Foi ótima, obrigado.

(*A* Srta. Williams *entra no jardim de inverno, vê a cesta sobre o banquinho, pega-a e volta ao terraço. Sai pela porta que dá para o jardim à EA.*)

Ângela: *(Cruzando para a E de* Amyas.*)* Está com tinta na sua orelha.

---

* "Desesperar jamais!" (N.T.)

Amyas: *(Esfregando a outra orelha com a mão suja de tinta.)* E aí?

Ângela: *(Feliz da vida)* Agora está com tinta nas duas orelhas. Ele não pode ir tomar chá assim, pode?

Amyas: Se eu quiser, vou tomar chá com orelhas de burro.

Ângela: *(Abraçando-o pelo pescoço por trás e fazendo troça dele.)* Amyas é um burro! Amyas é um burro!

Amyas: *(Fazendo coro.)* Amyas é um burro.

(A Srta. Williams entra à EA e vai até a porta envidraçada.)

Srta. Williams: Venha, Ângela.

(Ângela pula o banco e corre na direção do cavalete.)

Ângela: Você e sua pintura idiota. *(Vingativa)* Vou escrever "Amyas é um burro" no quadro todo com tinta vermelha. *(Ela se abaixa, pega um pincel e começa a passá-lo na tinta vermelha da paleta.)*

(Amyas levanta-se rapidamente, deixa o copo em cima do banco, cruza até Ângela e agarra a mão dela antes que ela tenha tempo de danificar o quadro.)

Amyas: Se algum dia você tocar em qualquer quadro meu... *(Seriamente)* eu mato você. Lembre-se disso. *(Ele pega um trapo e limpa o pincel.)*

Ângela: Você é igual a Caroline... ela está sempre dizendo "eu te mato" para as pessoas... mas nunca mata; nem uma abelha ela consegue matar. *(Mal-humorada)* Queria que acabasse logo de pintar a Elsa... porque aí ela ia embora.

Philip: Você não gosta dela?

Ângela: *(Asperamente)* Não. Acho-a insuportável. *(Ela cruza para a E e vira-se.)* Não consigo imaginar por que Amyas a trouxe para cá.

(Philip e Amyas se entreolham. Amyas cruza até Ângela.)

Ela deve estar pagando uma fortuna para você pintá-la, não é, Amyas?

Amyas: *(Passando o braço pelas costas de Ângela e levando-a na direção da porta envidraçada.)* Vá acabar de arrumar suas malas. É o trem das quatro e quinze, amanhã à tarde, e já vai tarde. *(Ele dá um empurrãozinho de brincadeira nela e vira-se para a frente do palco.)*

(Ângela bate nas costas de Amyas. Ele se vira e cai de costas sobre o banco e ela esmurra o peito dele.)

Ângela: Odeio você... odeio você. Caroline nunca teria me mandado para o colégio interno se não fosse por você.

Philip: Cuidado com a cerveja. *(Ele pega o copo no banco e deixa-o no carrinho.)*

Ângela: Você quer simplesmente se livrar de mim. Pode esperar... ainda me vingo de você... eu vou... eu vou...

Srta. Williams: *(Autoritariamente)* Ângela! Ângela, venha agora.

Ângela: *(Quase chorando; de mau humor.)* Ah, está bem. *(Ela entra correndo no jardim de inverno.)*

(A Srta. Williams entra atrás de Ângela no jardim de inverno. Elsa entra ao CA. Ela agora usa um vestido e está encantadora. Ângela lança-lhe um olhar perverso e sai correndo ao CA. A Srta. Williams a segue e sai, fechando a porta ao passar.)

Amyas: *(Sentando-se.)* Puxa! Por que não me defendeu? Vou ficar todo roxo.

Philip: *(Encostando-se na extremidade da pérgula voltada para a frente do palco.)* Roxo? Você parece quase um arco-íris.

(Elsa vagueia pelo terraço e vai até o cavalete.)

Tem tinta em você suficiente para... *(Ele para de falar ao ver Elsa.)*

Amyas: Olá, Elsa. Toda embonecada? Assim vai arrasar o velho Merry.

Philip: *(Secamente)* Sim... eu... eu estive admirando o quadro. *(Ele cruza pela frente do cavalete até a D dele e olha o retrato.)*

Elsa: Vou ficar feliz quando tiver terminado. Odeio ficar parada. Amyas grunhe, geme, sua e morde os pincéis e não escuta o que se diz a ele.

Amyas: *(Jocoso)* Todas as modelos deviam ter a língua cortada.

(Elsa cruza e senta-se no banco, ao lado de Amyas.)

(Ele olha para ela, avaliando-a.) De qualquer forma, não vai poder andar pela relva até a casa de Merry com esses sapatos.

Elsa: *(Virando os pés para lá e para cá; discretamente.)* Não será preciso. Ele vem me buscar de carro.

Amyas: Tratamento preferencial, hein? *(Ele sorri com ironia.)* Com certeza deixou o velho Merry animado. Como consegue isso, sua diabinha?

Elsa: *(Jocosa)* Não sei o que quer dizer.

(Amyas e Elsa estão dentro de um mundo só deles. Philip cruza para a porta envidraçada.)

Philip: *(Ao passar por eles)* Vou tomar uma ducha.

Amyas: *(Sem ouvir Philip, para Elsa)* Sabe, sim. Sabe muito bem o que quero dizer. *(Ele está prestes a beijar a orelha de Elsa, quando se dá de conta de que Philip disse algo e vira-se para ele.)* O quê?

Philip: *(Baixinho)* Uma ducha.

(Philip entra no jardim de inverno e sai ao CA, fechando a porta ao passar.)

Amyas: *(Dando uma risada.)* Esse é o grande Phil.

Elsa: *(Levantando-se e cruzando pela frente do cavalete para a D.)* Você gosta muito dele, não?

Amyas: Eu o conheço desde sempre. É um grande sujeito.

Elsa: *(Virando-se e olhando para o retrato.)* Não acho nada parecido comigo.

Amyas: Não finja que tem qualquer dom para julgar artisticamente, Elsa. *(Ele se levanta.)* Você não entende de nada.

Elsa: *(Bastante satisfeita)* Como você é grosseiro. E vai sair para tomar chá com toda essa tinta na cara?

(Amyas cruza até a caixa de tintas, pega um trapo e vai até Elsa.)

Amyas: Aqui, ajude-me a limpar um pouco.

(Elsa pega o trapo e esfrega o rosto dele.)

Não deixe a terebintina respingar nos meus olhos.

Elsa: Então, fique parado. *(Logo em seguida, ela o abraça pela cintura.)* A quem você ama?

Amyas: *(Sem se mover; quieto)* O quarto de Caroline dá para cá... e o de Ângela também.

Elsa: Quero falar com você sobre Caroline.

Amyas: *(Pegando o trapo e sentando no banquinho.)* Agora, não. Não estou no clima.

Elsa: Não é bom ficar adiando isso. Em *algum momento*, ela vai ter de saber, não vai?

Amyas: *(Forçando o riso.)* Podíamos fugir no estilo vitoriano, deixando um bilhete na almofada de alfinetes dela.

Elsa: *(Ficando entre Amyas e o cavalete.)* E eu acho que é exatamente o que você gostaria de fazer. Mas temos de ser absolutamente justos e claros em relação a essa história toda.

Amyas: Mas quanta pretensão!

Elsa: Ora, falando sério.

Amyas: *Estou* falando sério. Não quero cenas nem ataques histéricos. Agora, trate de se comportar. *(Ele afasta os braços dela.)*

Elsa: *(Indo para a D.)* Não sei qual o motivo para cenas e ataques histéricos. Caroline deveria ser suficientemente digna e orgulhosa para evitar esse tipo de coisa. *(Ela roda no calcanhar.)*

Amyas: *(Absorvido na pintura)* Será que deveria? Você não conhece Caroline.

Elsa: Quando um casamento deu errado, a única coisa sensata a fazer é encarar o fato com calma.

Amyas: *(Virando-se para olhá-la.)* Palavras da nossa conselheira matrimonial. Caroline me ama e ela vai brigar pra valer.

Elsa: *(Indo para a DB.)* Se ela *realmente* amasse você, desejaria a sua felicidade.

Amyas: *(Sorrindo com ironia.)* Com outra mulher? Seria mais provável que ela envenenasse você e enfiasse uma faca em mim.

Elsa: Não seja ridículo!

Amyas: *(Limpando as mãos e balançando a cabeça enquanto olha o quadro.)* Bem, é isso. Nada mais a fazer até amanhã de manhã. *(Ele deixa cair o trapo, levanta-se e aproxima-se de Elsa.)* Elsa, linda... linda. *(Ele segura o rosto dela.)* Quanta bobagem sem sentido você diz. *(Ele a beija.)*

(Ângela entra rapidamente ao CA, corre até o terraço e sai à EB. Elsa e Amyas se separam. A Srta. Williams entra ao CA, segue até o terraço e olha para a E lá fora.)

Srta. Williams: *(Chamando.)* Ângela!

Amyas: *(Cruzando à EB.)* Ela foi por ali. Quer que eu vá pegá-la para a senhora?

Srta. Williams: *(Indo até o CE.)* Não, está tudo bem. Ela voltará por conta própria quando perceber que ninguém está prestando atenção nela.

(Elsa entra no jardim de inverno, pega uma revista no sofá e senta-se na poltrona à D.)

Amyas: Isso bem que pode ser verdade.

Srta. Williams: Ela é imatura para a idade, sabe. Crescer é uma tarefa bem difícil. Ângela está no estágio mais espinhoso.

Amyas: *(Indo até a EA.)* Não me fale em espinhos. Logo me lembro daquele porco-espinho.

Srta. Williams: Aquilo foi muito perverso por parte de Ângela.

Amyas: *(Indo até a porta envidraçada.)* Às vezes fico imaginando como consegue aturá-la.

Srta. Williams: *(Virando-se para encarar Amyas.)* É que eu vejo o futuro, com Ângela, um dia, sendo uma mulher refinada, até mesmo destacada.

Amyas: Continuo afirmando que Caroline a mima muito. *(Ele entra no jardim de inverno e cruza para o C.)*

(A Srta. Williams vai até a porta envidraçada e fica escutando.)

Elsa: *(Sussurrando.)* Será que ela nos viu?

Amyas: Quem sabe? Acho que agora, além de tinta, também estou com batom no rosto.

(Amyas olha para fora à E e sai rapidamente ao CA. A Srta. Williams entra no jardim de inverno e passa pela frente do banquinho, hesitando se fica ou se vai. Decide ficar.)

Srta. Williams: A senhorita ainda não esteve na casa do sr. Blake, não é, srta. Greer?

Elsa: *(Secamente)* Não.

Srta. Williams: É uma caminhada muito agradável até lá. É possível ir pela orla ou pelo bosque.

(Caroline e Philip entram ao CA. Caroline olha em volta do jardim de inverno, em seguida vai até a porta envidraçada e olha para o terraço. Philip fecha a porta e olha para a cabeça talhada sobre a mesa ao CA à E.)

Caroline: Estamos todos prontos? Amyas foi tirar aquela tinta toda dele.

Elsa: Nem precisava. Os artistas não são como as outras pessoas.

(Caroline não dá atenção a Elsa.)

Caroline: *(Indo até a poltrona da E; para Philip.)* Você não vem aqui desde que Merry começou a construir o lago de plantas aquáticas, não é, Phil? *(Ela senta-se.)*

PHILIP: Acho que não.

ELSA: Esse pessoal do campo só sabe falar dos seus jardins.

(Há uma pausa. CAROLINE tira os óculos da bolsa e coloca-os. PHILIP olha para ELSA e, em seguida, senta-se no banquinho, em frente à cabeça.)

CAROLINE: *(Para a SRTA. WILLIAMS)* Já ligou para o veterinário para falar sobre o Toby?

SRTA. WILLIAMS: Sim, sra. Crale. Ele virá amanhã logo cedo, de manhã.

CAROLINE: *(Para PHILIP)* Gosta dessa cabeça, Phil? Amyas comprou no mês passado.

PHILIP: Sim. É muito bonita.

CAROLINE: *(Procurando os cigarros dela na bolsa.)* É obra de um jovem escultor norueguês. Amyas o admira muito. Estamos pensando em ir à Noruega, no ano que vem, para visitá-lo.

ELSA: Isso não me parece muito provável.

CAROLINE: Não, Elsa? E por que não?

ELSA: Você sabe muito bem.

CAROLINE: *(Com leveza)* Mas quanto mistério. Srta. Williams, poderia, por favor... minha cigarreira... *(Ela aponta a mesa ao CD.)* está naquela mesinha.

(A SRTA. WILLIAMS vai até a mesa no CD, pega a cigarreira, abre-a e oferece um cigarro para CAROLINE. PHILIP pega os cigarros dele, levanta-se e oferece-os a CAROLINE.)

(Ela pega um dos seus, na cigarreira.) Prefiro estes... se não se importa.

(A SRTA. WILLIAMS vai até a mesa no CD e deixa a cigarreira ali. PHILIP acende o cigarro de CAROLINE e, em seguida, pega um dos seus e acende-o.)

ELSA: *(Levantando-se e passando pela frente do banquinho.)* Esta seria uma sala ótima se fosse bem arrumada. Tirando todo esse lixo de coisas antiquadas.

*(Há uma pausa. P*ʜɪʟɪᴘ *olha para* Eʟsᴀ.*)*

Cᴀʀᴏʟɪɴᴇ: Gostamos dela do jeito que está. Guarda muitas lembranças.

Eʟsᴀ: *(Falando alto e agressivamente.)* Quando eu estiver morando aqui, vou jogar essa tralha toda fora.

*(*Pʜɪʟɪᴘ *vai até* Eʟsᴀ *e oferece-lhe um cigarro.)*

Não, obrigada.

*(*Pʜɪʟɪᴘ *cruza para a D.)*

Acho que cortinas vermelhas... e um daqueles papéis de parede franceses. *(Para* Pʜɪʟɪᴘ*)* Não acha que ficaria um espetáculo?

Cᴀʀᴏʟɪɴᴇ: *(Suavemente)* Está pensando em comprar Alderbury, Elsa?

Eʟsᴀ: Não vou precisar comprá-la.

Cᴀʀᴏʟɪɴᴇ: O que está querendo dizer?

Eʟsᴀ: Será que temos de fingir? *(Ela vai até o C.)* Ora vamos, Caroline, você sabe perfeitamente o que quero dizer.

Cᴀʀᴏʟɪɴᴇ: Garanto a você que não tenho a menor ideia.

Eʟsᴀ: *(Agressivamente)* Não banque o avestruz, enterrando a cabeça na areia e fingindo que não sabe de nada. *(Ela se vira, vai até a D do banquinho, atira a revista na poltrona à D e vai para a DA.)* Amyas e eu estamos apaixonados. Esta casa é dele e não sua.

*(*Âɴɢᴇʟᴀ *entra correndo à EB, cruza até a porta envidraçada, para do lado de fora e fica ouvindo.* Pʜɪʟɪᴘ *e a* Sʀᴛᴀ. Wɪʟʟɪᴀᴍs *ficam paralisados.)*

E depois que nos casarmos vou morar aqui com ele.

Cᴀʀᴏʟɪɴᴇ: *(Encolerizada)* Acho que você deve estar louca.

Eʟsᴀ: Oh, não, não estou. *(Senta-se na extremidade E do sofá.)* Acho que será muito mais simples se agirmos com honestidade. Você só tem uma coisa decente a fazer... conceder-lhe a liberdade.

Caroline: Não diga absurdos!

Elsa: Absurdo? Será? Pergunte *a ele.*

(Amyas *entra ao CA.* Ângela *sai pela porta à EA, sem ser vista.*)

Caroline: Farei isso. Amyas, Elsa está dizendo que você quer se casar com ela. É verdade?

Amyas: *(Depois de uma ligeira pausa; para* Elsa*)* Com os diabos, será que não pode ficar calada?

Caroline: É verdade?

(Amyas, *deixando a porta aberta, cruza até a poltrona da D, retira a revista e senta-se.*)

Caroline: Mas nós *vamos falar* sobre isso agora.

Elsa: É uma questão de justiça com Caroline dizer a ela a verdade.

Caroline: *(Friamente)* Não precisa se preocupar em ser justa comigo. *(Ela se levanta e cruza até* Amyas.*)* É verdade, Amyas?

(Amyas *parece assustado e olha de* Elsa *para* Caroline.*)*

Amyas: *(Para* Philip*)* Mulheres.

Caroline: *(Furiosa)* É verdade?

Amyas: *(Provocante)* Está bem. É verdade mesmo.

(Elsa *se levanta triunfante.*)

Mas não quero falar sobre isso agora.

Elsa: Viu? Não adianta ficar com essa cara de cachorro perdido. Essas coisas acontecem. Não é culpa de ninguém. É preciso ser racional. *(Ela se senta no banquinho, de frente para o fundo do palco.)* E espero que você e Amyas continuem sendo bons amigos.

Caroline: *(Cruzando até a porta ao CA.)* Bons amigos! Só por cima do cadáver dele.

Elsa: O que quer dizer?

Caroline: *(Virando-se na soleira da porta aberta.)* Quero dizer que eu mataria Amyas antes de abrir mão dele para você.

(Caroline sai ao CA. Faz-se um silêncio sepulcral. A Srta. Williams vê a bolsa de Caroline na poltrona da E, pega-a e sai rapidamente ao CA.)

Amyas: *(Levantando-se e cruzando até a porta envidraçada.)* Agora você conseguiu. Vamos ter cenas e destemperos e sabe lá Deus mais o quê.

Elsa: *(Levantando-se.)* Ela ia ter de saber em algum momento.

Amyas: *(Dirigindo-se para o terraço.)* Ela não precisava saber até que o quadro estivesse pronto.

(Elsa vai até a porta envidraçada.)

(Ele fica por trás do banco.) Como é que um homem pode pintar com um bando de mulheres zumbindo no seu ouvido feito abelhas?

Elsa: Para você, nada mais importa a não ser a sua pintura.

Amyas: *(Gritando.)* E para mim não importa mesmo!

Elsa: Bem, eu acho que é importante ser honesto com os outros.

(Elsa sai enraivecida ao CA. Amyas entra no jardim de inverno.)

Amyas: Um cigarro, Phil.

(Philip oferece seus cigarros e Amyas pega um.)

(Ele se senta a cavalo no banquinho.) Mulheres são todas iguais. Adoram uma cena. Por que diabos ela não ficou calada? Eu tenho de terminar o retrato, Phil. É a melhor coisa que já fiz na vida. E uma dupla de mulheres idiotas está querendo acabar com tudo. *(Ele pega seus fósforos e acende o cigarro.)*

Philip: Suponha que ela se recuse a lhe conceder o divórcio.

Amyas: *(Distraído)* O quê?

Philip: Eu disse... suponha que Caroline não lhe dê o divórcio, que ela faça pé firme.

AMYAS: Oh, isso. Caroline jamais seria vingativa. *(Ele atira o fósforo queimado pela porta envidraçada.)* Você não compreende, meu velho.

PHILIP: E a menina? Tem de levar sua filha em consideração.

AMYAS: Olhe, Phil, eu sei que você fala por bem, mas não fique aí matraqueando como uma gralha, eu posso cuidar da minha vida. Vai dar tudo certo, você vai ver.

PHILIP: Um otimista!

(MEREDITH entra pelo CA, fechando a porta ao passar.)

MEREDITH: *(Alegremente)* Olá, Phil. Acabou de chegar de Londres? *(Para AMYAS)* Espero que não tenha se esquecido do chá comigo hoje à tarde. Eu vim de carro. Pensei que Caroline e Elsa poderiam preferir não ir andando, com este calor. *(Ele cruza para o CE.)*

AMYAS: *(Levantando-se.)* Caroline e Elsa, não. Se Caroline for de carro, Elsa irá caminhando, e se Elsa for de carro, Caroline irá a pé. É só escolher. *(Ele vai para o terraço, senta-se no banquinho e se ocupa com a pintura.)*

MEREDITH: *(Estupefato)* O que há com ele? Aconteceu alguma coisa?

PHILIP: A coisa acaba de estourar.

MEREDITH: O quê?

PHILIP: Elsa contou a Caroline que ela e Amyas planejam se casar. *(Maliciosamente)* Um choque e tanto para Caroline.

MEREDITH: Não! Você está de brincadeira!

(PHILIP dá de ombros, vai até a poltrona da D, pega a revista, senta-se e começa a lê-la.)

(Meredith vai para o terraço e vira-se para AMYAS.) Amyas! Você... isso... não pode ser verdade.

AMYAS: Ainda não sei do que é que você está falando. O que não pode ser verdade?

MEREDITH: Você e Elsa. Caroline...

Amyas: *(Limpando o pincel.)* Oh, isso.

Meredith: Olhe aqui, Amyas, você não pode acabar com um casamento apenas por conta de uma paixãozinha repentina. Eu sei que Elsa é muito atraente...

Amyas: *(Sorrindo com sarcasmo.)* Então você notou, não é?

Meredith: *(Cruzando pela frente de Amyas para a D; muito preocupado.)* Compreendo perfeitamente que uma moça como Elsa possa virar a cabeça de um homem, sim, mas pense nela... é muito jovem, sabe. Mais tarde, pode vir a se arrepender amargamente. Será que você não consegue se recompor? Em nome da pequena Carla? Ponha um ponto final nisso agora e volte para sua mulher.

(Amyas olha para cima pensativamente.)

(Ele cruza até o banco e vira-se.) Acredite em mim, é a coisa certa a fazer. Eu sei que é.

Amyas: *(Depois de uma pausa; baixinho.)* Você é um ótimo sujeito, Merry. Mas é sentimental demais.

Meredith: Veja em que posição deixou Caroline ao trazer essa moça para cá.

Amyas: Bem, eu queria pintá-la.

Meredith: *(Zangado)* Ora, esses seus malditos quadros!

Amyas: *(Enervado)* E nenhuma mulher neurótica da Inglaterra vai estragar meu trabalho.

Meredith: *(Sentando-se no banco.)* É vergonhoso o modo como você sempre tratou Caroline. Ela teve uma vida terrível com você.

Amyas: Eu sei... eu sei. Dei a ela uma vida de inferno... e ela é uma santa. *(Ele se levanta e vai para a DB.)* Mas ela sempre soube no que estava se metendo. Desde o início ela soube o tipo egoísta e libertino que eu era. *(Ele se vira.)* Mas isto é diferente.

Meredith: *(Rapidamente)* Esta é a primeira vez que você trouxe uma mulher para dentro de casa e esfregou no nariz de Caroline.

Amyas: *(Indo até o carrinho.)* O que você parece não entender, Meredith, é que, quando estou pintando, nada mais importa... muito menos uma dupla de mulheres ciumentas se estapeando. *(Ele se vira para o carrinho e pega o copo de cerveja.)*

(Ângela entra pela porta à EA e vai lentamente até o cavalete. Ela agora está limpa e arrumada e usa um vestido de algodão.)

Não se preocupe, Merry, tudo vai ficar bem, você vai ver. *(Ele prova a cerveja.)* Ora, está quente. *(Ele se vira e vê Ângela.)* Olá, Angy, nossa, como você está limpa e arrumada.

Ângela: *(Distraída)* Ah... sim. *(Ela cruza até Amyas.)* Amyas, por que Elsa disse que vai se casar com você? Ela não pode. Ninguém pode ter duas esposas. É bigamia. *(Em tom confidencial)* Você pode ser preso.

(Amyas lança um olhar para Meredith, coloca o copo no carrinho, passa o braço pelos ombros de Ângela e sai com ela ao CD.)

Amyas: Agora, onde foi que ouviu isso?
Ângela: Eu estava ali fora. Ouvi pela porta.
Amyas: *(Sentando-se no banquinho próximo ao cavalete.)* Pois então já está na hora de se livrar do hábito de ouvir conversa alheia.

(Elsa entra ao CA com a bolsa e as luvas, que deixa sobre a mesa ao CA à E.)

Ângela: *(Magoada e indignada)* Eu não estava... não pude *deixar de* ouvir. Por que Elsa disse aquilo?
Amyas: Foi um tipo de brincadeira, querida.

(Caroline entra pela porta à EA e segue para a EB.)

Caroline: É hora de irmos. Aqueles que vão a pé.
Meredith: *(Levantando-se.)* Eu levo você de carro.
Caroline: Prefiro ir andando.

(Elsa vai até o terraço.)

Leve Elsa de carro. *(Ela cruza pela frente de Amyas e Ângela.)*

Elsa: *(Indo para a D de Meredith.)* Não é você quem cultiva ervas e outras coisas fascinantes?

Caroline: *(Para Ângela)* Assim está bem melhor. Você não vai poder usar jeans no colégio, sabe.

Ângela: *(Cruzando zangada para a EB.)* Colégio! Queria que não ficassem falando do tal *colégio*.

Meredith: *(Respondendo a Elsa.)* Preparo tônicos e poções. Tenho um pequeno laboratório.

Elsa: Parece fantástico. Precisa me mostrar.

(Caroline cruza até Ângela, olhando para Elsa no trajeto. Ela ajeita as tranças de Ângela.)

Meredith: É provável que eu dê uma palestra. Esse meu hobby me deixa muito entusiasmado.

Elsa: Certas ervas não devem ser colhidas sob a luz do luar?

Caroline: *(Para Ângela)* Sabe, chegando lá, você vai gostar do colégio.

Meredith: *(Para Elsa)* Isso é uma superstição antiquada.

Elsa: Você não chega a esse ponto?

Meredith: Não.

Elsa: Elas são *perigosas*?

Meredith: Algumas, sim.

Caroline: *(Virando-se.)* Morte súbita dentro de um frasquinho. Beladona. Cicuta.

(Ângela corre entre Elsa e Meredith e passa os braços em volta da cintura dele.)

Ângela: Uma vez, você leu para nós alguma coisa... sobre Sócrates... sobre como ele morreu.

Meredith: Sim, coniina... o princípio ativo da cicuta.

Ângela: Foi maravilhoso. Me deu vontade de estudar grego.

(Todos riem. Amyas se levanta e pega sua caixa de tintas.)

Amyas: Chega de conversa. Vamos embora. *(Ele vai para a porta à EA.)* Onde está Phil? *(Olha para a porta envidraçada e chama.)* Phil!

Philip: Estou indo.

(Amyas sai pela porta à EA. Philip levanta-se e deixa a revista para trás. Elsa entra no jardim de inverno e pega a bolsa e as luvas.)

Ângela: *(Indo para a D de Caroline.)* Caroline... *(Ela sussurra ansiosa.)* não é possível que Amyas se case com Elsa, é?

(Caroline responde calmamente, e apenas Meredith a ouve além de Ângela.)

Caroline: Amyas só se casará com Elsa depois que eu morrer.

Ângela: Ótimo. Então *foi* uma brincadeira.

(Ângela sai correndo pela EB.)

Meredith: *(Indo para a D de Caroline.)* Caroline... minha querida... não tenho palavras...

Caroline: Não... Tudo acabou... eu acabei...

(Philip chega ao terraço.)

Philip: A dama está aguardando o motorista.

Meredith: *(Meio perdido)* Ah, sim.

(Meredith entra no jardim de inverno e sai com Elsa ao CA. A Srta. Williams entra ao CA e olha para Meredith e Elsa, que se afastam. Ela fica ali, hesitante por alguns instantes, e aí vai até a porta envidraçada, a tempo de ouvir a última parte da conversa entre Philip e Caroline.)

Caroline: *(Para Philip; bem alegre)* Podemos ir pelo caminho do bosque, não?

Philip: *(Indo para a D de Caroline.)* Caroline... será que devo lhe apresentar minhas condolências?

Caroline: Não faça isso.

Philip: Talvez, agora, você se dê conta do erro que cometeu.
Caroline: Quando me casei com Amyas?
Philip: Sim.
Caroline: *(Olhando Philip nos olhos.)* Aconteça o que acontecer... eu não cometi erro algum. *(Ela volta ao seu jeito leve.)* Vamos, então.

(Caroline, acompanhada de Philip, sai pela EB. A Srta. Williams sai para o terraço.)

Srta. Williams: *(Chamando.)* Sra. Crale! *(Ela passa pela frente do banco.)* Sra. Crale!

(Caroline volta à EB.)

Caroline: Sim, srta. Williams?
Srta. Williams: Vou até a aldeia. Posso colocar no correio as cartas que estão sobre sua escrivaninha?
Caroline: *(Virando-se para ir.)* Oh, sim, por favor. Eu me esqueci delas.
Srta. Williams: Sra. Crale...

(Caroline se vira.)

...se eu pudesse fazer algo... qualquer coisa para ajudar...
Caroline: *(Rapidamente)* Por favor. Devemos continuar como de costume... apenas se comporte como de costume.
Srta. Williams: *(Emocionada)* Eu acho a senhora maravilhosa.
Caroline: Oh, não, não sou. *(Ela vai para a E da Srta. Williams.)* Querida srta. Williams. *(Ela a beija.)* Você tem sido um alento para mim.

(Caroline sai rapidamente à EB. A Srta. Williams olha-a saindo, em seguida vê a garrafa de cerveja vazia e o copo no carrinho. Ela pega a garrafa, olha-a por um momento e depois olha na direção de Caroline. Ela coloca a garrafa dentro do balde de gelo, pega o balde e o copo e passa pela frente do

banco em direção à porta envidraçada. Ao fazê-lo, as LUZES vão diminuindo lentamente até se apagarem por completo. Um refletor ilumina JUSTIN à EB.)

JUSTIN: Chegamos agora à manhã seguinte, a manhã do dia 17. Srta. Williams?

(O refletor se apaga, a voz da SRTA. WILLIAMS pode ser ouvida no escuro.)

SRTA. WILLIAMS: Eu estava verificando a lista do colégio de Ângela com a sra. Crale. Ela parecia cansada e infeliz mas mostrava-se bem controlada. O telefone tocou e eu fui ao jardim de inverno para atendê-lo.

(As LUZES são acesas. No carrinho, há um copo limpo e uma nova garrafa de cerveja, fora do balde de gelo. PHILIP está sentado no banco do terraço, lendo um jornal de domingo. O telefone toca. A SRTA. WILLIAMS entra ao CA, vai atender ao telefone. Ela traz consigo a lista do colégio. CAROLINE segue a SRTA. WILLIAMS com os óculos na mão. Ela olha para o telefone, depois cruza por trás do banquinho até a poltrona da D e senta-se.)

(Ao telefone) Sim?... Oh, bom dia, sr. Blake... Sim, ele está aqui. *(Ela olha pela porta envidraçada para PHILIP e o chama.)* Sr. Blake, é o seu irmão, ele gostaria de falar com o senhor. *(Ela estende o aparelho.)*

(PHILIP se levanta, dobra o jornal, coloca-o debaixo do braço, entra no jardim de inverno e pega o telefone.)

PHILIP: *(Ao telefone)* Alô, é Philip...

SRTA. WILLIAMS: *(Cruzando por trás do banquinho para a D dele; para CAROLINE.)* Isto completa a lista do colégio, sra. Crale. Será que a senhora gostaria de dar uma última olhada? *(Ela se senta na extremidade D do banquinho.)*

CAROLINE: *(Pegando a lista.)* Deixe-me ver. *(Ela coloca os óculos e examina a lista.)*

Philip: *(Ao telefone)* O quê?... O que está dizendo?... Santo Deus... tem certeza?... *(Ele olha para Caroline e para a Srta. Williams.)* Bem, não posso falar agora... Sim, é melhor vir até aqui agora. Vou encontrar você... Sim... vamos discutir o assunto... decidir sobre o que é melhor fazer...

Caroline: *(Para a Srta. Williams)* E quanto a estes?

Srta. Williams: *(Olhando a lista.)* São itens opcionais.

Philip: *(Ao telefone)* Não, agora não posso... é difícil... Você tem certeza? Sim, mas é que às vezes você é meio distraído. Poderia estar fora do lugar... Está bem... se tem certeza... Até logo. *(Ele desliga o telefone, olha preocupado para os outros e vai para o terraço. Caminha de lá para cá.)*

Caroline: *(Entregando a lista à Srta. Williams.)* Espero mesmo estar fazendo o que é certo para Ângela. *(Ela tira os óculos.)*

Srta. Williams: Acho que pode ter certeza absoluta disso, sra. Crale.

Caroline: Quero tanto fazer o que for melhor para ela. A senhora sabe por quê.

Srta. Williams: Acredite, não tem nada que se sentir culpada no que se refere à Ângela.

Caroline: Eu... a desfigurei para o resto da vida. Ficará para sempre com aquela cicatriz.

(Philip olha para fora à E através da pérgula.)

Srta. Williams: Ninguém pode alterar o passado.

(Philip sai à EB, por trás da pérgula.)

Caroline: Não. E aquilo me ensinou como o meu temperamento é perigoso. Desde então fiquei alerta. Mas a senhora consegue perceber, não é, por que sempre a mimei um pouco?

Srta. Williams: A vida no colégio fará bem a ela. Está precisando do contato com outras ideias... ideias de gente da mesma idade dela. *(Ela se levanta.)* A senhora está fazendo a coisa certa... tenho certeza. *(De forma objetiva)* Acho melhor ir acabar de arrumar as malas... não sei se ela vai querer levar algum livro.

*(A S*RTA*. W*ILLIAMS *sai ao CA, fechando a porta ao passar. C*AROLINE *afunda, exausta, na poltrona. P*HILIP *entra pela EB e fica olhando para fora à E. A*MYAS *entra pela porta à EA, carregando sua caixa de tintas.)*

AMYAS: *(Para P*HILIP*; irritado)* Onde está essa garota? *(Ele vai até o banquinho.)* Por que ela não consegue acordar de manhã?

*(P*HILIP*, olhando à E para longe, não responde.)*

(Ele se senta, coloca a caixa de tintas no chão ao lado dele e prepara-se para pintar.) Você a viu, Phil? O que há com você? Será que não lhe serviram o café da manhã?

PHILIP: *(Virando-se.)* Hein? Oh, sim, claro. Eu... eu estou esperando por Merry. Ele está vindo. *(Ele consulta o relógio.)* Não sei por que caminho... esqueci de perguntar a ele. Se pelo de cima ou pelo de baixo. Eu poderia ir encontrá-lo.

AMYAS: O de baixo é mais curto. *(Ele se levanta e entra no jardim de inverno.)* Onde diabos está essa garota? *(Para C*AROLINE*)* Você viu Elsa? *(Ele vai até a porta ao CA.)*

CAROLINE: Acho que ela ainda não se levantou.

*(A*MYAS *está prestes a abrir a porta.)*

Amyas, venha aqui, quero falar com você.

AMYAS: *(Abrindo a porta.)* Agora, não.

CAROLINE: *(Com firmeza)* Agora, sim.

*(A*MYAS *parece acovardado, mas fecha a porta. P*HILIP *passa pela frente do banco. E*LSA *entra pela EB, de shorts e blusa.)*

PHILIP: *(Para E*LSA*)* Chegou atrasada para a chamada. Nossa, você está nota dez hoje.

ELSA: *(Radiante)* Estou mesmo? É como estou me sentindo.

(PHILIP *sai à EB.* ELSA *vai para o banco e senta-se de frente para a pérgula, aproveitando o sol.*)

AMYAS: *(Passando por trás do banquinho.)* Caroline, já lhe disse que não quero falar sobre isso. Sinto muito que Elsa tenha entornado o caldo. Eu disse a ela que não o fizesse.

CAROLINE: Você não queria uma cena enquanto não terminasse o retrato, não é isso?

AMYAS: *(Indo até* CAROLINE.*)* Graças a Deus você compreende.

CAROLINE: Eu compreendo você muito bem.

(ELSA *joga as pernas para cima do banco e fica olhando em frente. Depois de alguns instantes, ela ouve vozes, levanta-se e vai até a porta envidraçada para escutar.*)

AMYAS: Ótimo. *(Ele se inclina para beijar* CAROLINE.*)*

CAROLINE: Posso compreender, mas isso não quer dizer que vou aceitar tudo sem protestar. *(Ela se vira para ele.)* Você pensa realmente em casar-se com essa garota?

AMYAS: *(Aproximando-se dela.)* Querida, eu gosto demais de você... e da nossa filha. Você sabe disso. Sempre hei de gostar. *(De modo rude)* Mas é preciso que entenda o seguinte: vou me casar com Elsa custe o que custar e nada vai me impedir.

CAROLINE: *(Olhando em frente.)* Tenho minhas dúvidas...

AMYAS: *(Indo até a DA do banquinho.)* Se você não me conceder o divórcio, nós vamos viver juntos e ela pode conseguir o sobrenome Crale judicialmente.

(PHILIP *entra pela EB, vê* ELSA *escutando e, sem ser visto, encosta-se no pilar da pérgula mais ao fundo do palco.*)

CAROLINE: Você pensou em tudo mesmo, não?

AMYAS: *(Indo para a D.)* Eu amo Elsa... e a quero para mim.

CAROLINE: *(Tremendo)* Faça como quiser... mas estou avisando.

AMYAS: *(Virando-se.)* O que quer dizer com isso?

Caroline: *(Virando-se de repente e chegando bem perto dele.)* Quero dizer que você é meu... e que não vou deixá-lo ir embora.

(Amyas vai até Caroline.)

Antes que você dê o fora com essa garota, eu vou...

Amyas: Caroline, não seja idiota.

Caroline: *(Quase aos prantos)* Você e as suas mulheres! Você não merece viver.

Amyas: *(Tentando abraçá-la.)* Caroline...

Caroline: Estou falando sério. *(Ela o repele.)* Não me toque. *(Ela cruza para a porta à DB aos prantos.)* Você é cruel... cruel demais.

Amyas: Caroline...

(Caroline sai à DB. Amyas faz um gesto de desespero, vira-se e cruza até a porta envidraçada. Elsa se afasta rapidamente, vê Philip e faz logo uma expressão de indiferença.)

(Amyas sai para o terraço.) Oh, até que enfim você apareceu. *(Senta-se no banquinho.)* O que pretende perdendo metade da manhã? *Faça logo a pose.*

Elsa: *(Olhando Amyas por sobre o cavalete.)* Vou ter de pegar um pulôver. O vento está frio.

Amyas: Ah, não vai, não. Vai alterar toda a tonalidade da pele.

Elsa: Eu tenho um amarelo, igual à blusa... e, de qualquer forma, você disse que hoje pintaria as minhas mãos.

(Elsa fecha a cara e sai correndo pela porta à EB.)

Amyas: *(Gritando para Elsa.)* Você não sabe o que estou pintando. Só eu sei. Ora, que diabo! *(Ele aperta o tubo de tinta sobre a paleta e começa a misturá-la.)*

Philip: Problemas com Caroline?

Amyas: *(Erguendo o olhar.)* Chegou a ouvir alguma coisa, é isso?

(PHILIP *cruza pela frente de* AMYAS *para a D.*)

Eu sabia exatamente o que ia acontecer. Elsa tinha de abrir a boca. Caroline ficou histérica, recusando-se a ser razoável.

PHILIP: *(Virando-se.)* Coitada da Caroline! *(Ele não diz isso com pena, na verdade há um quê de satisfação em seu tom.)*

(AMYAS *olha penetrantemente para* PHILIP.)

AMYAS: Caroline está muito bem. Não desperdice sua piedade com ela.

PHILIP: *(Cruzando para o CE.)* Amyas, você é incrível. Realmente não sei se a condenaria se ela fizesse picadinho de você.

AMYAS: *(Irritado)* Pare de ficar pra lá e pra cá, Phil. Você está me perturbando. Pensei que fosse se encontrar com Merry.

PHILIP: *(Indo até a extremidade da pérgula voltada para o fundo do palco.)* Fiquei com medo de nos desencontrarmos.

AMYAS: Por que tanta pressa? Você esteve com ele ontem.

PHILIP: *(Aborrecido)* Já que minha presença parece irritá-lo, vou me retirar.

(PHILIP *sai à EA, por trás da pérgula.* ELSA *entra pela porta à EA, com um pulôver no braço.*)

AMYAS: Finalmente! Agora, arranje uma cerveja para mim, pode ser? Estou com sede. Não consigo entender a razão para você querer um pulôver num dia como este. Estou fervendo de calor. Daqui a pouco você vai querer botas de neve e uma bolsa de água quente para se aquecer.

(ELSA *deixa o pulôver no banco e vai até o carrinho; ela serve um copo de cerveja.*)

(*Ele se levanta, vai para a DB, vira-se e olha para a pintura.*) Essa é a melhor coisa que já fiz na vida. *(Ele se aproxima do quadro e inclina-se sobre ela.)* Você acha que Da Vinci sabia o que tinha feito quando terminou *La Gioconda*?

(ELSA *cruza com o copo de cerveja e estende-o por sobre o cavalete.*)

ELSA: La... quem?

AMYAS: *(Pegando o copo)* La Gio... a *Mona Lisa*, sua cadela ignorante... ora, deixa pra lá. *(Ele bebe.)* Argh! Está quente. Não tem um balde de gelo?

ELSA: *(Sentando-se no banco.)* Não. *(Ela volta à pose.)*

AMYAS: Todo mundo está sempre esquecendo alguma coisa. *(Ele cruza por trás do banco e olha ao longe, à E.)* Odeio cerveja quente. *(Ele chama.)* Ei, Ângela!

ÂNGELA: *(De fora, à E.)* O que é?

AMYAS: Vá pegar uma garrafa de cerveja para mim na geladeira.

(ÂNGELA *entra à EB.*)

ÂNGELA: Por que eu deveria ir?

AMYAS: Por simples solidariedade. *(Ele cruza até o banquinho.)* Ora, vamos, seja camarada.

ÂNGELA: Ah, está bem.

(ÂNGELA *mostra a língua para* AMYAS *e sai correndo pela porta à EA.*)

AMYAS: Um encanto de garotinha. *(Senta-se no banquinho.)* Sua mão esquerda está mal posicionada... mais para cima um pouco.

(ELSA *move a mão esquerda.*)

Assim está melhor. *(Ele beberica a cerveja.)*

(A SRTA. WILLIAMS *entra ao CA e vai para o terraço.*)

SRTA. WILLIAMS: *(Para* AMYAS.*)* O senhor viu Ângela?

AMYAS: Acabou de entrar em casa para pegar uma cerveja. *(Ele pinta.)*

SRTA. WILLIAMS: Oh!

(A Srta. Williams parece surpresa. Ela se vira e sai rapidamente pela porta à EA. Amyas assovia enquanto trabalha.)
Elsa: *(Depois de alguns instantes)* Você precisa assoviar?
Amyas: Por que não?
Elsa: Logo essa música?
Amyas: *(Sem entender.)* O quê? *(Ele canta.)* "Quando formos casados, o que vamos fazer?" *(Ele ri meio forçado.)* É... um pouco de falta de tato.

(Caroline entra pela porta à EA, trazendo uma garrafa de cerveja.)

Caroline: *(Indo até o C; friamente.)* Aqui está a sua cerveja. Sinto muito que o gelo tenha sido esquecido.
Amyas: Oh, obrigado, Caroline. Abra para mim, por favor? *(Ele estende o copo.)*

(Caroline pega o copo, cruza até o carrinho e, de costas para a plateia, abre a garrafa e serve a cerveja. Amyas começa a assoviar a mesma melodia, dá-se conta do que faz e para. Caroline leva a garrafa e o copo de cerveja para Amyas.)

Caroline: Aqui está.
Amyas: *(Pegando o copo.)* E você espera que eu morra engasgado. *(Ele ri sarcástico.)* Aos seus anseios! *(Ele bebe.)* Puxa, o gosto está pior que o da outra. Mas, pelo menos, *está* gelada.

(Caroline coloca a garrafa ao lado da caixa de tintas, entra no jardim de inverno e sai ao CA. Amyas volta a pintar. Meredith entra à EB resfolegante.)

Meredith: Phil está por aí?
Amyas: Ele foi se encontrar com você.
Meredith: Por que caminho?
Amyas: O de baixo.
Meredith: Vim pelo outro.
Amyas: Bem, vocês não podem ficar por aí nesse esconde-esconde. É melhor ficar por aqui e esperar.

Meredith: *(Tirando o lenço do bolso e enxugando a testa.)* Estou morrendo de calor. Vou lá para dentro. É mais fresco. *(Ele cruza até a porta envidraçada.)*

Amyas: Pegue algo gelado para tomar. Peça a uma dessas mulheres para arranjar alguma coisa para você.

(Meredith entra no jardim de inverno e hesita, sem saber bem o que fazer.)

(Olhando para Elsa.) Você tem olhos maravilhosos, Elsa. *(Ele faz uma pausa.)* Vou deixar as mãos... e concentrar-me nos olhos. Ainda não estão como eu quero.

(Meredith vai até a porta envidraçada e olha para o terraço.)

Mexa as mãos o quanto quiser... agora acho que estou conseguindo. Agora, pelo amor de Deus, não fale nem se mexa.

(Meredith vira-se e cruza o jardim de inverno para o CD.)

Elsa: Eu não quero falar.

Amyas: Isso é uma novidade.

(Ângela entra ao CA, trazendo uma bandeja com uma jarra de limonada gelada e dois copos, que ela coloca sobre a mesa à D.)

Ângela: Refresco!

Meredith: Oh, obrigado, Ângela. *(Ele vai até a bandeja e serve um copo de limonada.)*

Ângela: *(Cruzando até a porta envidraçada.)* Sempre às ordens. *(Ela segue para o terraço. Para Amyas)* Conseguiu sua cerveja?

Amyas: Claro que sim. Você é uma ótima menina.

Ângela: *(Rindo.)* Muito boazinha, não sou? Espere só para ver.

(Ângela corre para dentro do jardim de inverno e sai ao CA, fechando a porta ao passar. Meredith beberica a limonada.)

Amyas: *(Desconfiado)* Essa menina está aprontando alguma coisa. *(Ele esfrega o ombro direito.)* Que engraçado...

Elsa: O que foi?

Amyas: Estou meio duro hoje. Deve ser reumatismo.

Elsa: *(Fazendo troça.)* Pobre velhinho encarquilhado.

(Philip entra à EB.)

Amyas: *(Brincando.)* É a idade. Olá, Phil. Merry está lá dentro esperando por você.

Philip: Ótimo. *(Ele cruza e entra no jardim de inverno.)*

(Meredith coloca o copo na bandeja e encontra Philip no C. Amyas volta a pintar.)

Meredith: Graças a Deus você chegou. Eu não sabia o que fazer.

Philip: Mas o que está havendo? Caroline e a governanta estavam na sala quando você ligou.

Meredith: *(Em voz baixa)* Está faltando um frasco no meu laboratório.

Philip: Isso você já me falou. Mas o que tem nele?

Meredith: Coniina.

Philip: Cicuta?

Meredith: Sim, a coniina é o alcaloide puro.

Philip: É perigoso?

Meredith: Muito.

Philip: E você não faz ideia de quem possa tê-lo tirado?

Meredith: Não. Sempre deixo a porta trancada.

Philip: Você a trancou ontem?

Meredith: Você sabe que sim. Você me viu.

Philip: Tem certeza disso... será que não guardou o frasco num lugar errado ou deixou-o em algum canto? *(Ele cruza para a D.)*

Meredith: Mostrei-o a elas ontem e depois tornei a colocá-lo de volta na prateleira.

Philip: *(Virando-se; contundente.)* Quem foi a última pessoa a sair?

Meredith: *(A contragosto)* Caroline... eu esperei por ela.

Philip: Mas não reparou no que ela fazia?

Meredith: Não.

Philip: *(Decidido)* Bem, então foi Caroline que o pegou.

Meredith: Você acha, mesmo?

Philip: *(Cruzando por trás de Meredith para a E.)* Assim como você, ou não estaria nesse estado.

Meredith: Era o que ela tinha em mente ontem... quando disse que tudo terminara para ela. Pretendia acabar com a vida. *(Ele afunda no banquinho e encara o fundo do palco.)*

Philip: Bem, anime-se, ela ainda não se matou.

Meredith: Você a viu de manhã. Ela está bem?

Philip: Parece-me a mesma de sempre.

Meredith: O que vamos fazer?

Philip: Seria melhor abordá-la seriamente.

Meredith: Não sei... como é que eu faria?

Philip: Eu entraria logo no assunto... "Você roubou minha coniina ontem. Devolva-a, por favor."

Meredith: *(Em dúvida)* Assim, dessa forma?

Philip: *(Cruzando por trás de Meredith para a D.)* Bem, o que você quer dizer?

Meredith: Não sei. *(Ele se anima.)* Mas temos bastante tempo ainda, suponho. Ela não tomaria o veneno antes da hora de dormir, tomaria?

Philip: *(Secamente)* Provavelmente, não. Se é que ela pretende tomá-lo mesmo.

Meredith: Você acha que não?

Philip: *(Cruzando pela frente de Meredith para a E.)* Ela pode querer fazer disso uma cena dramática com Amyas. Desista da moça ou engulo isto e me mato.

Meredith: Isso não é do feitio de Caroline.

Philip: Bem... você a conhece melhor. *(Ele vai até o CE.)*

Meredith: Você é sempre amargo em relação a Caroline. Mas já foi louco por ela, um dia... não se lembra? *(Ele se levanta.)*

Philip: *(Virando-se; aborrecido.)* Um ataque súbito de paixão adolescente. Não foi nada sério.

Meredith: E depois... você se virou contra ela.

Philip: *(Exasperado)* Vamos nos limitar ao presente, combinado?

Meredith: Sim. Sim, claro.

(Caroline entra ao CA.)

Caroline: Olá, Merry, fique para almoçar, está bem? Vai estar pronto em um minuto. *(Ela vai até a porta envidraçada.)*

Meredith: Bem, obrigado.

(Caroline vai para o terraço e fica ao lado do cavalete, olhando para Amyas.)

Elsa: *(Para Amyas; quando Caroline aparece.)* Vou dar uma parada.

Amyas: *(Sem registrar o comentário.)* Pare onde está.

Meredith: *(Para Philip)* Depois do almoço, levarei Caroline ao jardim e vou pressioná-la, está bem?

(Philip concorda, fecha a porta ao CA e vai para a porta envidraçada. Elsa levanta-se e se espreguiça. Meredith vai até a mesa à D e termina de beber sua limonada.)

Caroline: *(Com empenho)* Amyas...

Philip: *(Indo para o terraço.)* Você parece muito preocupada hoje, Caroline.

Caroline: *(Para Philip, por sobre o ombro)* Hein? Oh, sim, estou bastante ocupada com a partida de Ângela. *(Para Amyas)* Você vai fazer isso, Amyas. É preciso. Hoje à tarde.

(Philip passa por trás do banco. Amyas passa a mão pela testa. Ele já não controla mais a clareza da fala.)

Amyas: Tu-tudo bem. V-vou ajud-dá-la... a apr-prontar as mm-malas.

Caroline: *(Virando-se para a porta envidraçada.)* Nós... nós realmente queremos que Ângela vá sem muita confusão. *(Ela entra no jardim de inverno e fica atrás do banquinho.)*

(Philip cruza até a porta envidraçada. Elsa senta-se no banco. Amyas balança a cabeça, tentando esclarecer os pensamentos.)

Philip: *(Para Caroline)* Você mima muito esse fedelho.

Caroline: *(Afofando as almofadas do sofá.)* Vamos sentir uma falta terrível dela quando for embora.

Philip: *(Entrando no jardim de inverno.)* Onde está a pequena Carla?

(Meredith cruza até a poltrona da E com seu refresco e senta-se.)

Caroline: Ela foi passar uma semana com sua madrinha. Estará de volta depois de amanhã.

Meredith: O que será da srta. Williams depois que Ângela se for?

Caroline: Ela conseguiu um trabalho na embaixada da Bélgica. Vou sentir falta dela.

(Ouve-se um gongo, ao longe, no hall.)

Hora do almoço.

(Ângela entra correndo ao CA.)

Ângela: *(Ao entrar)* Estou morrendo de fome. *(Ela vai correndo até o terraço. Para Elsa e Amyas.)* Vocês dois, almoçar.

(A Srta. Williams aparece na soleira da porta ao CA. Caroline cruza até a mesa ao CD e pega sua cigarreira.)

Elsa: *(Levantando-se e pegando o pulôver.)* Estou indo.

(Ângela entra no jardim de inverno.)

(Elsa para Amyas.) Vamos almoçar?

Amyas: Eu... ah!

Srta. Williams: Tente não gritar tanto, Ângela. Não é necessário.

Ângela: Não estou gritando.

(Ângela e a Srta. Williams saem ao CA.)

Caroline: *(Indo até a porta ao CA; para Meredith.)* Melhor trazer isso com você.

(Meredith se levanta.)

Philip: *(Olhando para Meredith.)* O que... a limonada?

Caroline: *(Para Philip)* Para você, temos uma garrafa de um maravilhoso...

Philip: *Châteauneuf-du-Pape*? Ótimo! Será que Amyas ainda não terminou?

Caroline: *(Para Meredith)* É uma agradável surpresa vê-lo por aqui.

Meredith: Na verdade, vim para falar com Philip, mas é sempre uma alegria ficar para o almoço.

(Caroline e Philip saem ao CA. Elsa entra no jardim de inverno.)

(Ele se vira para Elsa.) E Amyas?

Elsa: *(Cruzando para a porta ao CA.)* Tem alguma coisa que ele quer acabar.

(Elsa sai ao CA. Meredith sai atrás dela.)

Ângela: *(De fora)* Ele detesta parar para almoçar.

(O pincel cai da mão de Amyas. As luzes são diminuídas até se apagarem completamente. Um refletor é aceso sobre Justin à EB.)

Justin: Todos foram almoçar, deixando Amyas pintando no terraço. Depois do almoço, a srta. Williams e a sra. Crale foram pegar o café. Srta. Williams?

*(O refletor se apaga. A voz da S*rta*. W*illiams *é ouvida no escuro.)*

S**rta**. W**illiams**: O sr. Crale costumava recusar o almoço e continuar pintando. Não era nada de extraordinário. Mas ele gostava que lhe trouxessem uma xícara de café. Eu servi uma xícara e a sra. Crale foi levá-la para ele e eu a segui. No julgamento, eu contei o que encontramos. Mas houve algo mais... algo que não contei a ninguém. Acho que o certo é eu contar agora.

(As luzes *são acesas. A*myas *está caído no chão, próximo ao cavalete. C*aroline *e a S*rta*. W*illiams *estão no jardim de inverno, de pé, próximas ao banquinho, sobre o qual está a bandeja com o café. S*rta*. W*illiams *está à D do banquinho, servindo uma xícara de café, que é entregue a C*aroline*. C*aroline *leva a xícara para o terraço.)*

C**aroline**: *(Ao entrar no terraço.)* Amyas. *(Ela vê A*myas *no chão. Horrorizada)* Amyas! *(Ela hesita um momento, deixa a xícara sobre o banco, corre até A*myas*, ajoelha-se ao lado dele, pegando-lhe a mão.)* *(S*rta*. W*illiams *vem rapidamente para o terraço e posiciona-se à E de C*aroline*)* Ele está... acho que ele está morto. *(Desatinada)* Ande! Depressa! Chame um médico, ou algo assim.

*(A S*rta*. W*illiams *entra depressa no jardim de inverno. Tão logo a S*rta*. W*illiams *chega à porta envidraçada, C*aroline *olha furtivamente em torno e, com seu lenço, limpa a garrafa de cerveja. Em seguida, pressiona a mão de A*myas *em volta dela. M*eredith *entra ao CA.)*

S**rta**. W**illiams**: *(Para M*eredith*)* Ligue para o dr. Fawcett, rápido. É o sr. Crale. Ele está mal.

*(M*eredith *encara a S*rta*. W*illiams *por um momento e, em seguida, vai telefonar. A S*rta*. W*illiams *entra no terraço em tempo de ver C*aroline *pressionando os dedos de A*myas *em volta da garrafa. A S*rta*. W*illiams *fica paralisada. C*aroline

*se levanta, cruza rapidamente até o carrinho, coloca ali a garrafa e fica parada olhando para a E. A S*RTA*. W*ILLIAMS *vira-se lentamente e entra no jardim de inverno.)*

MEREDITH: *(Ao telefone)* 4-2, por favor... Dr. Fawcett?... Aqui é de Alderbury... O senhor pode vir agora mesmo? O sr. Crale está gravemente doente...

SRTA. WILLIAMS: Ele está...

MEREDITH: *(Para a S*RTA*. W*ILLIAMS*)* O quê? *(Ao telefone)* Só um momento. *(Para a S*RTA*. W*ILLIAMS*)* O que foi que disse?

*(E*LSA *entra ao CA, é seguida por P*HILIP*; estão rindo e se divertindo.)*

SRTA. WILLIAMS: *(Com voz firme)* Eu disse que ele está morto. *(M*EREDITH *desliga o telefone.)*

ELSA: *(Olhado fixamente para a S*RTA*. W*ILLIAMS*.)* O que foi que disse? Morto? Amyas? *(Ela corre para o terraço e olha para A*MYAS*.)* Amyas! *(Ela respira fundo, corre e ajoelha-se acima dele e toca em sua cabeça.)*

*(C*AROLINE *vira-se. Os outros ficam imóveis.)*

(Baixinho) Amyas!

*(Há uma pausa. P*HILIP *corre para o terraço e fica na frente do banco. A S*RTA*. W*ILLIAMS *vai para o terraço e fica abaixo da porta envidraçada. M*EREDITH *a segue e fica de pé à E do banco.)*

*(Ela olha para C*AROLINE*.)* Você o matou! Você disse que o mataria e foi o que fez! Antes de permitir que eu o tivesse, você o matou! *(Ela dá um salto e vai se atirar sobre C*AROLINE*.)*

*(P*HILIP *age rapidamente e intercepta E*LSA *e a encaminha para a S*RTA*. W*ILLIAMS*. E*LSA *está histérica e grita. Â*NGELA *entra ao C e fica ao lado do sofá.)*

SRTA. WILLIAMS: Não grite. Tente se controlar.

ELSA: *(Desatinada)* Ela o matou! Ela o matou!

PHILIP: Leve-a para dentro... faça com que se deite um pouco.

(Meredith leva Elsa para o jardim de inverno.)

Caroline: Srta. Williams, não deixe que Ângela venha... não permita que ela veja.

(Meredith leva Elsa até o C. A Srta. Williams olha Caroline por um momento, aperta firmemente os lábios e entra no jardim de inverno. Philip ajoelha-se ao lado de Amyas e toma-lhe o pulso.)

Ângela: Srta. Williams, o que é? O que aconteceu?

Srta. Williams: Vamos para o seu quarto, Ângela. Houve um acidente.

(A Srta. Williams e Ângela saem ao CA.)

Philip: *(Olhando para Caroline.)* Foi assassinato.

Caroline: *(Recuando; hesitante, de repente.)* Não. Não... foi ele mesmo.

Philip: *(Falando baixo.)* Essa história você pode contar... à polícia.

(As luzes lentamente se apagam até a escuridão total. Um refletor é aceso sobre Justin à EB.)

Justin: Em algum momento, mais tarde, a polícia chegou. Encontraram o frasco de coniina sumido em uma gaveta, no quarto de Caroline. Vazio. Ela confessou que o havia pegado... mas negou havê-lo usado e jurou que não fazia ideia de *por que* estava vazio. Somente as impressões de Meredith e as dela foram encontradas no frasco. No terraço, foi achado um pequeno conta-gotas, que teria sido esmagado com o pé. Continha vestígios de coniina e revelou como o veneno tinha sido introduzido na cerveja. Ângela Warren contou como tinha pegado uma garrafa nova na geladeira. A srta. Williams pegou-a com ela. Caroline, por sua vez, pegou a garrafa, abriu-a e entregou-a a Amyas, conforme acabaram de ouvir. Nem Meredith nem Philip Blake tocaram-na ou chegaram perto dela. Uma semana mais tarde, Caroline Crale foi presa, acusada de assassinato.

(O refletor se apaga. Depois de alguns momentos, as LUZES são acesas, exibindo o mesmo cenário do início do ato. O café, a limonada, o carrinho, o cavalete etc. foram retirados. O quadro na parede é novamente o de ELSA. PHILIP está à D do sofá. MEREDITH, sentado na extremidade E do sofá. ÂNGELA, sentada no braço direito dele. ELSA está em frente à porta ao CA. A SRTA. WILLIAMS está sentada na extremidade D do banquinho. CARLA, na poltrona à D. JUSTIN está bem próximo da porta envidraçada, com um caderno nas mãos. Estão todos arrumados com roupas de sair, de casaco e chapéu. ELSA usa vison. Ela parece entusiasmada. MEREDITH está arrasado e infeliz. PHILIP mostra-se agressivo. A SRTA. WILLIAMS, sentada com os lábios decididamente contraídos. ÂNGELA está ereta, interessada e pensativa.)

PHILIP: *(Irritado)* Bem, passamos por esse espetáculo extraordinário que deve ter sido bastante penoso para alguns de nós. *(Ele cruza por trás do banquinho até a D de JUSTIN.)* E o que descobrimos? Nada que já não soubéssemos antes. *(Ele fita JUSTIN.)*

(JUSTIN sorri. PHILIP vai até o terraço, fica perto do banco e acende um cigarro. A SRTA. WILLIAMS se levanta e vai para a D.)

JUSTIN: *(Pensativo)* Eu não diria isso.
MEREDITH: Trouxe tudo de volta... como se tivesse acontecido ontem. Muito doloroso.
ELSA: *(Cruzando para o sofá e sentando-se nele, à D de MEREDITH.)* Sim, trouxe tudo de volta. Trouxe-*o* de volta.
ÂNGELA: *(Para JUSTIN)* O que o senhor descobriu que não sabia anteriormente?
JUSTIN: Falaremos sobre isso.

(PHILIP entra no jardim de inverno e cruza até o C.)

PHILIP: Permitam-me salientar algo que parece não ter sido reconhecido por ninguém? *(Ele fica à D de JUSTIN.)* Tudo o que ouvimos... ou dissemos... aqui não passa de uma série de recordações e, provavelmente, de recordações falhas.

Justin: É como disse.

Philip: E, portanto, praticamente inúteis como provas. *(Ele se vira para o CE.)* Não ouvimos *fatos* em si, apenas a vaga recordação das pessoas a respeito dos fatos.

Justin: *(Indo para a E de Philip.)* O que ouvimos aqui não tem valor como prova legal em si... porém *tem* seu valor, sim, vocês sabem.

Philip: De que forma?

Justin: Digamos, naquilo que as pessoas escolhem lembrar. Ou, ao contrário, naquilo que decidem esquecer.

Philip: Muito sagaz... porém fantasioso.

Ângela: *(Para Philip)* Eu não concordo. Eu...

Philip: *(Atropelando Ângela.)* E tem mais uma coisa. *(Ele cruza pela frente do banquinho e fica entre a Srta. Williams e Elsa.)* Não é apenas uma questão daquilo que as pessoas lembram ou não lembram. Pode ser uma questão de mentira deliberada.

Justin: Naturalmente.

Ângela: Essa é a questão, eu imagino. *(Ela se levanta e vai até o C.)* Ou estou errada?

Justin: Sua linha de raciocínio está correta, srta. Warren.

(Ângela cruza até a poltrona à E.)

Philip: *(Transtornado)* Escutem aqui. O que está havendo? Se alguém está mentindo deliberadamente... por que então...

Ângela: *(Sentando-se na poltrona à E.)* Exatamente.

Philip: *(Cruzando para Justin; zangado.)* Está querendo dizer que nos trouxe aqui com a ideia... a ideia absurda de que um de nós poderia ser culpado pelo assassinato?

Ângela: Claro que foi isso. Só agora percebeu?

Philip: Jamais ouvi uma bobagem tão ofensiva na minha vida.

Ângela: Se Amyas não se matou e se sua mulher não o matou, então um de nós deve ser o culpado.

Philip: Mas já foi demonstrado com perfeita clareza, durante tudo o que foi ouvido, que só Caroline *poderia* tê-lo matado.

Justin: Não creio que podemos ter tanta certeza assim.

Philip: *(Cruzando pela frente do banquinho para a D.)* Oh, meu Deus!

Justin: *(Desconsiderando-o.)* Existe a questão que o senhor mesmo levantou, a questão da mentira.

(Há uma ligeira pausa. Philip senta-se na extremidade D do banquinho, de costas para a plateia.)

Quando o depoimento de uma pessoa é confirmado ou aceito por outra... *(Ele vai até o C.)* então ele pode ser considerado como legítimo. Mas alguns dos que ouvimos aqui foram declarações de apenas uma pessoa. *(Ele cruza pela frente do banquinho e vai até o CA.)* Por exemplo, logo no início, tivemos que acreditar apenas no sr. Meredith Blake quanto ao que se passou entre ele e Caroline Crale.

Meredith: Ora essa, realmente...

Justin: *(Rapidamente)* Veja, eu não estou pondo em xeque a autenticidade do que nos contou. O que estou procurando ressaltar é que o diálogo *poderia* ter sido inteiramente diferente.

Meredith: *(Levantando-se.)* Foi tão preciso quanto qualquer outro relato poderia ser após dezesseis anos.

Justin: Exato. *(Ele cruza para a porta envidraçada e vai para o terraço.)* Mas lembre-se que o tempo estava magnífico e que as janelas estavam abertas. O que significa que a maior parte das conversas, mesmo aquelas aparentemente *tête-à-tête*, podem ter sido e provavelmente foram ouvidas por outros, do lado de dentro ou do lado de fora do jardim de inverno. *(Ele entra no jardim de inverno e fica ao CA à E.)* Mas não foi assim com todas elas.

Meredith: *(Indo para a E.)* O senhor está querendo me comprometer?

(Há uma pausa. Justin consulta seu caderno.)

Justin: Não necessariamente. Eu escolhi o seu nome porque foi o senhor que deu início aos relatos.

Srta. Williams: *(Indo para a D do banquinho.)* Eu gostaria de afirmar, aqui e agora, que qualquer declaração que eu tenha feito quanto ao *meu* papel neste caso é verdadeira. Não há testemunha que tenha visto o que eu vi... Caroline Crale limpando as impressões digitais da garrafa... mas eu juro, por tudo o que há de mais sagrado, que foi exatamente o que a vi fazendo. *(Ela se vira para Carla.)* Sinto muito, por Carla, ter tido que lhes contar isso, mas Carla é, eu espero, suficientemente corajosa para encarar a verdade.

Ângela: Foi a verdade que ela pediu.

Justin: E é a verdade que vai ajudá-la. *(Ele cruza pela frente do banquinho até a Srta. Williams.)* O que ainda não compreendeu, srta. Williams, é que o que nos contou é de grande ajuda para provar a *inocência* de Caroline Crale, e não a sua culpa.

(Há uma exclamação geral de surpresa. Philip se levanta e vai para a E do banquinho.)

Srta. Williams: O que quer dizer?

Justin: A senhora disse que viu Caroline Crale pegar um lenço, limpar a garrafa e, em seguida, pressionar os dedos do marido nela?

Srta. Williams: Sim.

Justin: *(Depois de uma pausa; com voz baixa)* A *garrafa* de cerveja?

Srta. Williams: Exatamente. A garrafa.

Justin: Mas o veneno, srta. Williams, não foi encontrado na garrafa... nem o mínimo vestígio. A coniina estava no *copo*.

(Há exclamações por parte de todos.)

Ângela: Quer dizer...?

Justin: *(Indo para o C.)* Quero dizer que, se Caroline limpou a garrafa, ela pensou que a coniina estava na garrafa. Mas se ela fosse a criminosa, *saberia* onde a coniina estava. *(Vira-se para Carla.)*

(A Srta. Williams vai até o sofá. Meredith, desnorteado, vai para a D.)

Carla: *(Com um leve suspiro)* É claro!

(Há uma pausa)

Justin: *(Indo até Carla.)* Todos viemos aqui hoje para satisfazer uma pessoa. A filha de Amyas Crale. Está satisfeita, Carla?

(Há uma pausa. Carla levanta-se e passa por trás do banquinho. Justin senta-se na poltrona à D.)

Carla: Sim. Estou satisfeita. Agora eu sei... ah, agora eu sei tanta coisa.

Philip: O que, por exemplo?

Carla: *(Indo para o C.)* Eu sei que você, Philip Blake, apaixonou-se perdidamente por minha mãe e que jamais a perdoou, quando ela o rejeitou e casou-se com Amyas. *(Para Meredith)* Você pensava que ainda amava minha mãe... mas, na verdade, era Elsa a quem você amava.

(Meredith olha para Elsa, que sorri vitoriosa.)

Mas tudo isso não importa... o que importa é que agora eu sei o que fez minha mãe se comportar de forma tão estranha no julgamento.

(A Srta. Williams senta-se na extremidade E do sofá.)

Eu sei o que ela estava tentando esconder. *(Ela cruza por trás do banquinho até Justin.)* E sei exatamente por que ela limpou as impressões digitais da garrafa. Justin, você sabe o que estou querendo dizer?

Justin: Não tenho tanta certeza.

Carla: Existe apenas uma pessoa que Caroline tentaria proteger... *(Vira-se para Ângela.)* Você.

Ângela: *(Aprumando-se.)* Eu?

Carla: *(Cruzando para Ângela.)* Sim. Está tudo tão claro. Você pregara peças em Amyas, estava zangada com ele... desejosa de vingança, por achar que ele era o culpado por estar sendo mandada para o colégio.

Ângela: Ele estava coberto de razão.

Carla: Mas não era assim que você pensava naquela época. Estava zangada. Foi você quem foi buscar a cerveja para ele, embora tenha sido minha mãe quem a levou para ele. E, lembre-se, você já tinha colocado coisas na cerveja dele antes. *(Ela vai até o banquinho e coloca um joelho sobre ele.)* Quando Caroline o encontrou morto com a garrafa de cerveja e o copo ao lado dele, tudo isso passou como um flash pela mente dela.

Ângela: Ela pensou que eu o tivesse assassinado?

Carla: Ela não achou que fosse essa a sua intenção. Pensou que você tivesse pregado outra peça nele. Queria que ele passasse mal, mas que errara na dose. O que quer que tivesse feito, você o matara e ela tinha de salvá-la das consequências. Será que não percebe tudo se encaixando? A forma como tratou de despachá-la rapidamente para a Suíça, o trabalho que teve para evitar que soubesse da prisão e do julgamento.

Ângela: Ela devia estar louca.

Carla: Ela tinha um complexo de culpa em relação a você, pelo que lhe fizera em criança. Assim, a seu modo, ela pagou o que devia.

Elsa: *(Levantando-se e cruzando pela frente do banco até Ângela.)* Então foi você.

Ângela: Deixe de absurdos. Claro que não fui eu. Você acredita mesmo nessa história ridícula?

Carla: Caroline acreditou nela.

ÂNGELA: *(Levantando-se e cruzando pela frente do banquinho até CARLA.)* E você, Carla? Acredita?

CARLA: *(Depois de uma pausa)* Não.

ÂNGELA: Ah! *(Ela vai até o sofá e senta-se na extremidade D.)*

CARLA: Mas, então, não há outra solução.

(ELSA senta-se na poltrona à E.)

JUSTIN: Ah, sim. Eu creio que pode haver. *(Ele se levanta e cruza para o CE.)* Diga-me, srta. Williams, seria natural ou provável que Amyas Crale ajudasse Ângela, fazendo suas malas?

SRTA. WILLIAMS: Claro que não. Ele jamais sonharia em fazer tal coisa.

JUSTIN: E, no entanto, sr. Philip Blake, o senhor afirma ter ouvido Amyas Crale dizer: "Vou ajudá-la a aprontar as malas". Acho que o senhor está enganado.

PHILIP: Olhe aqui, Fogg, como ousa insinuar que eu menti?

(As LUZES diminuem até se apagarem completamente.)

JUSTIN: Não estou insinuando nada. Mas deixe-me lembrá-lo de que o quadro que temos agora foi construído segundo conversas recordadas.

(O refletor ilumina JUSTIN à EB.)

A memória é o único fio que sustenta esse quadro... é um fio frágil e duvidoso. Apenas sugiro que uma das conversas que ouvimos transcorreu de forma bem diferente da apresentada aqui. Vamos supor que ela tenha acontecido assim.

(O refletor se apaga e depois de alguns momentos as LUZES são acesas, revelando a casa e o terraço conforme eram dezesseis anos antes. CAROLINE está sentada na poltrona da D, e AMYAS está prestes a abrir a porta ao CA para sair. Mas resolve voltar e falar com CAROLINE.)

AMYAS: Já lhe disse, Caroline, não quero falar sobre isso.

CAROLINE: Você não queria uma cena até que tivesse terminado o quadro, não é isso?

(AMYAS *cruza e inclina-se sobre* CAROLINE.)

Ah, eu compreendo você muito bem.

(AMYAS *está prestes a beijá-la.*)

(*Ela se levanta rapidamente e cruza para a E.*) E o que você está fazendo é monstruoso. Vai tratar essa moça da mesma forma que tratou todas as outras. Esteve apaixonado por ela, mas agora não está mais. Tudo o que deseja é mantê-la por perto para poder terminar esse quadro.

AMYAS: (*Sorrindo.*) Está bem, então. Esse quadro é importante.

CAROLINE: E ela também.

AMYAS: Ela vai superar.

CAROLINE: (*Quase que apelando.*) Oh, você! Tem de dizer a ela. Agora... hoje. Não pode continuar assim, é cruel demais.

AMYAS: (*Cruzando até* CAROLINE.) Está bem, vou mandá-la aprontar as malas. Mas o quadro...

CAROLINE: Dane-se o quadro! Você e suas mulheres. Você não merece viver.

AMYAS: Caroline. (*Ele tenta abraçá-la.*)

CAROLINE: Estou falando sério. Não, não me toque. (*Ela cruza para a DB.*) É cruel demais... é cruel demais.

AMYAS: Caroline!

(CAROLINE *sai à DB. As* LUZES *diminuem até se apagarem totalmente. O refletor ilumina* JUSTIN *à EB.*)

JUSTIN: Sim, assim foi a conversa. Caroline fez um apelo, não para si mesma. Philip Blake não ouviu Amyas dizer "vou ajudá-la a aprontar as malas". O que de fato ele ouviu foi a voz de um homem à beira da morte lutando para dizer: "Vou *mandá-la* aprontar as malas".

(*O refletor se apaga. As* LUZES *são acesas. Todos estão de volta às mesmas posições que ocupavam antes que as* LUZES *se apagassem.*)

Uma frase que, sem dúvida, ele já teria usado em relação a outras amantes, mas desta vez ele se referia à senhora... (*Ele se vira para* ELSA.) não foi, lady Melksham? O choque daquela conversa foi terrível, não foi? E a senhora tratou de agir imediatamente. Na véspera, tinha visto Caroline pegar o frasco de coniina. Encontrou-o com facilidade, ao subir para pegar o pulôver. Manuseou-o com o máximo de cuidado, encheu um conta-gotas e desceu novamente, e, quando Amyas lhe pediu a cerveja, despejou a coniina no copo e levou a cerveja para ele. E voltou à pose. Observou-o enquanto bebia; observou-o sentir os primeiros sinais de enrijecimento dos membros e a lenta paralisia da fala. Sentou-se ali, imóvel, vendo-o morrer. (*Ele aponta para o quadro.*) Esse é o retrato da mulher que assistiu à morte do homem que amava.

(ELSA *levanta-se rapidamente e fica olhando o quadro.*)

E o homem que o pintou não sabia o que estava acontecendo com ele. Mas está ali, sabe... nos olhos.

ELSA: (*Com voz forte*) Ele mereceu morrer. (*Ela olha para* JUSTIN.) O senhor é um homem sagaz, sr. Fogg. (*Ela vai até a porta ao CA e a abre.*) Mas não há absolutamente nada que possa fazer a respeito.

(ELSA *sai ao CA. Há um silêncio de estupefação e, aos poucos, todos começam a falar juntos.* CARLA *segue até o terraço e fica à frente do banco.*)

PHILIP: Tem... tem de haver *alguma coisa* que possamos fazer.

MEREDITH: Não posso acreditar, simplesmente não posso acreditar.

ÂNGELA: (*Levantando-se.*) Estava bem diante de nós... como fomos cegos!

Philip: O que podemos fazer, Fogg... que diabo podemos fazer?

Justin: Pela lei, infelizmente, nada.

Philip: Nada... o que quer dizer com... nada? *(Ele vai até a porta ao CA.)* Como, se a mulher praticamente confessou... Não tenho tanta certeza de que tenha razão.

(Philip sai ao CA.)

Ângela: *(Indo até a porta ao CA.)* É ridículo, mas é verdade.

(Ângela sai ao CA.)

Srta. Williams: *(Indo até a porta ao CA.)* É incrível, é incrível! Não consigo acreditar.

(A Srta. Williams sai ao CA. Philip volta a entrar pelo CA.)

Philip: *(Para Justin)* Não tenho tanta certeza de que tenha razão. Amanhã logo cedo vou colocar meu sócio a par do caso.

(Philip sai ao CA.)

Meredith: *(Indo até a porta ao CA.)* Logo Elsa! Parece absolutamente impossível. Caroline está morta, Amyas está morto, não há ninguém que possa testemunhar *(Ele se volta na soleira da porta.)*, há?

(Meredith balança a cabeça e sai ao CA. O vozerio vai diminuindo. Carla senta-se na extremidade do banco voltado para o fundo do palco. Por um momento, Justin olha Carla pela porta envidraçada, em seguida sai para o terraço.)

Justin: O que você quer que seja feito, Carla?

Carla: *(Em voz baixa)* Nada. Ela já foi condenada, não foi?

Justin: *(Confuso)* Condenada?

Carla: À prisão perpétua... dentro dela mesma. *(Ela olha para ele.)* Obrigada.

Justin: *(Cruzando por trás do banco para a E; sem jeito.)* E agora você vai voltar para o Canadá e se casar. Não há nenhuma prova legal, claro, mas mesmo assim vamos poder satisfazer o seu Jeff. *(Ele cruza por trás de* Carla *até o C e olha suas anotações.)*

Carla: Não temos de satisfazê-lo. Não vou me casar com ele. E ele já foi comunicado.

Justin: *(Erguendo o olhar.)* Mas... por quê?

Carla: *(Pensativa)* Bem... eu acho que já deixei Jeff para trás. Não vou voltar para o Canadá. Afinal, eu pertenço a este país.

Justin: Talvez se sinta... solitária.

Carla: *(Com um sorriso malicioso)* Não se eu tiver um marido inglês. *(Em tom sério)* Agora, se eu conseguisse convencer *você* a se apaixonar por mim...

Justin: *(Virando-se para ela.) Convencer*-me? Por que diabos acha que eu fiz isso tudo?

Carla: *(Levantando-se.)* Você tem me confundido com minha mãe. Mas também sou filha de Amyas. Há um bocado de diabo em mim. Eu quero que você se apaixone por *mim*.

Justin: Não se preocupe. *(Ele sorri, aproxima-se dela e toma-a nos braços.)*

Carla: *(Rindo.)* Nem um pouco.

(Eles se beijam. Meredith *entra ao CA.)*

Meredith: *(Ao entrar.)* Será que eu poderia sugerir um drinque na minha casa antes... *(Ele se dá conta de que o jardim de inverno está vazio, vai até a porta envidraçada e olha para fora.)* Oh! *(Ele sorri.)* Ora essa!

*(*Meredith *sai ao CA e as* luzes *vão diminuindo até se apagarem completamente enquanto... cai o pano.)*

(CAI O PANO)

Livros de Agatha Christie publicados pela **L&PM** EDITORES

O homem do terno marrom
O segredo de Chimneys
O mistério dos sete relógios
O misterioso sr. Quin
O mistério Sittaford
O cão da morte
Por que não pediram a Evans?
O detetive Parker Pyne
É fácil matar
Hora Zero
E no final a morte
Um brinde de cianureto
Testemunha de acusação e outras
  histórias
A Casa Torta
Aventura em Bagdá
Um destino ignorado
A teia da aranha (com Charles
  Osborne)
Punição para a inocência
O Cavalo Amarelo
Noite sem fim
Passageiro para Frankfurt
A mina de ouro e outras histórias

MEMÓRIAS
Autobiografia

MISTÉRIOS DE HERCULE POIROT

Os Quatro Grandes
O mistério do Trem Azul
A Casa do Penhasco
Treze à mesa
Assassinato no Expresso Oriente
Tragédia em três atos

Morte nas nuvens
Os crimes ABC
Morte na Mesopotâmia
Cartas na mesa
Assassinato no beco
Poirot perde uma cliente
Morte no Nilo
Encontro com a morte
O Natal de Poirot
Cipreste triste
Uma dose mortal
Morte na praia
A Mansão Hollow
Os trabalhos de Hércules
Seguindo a correnteza
A morte da sra. McGinty
Depois do funeral
Morte na rua Hickory
A extravagância do morto
Um gato entre os pombos
A aventura do pudim de Natal
A terceira moça
A noite das bruxas
Os elefantes não esquecem
Os primeiros casos de Poirot
Cai o pano: o último caso de
  Poirot
Poirot e o mistério da arca
  espanhola e outras histórias
Poirot sempre espera e outras
  histórias

MISTÉRIOS DE MISS MARPLE

Assassinato na casa do pastor
Os treze problemas

Um corpo na biblioteca
A mão misteriosa
Convite para um homicídio
Um passe de mágica
Um punhado de centeio
Testemunha ocular do crime
A maldição do espelho
Mistério no Caribe
O caso do Hotel Bertram
Nêmesis
Um crime adormecido
Os últimos casos de Miss Marple

MISTÉRIOS DE TOMMY & TUPPENCE

O adversário secreto
Sócios no crime
M ou N?
Um pressentimento funesto
Portal do destino

ROMANCES DE MARY WESTMACOTT

Entre dois amores
Retrato inacabado
Ausência na primavera
O conflito
Filha é filha
O fardo

TEATRO

Akhenaton
Testemunha de acusação e outras peças
E não sobrou nenhum e outras peças

ANTOLOGIAS DE ROMANCES E CONTOS

Mistérios dos anos 20
Mistérios dos anos 30
Mistérios dos anos 40
Mistérios dos anos 50
Mistérios dos anos 60

Miss Marple: todos os romances v. 1
Poirot: Os crimes perfeitos
Poirot: Quatro casos clássicos

GRAPHIC NOVEL

O adversário secreto
Assassinato no Expresso Oriente

Um corpo na biblioteca
Morte no Nilo

AS AVENTURAS COMPLETAS DA DUPLA
Tommy & Tuppence

Agatha Christie

- O ADVERSÁRIO SECRETO
- SÓCIOS NO CRIME
- M OU N?
- UM PRESSENTIMENTO FUNESTO
- PORTAL DO DESTINO

L&PMPOCKET

Antologias de romances protagonizados por Miss Marple e Poirot & uma deliciosa autobiografia da Rainha do Crime

EM FORMATO 16x23 CM

Agatha Christie

L&PM EDITORES

Agatha Christie

SOB O PSEUDÔNIMO DE MARY WESTMACOTT

- ENTRE DOIS AMORES
- RETRATO INACABADO
- AUSÊNCIA NA PRIMAVERA
- O CONFLITO
- FILHA É FILHA
- O FARDO

L&PMPOCKET

📷 f lepmeditores

www.lpm.com.br
o site que conta tudo

Impresso na Gráfica BMF
2023